天下之大

蒋子龙 著

延边大學出版社
延吉

图书在版编目（CIP）数据

天下之大 / 蒋子龙著 . -- 延吉：延边大学出版社，2023.6
ISBN 978-7-230-05133-0

Ⅰ . ①天… Ⅱ . ①蒋… Ⅲ . ①纪实文学 – 作品集 – 中国 – 当代 Ⅳ . ① I25

中国国家版本馆 CIP 数据核字 (2023) 第 104643 号

天下之大

出 版 人：赵立才	
著　 者：蒋子龙	
责任编辑：李天卿　禹明延	
责任印制：朱长纯	
封面设计：姬　玲	
出版发行：延边大学出版社	
社　 址：吉林省延吉市公园路 977 号	邮　编：133002
网　 址：http://www.ydcbs.com	E-mail：ydcbs@ydcbs.com
电　 话：0433-2732435	传　真：0433-2732434
印　 刷：廊坊市印艺阁数字科技有限公司	
开　 本：787 毫米 ×1092 毫米　1/16	
印　 张：23.75	
字　 数：298 千字	
版　 次：2023 年 6 月第 1 版	
印　 次：2023 年 8 月第 1 次印刷	
书　 号：ISBN 978-7-230-05133-0	
定　 价：88.00 元	

自序

我庆幸生活给了我好奇之心。

好奇才行走、观察、思索，或惊讶，或感动，或受益，都是一种收获，遂以为文。

于是，才知天下之大，无奇不有。狂妄的现代人，把地球比喻成一个"村"，并不能掩盖现实生活的丰富多彩。

我们曾经历过"放眼亚非拉"的虚空，当回归感觉的真实，反而打开了视野，放任好奇心，得以感受生活中种种的"无奇不有"之奇，并记录下自己觉得不应该忘记的感受。

近几十年，我的写作可分为两部分：一是小说，虚构了许多人物和故事；二是写了很多散文、游记，真实地记述了一些传奇人物和他们的故事。

然而，真实的人物和故事别有魅力，常常在现实中能给人以更强烈的冲击。编在这本书里的，就是现代各色人物的"集锦"。

世间最能打动人的，还是人的故事。

这也是我写纪实文学的初衷——收藏传奇人物的心路历程，为这个时代作证。

是为序。

2023 年 5 月 25 日

目录
Contents

上篇 耀 闪亮之城

- 凤凰的概念　　　　　　003
- 田地里生长的城市　　　008
- 江门大开　　　　　　　014
- 汕头的"头"　　　　　019
- 到黄埔去　　　　　　　025
- 汕头奇物志　　　　　　030
- 澳门性格　　　　　　　034
- 横山道情　　　　　　　045
- 千古风流话平凉　　　　054
- 今日光明　　　　　　　062
- 上虞的"上与下"　　　065
- 横琴发新声　　　　　　073
- 千年传奇"江之阳"　　077
- 离太阳最近的城市　　　083
- 大别之山　　　　　　　086
- 新版"龙凤呈祥"　　　089
- 欣然，信然！　　　　　092
- 柔软的石头　　　　　　095
- 普者黑　　　　　　　　098

中篇　合　拾柴之众

- ◆ 柱石　　　　　　　　　　105
- ◆ 金蝶之变　　　　　　　　111
- ◆ "共和国的长子"　　　　　116
- ◆ 石头如何开花　　　　　　120
- ◆ 瑶都的"现代王子"　　　　123
- ◆ 汽车与梦　　　　　　　　127
- ◆ 毛乌素之光　　　　　　　134
- ◆ 红旗与渠　　　　　　　　140
- ◆ 重卡春秋　　　　　　　　145
- ◆ 创造神话　　　　　　　　196
- ◆ 中国"镍都"　　　　　　　202
- ◆ 怀念"嫩江基地"　　　　　216
- ◆ 奇迹是怎样发生的　　　　245

下篇

红 赤色之魂

◆ 灵魂的救赎	255
◆ 草原的精灵	258
◆ 书香大业	262
◆ 国凯师兄	266
◆ 海怪——戴喜东	271
◆ 钟馗——裴艳玲	282
◆ 翰墨缘	286
◆ 检察官素描	296
◆ 伉俪偕行	343
◆ 无限航区	352

上篇

耀

闪亮之城

城市是一本打开的书,从中可以看到它的抱负。

凤凰的概念

"凤凰"是个街道名，由当地一古村名演绎而成。此地曾有一山，昂首向东，甩尾于西，两翼往南北伸展，状若凤凰展翅。

先提供一个镜头：背景是2022年5月20日，疫情肆虐，有些大都市或已经封闭数月，或正在"静态管理"，或一遍遍做"全员核酸检测"……一些举世闻名的繁华大街，空荡荡，冷清清。这里——建于前清的古村甲子塘，如今是深圳光明区凤凰街道的甲子塘社区，早晨7时一过，上班的人陆续走出主街两旁各种二三十层高的住宅楼，进入胡同，再由胡同涌向主街，如同从各个山峰上下来的溪水，最终汇成滚滚洪流，浪催浪赶，奔向街口。

他们大部分人骑着电动车，也有少数人驾驶着汽车。每天早晨准时爆发的"洪峰"是14 000辆电动车和汽车，街口有"刷脸"的检测设备，每个人只是稍一停顿，种种健康指标一目了然，便可意气风发地驶向自己的工作岗位。这种车水马龙，也是欢乐的"洪峰",畅然爽然,夹带着诗人的吟唱:"日出不是早晨,是朝气……"

疫情中被"隔离"过的人体验会更深刻:人生唯一可能的,唯一真实的、长久的、最牢靠的快乐,首先是从工作中得来的。大疫当前,这里的人们依然保持着一种生机勃勃的进取状态,积极努力生活,雷厉风行地过着自己想要的日子。

凤凰街道还有4个这样的社区,常住人口16万,而户籍人口却只有22 000多人,所辖面积23平方公里,街区内有两条高速公路,还有高铁、地铁、广深港空运专线,可谓无往而不通。通则达——这就是发达的标志、令人钦慕的"现代海绵城市":人气暴涨,色彩斑斓,生活有厚度和坚实的质地。

更令人惊叹的是,凤凰街境内竟有四条河流——茅州河、大凶水、鹅颈水、东坑水,外加一个鹅颈水库。在江南水乡这或许算不得稀奇,但在一个大城市里,这就是极其珍贵的自然资源。它造就了凤凰街的两个湿地公园,水清,岸绿,草地开阔,河滩水墨。城市的繁华中,还有凌乱的繁荫,苍翠溢眸,飒飒万条风,花开千层层。

凤凰街有个"凤凰之环",是由珍珠、钻石般的高端建筑构成,每到夜晚,光华璀璨,而河流、道路就是环上五彩灵动的飘带。环的中心是世界一流的科学城,却被人们称为"田园科学城"。高楼大厦并不新奇,田园般的高楼大厦或高楼大厦式的田园,就不一样了。建筑本身没有内容,是其内在质量、对社会的贡献和文化的输入,决定了它的品位。

何况,活水是利,流动则财源不断。凤凰街道是深圳光明区高新企业、大型企业的聚集地,街内有年产值(以2021年为例)超100亿元的企业4家,超10亿元的企业15家,过亿的企业56

家。2021年凤凰街"规模以上工业总产值1 419亿元"。"规模以上"这个词，让我感到新鲜，企业要达到一定的规模，才可进入统计范围，无以计数的"小打小闹"，不在计算之列。

一个凤凰街的产值，几乎等于某些地区一个中小城市的总产值，而那些中小城市却未必有凤凰街这么多高品质的大型企业。当今世界是商界，特别是对于一个正在发展中的商品社会来说，不要轻易嘲笑经典哲学家的智慧："金钱是唯一的道德。"

历史和眼下的现实都证明，在世界丛林中，贫穷落后只有被卡脖子或挨打的份儿。我们习惯的说法是"以经济建设为中心""发展是硬道理"……王尔德则直截了当："在我年轻的时候，曾以为金钱是世界上最重要的东西，现在我老了，才知道的确如此。"凤凰街给我的启示是："让利润充满阳光，让财富远离虚荣。"他们做到了。

凤凰街道剧烈地改变了关于中国"街道"的概念。20世纪五六十年代，大城市的街道简称"街委会"或"街道办事处"，多由一个上了年纪的妇女主持工作，人称"街道大妈"。日常事务似乎就是调解本街邻里间的纠纷，救济特殊困难户，安置找不到工作的监狱释放人员。改革开放之后，街道也开始办企业，但多是为了安排下乡回城青年或社会闲散人员的低端产业，绝谈不上有什么"高新""大型"等上规模的企业。自企业"改制"，工人纷纷下岗，有些国有企业举步维艰，甚至倒闭，我就再也听不到"街办工厂"的信息了……

无论如何都想不到，中国还有"凤凰"这样的街道！按美国城市规划学家埃罗·沙里宁的说法，城市是一本打开的书，从中可以看到它的抱负。我就在咂摸凤凰街的抱负：它有庞大的工业体系、强劲的经济实力，必然会选择适合自己的文化，于是凤凰街道所辖的街区内还有 4 所中小学，12 所幼儿园，十几座图书馆、博物馆和剧院，街区内竟然还有一座"凤凰城"——街包城，街大于城。这该是怎样的一个街道？

一个光明区有数个这样的街道，而深圳有数十个这样的街道，我似乎终于想明白深圳为什么会发展得这么快，原先在国内"数一数二"，疫情后或许就只"数一"了，依然显现出强大的实力和后劲儿——就在于这种全新的城市运作模式。每一个细胞都是健康的、饱满的、生命力旺盛的，自然会造就强大的免疫系统，保障有足够的力量向前奔跑。

既然来到凤凰街道，我自然想看一家企业，那是我的兴趣所在。主人安排了东江集团，其主打产品是模具，恰好是我所熟悉的，过去我工作的生产车间就离不开模具。我一直认为，制造业是一个国家经济的脊梁，现代高端、精密制造业离不开模具，诸如通信、数码、医疗、家电、汽车等器械都不能没有模具，最常见的如手机的保护壳，汽车的仪表盘、保险杠、门面板等。模具在制造业中有"工业之母"的尊称。

我终于见识了一个能提气的现代大型模具厂，其数控铣床、电火花加工技术等让我眼花缭乱。东江集团被中国模具工业协会定为"模具出口重点企业"，是奔驰、宝马、大众汽车公司以及北美手机行业的一级部件供应商，是中国模具制造业的代表。既然是企业，能体现它的经营现状的唯有数据：几年前东江集团在中国香港上市，以香港的计算标准，2021 年其销售收入是 24 亿港元，净利润 2.4 亿港元。在制造业领域有这般效益，应该可以步入当今世界先进制造企业的行列。

东江集团创始人李沛良，完成了从创业者到企业家的改变和从富人到"贵人"的涅槃。所谓"贵人"，是有些工程技术人员和员工称李沛良是自己的贵人。天助自助，贵有人助，他的心力都用在招募人才和模具厂的发展上，正在一步步稳扎稳打地厚植根基，而不在意自己财富的积累。

凤凰街的模具厂是东江集团的总部，在香港、苏州等地还有三个生产基地。疫情汹汹，公司却秩序井然，生产几乎没有受到影响。难怪他出奇地从容和沉静，旷怀深厚。尽管当下的疫情环境和世界模具市场诡异多变，称之为险恶也不为过，他却不扭曲，不纠结，境界开阔。

看完模具，李沛良竟领我去看他公司"后花园"里硕果累累的果树和养鱼池里各色二三十斤重的锦鲤。给我的印象却是：他的模具控股公司还有很大的发展空间。

尽管现代化并不简单地等同于社会的进步，但经济学家早有定论：生产方式决定社会的进步和变化。而一个有前途的社会，不能没有榜样。

我在凤凰街道，强烈感受到了这种榜样的生机和力量。

田地里生长的城市

因被两个年轻人吸引，才对"中新广州知识城"产生兴趣。他们一个是新加坡人，大学毕业后来北京大学留学，获得学位后回国服兵役两年，退伍后参加工作，被新加坡政府派到中国，任知识城集团战略合作部总经理，风神清朗，谈大业如话家常，简静自重，姿禀不俗。另一个是陕西人，正好相反，他大学毕业后到新加坡留学，学成归来工作数年，现任知识城集团投资促进部总经理，沉实干练，介绍公司情况时语速很快，富于激情。他们身上，有一种目前我在一些熟悉的大企业的高管中，很难见到的清新、真实，以及自然而然的轻松和自信。

因为疫情，他们都两年多没有休假回家了，尤其想念孩子……在当下尽人皆知的经济环境下，他们的那份从容自若和"新加坡元素"，不能不引起我的好奇。

知识城的总体规划，由被誉为"新加坡规划之父"的刘太格领衔设计，他曾是新加坡国家总规划师、2008年北京奥运会建筑设计评审委员会主席。新加坡不仅把自己的城市管理得井井有条、一尘不染，也善于造城。中国改革开放之初，新加坡投资创建的"苏州工业园"便是一座新型工业城。之后又在天津滨海新区东北方的盐碱滩上，建起一座幽美宜人的"中新生态城"，算是第二座现代宜居新城。知识城是第三座见证现代人类知识结晶的神奇之城。12年前，中国和新加坡各投资一半，在广州九龙镇兴建知识城。如今资产已经翻了一倍，仅注册的市场主体就已达2.4万个，注册资本4 815亿元，仍在不断地聚集高端产业、前沿技术、顶尖人才、民生福祉……

不要因社会上存在腐败，就失去对财富的敬畏。且看知识如何成城？这又是怎样的一座城？

知识城实质上是一个由新加坡的管理经验融合中国国情，形成的具有全球影响力的知识中心，确信知识就是财富、彰显商业奇迹的致富经济之城。此城的大手笔是三大"集团军"：

第一，目前顶尖的生物制药产业集群。新加坡的百吉生物以及百济神州、诺诚健华、思拓凡（Cytiva）、龙沙、康方等数十家药界大企业，聚于知识城集团的麾下，一批世界级创新药在此生产。知识城将成为亚洲最大的生物制药基地。

第二，集成电路产业集群。知识城是全国集成电路第三级核心区，有多项核心技术实现国内零的突破。

第三，先进的智能制造及中国纳米科技创新能力最强的产业高地。新加坡能源集团以及诸多能源和制造业厂家加盟知识城，已形成新能源汽车产业集群。

还有，知识城将其所辖的农业变成"种植工业"，对照上面所说的"集团军"，看似"小打小闹"，却让村民能实实在在地富起来。譬如在迳下村搭建了一个只占地5亩的白色钢结构大棚，里面一层层、一排排，用无土栽培的方式种植着各色蔬菜。蔬菜颜色以绿色为主，由浅绿的到深绿的、墨绿的，其间杂以红、黄、白等。棚内一派生机，色彩鲜亮，长势苗壮。

农工进棚，类似做核酸检测的医生，穿工作服，戴好头套，穿好鞋套，还要经过一个风淋间消毒。出棚的蔬菜，水一冲洗就可入口，做蔬菜沙拉最为方便，直销到高端连锁店和餐厅。此棚年产蔬菜17万斤，产值200万元，获利是传统蔬菜生产的20倍。

平均每亩年产3万多斤，这有点儿像"大跃进"时代的数字？我心生狐疑，请教一位非知识城的高人。他说，这不是产粮食，蔬菜比粮食分量重得多，在广东不是大棚也有可能生产出这个数。因为一年要收割几次，何况还是大棚。棚内少则两三层，多则四五层，5亩地的大棚，里面两层就等于10亩，四层就相当于20亩……

我心释然，越发激起对"知识进入魔幻时代"的兴趣。

知识城从迳下村流转了1 000亩土地，创建"农业公园种植试验田"。若按蔬菜大棚的效益计算，这1 000亩的经济效益岂不大发了！

种植不仅工业化，还要形成"农业公园"，定然有其美观和娱乐性的特质。其中有一种引进的"巴斯马蒂大米"，熟了一茬又一茬，属于粗粮大米。米中含有较高的"抗性淀粉"，食用后能保持血糖稳定。我想起20世纪六七十年代，那个时候吃粮限量，凭粮本购买，北方大城市长期供应机米、线米，极粗糙难吃。但比稻米出数，吃了顶饱，搪时候。奇怪的是改革开放后，那种铺天盖地的劣质米突然都看不见了。知识城引进的这种能控制人称"富贵病"的米，不会就是过去的机米、线米卷土重来吧？

当晚，我们一行人在迳下"农业公园"的小火车上，吃了一顿丰盛的土洋结合的"农家乐"大餐，其中有一盆白米饭。有人说这就是"巴斯马蒂大米"，比普通稻米粒略细，又不像香米那么纤细，但绝不是过去的机米、线米，很好吃。有同伴吃了两碗，不便问他是不是血糖高。

去年，迳下村的集体收入由过去的 28 万元增加到 280 万元。农民的平均年收入，由过去的 18 000 元，增加到 28 000 元。过去种地是苦差事，1 200 人的村子已经"空心"，如今村里的年轻人开始陆续回村工作。而农业变成"种植工业"的经济效应，还在逐步地显现。

知识是活的，每个村庄的历史文化和自然条件不同，知识致富的路径也不同。麦村就成立了 20 个农庄，年产值近 800 万元。还有 25 个类似杂货铺的士多店①，年营业额 700 多万元……这个村的故事就更长了，我写出这一串串数字，连自己都觉得知识城治下的村庄赚钱太容易了，还真有点儿"魔幻现实"的意思。

其实并不容易，是我写得容易。现在连一些职业经理人都抱怨赚钱太难了，知识城的致富神话只是证明了先哲的一个观点：世界上从来没有真正的绝境，有的只是人的绝望，而绝望不过是一种思维。那就换个思维试试。首先要认识到，这个时代，知识不只是"力量"，而是比力量更有力。譬如农田成公园，并不是闹着玩儿，它的全称是"纳米农业核心公园"。这涉及中新广州知识城的另一个特点："人与自然和谐共存的品位生活之城。"

知识城并非大造"石屎森林"，膨胀一座原来的城市。它是

---

① 即英语里杂货铺的意思。在我国的一些沿海城市，人们把商品种类繁多的店铺称为士多店。

从田地里生长出来的城市。"院士谷""中国纳米谷"就建在迳下村，野旷湿润，风送花香。围着池塘，沿着道边，是一排排高高的单竹林，如一道道形状不同、图案不同的翠屏。翠屏深处是"纳米产业示范区"，令人心旷神怡。

而"院士谷"，占地2.5万平方米，有4个院士工作室和可容纳150人的设施齐全的多功能厅。科研、办公、展览、住宿一应俱全，条件优越，环境幽美。是锦上起锦，花上添花，"进一步繁华都市，退一步世外桃源"。

知识城就是这样在田野里生长出来的，他们的事业原本就是创造。莎翁有言："知识乃是我们借以飞向天堂的翅膀。"知识城理应美如天堂。城在哪里？在村中。村在哪里？在城中。网络上流传着一句话："北有中关村，南有知识城。"北京的"知识城"是"村"，广州的"中关村"叫"城"。

知识城最重要的定位是："世界性集聚知识型高端人才的人才荟萃之城。"这有点儿绕口，简而言之就是聚集来自世界各地的各种高端人才。知识要靠自己的作为获得，人才最宝贵，承载着知识城全部的现实和未来。目前由21位国内外院士领衔，知识城各个科技和创新门类，都有自己的顶尖人才，并借助新加坡学界、商界以及政界深厚的网络资源，联合新加坡南洋理工大学、中国华南理工大学等，打造了一个高层次的国际科技成果转化平台，对世界级人才就更具吸引力了。于是，人才队伍成"阶梯"状，一级一级接上来，硕博研究生培养规模已达3 600余人。多元创新资源，已成源源不断之势。

最妙的是由于知识城对顶尖人才的重视，其治下的麦村竟成了名副其实的"大厨村"，先后出现了100多位"粤菜大厨"。知识城计划20年后才达到50万人，眼下哪安排得了这么多大厨，他们便分散到全国各地的大饭店做总厨,人称"广州粤菜师傅"。一个村庄为什么能出这么多大厨呢?这是传统,就如同有读书成风的"进士村"、有家家养花的"花匠村"、有习武盛行的"武状元村"一样。以前不在意,现在因知识城重视人才,各路能人纷至沓来。

这就是知识城的社会效应:"立足广东,辐射华南,示范全国。"毋庸讳言,在当下它确是一座鼓劲儿的城,能增加人们对生活的信心和勇气。

江门大开

江门，是城，却称门。

城以门兴，皆因其门大开。不只是为了接纳，更是为了"出去"。江门人的出去，开创了一种源乎其多、浩乎其大的文化现象——中国有了一个"侨都"。

江门别称"五邑"（即所辖新会、台山、开平、恩平、鹤山五县）。19世纪中叶，美国、加拿大以及澳大利亚涌现淘金热，于是江门五邑地区竟掀起奔赴"金山"的移民潮。当时一张赴美洲的通仓船票是120元，在当地可买12亩地。无钱无地的要先卖身，卖身还有条件，赤身裸体、不吃不喝在烈阳下暴晒4小时，经得住这种考验的棒小伙子，买家才肯出钱，到海外要以工抵账。江门的许多青年人就是这样以生命碰撞命运。

于是，江门开风气之先，成为最早向海外移民的地区之一。时也，势也，势已成，无人能逆。随后不只是去美洲、澳洲，更近一点儿的是"下南洋"。有些卖身出去的人的确是做了奴隶，甚至戴着能走不能跑的脚镣在马来西亚的橡胶林或甘蔗田里劳作，有的要做满8年才能获得自由。但大多数华侨，在海外站稳脚跟后就开始往家里寄钱，因华侨众多，随之创造了一种亘古未见的流通方式——"侨批"。

一张巴掌大的稍硬一点儿的纸片，一面是汇票，写明钱数和收款人的地址、姓名，一面是游子写给国内家人的书信。"侨批"到了江门，由专门人员背着编制细密的大竹筐，跑遍五邑，挨家挨户地派送。那圆形竹筐，一个人抱不过来，高过半米，要用这么大的竹筐装"侨批"，可想而知五邑之地华侨之多，寄回的钱的总量自然也不在少数。这些钱不仅改变了许多家庭的命运，甚至成为"五邑侨乡的经济命脉"。

华侨之心，系于家乡。在海外挣了小钱的，往家里寄；挣了大钱的，回乡办大事。旅美华侨陈宜禧，修建了中国第一条自主投资、自主创建、自主经营管理的民办铁路，自台山（古称新宁）至江门北街，全长133公里，45个站，名为"新宁铁路"。于1909年通车，连接台山腹地，贯通粤东要镇，不仅便利五邑百姓，也促使江门贸易空前繁荣。江门海关进出口业务大幅增长，并与海外社会形成了紧密的人流、资金流、物流以及信息流的联系网络。到清末民初，江门独特的侨乡社会已然成型，江门也因此被称为"中国第一侨乡"。

还有一种发了财的江门人，回家乡置地建楼，即所谓"碉楼"，兼具碉堡和居住双重功能，矮的四层，高的六层，楼顶建有坚实的女儿墙，墙角墙中辟有枪眼、炮口。楼与楼相距甚远，为保证每栋楼都视野开阔，楼与楼又可相互配合、共同御敌。当时侨乡富户的共同敌人，就是土匪、强盗，因为这些匪类知道华侨大户有钱。旅美华侨谢维立，依照《红楼梦》中对大观园的描述，建造了巨大的"立园"，取意"立树立人"。集传统园艺、西洋建筑、江南水乡于一体，别墅区一排六幢独楼。他有5个儿子，一人一幢，另一幢是孩子们读书的"教学楼"。中心区是一幢巨大的古式碉楼，高却只有3层半，名为"泮立楼"，以纪念园主的父亲谢圣泮。旁边不远处是以他的乳名命名的"毓培别墅"，四层建筑风格分别仿效中国古式、日本寝式、意大利藏式、罗马宫式。

立园内古木奇树，名花异草，楼台亭榭，小桥流水，有曲径回廊将全园建筑连成一体。立园的正门前是"本立道生"的大牌坊，牌坊两侧是数十米高、用精钢打制成的打虎鞭，因立园隔着运河遥对虎山。此运河是谢维立为建园而开凿的，直通谭江，谭江入南海。平时像故宫的护城河一样是景观，也起到护园的作用，遇到紧急情况，立园各楼的下面有暗道相通，全家人可通过暗道到达运河码头，登舟远遁。

日本侵华，强占立园，将里面的无数珍宝和藏品洗劫一空，留下完整而瑰玮的建筑，仍被列入"世界文化遗产"。立园每年向数百万来参观的人诉说着五邑侨乡的历史和现实。

华侨是一种活法，更是一种文化，甚至可以说是世界性的文化现象。19世纪下半叶，华侨在美国旧金山创建了世界第一条"唐人街"，以"三把刀"（杂货、中药、中餐）享誉全美。很快纽约等大城市也开始效仿，直至拓展到欧洲一些城市……

华侨并非只是往家寄钱、回乡修路、建楼，也为所在的国家立下不世之功。1862年，美国国会通过决议，要修建横贯美国中西部的"大陆铁路"，全长2 489公里。负责承建西段的中央太平洋铁路公司，招聘的筑路工人大多为华侨，其中大部分是"五邑华人"，他们有个极其著名的特点，异常齐心！铁路需穿过内华达山脉，是全线最为艰难的工程，华工用特有的智慧和勤劳，将工程原计划的14年工期缩短为7年，费用节省了2/3。美国在铁道的路基旁，特为华工立了一块纪念牌，记录了"华工12小时铺轨10公里的奇迹"。

由此华侨渐渐地变为"华人"。这不是简单的名称的改变，而是由侨居美国的外来者，变为美国社会的组成部分。后来有不少华人子弟加入美国军队，有牺牲的，也有立功受勋的。更有人成为美国英雄，乃至世界名人。祖籍江门恩平的冯如，1907年在旧金山东部的奥克兰创建飞机制造厂，1909年他制造的飞机试飞成功，轰动一时。其后他便将工厂更名为"广东飞行器制造厂"，两年后率领工厂的主要技术人员带着重要机器设备回国，成为中国飞机设计、制造和飞行的第一人。

华侨的拳拳之心，甚至感动战乱频仍的世界。江门新会的郑潮炯，少小下南洋谋生，平时以摆摊卖小食品度日。1937年国内爆发全面抗战，他收摊改背个大布口袋，到南洋各埠义卖瓜子，所得义款18万余元，全部捐给国内用于抗日战争。郑潮炯只是一个代表，以心齐闻名于海外的五邑侨民，有钱的出钱，有力的出力，当时成为一种风气。一些在国外受过训练的华侨，干脆直接回国参加中国空军，著名的飞虎队中的空勤大队，大半为江门籍的华侨。

旅美华侨中最具传奇性的人物，当数司徒美堂。他是江门开平人，少时读私塾，也习武，成年后练就一身好功夫，一刀一棍可令六七个汉子不得近身。1880年初春赴美，在三藩市会仙楼餐馆打工，某天有一白人流氓来吃"霸王餐"，大吃大喝后不付账还狐假虎威、骄横欺人。司徒秉性耿直，看不下去便出头想教训一下那小子，不想现场群情激愤，叫好助威，加上对方反抗激烈，他一时没有拿捏好分寸，三拳两脚竟将那流氓给打死了。

刚到美国便惹下人命官司，幸好整个华人社会行动起来，联名上书和到警察局陈述事情经过，为司徒求情。他"一战成名"，在美国监狱只关了10个月就被放出来了，出狱后加入"洪门致公堂"。洪门宗旨极其直白："忠心义气，团结互助。"后来司徒成为这个组织的老大——"洪门大佬"，其实就是美洲的华侨领袖。他在这个位子上一坐就是40年，其间多次为孙中山捐款，两个人相交甚厚。后来孙中山曾邀司徒回国，担任"监印官"，他以"不会做官"为由谢绝。富兰克林·罗斯福，在出任美国总统之前，就是洪门的法律顾问，据传他和司徒还按中国习俗结拜为兄弟。可见洪门在美国的影响力之大。

1894年，司徒美堂在波士顿的洪门内另辟一个系统，成立"安良堂"，开宗明义打出了"锄强扶弱，除暴安良"的旗帜。很快在全美31个城市都有了安良堂分部，据称有弟兄30万人。抗日战争爆发，司徒美堂在纽约成立"华侨抗日救国筹饷总会"，几年间为国内抗日战争捐款330万美元，其中大半为安良堂所捐。

司徒美堂不只勇力绝人，而且眼界开阔，性格开朗，想叫别人干的事自己带头干。1949年9月，毛泽东邀请他回来参加开国大典，他一口应承，当年10月1日登上天安门城楼，跟毛泽东站在一起。后被选为全国政协委员、中华侨务委员会委员……

司徒美堂在海外漂泊一生，也称得上波澜壮阔，最终叶落归根。87岁时突发脑出血，在北京谢世。国务院总理周恩来亲自主持公祭大会，灵前摆放着毛泽东、朱德、刘少奇等国家首脑送的花圈。可谓倍极哀容，一生功德圆满。

汕头的"头"

汕头，是一个怎样的"头"？

粤东多水，韩、溶、练三江，浩浩荡荡在汕头交汇入海。可想而知，这里自古以来捕鱼业就发达。史载八千年前，古人类使用一种"细小的石器，在此捕捞海产为生"，随后发明了网。"汕"字的古解："翼谓之汕"，即今天的抄网，将鱼一抄而得。随着年深日久，潮涨潮落，不仅冲积成粤东最大的肥沃平原，还在滨海之处积聚成一道道龙形沙堤。沙堤濒海的顶端便谓之"汕头"。

汕头形成城市后，被汕头湾分为南北两半，状如一双厚实的巨掌捧着一湾碧水。这双巨掌面对的就是浩瀚无垠的南海。于是，汕头便成为华南要冲、闽粤咽喉，屏障内陆，襟漳带潮，络百粤，联七闽，纳海天于寸眸，拳番夷于一掌。自宋后全国唯一的海岛总兵府，就设在汕头的南澳岛。汕头成为郑成功东征驱逐荷夷、收复台湾的重要基地，也是他一生辉煌的发祥地。

地域上的"头",成就了汕头的历史,使它成为海上丝路的重要节点,是航线上的望山,也是海舶的补给站。络绎往来的海舶带动着繁荣的贸易,促进了中外文化的交流。于是,汕头便无法不成为"楼船万国""百载商埠",仅1933年进出汕头的轮船就多达四千四百七十八艘,总吨位六百七十五万吨,这在当时算得上是天文数字了。所以1858年清政府与美国签订《中美天津条约》,精明的美国人盯着的就是汕头,要求增开其为通商口岸。后来恩格斯在谈到闭关锁国的大清朝时,称"汕头是唯一有点儿商业意义的口岸"。可见一百多年前,汕头已初见国际城市的气象。

如今,汕头已发展成为珠三角和海峡两岸的重要连接点,是大珠三角和泛珠三角的重要节点,成为亚太地缘的大门,成就了汕头向海而生、因港而立的传奇。尽管有粤东最大的平原,汕头海洋功能区域的工作面积,仍是陆地面积的五倍之多。汕头湾可供开发的港口有一百零三处,南澳岛则有七处可开发的深水港……很难想象,国内还有没有第二个城市有这样的天然海域优势——这就是"头"的优势。

生命起源于海洋,人类文明得益于海洋,前无碍物眼界高,人们面对大海,总是视野开阔。而人的眼界有多大,世界就有多大,汕头人下南洋、走港台,似乎比山东人闯关东还便当,也更成气候。一二百年间源源不断,或"千里走单骑",或三五成群,终致浩浩荡荡,蔚为大观,演变成一种民风、民俗,几近家家都有"海外关系"。统计人口时,汕头人总是把海外侨胞也计算在内。

因此,汕头成为中国重要的移民口岸之一,华侨遍布世界各地,"凡有海水处就有华侨,有华侨处就有潮汕人"。汕头也自称"因侨而兴的城市"。任何人只要走进"侨批文物馆",都会对这一点深信不疑。各式各样、数以万件、几十万件的侨批,记录和见证了汕头人深厚而庞大的亲缘网系。所谓"侨批",就是海外的汕头人独创的"银信合一"的一张纸,既是信,又是汇票,家人凭侨批就可以领到钱,从无差错。岭南学界大师饶宗颐,将这种极为奇特又珍贵的侨批赞为"海邦剩馥,侨史敦煌"。

华侨在海外自然有穷有富,穷的给人做苦力,在街头摆个卦摊,测字算命,或给人理发……但无论在海外多么难,都要给家里寄钱,最少只寄"鹰洋三大元"。下南洋落脚印尼的陈君瑞,在给家里的侨批上写了个大大的"难"字,旁边还用小字附了一首诗:"迢迢客乡去路遥,断肠暮暮复朝朝。风光梓里成虚梦,惆怅何时始得消。"

但从整体来看,华人到哪里都很容易成为富裕阶层。那些发了财的华侨,都把钱往家乡倒腾,建宅院,做善事,如在港澳和泰国发了财的陈慈簧的故居,其规模之浩大,设计之独特,建筑之精美,令今人叹为观止。家乡遭灾,华侨捐款捐米,清政府还制定法规,为捐献多的侨胞授勋封爵。潮汕铁路,就是中国历史上第一条由华侨投资兴建运营的,与现代人把钱往外折腾正相反。

人为地养,地以人名。且看汕头的"头",如何在文化上也"出头、领头和高人一头"。汕头人蔡楚生,一生执导电影三十多部,1934年自编自导《渔光曲》,这是中国第一部在国际上获奖的影片。其《南海潮》《迷途的羔羊》以及与郑君里合导的《一江春水向东流》等影片,皆是中国电影史上里程碑式的作品,故其被尊为:现实主义电影奠基人、进步电影的先驱、中国最杰出的导演。在世界评选出的最优秀的二百位电影艺术家中,他是唯一的中国人,可称"世界级的电影宗师"。

与蔡楚生同期活跃于影坛的汕头导演郑正秋、曾名满天下的电影《桃李劫》的主演陈波儿,也都是大名鼎鼎、载入史册的人物。

独树一帜的散文大家秦牧，创造了"智性文体"，著述丰厚，"文革"前有"南秦北杨"一说，成为中国现代文学史上绕不过去的巨匠……

并非近代汕头人才情大爆发。虽地处"省尾国角"，但自宋代有记载起，汕头进士出身的清官名单却是一长串，到明、清两代，还出过不止一两个文状元、武状元。光绪十五年（1889年）的进士丘逢甲，祖籍潮汕却出生于中国台湾，十四岁应童子试，获全台湾第一名，被同是潮汕人的福建巡抚丁日昌赞为"奇童"，并赠"东宁才子"印。金榜题名后被钦点为工部主事，他却无意仕途，辞官回台，养士讲学，被聘为台湾府多家书院的主讲。

甲午战争爆发后，他预见日寇必侵台，以"抗倭守土"为旗帜，创办义军，变卖家产充作军费。1895年5月日本发动侵台战争，丘逢甲率义军血战二十余昼夜，杀敌无数，终因兵力相差悬殊，饷绝弹尽，死伤过重，不得不离台内渡。他椎心泣血，仰天浩叹："风月有天难补恨，江山无地可埋愁。孤岛十年民力尽，边疆千里将材难。"可比文天祥的"零丁洋里叹零丁"，有大才，也有烈性，文武兼备。丘逢甲定居原籍后，将自己的房舍取名"念台精舍"，为其子丘琮取别号"念台"，后出任广东教育总会会长，临终时留下遗言："葬须南向，吾不忘台湾也！"许多年之后，在台湾而不能回乡的于右任老先生，想必熟知丘逢甲，临终也有一叹："葬我于高山之上兮，望我故乡；故乡不可见兮，永不能忘！"可算是隔空与丘逢甲唱和。

丘逢甲所代表的汕头风骨和气脉，一直延续下来。1965年"八六海战"的英雄轮机兵麦贤得，弹片插进他的右额叶后又洞穿左额叶，脑浆外溢，血流如注，导致他数度昏迷。当他再一次被炮声震醒后，竟不顾死活地向前爬，眼睛被脑浆和鲜血糊住，仍摸索着从前机舱爬到后机舱，钻过了一个个常人在炮火连天、剧烈振荡中也难以穿越的小舱洞，检查停转的轮机。在几十条管路和数千颗螺丝中，摸出一个松动的螺丝，用扳手拧紧。然后用身体顶住移位的变压箱，双手压住杠杆，使损坏的推进器复原，恢复战艇主机运转，保证了战艇安全，直到三个小时后战斗结束，他才踏踏实实地完全昏迷不醒了。他创造了海战的奇迹，也创造了生命力和意志力的奇迹。

这就是汕头人，从他身上是不是看到了丘逢甲的血性？他的故事在20世纪家喻户晓。如今麦贤得已七十多岁，儿女双全，家庭幸福。

英雄如此，即便是身处社会底层的汕头人，也有非同一般的故事。

纪耀宏，一个器质精壮的青年人，开了一个家具店，1992年与隔壁商店的老板发生纠纷，出手致人重伤，被判刑五年零六个月。他刑满从监狱出来后，竟求职无门。开摩托车拉客，同行散布他的底细后，无人敢坐他的车。他到建筑工地干苦力，包工头知道他的经历后也不再要他……走投无路，幸好他所在的龙湖区的区委书记明通豁朗，智虑过人，大力支持他和另外五个命运相同的朋友，创建了鸿泰搬运队。

已经二十多年过去了，鸿泰搬运队因服务安全牢靠、专业性强、效率好，竟创出了自己的牌子，业务应接不暇，并建起了自己的三层办公楼。现在的搬运队有本地员工八百多人，其中近三百人是刑释解教者，每年都要安置刑释人员五十多个，可以说来一个安置一个。只要进了鸿泰，重新违法犯罪率为零。这就是说，吸毒者们进了鸿泰，确是把毒瘾戒掉了。他们忙忙碌碌，身形健朗，谈吐自信，一个个确是证明了自己不是社会和家庭的累赘，而是能够养家和有益于社会的干将。搬运队的规章制度无法在此细述，很有一些令人意想不到的高妙之处，其着重点在改变"监狱人格"，唤醒、维护和张扬灵魂的救赎。

　　有关汕头的"头"的故事还有很多，譬如汕头为什么会成为潮汕文化的发源地和兴盛之地？为什么被称为"海滨邹鲁"？那是另一篇文章的任务，此文到此打住。

到黄埔去

"到黄埔去"——是一百多年前流行的一句口号。

是谁第一个喊出来的不得而知，或许就是发自社会的"时代强音"。但第一个响应并身体力行的惊天动地的人物是孙中山。他这一去，"登高望远海，立马定中原"，首先创立黄埔军校，"北伐""东征"……"平冈之石齿齿兮，黄埔之水淙淙；屹丰碑以万世兮，将以垂纪于无穷"。当年校门上的楹联至今还振聋发聩："升官发财请往他处，贪生畏死勿入斯门。横批：革命者来。"于是，黄埔军校不仅成为闻名世界的"将帅摇篮"，还吸引了众多仁人志士，成为"近代民主革命的策源地"。中国的历史由此开始变向。

为什么是黄埔？黄埔位于珠江东西两翼的交会处，是保护广州安全的最后一道屏障。晚清重臣张之洞任两广总督时，曾在此修建了较为完备的军事设施，这也是孙中山选择在这儿建军校的一个原因。两千多年前，作为"古港""良港"的黄埔，曾以桨声帆影连接起中国和世界,见证了古代最长的航道"海上丝绸之路"的繁华。

明万历二十六年(1598年),朝廷在黄埔港修建了"海鳌塔":"九级浮图,屹峙海中,壮广形胜……"明代中期,海禁有所松动,朝廷颁令:"宁波通日本,泉州通琉球,广州通占城、暹罗、西洋诸国。"到清乾隆二十二年(1757年),面对日益猖獗的海寇和西方势力在东亚海域的潜在威胁,政府下令关闭福建、浙江的所有海关,规定广州为"夷人贸易唯一之商埠",而且夷商来粤,"市舶皆聚于黄埔"。

如此,黄埔港竟维持了近百年的"一口通商"的辉煌,并开启了中美通航的历史。美国著名的商船"中国皇后号",历时一百八十八天,从纽约到达黄埔港。1785年5月11日,"中国皇后号"满载中国货物回到纽约,船长山茂召的航行日记在报纸上发表,轰动全美,满船的中国商品被一抢而空。此船将第二次远航中国时,收到了美国总统华盛顿的订单,他要为夫人采购"中国白色大瓷盘、白色小瓷碗和好看的薄棉布……""中国皇后号"一个来回,虽历时一年多,"其利润却高达1500%"。当时在美国,"广州是成功与繁荣的代名词,令没有到过中国的人艳羡不已,在美国二十三个州里有不少城镇和乡村以广州(Canton)命名"。

一时间,"到黄埔去"似乎成了一句国际流行语。

所以,1917—1919年间孙中山制定《建国方略》时,要在黄埔建设一个"南方大港"。过了六十多年,作为首批国家级经济技术开发区的广州开发区在黄埔诞生,面积近五百平方公里,处在珠江三角洲的核心位置。这很快便成就了一段佳话。"流行"的本质是短暂的,流动、流过、像一阵风,刮过去就完了。然而,"到黄埔去",流行了一个多世纪,于今竟又注入了新的生命力,势头愈加强劲,内涵愈加深广,也更具号召力。

中国科学院和工程院的院士、各地科技领军人物以及企业精英，陆陆续续到黄埔来了，开始是一个，后来是几个、几十个、几百个、一批批……他们中有许多人辞掉了海外高薪的职位，来到黄埔重新组建科研团队或创业。如分析化学和应用物理学博士周振，先后任职于德国、美国、俄罗斯的质谱仪器研究部门，全职回到黄埔创立禾信分析仪器有限公司。什么是质谱仪？只在这一个领域先后就诞生了六位诺贝尔奖得主，可见其地位的重要。十年前，国家主席向二十位科学家问计，其中有周振。十年来，他的禾信公司制造出了第三台质谱仪，"打破了发达国家的封禁，在核工业中发挥着重要作用"，同时也可用于大气层的实时在线监测，"一秒钟可以检测到空气中几百种污染物质及其源头，目前全国有一百多个城市在应用，每年可节约数百亿元污染防治费"。天开奇局，另辟蹊径，有功于国家，也有功于世道人心。

还有苏环宇，曾先后任职于法国国家信息与自动化研究所（INRIA）、加拿大北电网络（Nortel Networks），回国前是美国罗克韦尔（Rockwell）的副总裁兼首席技术官（CTO），拥有六十三项已授权的美国专利，十多年来代表美国出席各种国际标准委员会（如国际电信联盟，简称ITU）举办的会议。在黄埔创建质音通讯科技公司后自任总裁，目前已经研发出多项超越世界的核心技术，如最佳音质的跃音–CFS、洁音–NCS以及风噪消除等。"自遇一何高，独立迥无双"，黄埔的广州开发区，给自己设定的功能就是"创新枢纽与产业引擎"，其"高新区"已经跻身科技部十大世界一流科技园区。

其实，第一个落户黄埔的海外学人是王文明。他刚在伦敦大学电气工程系完成哲学博士学位，就利用回国探亲的机会在广州、深圳、珠海等几个珠江三角洲的城市走了一遭，受到震撼，也得到启发，随之引进世界上最先进的"蜂窝纸芯"生产项目，在黄埔创建荷力胜（广州）蜂窝制品公司。荷力胜产品广泛用于航空、航天、建筑、交通等众多领域。

黄埔发力，就是集中在"卡脖子的关键领域"。

美国凯普无线通信公司高级研究员、技术总监贾鹏程也到黄埔来了，创立了广州程星通信科技有限公司。

就职于日本大金空调技术研究所的冯自平博士到黄埔来了，先创办了广州鑫誉蓄能科技有限公司，几年后看准机会又创办了广州朗谱新能源科技有限公司。

加拿大索答股份有限公司创始人、答案式搜索引擎主要发明者、国际搜索引擎领域顶尖专家石忠民回来了，创立了广州索答信息科技有限公司，并主持多项国家和其他省市科技项目的研发和产业化工作。

王国田创立的非思智能科技股份有限公司研制出全球第一款人脸识别系统。

密苏里大学终身教授兼计算机视觉和机器学习实验室主任、无人驾驶研发和应用的先导者韩旭，2017年4月在美国硅谷创建文远知行智能出行公司，到12月就发现广州开发区才是他们的福地，遂将全球总部设在黄埔，并成立国内第一支可运营的无人车队。笔者有幸第一次乘坐无人驾驶的出租车，就在黄埔，车内荧屏极清晰地显示着车外前后左右环境的变化，准确及时，不会因人的情绪变化而发生"路怒"现象，变道、超车、让路似乎比人类驾驶更精准。公司的一位高管说："我们到黄埔后完成了很多'第一次'的实践，当你找到了好的福地，就要呼朋唤友，把最高精尖的上下游企业引过来。"

柏林自由大学的医学博士尹良红，1994年发现在德国购买一台血液透析机的价格，居然仅是国内同类型进口机的十分之一，于是她卖掉房子，组建团队，经历一次次失败，画了八千多张图纸，终于制造出了中国第一台有自主知识产权的血液透析机，并很快获得欧盟质量体系认证（CE认证）和国际质量认证（ISO13485认证）。中国成为世界上除德国、瑞典、日本、意大利外第五个能制造这种设备的国家。

来到黄埔的医药界高端人物和企业太多了：曾就职于美国食品和药物管理局的唐时幸和他的广州熙帝生物科技有限公司，国际缓控释技术专家刘荣，首创"全免疫"体外诊断系统的科学家楼建荣，广东华南联合疫苗开发院董事长彭涛，等等。熙熙皞皞，卓卓一时，在三十多年的时间里，广州开发区吸引了三千多名世界各地的科学家和海外留学人员落户黄埔，同时还聚集了两院院士三十二名，创新科研团队十六个……曾是"古港""良港"的黄埔，正在成为现代"国际人才港"。

《人才学通论》上讲，经济结构的升级本质上是技术结构的升级，而技术结构的升级又取决于人才结构的升级。众多奇思峥嵘、超轶绝伦之辈来到黄埔，创造出许多科研奇迹，也带来了神话般的经济效果，建成了新一代信息技术、人工智能及生物制药三大世界级的产业集群。广州开发区从1984年的两万元财税总收入起家，到2017年已成为全国首位财税总收入超千亿的高效益之区。此外还创造了多项全国第一："科技创新、营商环境、知识产权保护、上市企业总数等，在全国二百一十九个国家级经济开发区中均排名第一。"于是，"到黄埔去"的口号有了新的注释："创新到黄埔，创业到黄埔，创造到黄埔。"前贤有言，有什么样的世界观，就会看见什么样的世界，不相信世界的美好，就不可能拥有美好的世界。古老而年轻的黄埔，休休有容，俊采星驰，正一派大千气象。

汕头奇物志

佛手

名为"手",其实是果,属芸香科,乃枸橼的变异,足见造化之神奇。此果状若佛陀手掌,丰厚、圆润、修长,或翘指如兰,或收拢五岳。

中国传统文化,自古就有一种"谐音现象","佛手"即"福寿",于是便被人们奉为"仙果"。于是,原本生长在岭南温暖、湿润的山清水秀之地的圣物,却成了帝王将相、贤达名流室内的"守护神":

清帝康熙的文案前,始终摆着一盆生机盎然的佛手……直至近代,邓小平的办公桌旁边,也放着一株活色生香的佛手……有人揣度是身边的人祈冀他们多福多寿,其实是另有妙用。

佛手通身是宝，果与花皆可入药，《本草纲目》称其有"理气化痰，止咳消胀，疏肝健脾胃"之功效。俗云"是药三分苦"，唯佛手，香气浓郁，常闻其香，提神醒脑，通窍和气；吸纳其香气，祛除焦躁，舒筋活络。

仙果就是仙果，不仅可以入药，还可熬制美食，任何食材加入佛手都可益增其香、益美其味。经过盐腌、蒸晒、浸渍、复蒸晒，再几腌几制，然后尘封陶罐制作出来的"九制蜜饯"，更是蜜饯中的极品。

近十年来，我随《香港商报》"品鉴岭南"采风团，几乎走遍了珠江三角洲，却只在汕头周厝塭村见到了近三百亩用"活晶瓷水浇灌"的佛手。登高一望，满眼佛手，累累摇摇，或金黄，或浅绿，芳香漫溢，令人心畅神怡。

万安佛手示范种植基地，每亩地每年可产佛手两吨，如此多的仙果，纵使孙悟空在世，把他花果山的徒子徒孙们都招呼来，也消受不尽。还是天地无私，造福世人。

魔幻玻璃

学名"工艺玻璃"，在国内也是"蝎子尾巴——毒（独）一份"。就是在手掌厚或比手掌还要厚得多的或小如书本或大于墙壁的玻璃上绣花、描龙画凤、雕刻各种具象和抽象的图案，有些还要在各样奇形怪状的厚玻璃上展现精湛的传统或现代绘画艺术，比如大厅的玻璃柱、屏风上的锦鲤、天井下的玉树琼枝……

澳门最神奇的迷宫威尼斯人度假酒店，在室内硬生生造了一个活的《清明上河图》，头上蓝天白云，运河水流激荡，帆樯林立，游人买票就可登舟……酒店的富丽堂皇和种种迷幻效果所借助的玻璃装饰，一开始包给了两家欧洲的公司，花了一年多的时间竟搞不出来，最后还是由汕头的这家"集友工艺玻璃公司"，完成了威尼斯人如梦如幻的玻璃饰品的创造——如此这般，还有很多。

集友公司的本部，也像个坐落于森林里的玻璃迷宫，建厂盖房时将所有树木都保留下来，树冠露在房顶外面，屋内则挺立着一根根有生命的柱子，是大树的树干。而大树旁的生产工艺，却极其精细、复杂，在外行看来简直就是魔术。

这里是创造玻璃神话的地方，从这里运走的不只是迷彩玻璃，还是成人世界不可或缺的童话和梦幻。

国 兰

兰花，谁没见过，有什么可稀罕的？

你可见过被人乐颠颠花一千零七十五万元买走的那盆兰花？

几百万、几十万一株的就无须再提了，谁如果有兴想见识一下，汕头远东国兰公司有个一万平方米的"空中兰花园"，里面有世界各地的国兰一千七百多种，是"中国的兰花资源库"，为亚洲第一。

这还是一家上市公司，被称作"世界兰花上市第一股"。

商品社会通行以金钱标示价值，有些人不肯相信这个标准，嘴上说世上总有些东西是金钱不能买的……其实他们说的那些东西，只是需要花更多的钱。论风雅，世上还有比兰花更雅的东西吗？朴素、洁净，却不意繁华，芳馥清风。古人云："兰为王者香""馨香比君子"，兰与梅、竹、菊并称"四君子"，是儒家文化的一个符号。

在地球上的植物中，只有兰花，像人一样，一株一个名号：

元田、中透、秦深素、大雪山、七彩红钻、粤海之光……"为草当作兰",不懂兰花的人买的就是一蓬草,而懂兰花的人,买的是精神,是品格,是自己的喜欢和寄托。所以,"黄金有价兰无价"。

　　三十多年前,远东国兰的创始人陈少敏,用打工几个月才挣下的三百元,在顺德的陈村买了盆兰花,如同当年他爷爷抱婴儿一样抱回了家。如今他的万米兰花园下面是远东艺术馆,用世界各地的艺术珍品,托扶着他的兰花帝国。

澳门性格

澳门，其实无门。

一说"澳有南北两台，相对如门，故称澳门"；一说"澳南有四山离立，海水纵横贯其中，成十字，曰十字门，故合称澳门"。这样的无门之门，或许就是天下最大的门，门内是航道，门外为大海，既可通达四方，又能融汇世界。

忽必烈进入十字门，便赢得了天下；大宋天子丢了十字门，便失去了江山。澳门之门，看似无形却有形，是历史之门，又是未来之门。

谁说名字只是一个符号？可知符号所传达的信息，对澳门性格的形成有着怎样的影响？

环顾当下多事的世界，纷争不断，吵嚷成常态，还有几块安静的地方？无论还有几块，澳门肯定是其中最令人惬意的一方静地。君不见关闸开启前，关外挤成人山人海；关闸一开，直如大坝提闸放水，如山似海的人流，瞬间泄洪般被一辆辆免费大巴载走了……

澳门很小，小到面积只有其近邻香港的三十分之一；澳门又很大，每年容得下三千二百万外来游人，直追香港的游客人数。孟子云："充实之谓美，充实而有光辉之谓大。"绚烂而又沉静的澳门，之所以让人感到大，是因为它不仅容得下世界各地的来客，也容得下各类是非纷纭，不管在外面的人们如何喧闹，进入澳门就会静下来，心定神安。

过去人们一想到澳门，先想到赌，如今人们蜂拥到澳门，真正进赌场的人却极少，大都是因为它好看、耐看、看不透……澳门善意迎人，令人感到安全、舒适，不会受到伤害，钱包不会被偷。

无论是繁华的大街上，还是宏阔如野外的室内游乐胜地，春夏秋冬，天天如赶庙会，总是人头攒动，摩肩接踵，却又秩序井然。即便是在大型娱乐节目演出的前后，正处于三急中人，或防备演出中三急的人，无论男女老幼都安安静静地排队，依次而进。

所到之处都是洁净的，地面没有垃圾，人跟人之间平静而温和。纵目所及似乎有不少东方面孔，却丝毫感受不到备受诟病的中国游客的恶习……

难道是澳门"店大欺客"？澳门的"店大"是实，一个比一个大，有的店可与世界顶级大店比肩。然而张狂无礼的游客常常自以为是"客大欺店"，欺的就是"大店"，才更证明自己是"大客"。可见澳门的高明不在一个"欺"字上，而以善意、尊重，把客人融进澳门的情境之中。

环境感化人，也可约束、提升人的品性。

在澳门，最清静的地方反而是赌场。

澳门是世界著名的"赌城"，谈澳门是不能回避这个"赌"字的。

赌博在澳门称"博彩",是葡萄牙政府于1961年2月颁布法令确定的。当时鉴于中国及葡萄牙本国都禁赌,为支持澳门经济的发展,特准许澳门"以'幸运博彩'作为一种特殊的娱乐"。

对于澳门来说,博彩确实只是一个产业,即便成为最大的经济增长点,看上去竟跟当地人的精神生活没有多大关联,无论哪个阶层的澳门人都极少走进博彩大厅。

自古以来人们就喜欢谈论赌之害,对其管理精细,严防死守,只用其利,杜绝其害,于是博彩被管得规规矩矩,干干净净,姿态谦和低调,却光明磊落地成了澳门的"幸运"之彩。

纵观当今世界,因经济危机、股市崩盘、企业破产而寻死觅活者屡见不鲜,以及官场腐化、世风败坏、毒品泛滥,等等,哪一项不数倍于赌之害?

澳门的生存智慧不受束缚,不以闲情伤定力,也不因俗生障。生活的理由,就是生活本身,无须言说,也无可言说。只有不断提高自我的生存和发展能力,把握契机,才能与命运一同前进。

有一点是肯定的,财经使澳门厚重。

澳门的城市面貌大致可分两块:旅游娱乐区和老城居民区。上面所述是作为一个旅行者的有感而发,其实我更感兴趣的是进入澳门老城区,深切感受澳门的历史血脉及社会风情。

在7月的骄阳下,我和同伴们连续穿行于澳门的老街、闹市,沿连胜街,走花王堂,看卢家大屋,奔山岗顶;细访烂鬼楼街区,漫步营地大街、赵家巷、庇山耶街……或驻足采访,或进门参观。老街区的马路两旁的人行道,极其狭窄,最窄处不过一尺左右,许多门口旁边还供奉着"门口土地财神"的牌位,摆着香炉,香烟袅袅。

而边道上行人又很多,且行色匆匆,大家都侧身礼让,绝对不会碰到脚边的土地神牌位和香炉，更不会走到马路中间挤占机动车道。每条老街中间那条绝对称不上宽敞的马路上，都急驰着一辆接一辆的轿车和各种卡车，忙碌而有序。街道两边排满店铺，装货卸货的，拿货卖货的，如此酷热天气，卖当地一种油炸豆沙糕的柜台前竟应接不暇，一派安乐富足的社会景象。

如果说澳门游乐区的节奏是繁华而优游，豪奢不失清雅，是一种热热闹闹的闲适与从容；老城区则是繁忙、充实，民气朴茂。将这两个区结合在一起，才是完整的澳门，既有一种满足感，又活力丰沛。

澳门安逸，却并不是没有欲望和目标。活力是由欲望而产生的，有欲望才会有满足感。

沿千年利街往下环街区，走到河边新街，便是妈阁庙。庙前有广场，中间有一株巨大的"假菩提树"，枝叶繁茂，树荫下有丝丝缕缕的清风，令人通身舒爽。围着大树有一圈洁净的石凳，然而乘凉的人却并不多。我想象着，若在北方有这样一块清凉地，上面树荫笼盖，前面可望见大海，石凳上定会坐满了人……是澳门人忙，还是澳门人不怕热？

想到这儿转头观察身旁的澳门朋友，看上去他确实不太在意盛夏的暑热，或许这就是"心静自然凉"的缘故。澳门人心中自有一股静气，不然就无法解释，澳门每年有两次太阳直射，辐射强烈，蒸发旺盛，水汽充足……何以澳门反而是世界少有的一块最不急不躁的地方？

妈阁广场连着海滩，四百多年前，葡萄牙人就是从这儿第一次登上澳门岛的，他们不知这是哪里，询问当地人，当地人告诉他们这儿是妈阁。所以很长时间，他们都以为澳门就叫"妈阁"。

15世纪后期，世界进入"地理大发现时期"，葡萄牙人的航海探险发现好望角,从而使葡萄牙成为"垄断西欧至印度洋以及南中国海之间的海上贸易霸主"。但是这种骄横的"霸主"却在中国处处碰壁,在浙江、福建、广州……屡战屡败,数十艘舰船被毁,二百多名葡兵被杀。1549年春天,葡萄牙残余舰队受到明军水旱两路夹击,葡兵又伤亡二百余人,有三十多人漏网逃到广东的浪白澳、上川岛,准备建立贸易据点。

可以说,最早把澳门当成"妈阁"的葡萄牙人,是误打误撞地发现了这块当初只有四百多人的宝地的。

直到1864年,清王朝因内忧外患,国势大衰,葡萄牙才真正占领澳门。说是占领,实际是清朝政府和葡萄牙政府双权管理。在此前后的三百多年里,葡萄牙与澳门的关系、占领者与当地人的关系紧张又微妙,极富戏剧性。

起初是冲突不断,且异常激烈。比如澳门第七十九任总督亚马喇,到任后大兴土木,强拆民房,毁坏村民祖坟,青年农民沈志亮求助无门,便约集几个伙伴,愤而将其刺死。这样一个酿成血案的重大事件,最后的结果竟让大家都能接受,还都觉得处理得不错——典型的澳门风格。

沈志亮杀了人当然要偿命,但他体现了澳门人的血性,特别是向葡萄牙当局展示了这种血性,清廷负责管理澳门的香山县衙以及澳门华民,隆重地厚葬沈志亮于前山寨北门外,立碑称其为"义士",充分表达了澳门人对沈志亮义举的崇敬。总督被杀死又如何抚慰呢?葡方总督府选出三条马路和一个广场,以亚马喇的名字命名。

无数历史经验证明,暴政一定会引发暴力反抗,可愤怒和仇杀在澳门却并没有引发杀戮,反而导致妥协,双方都得到了自己想要的体面。

参观了新教坟场以及诸多堂皇的大教堂之后，我忽然觉得在天主教与澳门精神的融合中，宗教对澳门性格形成的影响更大一些。

"果阿至日本的东印度区耶稣会视察员"范礼安，是西方宗教在澳门的奠基人，自1578年起的近三十年间，他六次到澳门，重要的是他对中国的认识与最初带着舰队来华的葡萄牙商人大不一样。他到处公开宣讲："中国是个秩序井然的高贵而伟大的王国，相信这样一个有智慧而勤劳的民族，决不会将懂得其语言和文化、并有教养的耶稣会传教士拒之门外的……"（《澳门历史二十讲》）

三年后，他在澳门创立"耶稣兄弟会"，并指定利玛窦为中国传教团主管。

利玛窦抵达澳门后，操汉语，着华服，刻苦研究中国典籍，讲授西方的天文地理历算之学，将天主教汉化。他制定的传教策略是在尊重中国文化的前提下，以西洋科学知识、天文仪器作为传教的手段。他通晓六经子史，并把"四书"译成拉丁文寄回本国出版，开西方人译述中国经典的先河。他还首创用拉丁字母注汉字语音，成为中国文字拉丁化的创始人。

利玛窦刻印世界地图时，刻意将中国绘在地图的中央，可以理解为这是他对中国的崇敬，也可以理解为他是在向中国示好，满足处于封闭状态的大明朝君臣"老子天下第一"的自尊心。后来利玛窦呈献给明神宗的《坤舆万国全图》，第一次让中国人知道了世界上有五大洲，以及中国真实面积到底有多大的真相。

利玛窦还帮助徐光启督修新历，于崇祯十六年（1643年）替代了回回历。利玛窦还以口授的方式配合徐光启笔译了古希腊数学家欧几里得的《几何原本》……

凡此种种，利玛窦当仁不让地成为天主教在中国的奠基人，或许正是受了他的"先学习，后教导；先尊敬，后传教"的影响，澳门人的宗教信仰成了独一无二的世界奇观：你信你的，我信我的，我可以信你的，你也可以信我的，地上哥儿俩好，天上各路神仙一律好好好。

于是，在澳门这样一个本不算大的地方，竟有二十多座教堂、四十多座大庙，还不算遍布大街小巷、家家门旁的小小土地庙……西方有的地方教堂不少，但没有庙；东方庙多的地方没有这么多教堂。称其为"世界独一无二"，不虚。

天主教彬彬有礼地登陆，没有引起本地人的反感和抵抗，反而激发出本地人心中的虔诚，可以信仰天主，也可以信奉佛陀、妈祖、道教、儒教，乃至关公、哪吒……无论什么庙都不是太过单纯，一定还捎带着供奉其他各路神仙，或已经被捧成神的人。康真君庙是道家的一座大庙，主持却是一位俗人——卢树镜先生，他一个人管理大庙二十一年，香火旺盛。澳门没有广阔的地域，人人都格外敬重、珍爱土地，有很多信佛、信主的家庭，门口还要供奉土地爷。

澳门的神佛如同澳门人一样，都有一种随和与大度。

这就是融合。宗教的融合，也是精神的融合，最终还是海洋商贸文化与本土耕读文化的融合。

大三巴牌坊成为现代澳门的标志，就非常富有象征意义，它激发人们丰富的想象力，将历史的真实和神话的虚构融合在一起，又全部糅进这座牌坊。

设若圣保禄教堂没有在1835年被焚毁，也未必会有光剩下这样一个前壁立面名气大。因为它有了一个中国式的名字——"大三巴牌坊"，成了中西方文化融合的见证。

这样的见证在澳门到处都是，除去保护完好的新教坟场，在白鸽巢公园还有葡萄牙著名诗人贾梅士石洞和坐像,他的代表作《卢济塔尼亚人之歌》主要是在澳门完成的,还被称作《葡国魂》。有人竟简单地理解成"葡萄牙的国魂是澳门铸就的"。

以澳门的面积,"龙环葡韵"公园绝对称不上大,竟入选中国十大湿地之一,恐怕跟它精致独到的"葡韵"不无关系。

与"葡韵"相对应的"华韵",我以为是遍地开花、各式各样的社团。

目前澳门人口六十万,除华人和葡萄牙人外,还有来自西班牙、意大利、英国、德国、瑞士、日本、印度、马来西亚等数十个国家以及非洲的人,这简直就是一个"联合国人口示范区"。

他们又分属九千多个不同的社团。各行各业、各个阶层、各个民族、宗亲,都有自己的社团。社团这么多,不是分、不是散,而是名副其实的"团","团"就是"合"。这或许跟澳门三百年的"双权管理"有关,有些百姓的事情名义上谁都管,实际谁都不管,清廷天高皇帝远,葡萄牙比清廷还远。

1974年4月25日,葡萄牙革命成功,又向世界宣布,放弃对澳门的殖民统治。数百年来政治制度的变来变去、反反复复,必然会造成相对宽裕的体制空间,社团便应运而生,以填补这些空间。

所以澳门的社团不是虚的,是实打实地解决民间社会的各种问题的。

比如医药界的社团"同善堂",其宗旨是"同心济世"。我采访了这个社团办的同善堂学校的校长,他五十岁上下,温雅干练,讲一口漂亮的北京话,是许多年前从北京应聘来澳门的。我见到他时,他脸上有掩饰不住的喜悦,今年他的高中毕业生全部考上了大学,其中两名一个进了北大,一个进了清华。

学校前厅的四面墙上摆满了学生的奖杯、奖状，原来这个学校竟然是从幼儿园直到高中毕业的一条龙教育，且全部免费，学校还负责学生在校期间的用餐。我问校长，经费哪儿来？

他说由同善堂提供。

同善堂的钱是哪儿来的？

同善堂的各个企业老板捐助的。

我忽然有一种生命得到启悟的感动，澳门之所以气象融融，情韵朗润，也得益于其是个社团社会。这些社团同心向善，名副其实地担起社会责任。心地芝兰，真是"有情世间"。

众缘和合而生，这样的大融合使澳门社会有了强韧的平衡点。

平衡就稳定，包容即佛心。平时蕴藉温厚，满襟和气，遇非常时期澳门就成了避风港、安全岛。

1937年日本发动卢沟桥事变，引发中日战争，随后日军大举南下，1938年攻陷广州，1941年占领香港，并迅即入侵东南亚各国，再加上西线德军的"闪电式战略"，大半个地球陷于战争的火海之中。

而澳门处于中立地位，特别是葡萄牙与南美洲巴西的关系密切，日本以不进攻澳门换取葡萄牙保证在巴西日侨的安全。于是，大量逃避战火的人从内地和四面八方涌入澳门，广东的许多学校也迁到澳门继续办学，澳门人口由1938年的十四万猛增至1940年的四十万。因祸得福的是，其中有大批知识分子和教师，他们对澳门华人现代教育的普及起了很大的促进作用。

有文字可查的澳门历史不过五百年，这五百年间世界上可以说战乱不断，无论东方或西方，而中国似乎愈加地多灾多难，否则澳门以及香港、台湾也不会分离出去。却唯有澳门，五百年来竟没有遭受过一次战争的毁坏。这固然有地理因素和许多历史的偶然，但偶然是必然的结果，对待这种得天独厚的好运气，最省事也是在民间流传最广的解释为："澳门是莲花宝地。"

清乾隆十年（1745年）进士张甄陶，在其名著《论澳门形势状》中这样描述澳门："前山有寨，名曰莲花，相其形势，宛然惟肖：盖前山如荷根，山路一线，直出如茎，澳地如心，此外如大小十字门、九洲洋、鸡颈头、金星山、马骝洲，星罗棋布，宛如花之瓣……"澳门的形状给人以无尽的想象，就像喜欢一个人，怎么看此人都是一脸福相一样。

澳门的福气，来自城市的性格。这性格是经过时间和命运的磨砺逐渐显现出来的，褪掉了青涩，滤去了浮躁，宽容乃恒，温厚即久。无须佻达，沉稳自适，胜过种种逞一时之愤，快一时之意。

西哲有言，凡是理性的都是真实的，凡是真实的都是理性的。澳门的性格不剑拔弩张，也无须取悦于人，不欺生，不摇曳，谨厚明达，超逸自若，收敛而从容。

性格不只决定命运，还成了澳门最大的魅力。当今天下越来越多的人向往澳门，谈论澳门，无论知道多少都会说，澳门是福地、是宝地。

澳门有个"历史城区"，被评为世界文化遗产。

历史是澳门的根，是文化自信与独立品格的依据。承前才能启后，才有创造力，没有历史传承，就没有归属感。

澳门性格中的包容自信，来自坚实的归属感。

在这个世界上，没有比知道自己是谁更重要的事了。这是一种信念，也是一种持守，脉定于内，心正于怀。澳门将民间智慧、宗教情结、商业想象力、政治形态，全部熔为一炉，营养自己的城市与民众。

天道好还，美意延年，所以澳门有种"名利任人忙，乾坤容我静"的气度。还智慧于平和自然之中，张开怀抱接纳。

久而久之，清嘉自守的澳门，将自己修炼得金贵圆满，便有了今日的"非我寻梦梦寻我，良友如花不嫌多"的气场和人脉。

"莲花宝地"，果然不虚。

横山道情

　　说横山，道横山……须先讲横山之"大情"。情之大者，乃天地造化的成全、大自然日积月累的馈赠。榆林市横山区，得名于横山。横山绵延千里，脉络巍然，牵领着陕西北大大小小8 000余座山峦，成就并护持着横山区及整个榆林，使其整体地势由西北向东南倾斜，与中国西北高东南低的地形地势何其相似！

　　横山东界有黄河护卫，中部是700公里的明长城横贯东西，长城以北为风沙草滩区，与毛乌素沙漠南缘接壤；占一大半的长城以南，则是黄土丘陵，地势高亢，峁塬宽广，土层深厚，土厚才好藏宝；再加沟壑纵横，梁涧交错，历来被视为大漠边塞，除去被兵家看重其战略地位连年征战之外，长期被商品社会忽视。

　　正因为被忽视，才好积蓄，才能深藏。野气朦胧，却蕴藉无穷。当国人的资源意识悚然觉醒，正为资源的浪费痛心疾首，为资源会枯竭的忧虑日益深重，并开始认真计算经济发展的资源成本时……包括横山在内的榆林，石破天惊地成为中国经济发展的"接续地"，被世界上称为"中国的科威特"。

顾名思义，"接续地"就是为国家的继续发展提供动力，注入活力，使发展有强大的后劲儿，得以继续的地方。榆林是中国的福地，有榆林是中华民族的福气。这是怎样的一种福气呢？类似一个急等用钱的人，意外地发现自家的地窖里竟埋藏着无数金银珠宝。拥有"世界七大煤田之一"的"神府煤田"，以现在最先进的开采技术，可供开采200年。横山地下的岩盐储量，是煤储量的22倍。岩盐既可提炼出最纯净的食用盐，又是化学工业的重要原料，是当时中国陆上的最大整装天然气田，横山正处于腹地之中，于是责无旁贷地成为亚洲最大的净化装置及火电、甲醇生产基地。包括横山在内的榆林，土地面积43 578平方公里，每平方公里土地下面有：

世界少有的侏罗纪系的优质动力和化工用煤622万吨；

石油1.4万吨；

天然气1.4亿立方米；

岩盐1亿吨。

其资源组合配备之好，国内外罕见。中国房地产大热已经有许多年了，买房子要以平方米计算，横山作为"榆林缩影"，每平方米土地下面有：

煤6吨；

石油115公斤；

天然气140立方米；

岩盐40吨……

真可谓寸土寸金的宝地！

横山苍苍，地脉奇绝，千峰藏宝，万壑聚福。这么多能源、矿产富集一地，老天真是待我们这个民族不薄！历朝历代糟蹋了那么多资源，老的资源基地将要枯竭，新的更大的资源宝地又被发现了。由于长期深藏不露，至今方横空出世，这叫后来居上。如今人们的资源观念跟从前的浑浑噩噩大不一样了，社会的文明程度毕竟在提高。有后劲儿，才是最大的优势。

前几年我去一个知名的老产煤区采访，煤区中心大城市通向四方的公路，被运煤车轧得坑坑洼洼、破破烂烂，空气严重污染，煤区地面塌陷……我写过一篇短文《黑色的温暖》，产煤区为国家输送了几十年乃至数百年的温暖，国家是不是也该给产煤老区以应有的温暖，甚至应有的感恩之举？近年来，国家有些耳熟能详的巨大规划——"西气东输、西煤东运、西电东送"。"西"的"重要组成部分"就是横山正在建设的国家能源化工基地；而"东"，就是"广东、上海、江苏、浙江、京津冀地区"——这不就是整个东部沿海发达地区吗？但愿同气连根的"东"与"西"，不会因发展的差异而产生人们司空见惯的傲慢和健忘。

最近，我们在横山走了很多路，登峁塬，穿沟壑，寻古堡，访大院……在近一周的时间里，一直是天空清湛，白云悠闲，空气沁凉。当地人不无自豪地讲，横山每年有近300天空气优良，偶尔才会有扬沙天气。无论疾驰于公路、土道，还是在峰峦沟壑中穿行，都未见一块块如大山疮疤似的采煤窑，以及一个个煤堆，还有被遗落在路边的稀稀拉拉的煤渣、煤灰。横山的旷野莽原，草木静默，山霭苍苍，全无一点儿浩大的富矿区迹象。以往我见过的产煤区，路边相隔不远就会有一片煤堆，远处山坡上被挖得千疮百孔……

然而，在横苍苍的山区诸多古堡和窑洞前的矿场上，都像过去的柴火垛一样码着一个煤垛，煤块竟都像长城砖一样有棱有角，呈长方形，垒砌得整整齐齐。真不知这些煤是从哪儿采的，又是怎样翻梁越沟地运过来的。有一天，气温零下15℃，我们在武镇看横山老腰鼓的表演，打腰鼓的农民从四面八方的村子开着汽车来到镇前的广场上。他们的汽车还都不错，因为要经常爬坡过沟，需具备一定的越野功能，最显眼的是一辆"路虎"。真是地有宝藏，人长精神。

农民用很少的劈柴，在广场四周点燃了三个不大的煤堆，那煤块铮亮而纹路清晰，仿佛用根木棍一敲就碎。煤烟不多，火焰却很旺，距离一米多远就烤得皮肤有烧灼般的疼感，我算真真切切地感知了横山"长焰煤"的厉害。一个多小时之后，老腰鼓演出结束，那煤堆最底层的煤块还没有烧透。如果不是人为地用水浇灭，我估计那煤堆得烧上一整天。

人人都知道黄土高原，可知道黄土是怎样的一种土吗？横山的黄土因干燥缺雨，昼夜温差大，很洁净。洁净到什么地步？过去，婴儿及瘫痪在床的老人，都是用炒热的沙土代替现在的"尿不湿"。农村的大人孩子受了伤，顺手抓一把黄土捂在伤口上，消炎止痛，过一两天就好了。60多年前，河北也有这样的土，我下洼割草或帮着家里做些力所能及的农事，手脚割破了也是抓把土堵血。

想不到，横山的土竟然60多年没有退化，没有毒化！

横山缺雨，不等于缺水。俗云，山有多高，水有多高，有山就有水，有水就流成河、积成湖。秋天，在横山区数万亩稻田区的稻田沟里，螃蟹很多，有个水洼就会捡一兜半大不小的鲫鱼或小肉棍鱼……谁能告诉我，如今还有哪里的稻田沟里会有螃蟹及小鱼小虾？人都快被毒死了，别说螃蟹、小鱼了。食物不净，毒害的不仅是人的肢体，伤害最重的是良知。世界上最牢靠的先进，就是没有成为先进的牺牲品。是不是可以说，横山人的心地相对会质朴敞亮得多？

"千年老根黄土里埋"——当下还有多少人把土地当作民族之本、生命之根？中华民族的传统智慧是先养地，养好地，地才养人。地是根，地是本，"重本务农，国之大纲"。即使是西方古典经济学的经典之作《谷物传》，也认为"土地是财富之母"。横山的黄土高原，元气淋漓，天高地厚，万物变化精醇，深处藏金，浅表献粮，养育了历史，也养育过革命……今人着实应该思量，如何才能不辜负这片黄土高原腹地的深情厚谊。

或许是唐宋边塞诗的盛名远播，或许是一般人的孤陋寡闻和想当然，总觉得西北边塞都是沙翻大漠，乱石飘风，荒僻苍凉，寸草难生。须知，早在西汉时，横山是"水草丰茂，羊群塞道"。而今，横山仍是"全国畜牧百强县"之一。这还是得益于千里横山，它不仅牵领着古边塞的各大峁塬，还孕育出错综密布的大小115条河流，其中尤以千年古水无定河最大。它见证了横山的沧桑，被奉为"横山的母亲河"。

无定河——"流量不定，方向不定，清浊不定"，这简直就是第二条古黄河。仅在横山境内，无定河就蜿蜒近100公里，一级河道宽1 000～1 500米，河谷最宽可达2 200米，若加上漫滩如雷龙湾至响水花虎滩一段，宽阔竟达55公里，再加上诸多支流及外沿，其流域面积为11 480公顷。可以想象，在雨季这是怎样的一条锵然大河。从长春梁东麓奔腾而下，浩浩荡荡，千折百回，确是"无定"。但其最终以西北黄土高原上最大的支流身份注入黄河。

无定河流域以北，为低缓的黄土梁峁及冲积、洪积滩地，地表形态以各种沙丘、滩地、盆滩为主，沙丘之间自然就会有洼地出现，洼地长期积水就形成大大小小的湖泊，俗称"海子"。在北部沙漠草滩区，这样的"海子"不计其数，有名字的就多达200多个，最大的红碱淖湖面积67平方公里，站在湖边，眼前绝对是一片汪洋。这些海子宛若嵌镶在沙地间的一颗颗琥珀，在阳光下，在月光下，晶莹透亮，闪烁夺目，尽显横山的无限魅力。

世界上叫"沙漠"的地方很多，然而也是千差万别，并不都是滴水皆无，寸草不生。横山的沙漠草滩上，就有长芒草草原、冰草草原、百里香草原……还有芨芨草、沙芦、赖草、三刺、羊草等和根本叫不出名字的数百种野草，以及苍耳、茵陈、甘草、枸杞子等300余种药草，还有一蓬蓬像沙地护卫一样的沙柳、柠条、油蒿、臭柏等灌木丛，真称得上是"山花杂古今""风梳野草香"。此外，在草滩区外围竟还有一片郁郁葱葱的"国家沙漠森林公园"，里面且有不少珍奇古木。请见多识广的人告诉我，将沙漠和森林联系起来，是怎样的一种景观？

无定河湿地，在横山区境内有80多公里长。湿地嘛，自然是鸟类的天堂，尤其是黄土高原上一片难能可贵的湿地，每年都有数十万只野生禽类在此栖息，其中不乏极珍贵的一级保护动物。湿地南缘就连接着横山著名的鱼米之乡，被誉为"赛江南"。有水库19座，宜渔的滩涂地14平方公里，宜渔的稻田27平方公里……横山南部梁峁上的平田，土厚、地有劲儿，所以成为陕北水稻生产第一大县，"横山大米冠塞北"的牌子数十年一直不倒。"赛江南"，实至名归。

其实，塞北的沙漠地只要有水，种什么都长得很好，无论长出什么来，味道都出奇的纯正。我曾在榆林治沙功臣石光银家里吃过两顿饭，他因卖掉全部家当买树苗，数十年在毛乌素沙漠成功植树造林30多万亩，先后被联合国粮农组织授予"世界优秀林农奖"和"世界林农杰出奖"。在被树林封住的沙地上种的粮食、蔬菜、药草，都长得格外好。他的妻子将自己种的土豆、茄子、辣子、豆角等一股脑儿放进铁锅里熬，熟了加点儿盐和油，哎呀，那个好吃啊！后来回到城里还老想那一口，仍旧是那些东西，无论加多少油，放进多少所谓高档调料，都再也熬不出在石光银的沙漠森林里吃过的那种味道！

到横山须先看古堡，并非因横山多古堡，而是横山的历史文化多半留在一个个式样各异的古堡里。我们午后到横山，未在县城停留便直奔响水堡。既名"响水"，一定跟水有关。古堡建在无定河边的山峰上，北、东两面临河傍水，城堡依山顺势而建，层层递进，步步升高，是方圆数十里内的制高点。登上古堡，居高临下，视野开阔，古边塞的莽莽铁岭、万里风烟，尽收眼底。结冰的无定河如一条白练，围绕于堡下。东侧是龙泉大寺，寺前石阶陡峭，直抵山顶；隔河相望是盘龙寺，"横江怪石，盘绕无定河边，远望若踞河中，石如盘龙……"两座大庙祥云搭桥，瑞气交融，佑护着响水堡。

古堡建于明正统二年（1437年），城墙依山势蜿蜒而建，周长约1 700米，设有四座城门，内有瓮城，以青砖、石块包砌。城堡内有普通的民居、窑洞，也有窑洞四合院，于明清两代不断地得到修补、加固。响水堡人曹子正，于光绪十一年（1885年）乙酉科拔贡为官，曾写《盘龙诗》描摹家乡风貌："桥水响流双浪开，寺龙盘塔绕河来。迢迢路远岸垂柳，樵唱晚舟鱼钓台……"当年的响水堡竟然有这样一种塞北水乡的胜景，两岸垂柳，渔樵两利，富庶而宁静。

我们依次又看了建于宋元时期的军事要冲波罗古堡、一向被视为"横山龙脉"的狄青塬、秦长城及秦直道、古银州故城、仰韶文化重镇贾大峁，等等。古堡看得越多就越好奇：横山为什么会留存下这么多古堡？整个陕西省地图极像秦陵出土的兵马俑，而榆林市就是兵马俑的头。在中国古代，兵马是为战争而存在的。横山的古堡实际就是古城堡和古碉堡的结合。

在 1949 年之前的数千年里，横山一直是中华民族的西北国防重镇、军事要塞，历朝历代的兴亡史都少不了横山浓墨重彩的一笔。横山古堡的城墙，也可以说是中国西北部的大围墙。可是，任何墙都不能真正挡住想进去的人。还有一句老话说得也不错，堡垒最容易从内部攻破。不信就让我们从头说说中国的这道大墙，特别是横山这一段……

公元前 212 年，秦始皇派大将蒙恬修建秦直道，从秦都咸阳直通阴山下九原郡，全长 900 公里，沿途所经县境中唯横山里程最长，途经怀远堡、威武堡、清平堡……再加上五里一墩，十里一台，是中国第一条国防公路。秦直道是为了出兵快捷；秦长城是最大的墙，为了挡住来犯之敌。然而，从横山区（昔日红墩界镇统万城）发家的赫连勃勃，于公元 407 年自立为大夏天王，率兵夺取长安，在灞上称帝，建都统万。

秦直道或许还为战事提供了些许便利，秦长城却几乎被战争忽略，无人提及，倒是对赫连勃勃至今人们还在谈论。据说他为政虽残暴酷烈，但雄略过人，他的统治对推动横山一带的农牧业发展和城防建设功不可没，特别是他创立的大夏国国都统万城，是匈奴族在人类历史上留下的唯一一座都城遗址，为研究十六国时期的文化及当地环境变迁，提供了重要的实物资料——这也是吸引我们细看一个个古堡的缘由。

过了 100 多年，隋末的鹰扬郎将梁师都，在横山西部的古夏州起兵，一会儿自称皇帝，立国号梁，一会儿又向突厥称臣，后被唐太宗派将剿杀。再过200多年，党项族银州（横山党岔镇）人李继迁、李德明父子，拥兵自重，逐步建立起西夏。到原本是拓跋氏后裔的李元昊手上时，西夏已强大到与宋、辽、金鼎立，延续近200年，对促进西夏地区各部落进入封建社会以及我国民族历史的发展，产生了重要影响。又是几百年后，横山石窑沟的李自成横空出世，自命"闯王"，竟"闯"翻了大明王朝，引来了清朝近300年的统治……

此外还有许多俊杰，从横山的古堡或窑洞里走向历史舞台，创造或改变了历史，如宇文恺、张浦、狄青、杨宗气、胡茂桢等。甚至近代，还从横山武镇高家沟的窑洞里走出了高岗，正像曾传诵一时的陕北民歌里所唱的："对面家沟里流活水，横山里下来些游击队""刘志丹来是清官，他带上队伍上横山"……

先哲有言，一代一代的勇将就像树根，从那里作为枝条生出勇敢的民众和民风。可是，横山的古堡已经荒颓，人气稀疏，有些变成空堡或半空堡。往事悄悄，浮云匆匆，古堡昔日的辉煌不再，其雄浑苍郁的存在却讲述着最实际的智慧。历史，就是这样让人们能更多地了解自己和把握自己。历史中横躺着未来的秘密，对横山来说，这个秘密就是：在过去，"国防比富裕更重要"；今天，古边塞将成为富裕和发达的象征。

千古风流话平凉

  平凉是"要地"。平凉：平定凉州。古凉州，即现在的河西走廊，从来就是经略西北的军事要地，还是古丝路西去的咽喉。其形如一把长剑，而平凉就是剑柄，是蓄力、发力的地方。自古以来谁掌握了这把长剑，谁就能控制中原，因为平凉位于陕甘宁交会的几何图形中心，横跨关山，襟带泾水，外阻河朔，内当陇口，可屏障三秦，拥卫畿辅。

  春秋五霸时期，齐桓公据此西伐大夏，秦穆公则伐西戎，开地千里；汉元帝时陈汤能喊出"明犯强汉者，虽远必诛"的豪言，也是因手握"平凉长剑"，所向披靡。清同治五年（1866年），清王朝为解决由陕甘民变引发的西北乱局，派左宗棠以钦差大臣的身份兼任陕甘总督，并督办西北军务。左宗棠先到泾州，随后由泾州进驻平凉，接受陕甘总督印，并认为在这里"完全能够控制局面，策应各方"。两年后，陕甘的局面由乱到治，左宗棠又受命从平凉出发收复新疆，立下不世之功。否则我国的陆地版图就不是现在的九百六十万平方公里，而是只有八百万平方公里。

直至近代的工农红军长征时期，平凉的静宁仍是长征领袖的驻地，十大开国元帅中的九位，十位大将中的八位，还有四十七名上将、千余名少将都曾在平凉宿营或战斗。1936年，静宁的界石铺成为"红军会师的中心基点"，当年10月8日，红一、二、四方面军在这里会师，并以此为落脚点开始纵横穿插。到今天，酒泉是"平凉长剑"的锋芒，还在守护着国家领空甚至征服太空……

平凉是一方"古地"。谁还没见过苹果？这是一种原生于异域的古老神果，亦称"柰"，又名"频婆果"，在人类还没有诞生之前就有了它。亚当、夏娃窃食此果，遂有人类，可谓"情爱之果"，催生了人类的兴旺。苹果又是"科学之果"，从树上坠落偏偏砸上了牛顿，于是成就了伟大的科学佳话，揭开了地球与宇宙的奥秘。而平凉就盛产上乘的苹果，仅静宁县就有百万亩苹果园，满山遍野，枝头累累。人们似乎都认为平凉的苹果之所以好，是因为此地四季分明，气候温和，光照充足，昼夜温差显著，是苹果的"最佳宜生之地"。我却以为这只是表面的自然条件，或许还有一个更重要的原因：平凉古老而神秘的地理风貌及文明进化的历程，与苹果奇异的生命渊源正相契合。

平凉是目前考古所能证实的最早有人类繁衍生息的地方，是中国古人类的发祥地。从平凉境内采集到的石器、人类头骨化石及相伴的牛、马、羊等动物化石证明，六十万年前，这里就出现了人类活动的痕迹。平凉泾川县的牛角沟，出土了五万年前的人类头盖骨化石，属于人类进化史上旧石器时代晚期智人。中国科学院古人类研究所将其命名为"泾川人"，比北京的"山顶洞人"

还早一万至两万年。当时地球上人迹稀少，"泾川人"的活动为中国这片大地增添了热度和生气，为造物的荣耀喧腾着有力的声响。可想而知，平凉与苹果不过是古老遇见古老，古老吸引古老，古人类迁徙到哪里，或许就把这种吉祥之果带到哪里。

除去苹果，平凉还有相当数量的古树，仅以崇信县为例，生长在龙泉寺"芮谷深处"绝崖上的"古柏龙蟠"，形如虬龙破壁腾空；黄花塬村的"古梇椤树"，树龄一千五百年以上，是"佛国三宝树"之一；关村的"三异柏"，同时长有刺柏、绵柏、侧柏三种叶子，传说此树与"桃园结义"的三兄弟有关……其中尤以两株古槐最为珍奇。一株生长在关河村，巍巍然一树擎天，气象非凡。远处群山环卫，近前有五龙山、唐帽山护持于左右，山前有溪流穿过，名为"樱桃沟"，古槐负阴抱阳，如一尊大神肃立于中。

三千多年来吟风啸雨，铁皮棱锃，全无破损，通身上下竟没有一根枯枝，体现了极其强盛的生命力。大树主干的上部，分出八大主枝，又称"八卦槐"。下面占地两亩，上面的树冠直径三十六米，枝叶遮天蔽日，瑰玮异常。经国家林业部[①]的专家测定，它的树龄已有三千二百余年，是国内现有的槐树之最，被奉为"华夏古槐王"。古槐王的树干、树枝上还寄生着杨树、花椒树、五贝子、玉米、小麦等十来种植物，都长得不错，也是一大奇观。过去这里是深山老林，人迹罕至。由于人们相信老树通神，古槐王理所当然地成了神树。于是每年从全国各地来朝拜的人不计其数，大树下永远摆着各色供品，在古槐四周的栅栏上还挂满了大红绸缎，洋溢着吉祥喜庆的氛围。

---

① 1998年3月，林业部改为国家林业局；2018年3月，组建国家林业和草原局，由自然资源部管理，不再保留国家林业局。

距离古槐王一公里左右，另有一株三千多年的老槐树，它的前面是唐代名将徐茂公的墓，老槐的后面是座庙。过去老槐的树干上有个大洞，村人常在里边打扑克、玩耍，久而久之，老槐的一多半倒掉，剩下的少半扇树干却依然高高挺立，枝叶翠绿，显出老道的生机，成为"活的文物"，顽强地述说着这块古老土地上的传奇……

平凉是"圣地"。关山（又称陇山、六盘山），被称为"西出长安的第一道天然屏障"，南北绵延二百四十公里。在距离平凉市庄浪县东北三十三公里处的山巅林海之中，兀自出现一片山顶湖泊，海拔两千八百六十米，湖面约五十亩，状若卧蚕。湖水清湛，其深莫测，无论旱涝，水位不变，四周青黛环拱，草木葱郁。这就是声名赫赫的"雷泽"，今称"朝那湫"，乃中华民族的人文始祖伏羲的孕育之地，历来被视为朝觐、探寻华夏文明之源的圣地。

《帝王世纪》载："太昊帝庖牺氏，风姓也。母曰华胥。燧人之世，有大人之迹，出于雷泽之中……生伏羲……"这是个美妙的故事，美丽健硕的姑娘华胥，在绿草茵茵的雷泽湖畔发现了一对清晰而巨大的脚印，她好奇地将自己的脚踩到这个大脚印上，忽然一阵新奇温暖的感觉从脚心涌向全身，如沐春风，如醉如痴，腹部隐隐发热。十二年后，她在成纪生下了被尊为"三皇五帝之首"的伏羲。《辞源》称："成纪，地名。传说伏羲生于此。"于是，成纪城便成为"人类开元第一城"。伏羲成人后，仰观天象，俯察地理，近取诸身，远取诸物，作八卦以通神明之德，类万物之情，定天地之位，分阴阳之数，教导先民结绳网、做杵臼、制嫁娶、定姓氏、成人伦……

伏羲所创造的"成纪文明"，成为华夏文明肇始的原点，记录了中华民族创始的童年。至今在平凉的静宁、庄浪两县之间，还保留着古成纪的城垣，依然可以看得出当初的恢宏和雄峻。而中国的"道文化"，始于伏羲画卦，升华于黄帝问道。道，是中国哲学的思想内核，也是中华文化的根脉，无论是历史逻辑演绎的必然，还是文明进程中的巧合，伏羲画卦和黄帝问道，竟都发生在平凉这片古老而神奇的土地上。平凉城西三十里，便是"道源圣地"崆峒山，其实也是关山的支脉，亦称"笄头山"，秀岭奇峰，峻极于天，林木葱茂，岚气朦胧，远眺神思缥缈，走近则爽气侵骨。《尔雅》云："北戴斗极为空桐①。"平凉崆峒山正位于北斗星座的下方。"紫微天极，太乙之御，君临四正，南面而治……"什么意思？道，在天上对应的是北极星，在地上对应的就是崆峒山。

四千七百多年前，黄帝为求治国安邦之道，"西至于空桐，登鸡头"（《史记·五帝本纪》），即沿着北斗星柄指引的方向，长途跋涉登崆峒山。《老子八十一化图》讲述了道教始祖太上老君传道的故事，在黄帝时太上老君为"广成子"。《庄子·在宥》中记述更为翔实："黄帝立为天子十九年，令行天下，闻广成子在于空同之山，故往见之。"这是中国历史上有文字记载的第一件向仙人求道的盛事。于是这一年被奉为道历纪元的开始，也就是今人所熟知的"黄历"。黄帝从广成子处获受自然之经，求得大道之理，并以此道治理天下，开创了长期的圣治，中华文明再次达到高峰，道家治世思想也由此走向辉煌。

圣地之神奇还不只这些，距崆峒山不远，遥相对应的是西王母宫的所在地"大旷原"，即平凉泾川一带。西王母又称"瑶池圣母""王母娘娘"，是中国传统神话体系中十分神圣、古老的女

---

① "空桐"，在古代，与"空同""空峒""崆峒"相通。

神之一。据传后羿就是在大旷原获得了西王母赠送的"不老仙丹"。黄帝问道之后，周穆王也西来登崆峒，拜王母，《穆天子传》中记载，西王母在关山另一条支脉回山，接见了周穆王，并馈赠给他八车玉石。后来，秦始皇、汉武帝、唐太宗等也相继跟着七星北斗的斗柄登临崆峒山，朝圣访道，以期能究天人之际，通古今之变，获得修身治国的玄妙法门。秦始皇朝圣后还命丞相李斯在崆峒山刻石以颂："西来第一山。"由此，平凉便成为千古胜地，历代的名流墨客争相西来，一登崆峒，想从"大道"这个中国本源文化的母体汲取营养。

　　同时，这些先圣、先贤也为中华文化宝库留下了诸多经典。伏羲八卦揭示宇宙和生命的本质，广成子的《自然经》和黄帝的《阴符经》是对"道"的阐发，《黄帝内经》解读生命真相，《黄帝四经》论述治世方略，针灸医学的鼻祖皇甫谧的《针灸甲乙经》使平凉成了"针灸的发源地"。葛洪在平凉静宁的云台山行医修道，著书立说，完成了中国医学名作《肘后备急方》。许多年之后，中国首位诺贝尔医学奖获得者屠呦呦，就是从《肘后备急方》中"青蒿一握，以水二升渍，绞取汁，尽服之"得到启发，提炼出人类治疗疟疾的"青蒿素"……行笔至此，不禁心生感佩，作为中国道教发源地的崆峒山，以及整个深深植根于华夏文明的平凉，究竟蕴藏着多少中华文化最古老的"基因密码"？

　　平凉是"福地"。1964年12月的一天，平凉泾川县几位在田间劳作的农民，不经意间用铁锹撬出了一个地宫，随即发现了国宝级文物石函、鎏金铜匣、银椁、金棺，以及棺内珍藏的十四粒佛祖舍利。银椁是国内考古的首次发现，佛祖舍利竟有十四粒之多，至今还居全国首位。公元601年，隋文帝杨坚下诏，将十四粒释迦牟尼舍利由高僧送往泾川，在与回山西王母宫遥遥相望的

059

大兴国寺修建了舍利塔和地宫。后武则天称帝，在大兴国寺的原址上建造了泾川大云寺，并将佛祖舍利用玻璃瓶盛装后，依次放入鎏金铜匣、银椁、金棺之中。

1969年冬天，还是几位农民，在距离大云寺遗址二百米远的地方耕作，发现了北周宝宁寺遗址，于是出土了石函、铜椁、铜棺、舍利瓶、舍利、金银钗、玉指环、医用铜刀等珍贵文物。2012年12月31日，泾川城关镇的农民在平整道路时，又发现一处佛像窖藏，随之出土数十尊北朝、北魏、隋、唐佛像，并在窖藏东西两侧各发现一个地宫，内有陶棺，藏有佛舍利两千余粒并佛牙、佛骨等——平凉的农民成了伟大的考古发现者，也说明平凉遍地是宝，凡"面朝黄土背朝天"的劳动者，一不小心就会挖出一件国宝。

平凉是佛教东传要道，也是第一站。东晋太元八年（公元383年），"后凉太祖吕光取西域高僧鸠摩罗什来到凉州，鸠摩罗什在凉州待了十七年，学习汉文，译经讲经……"为佛造像也是从那时候开始的，中国第一代雕刻佛像的匠人也应该出自凉州，他们最先开凿了敦煌石窟，然后是大同云冈石窟、洛阳龙门石窟……从北魏后期开始，能工巧匠们又来到平凉距庄浪县城不足三十公里的大峡谷地带，建造云崖寺。所谓"云崖"，因"一峰突起，丹崖翠壁，洞中生云，洞外盘云"而得名。寺，坐北朝南，丹霞凌空，窟列五层，层层相叠。佛像千姿百态，形意绝佳，是古人高超审美和精湛工艺的完美结合。寺外青山碧水，千峰争秀，石窟艺术与天然美景融为一体……所以云崖寺向来被视为"中国晚期石窟的集大成者"。于是有人说，今人再也凿不出云崖石窟、雕刻不出那么多神态各异又妙相庄严的佛像了。

未必。庄浪的百万亩梯田，就是现在的另一个"云崖寺"。

四十万庄浪人用了三十四年的时间,"先在山顶植沙棘戴帽,再以梯田为山缠腰,给埝坝种牧草锁边,为沟底穿靴以蓄水……"以兴修"水平梯田"为中心,兼顾山、水、田、林、路等,加以综合治理,从而改善生态环境,改良土质地貌……一点儿都不比建造云崖寺容易。"庄浪"这个羌语里的"野牛沟",渐渐变成了今天的"风烟绿水青山国"。或色彩斑斓一重重,重重旋升;或绿野翠埝一层层,层层攀高。田畴漠漠,泛水绵绵,庄浪梯田成了世界奇观,它的视频、图片频频出现在电视上、电脑里、手机里,成了一种自然之美的象征。如果云崖石窟是"洞天",百万亩梯田就是"福地",如同一铁锹能刨出一件国宝的福地一样。云崖寺供奉的是各方神灵,百万亩梯田呈现的是庄浪人坚韧的创造力。

在平凉,神仙洞府很多,与每一个神仙洞府相对应的就是人间福地:一百万亩紫花苜蓿基地,一百万亩饲用玉米基地,一百万头全国驰名的"平凉红牛",再加上前面讲到的一百万亩苹果园以及一百万亩梯田……平凉不止有着这么多的"一百万",还有着"陇东粮仓"的美誉,土地宽广,土质肥沃,自然资源丰富……"洞天福地",可谓一应俱全。

今日光明

  光明区，建制于明末清初。曾名"公平圩"，取"公道""光明"之意，以彰显公明，辨别善恶。

  公道自然光明，光明必然公道。成立"光明农场"，专为香港提供高品质的农副产品。"光明"有了更具体而深邃的含义，公平之上还有正义，光明之上还有人道。

  待深圳建市，为宝山所辖。到 2018 年，光明地段高楼林立，聚集了诸多科学研究机构和高新技术产业，建起世界一流的科学城，成为粤港澳大湾区的"国家科学中心"。白昼一派繁华，夜晚灯火通明，让我们想象中的未来真的到来了。

  于是，国务院下令，光明独立成区。

  光明区已经拥有百万人口，其中藏龙卧虎，不乏来自全国乃至世界各地的高端科技人才，施展殊能。它恰好又位于"广深港发展的中轴"，是广深科技走廊的重要节点，便自然而然地成为深圳的"智造高地"、生态型高新技术产业区。可谓得天独厚，高标逸韵。

"高新技术产业区"不难理解，为什么会是"生态型"？高新技术和生态如何协调？

不可把光明区想象成其他大都市里的一个普通区。这是岭南的一块宝地，面积156平方公里，且青山环绕，背山面海。境内岗峦起伏，端的是"万里青山入繁城"。典型的多台地和冲积平原，因此土地资源丰富，耕地面积两万余亩，还有近百平方公里尚未开垦的土地……潜力深厚，善生俊异。

"土地是财富之母"，现代发达国家，无不"以都市为灵魂，以土地为根基"。这是光明区的最大优势，也是在为深圳、为国家积蓄后劲儿。因此，这个现代工业发达的光明区竟然还有：

亚洲最大的养鸽基地；

国内最大的鲜奶出口基地；

广东最大的西式肉制品基地……

在光明区下饭馆，点饮品或甜品可以尝到"牛初乳"。有这么多"牛初乳"供应市场，得有多少第一次下奶的奶牛啊！

可见"基地"之称，实至名归。

有土地，还要有生命之源——水。光明区水系丰富，茅洲河穿境而过，另有15条干流和支流，草长莺飞，生机盎然，人们沿水而嬉，气韵俱盛。

水域广阔，于是形成鹅颈、大凼、红坳等18座水库，其中公明水库面积6平方公里，水深60米，库容1.42亿立方米，相当于杭州的西湖，是深圳的战略贮备用水。

从这个意义上说，光明区可谓深圳的"大后方"，或者叫作"根据地"。

天高地厚，山水连城，大自然赐予光明区以上佳的生态环境，再加上有规划也有条件刻意维护，自然是锦上起锦，花上添花。域内多古树奇木，其卓然见高枝，撑开浓荫，洒下一片清凉。除较集中的万亩荔枝林和83平方公里的生态控制区外，全域随处可见果木。

以红花山公园、虹桥公园、欢乐田园等260座大小不等的社会公园，构成全区别有特色的花园体系，做到了"推窗见绿，出门入园"。光明、光明，不远闹市，又不失宁静：林在城中，水在林间，房在园中，人在花中……

倘是穿过繁华的中心区，便是绿原阔野，阡陌纵横。古街两侧青砖绿瓦，林木森森，叶茂花繁。譬如大顶岭，山不是很高，道路整洁，没有垃圾不足为奇，也没有随处可见、人们却又见怪不怪的文字垃圾，就令人格外神清气爽。山上山下古木森然，繁荫重重，是人们早晨活动腿脚、强健身心的仙境一般的去处。

向往光明，自然要有一个回归亭，回归便是归心。这是一座建在山岗上的高台，周围珍卉丛生，随时异色。台顶建有回归亭，亭外有敞阔的平台，清风习习，成为百姓夜晚消闲的妙处。

每当夜幕降临，站在台上，深圳和香港的万家灯火尽收眼底，四周一片光华璀璨。平台上有情侣私语，有孩子嬉戏，有很多男女在跳舞，还有中老年合唱团在敞亮的亭子里放声高歌……

弘一法师有名联：放大光明百千亿，减除一切众生苦。"光明"应该还有一层含义，就是饶益众生。

上虞的"上与下"

"上虞"之名,最早见于殷商甲骨文。

由"舜与诸侯会事讫,因相虞乐"而得名。正是在上虞,舜受尧禅让,接受了"允执厥中"四个字,成为中华民族共同的始祖。《史记·五帝本纪》载:"天下明德皆自舜帝始。"虞舜创立中华道德,万事以道德为人本,"克明俊德,以亲九族。九族既睦,平章百姓。百姓昭明,协和万邦……"(《尚书》)遂成为华夏文明的重要奠基人,被奉为"道德始祖""百孝之首""文明之元"。

可见,上虞之"上",高山仰止,璀璨多姿。

其厚德,泽被后世,源远流长。唯上虞,得天独厚,文明早披,人伦卓异,鸿儒巨匠,史不绝书。以《论衡》被尊为思想先驱的王充,以奇书《周易参同契》成为"万古丹经王"的魏伯阳,"竹林七贤"之一的嵇康,创造"东山再起"传奇的东晋名相谢安,山水诗鼻祖谢灵运，十四岁投江救父的"千古孝女"曹娥，"咏絮"才女谢道韫，痴情烈女祝英台等，或言为士则，或行为世范，或义行懿德，赓续相继，葳蕤生辉。

秦嬴政二十五年（公元前222年）上虞置县，就是这样一个"县"的规模，自宋至清，便从上虞走出二百九十四位进士，其中文武状元七人。

时空更迭，进入现代社会，一所春晖中学就聚集了夏丏尊、丰子恺、朱自清、朱光潜、蔡元培、黄炎培、胡愈之、何香凝、俞平伯、柳亚子、叶圣陶、黄宾虹等诸多宗师巨匠……如今上虞只是绍兴市的一个区，却产生了以我国近代气象学和地理学奠基人竺可桢为代表的十五位两院院士。在中国，还有哪一个区、哪一个县（大大小小都计算在内）也能拿出一个类似的名单？

上虞的"上"，真可谓宏大而恒久，灿烂而辉煌。

那么，上虞的"下"呢？"上"在高处，是上层建筑。但世上哪有无下层的上层建筑？下是上的基础，上是下的反映。"若升高，必自下"，上行下效，推诚接下，上虞能有这样的"上"，其"下"之功不可没。

上虞为古越腹地，南天乐土，地理优渥，物产丰饶。南部灵岩秀峰，流泉飞瀑，林木葱茏，幽秘怡静；北部水网沃野，田畴铺锦，水墨农家，户户殷实。如此水土养得民风淳朴，百姓敦厚，尚德重孝，气节立身，耕读传家，勤俭为本。

社会转型，世风变幻，上虞不仅要承继"尧山舜水"的气脉，势必还会有新风标立于世，成为风尚。且看今日上虞基层正在广为流传的一些人物和故事——

王园园，自中国农业大学毕业后，留在北京并有一份不错的工作，正从"白领"一步步往上升。2013年却突然辞职，回到家乡上虞丁宅村，创建"南野生态农庄"。北京的朋友们无法理解，她自己也无法解释，只是知道自己并非心血来潮、灵机一动，或许是家乡那如诗如画的青山绿水，无时无刻不在诱惑她、召唤她，鼓励她要做点儿对得起家乡山水的举动。其父作为上虞的"老农"，也不同凡响，完全没有从前人们想象中的"老农意识"，认为女儿饱读诗书就该往上走，而不是回家务农。他竟关掉自己有污染的猪场，全身心投到女儿麾下，父女的全部积蓄加上从银行贷的款，相继投资五百余万元，将周边的山地、竹林等有用的、闲置的废地流转过来，对道路、沟渠等基础设施进行完善，即"道路硬化，河道净化，路边绿化……"

这是真干、大干的气魄，是背水一战。到底是学农业的，只四五年的时间，南野农庄已经拥有良种果木二百余亩，放养鸡禽的山林二百余亩，猕猴桃、水蜜桃、冬桃开始收获，禽、蛋及四季鲜果的销售口碑尤其好。她的农庄从一开始就注重衍生农产品的文化内涵，挖掘农产品的现代价值，提升其附加值。她深知国人被不安全的食品毒怕了，每天都在提心吊胆、小心翼翼地打理进口的东西。她就是要让消费者找到真正安全、环保的食品，捎带着成全了丁宅乡"四季鲜果小镇"的美名。

此女被上虞人昵称为"小园园"。上虞还有一位与她同名同姓、名头同样响亮的"大园园"，从浙江经贸职业技术学院毕业后，就职于宁波对外贸易公司。

其父王永田是上虞兴南村的种田好手，家有一百八十多亩稻田，受转基因传言的影响，他自产的上虞传统红米竟无人问津，不得不向身为"贸易专家"的女儿求助。大园园首先是带着父亲生产的各种稻米，找到国家权威食品检测部门做了无公害和非转基因的鉴定，拿到认证书后便在网上注册了"虞南之味"米店。

一经宣传,"园园大米"竟变成抢手货。其父大喜过望,乘兴邀请女儿回乡"创业"或者叫继承"祖业"。

不要以为"创业"就一定要在大城市,农村的沃野田园是更牢靠的家业!大园园竟没怎么犹豫,就真的辞职回到兴南村,帮助父亲采用"土著农耕种植法"种稻,稻秸还田,借大自然之手恢复地力,并陆续开发出由红香米、黑糯米、紫粳米等配比而成的"五彩米"……父女俩真是"种地种出花儿来"!已经有了一个销售火爆的电商平台,又成立了"虞南之味"实体店,不仅销售自家的产品,还无偿帮助村民代销当地各种有特色的农产品。

其实,大小园园不是上虞最早也不是最后回乡的大学生,近十来年上虞已经有一千六百多名大学毕业生回乡务农。在上虞一千四百平方公里的山野和平原上,不啻一场新的"上山下乡"运动。所不同的是他们丝毫没有不得了的沉重相,反而带着一种轻松的"因相虞乐"感。不愧是虞舜的子孙,是上虞水土养大的一代新人,以举重若轻的心态改变了自己的命运走向,改变了社会风尚,不再留恋城市,不再羡慕白领、金领,甚至使他们成为"创客"的第一动力也不是发财。小园园有言:"经历就是财富,比钱更重要。"

徐益伟就不缺钱,他大学毕业后在一家日资企业做翻译,经常往返于中日。一次在日本吃一种香甜黏的点心获得灵感,就辞职回到家乡上虞许岙村,做艾青团(又称"清明果",是江南一道传统糕点,用艾叶和糯米做成)。许岙村所在的四明山地区是中国艾草主产地,可不知从什么时候开始,艾青团失去了原有的味道,渐渐也就失去了市场。徐益伟自造设备,用最先进的工艺,最大限度回归自然,竟找回了艾青团浓郁的传统味道。香糯醇厚,不涩不腻,越嚼越有味儿。先是风靡全乡,老大妈、老奶奶都找来边学边做，随后是风靡网络，浙江理工大学上虞校区，每天的晚餐都订购一千个，一家知名的线上平台，仅五天时间从每天要两千个上升到两万个……现在已经"风靡大江南北"。

这种对自我价值的开掘和认可、在精神和文化上的成就感，是多少金钱换不来的。他们组建了"上虞新农人联盟"，办起了"农夫生态市集"，互通有无，互相帮衬，并常以"农小二""农创客"自居。从他们手上出来的农产品，从品质到包装完全变了，尽一切可能显耀自己的个性和艺术性、趣味性。

其中有个穿针引线式的人物，忙碌穿梭于村镇和"农小二""农老大"之间，别人都以为她的生意做得很大，其实她"不做生意，只做公益"，甚至自己搭钱，赔本为别人吆喝。其芳名贾小华，网名"茅草"，青年创客们更喜欢尊她为"二都草堂堂主"。她的本职工作是驿亭镇文化站站长、妇联主席……这两个部门加在一起就只有她一个人。如今还有什么不是"文化"？连信访和吵架告状，文化站都得管。上面千条线，下面一根针，"茅草"就是那"一根针"。她肩上永远都背着个大挎包，至少有二十多斤重，里边有笔记本电脑、手机两三个、充电器、书、农民手工艺品、农产品样品、在山地里捡到的几块青瓷碎片（上虞是全球青瓷发祥地）……她之所以能成为上虞名人、有极好的人脉和口碑，是因为她搭上了几乎所有的业余时间，无时无刻不在走脑子、想点子，帮助农民办展览、搞宣传、拓展销售渠道。只要她出手，还真没有被难倒过。

驿亭镇的特产是"二都杨梅"，她做二都杨梅的专业代言人已经十多年了，所有这一切都是无偿的。青年创客们常说的最带"鸡汤"味的话就是："玩物壮志。"她却真把农业"玩"大了，至少在上虞让农业成为有奔头的产业，让农民职业化，而且成为有吸引力的职业，让农村成为安居乐业、适宜生存的家园。所谓发达地区与贫穷落后地区的差别，主要体现在农村，而不是城市。外人来到上虞，就很难区分哪儿是城里，哪儿是乡村。城里如乡，只是高楼集中一些，奢华的商店多一些；乡村如城，只是"独栋别墅"多一些，作为补充，还多一些碧空白云，静野清风，丰林蔚蔚，香粳苾苾。更重要的是"人"的改变，观念一变，精神状态就大不一样了。不知是不是受大学生纷纷回乡当"农二代"的影响，上虞的"农一代"也陆续加入"创客"行列。

有的上规模，拥有被浙江省农业农村厅评为"无公害大米"的厉高中，打理着一千五百多亩稻田，有稻谷烘干机二十四台，每台一次性可烘干十五吨稻谷……可想而知他一年会收获多少粮食！

有的重科技，以"高精尖"取胜。上虞南部有方圆八百平方公里的山野，处女山地很多。五十三岁的裁缝顾彩娣，转行开山种果。二十年下来，她种的春香柚、青梅、砂糖橘，成为同类水果中的名牌。多年做室内装饰有了相当积蓄的陶中华，却一直怀有"庄主"梦，流转了二百多亩田地和三百多亩果林，改行种果树。几年干下来，他的"蓝珍珠"（蓝莓）每斤售价百元，还经常"一斤难求"。"葡萄大王"沈玉良，居然有自己的"玉穗野藤葡萄研发公司"，有自己的品种：宝光、天工翡翠、早下黑芽变、碧香无核……有的葡萄颗粒如乒乓球，每串都在十斤左右。丁林军领头联合章家埠村的三百多户人家，种植"舜阳"红心猕猴桃一千四百余亩，每年的销售额过千万……

创客们信奉"优胜劣汰，做大做强"才能立于不败之地。如今的虞南山区，已经有十五万亩鲜果采摘基地……果园哪里都有，但漫山遍野、累累硕果就壮观了，黄得灿若悬金，朱实万千星火；

满山飘香，四季不断，时令不同，有不同的水果成熟。这就是上虞地理和气候优势对创客们的成全。

上虞获得荣誉头衔最多的是有近两千人的祝温村："中国名村""全国民主法制示范村""全国绿色村庄"……评判现代村庄一般就用两个标准："富起来""美起来"。

"富起来"颇难判断，怎样算富？钱不少，但土地和作物的污染两三代人都治不好，还算富吗？"美"是看得见、可考量的。2017年在上海评选出的"中国最美村镇"中，上虞的覆卮山巅的东澄村入选。古屋白石黛瓦，街巷曲折幽静，千年古树护顶，高山草甸铺阶，梯田从山腰一侧铺排而下，又从另一侧自山脚叠层而上，两旁直岩如神，垒石涌浪。真人间仙境！只有站在这儿，才会蓦然有所悟，为什么是上虞对多年困扰国人，甚至使国人对其失望甚至渐渐绝望的土地污染、食物毒化有了破解之道？上虞不愧是成就舜为"仁圣"的地方，现在的上虞"新农人"，成功地进行了生态农业的实验，让国人看到了吃上安全食品的希望，自是功德无量！

祝温村还有一个国家授予的荣誉：群众最满意的平安村。这个头衔让人感到新奇又温暖，还有什么比百姓的"平安"更重要？谁又能想象带领这样一个大村长期保持平安的一把手，竟然是一位七十岁的老太太——杭兰英，而且她当祝温村的一把手已有三十多年。她年轻时是这个村里的赤脚医生，对各家的情况都烂熟于心，并养成了救急解难的心性。三十多年来，她是这个村里说了算的人，却从未向村里报销过一分钱，连村里有接待任务，都是她自掏腰包，包括办公室待客的茶叶，都是她从自己家里拿来的。

有人算了一笔账，几十年下来，她为村里垫了四十多万元。

她和不同时期的诸多国家政要都握过手、照过相，但她身上没有那种见过大世面的人惯有的风度和微笑，仍然是位一团和气、朴朴实实的农村大妈，不张扬，话也不多。

　　如此看来，上虞新的"乡贤榜"同样是个庞大的名单。这样，上虞的"上"与"下"才匀称，才协调。"圣人积聚众善以为功"，是上虞之德，也是上虞之福。

横琴发新声

珠海多"珠",有大大小小一百四十六个岛屿,如一颗颗翠珠洒落于海。

其中,最大的一颗是横琴岛,分大、小横琴,若两把古琴摆放于珠江口外的碧波之上。千万年来,吟风啸浪,相对而鸣,或急或缓,如泣如诉……

珠江三角洲多"门":江门、虎门、崖门、横门、斗门、澳门、磨刀门、十字门……横琴岛有两个门,西面磨刀门,东面十字门。出十字门向东,便是伶仃洋,与珠海的外伶仃岛遥相呼应,更像是横琴的知音。

在外伶仃岛的巨石上,刻着文天祥的千古绝唱《过零丁洋》:"辛苦遭逢起一经,干戈寥落四周星。山河破碎风飘絮,身世浮沉雨打萍。惶恐滩头说惶恐,零丁洋里叹零丁。人生自古谁无死?留取丹心照汗青。"

文天祥为江西庐陵人，在赣江的十八滩中确有一个"惶恐滩"，江流湍急，礁群狰狞，令行船者惶恐惊怖。原本是宋将的张弘范，降元后成了灭宋的统帅，逼迫被囚的文天祥以南宋丞相的身份写信招降坚守在十字门的宋军统帅张世杰，一挥而就，写出这篇七律。

这也是大小横琴发出的第一次激昂壮烈、椎心泣血的鸣响。时为1279年，大宋王朝覆亡于此，遂使十字门成为古时最著名的一个"门"，并成就宋人在此"门"上演了全本的"忠、义、节、烈"大传奇。

"忠"的主调，当是由文天祥完成。他被俘后几乎所有的元朝高官和已经降元的宋廷同僚，都费尽心机劝降他，想借他的投降而立功，却都被文天祥或讥或讽或骂地顶了回来。元朝刚立国，急需治国能臣，开国皇帝忽必烈遍访大臣，又大都举荐文天祥。他不得不亲自出面招降，并许道："汝以事宋之心事我，当以汝为宰相。"

文天祥却不为所动："我为大宋宰相，安能事二姓！唯愿一死，足矣！"

忽必烈无奈，又招来早被囚于元营的宋恭帝做文天祥的工作，皇帝劝自己的宰相一块儿投降敌人，这在中国历史上绝无仅有。自己的皇帝出面，文天祥只好收敛锋芒，连说："圣驾请回，圣驾请回。"让这个倒霉的皇帝碰了个软钉子。文天祥在一污秽狭小的土室里，被囚了两年多才被杀，遂留下了不朽的《正气歌》。其耿耿忠心被史家誉为"三千年不两见"！

而将一个"义"字诠释得淋漓尽致的，是十字门守军主帅张世杰。明知大势已去，如果投降，不仅能保命，还可享受荣华富贵，眼前就有例子：敌营的主帅是他的叔伯兄弟，降元后又被委以重权。他的外甥降元后也有个不错的功名，并三次进帐招降于他。但张世杰始终正气凛然，誓死尽职。最后时刻，他挺立舵楼，迎着飓风对天呼号："我为赵氏，仁至义尽！一君亡，复立一君，今又亡。我若不死，只望敌兵退后，别立赵氏后人以存社稷。今又遇此，岂非天意！"登时海天变色，狂风呼啸，怒涛如山，刹那间大海便将张世杰和他的战船以及残余宋军，全部吞没。但历史，留住了他的英魂。

与文、张同朝的陆秀夫，则背着小皇帝跳海，将"节、烈"推向极致。陆秀夫是宋景定年间的进士，同榜的状元便是文天祥，古人称"忠节萃于一榜，洵千古之美谈"。1277年5月，为逃避元兵躲到广东硇州①一个小岛上的宋少帝赵昰病逝，尚不足十岁。"群臣多欲散去"，唯陆秀夫站出来力挽狂澜："度宗皇帝一子尚在，将置其何地？古有以一旅以成中兴者，今百官有司皆具，士卒数万，天若未欲绝宋，此岂不可为国邪？"于是拥立年仅八岁的卫王赵昺为帝。但南宋王朝已是风雨飘摇，君臣播越、人心惶惶，而他每次上朝"俨然正笏立，如治朝。或时在行中，凄然泣下，以朝衣拭泪，衣尽湿，左右无不悲恸"。

当看到张世杰战败，南宋王朝想苟延残喘的最后一线希望破灭，宋朝君臣除去投降别无他路时，陆秀夫便"先驱其妻子入海"，然后入船舱把小皇帝赵昺请到船头，倒头泣拜："国事至此，陛下当为国死。德祐皇帝（宋恭帝）辱已甚，陛下不可再辱！"哭诉毕，背起小皇帝，纵身跳入滚滚怒涛。此时的小皇帝已经九岁多，应该懂事了，显然也听懂了陆秀夫的话，知道陆秀夫背起他要干什么，但他不哭不闹不挣扎，不失天子尊严地随着最可靠

---

① 岛名，在广州。

的大臣蹈海赴死。小小年纪难得有这份烈性，与高风亮节的陆秀夫，共同完成了在中国历史上频繁的朝廷更迭中最为凄美壮烈的一幕。

横琴真是一座奇岛，见证过中国的历史，接受过惊天地泣鬼神的历练，随后竟能把自己藏起来，从历史的大热闹中毅然抽身，回归简朴与自然，在人们的眼皮底下淡出了人们的视线。横琴这一藏就藏了七百多年，藏风纳气，休养生息，直养得山清水秀，土地丰润，就连牡蛎都格外肥美……岛上"百步万棵树，块块奇石都是景"，晴天十步一瀑布，雨时处处有瀑布。岛的四周，海湾像花边一样相连，或沙滩绵延，或怪石嶙峋……

终于，横琴等来了自己的时刻。2009年8月，国务院批准建立珠海横琴新区及其总体发展规划。曾经的壮怀激烈，曾经的大浪淘沙，都化作丰厚的精神积淀，培养了横琴的沉实、从容与大气。谋定而后动，后发而先至——在人类社会的发展与进步中屡见不鲜。

琴弦已调好，总谱业已写就。而此时的横琴，视野雄阔，气度朗健，要弹奏新的"十字门变奏曲"：大海扬波，清风鼓荡，十字交汇，门通天下。

横琴必兴，又将震古烁今。

千年传奇"江之阳"

江阳,"酒城"泸州的古称。当地还流行一种昵称——"江之阳"。

古云:山之南、水之北曰"阳"。长江自青藏高原的唐古拉主峰一路倾泻南下,至江阳从南面抱城而过并顺带吸纳沱江,方开始转头东奔。这条亚洲第一长河,横贯中国南部6 300公里,两岸像模像样的城市不下数十座,唯江阳占全了"江"与"阳"两个字。

"枕带双流,据江洛会",因水而生,以水为性。肘江负山,以火为形。得风气之先,又兼具滚滚江水的劲势。长江成全了江阳,江阳对长江的格局与气韵的形成又至关重要。于秦时造城,汉代置郡,兴于宋明,有"北宋看开封,南宋数江阳"一说。当时老窖酒已香飘四海,城里城外,招牌林立。"城下人家水上城,酒楼红处一江明。"① 其繁华可见一斑。至清代已成"西南要会"，改建城橹，鼎新雉堞，焕然周遭，雄冠西蜀。

城市一出名就变大，城市越大越需要一个中心，是谓"城中之城"，江阳便成了拥有"浓香鼻祖，酒中泰斗"的泸州心脏。恰逢江河文明进入鼎盛时期，江阳本就是山水城市，有广阔的滨水空间，应时顺势建起了西南第一个自立式综合码头，被列为重要的商业口岸。四海八荒，物畅其达。民谚称："装不满的泸州，填不满的重庆。"即在江阳不停地装，到重庆不停地卸。

这还不算奇，偌大一个"文明古国"，千年古城总有几座。但，从曾经的繁华与辉煌转型为"极度适合现代人居住的城市"，江阳即便不是首屈一指，恐也排在前列。这固然要有大数据支撑，但更需百姓认可，要有佳话在民间流传。物质过剩的商业社会，人们却奇怪地缺少幸福感，以至于记者们举着话筒在大街上一遍遍追问路人："你幸福吗？" 2017年8月，清华幸福科技实验室发布了2016年度《幸福中国白皮书》，2016年微博幸福指数排名第一的城市是泸州！

早在1995年，国家就颁给泸州"国家卫生城市"奖，2000年联合国又送来一项令世界许多国家艳羡的"联合国改善人居环境最佳范例奖"，此后还有"森林城市""园林城市"等诸多封号送过来。在普天之下都在怨怼生态毁坏惨重、环境污染酷烈的情势下，江阳的"独善其身"难道不令人称奇吗？那么，是江阳天生自然条件好，是谓"天赐"，还是后天人之所为？抑或是兼而有之，天不负人，人不负天？

民间有个说法流传甚广，"江阳的水土养人"。再问一句：如此

---

① 出自清代诗人张问陶的《泸州》。

"养人"的会是怎样的一种水土呢？先说水。江阳的地表水资源当然以长江为主，此外还有沱江、倒流河、渔子溪等共计29 200亿立方米，再加上5 699亿立方米的地下水，其水资源总量为34 800多亿立方米。这组数字能表达一个什么概念呢？北京的水资源总量是21亿立方米，人均100立方米，而世界人均淡水量是8 400立方米。世界缺水，中国尤甚。国际上一些重量级学者一再放言，下一次世界大战不是为抢油，而是抢水。事实上已经等不及大战爆发，许多年来为了争水，村与村、镇与镇，乃至县与县，结怨甚多。而江阳，每年入境水量为2 421亿立方米，出境水量却是2 946立方米，不是从长江截流，而是向长江输送了520多亿立方米的水。这对成就长江下游的雄浑壮阔之势厥功至伟。

别处缺水，江阳何以水用不完呢？因其地处"天府之国"四川盆地南部，下有河网纵横，上有群峰护卫。镇镇有山，县县有水，处处依山傍水，山水辉映。据传明建文帝曾站在方山之巅数出江阳有九千一百座翠峰，从这些峰峦上流下来的可都是净水、矿泉……自古以来天下以水为净，水量丰沛，地下自然不会像北方那样因过量打井形成一个个巨型漏斗，大量工业污水就得以偷偷注入地下。所以水越多，越干净；越是缺水，污染越重。古训认为"滴水"是"恩"，在严重缺水的现代社会，尤其如此。可见江阳之水，既是上苍对江阳的厚爱，也是江阳之德。

所谓水土养人，莫如说是水养德，德养人。

"水"如此，再说"土"。人们大多只知中国西北有黄土、沙土，东北有黑土，云贵多红土，却不知被誉为"天富粮仓"的江阳竟是紫土。紫土俗称"水稻土"，厚约六十厘米，沙壤适宜，肥力较高，宜种性强。一片片数万亩或数千亩一块的河滩地，打理得十分齐整，与川江搭配成巨幅图画，美不胜收，令人叹为观止。凡对农村有一点点感情的人，看到江阳的土地都会从心底生出无限欣慰，恋恋不舍。

而江阳之"阳"又是以山为背景、为依托的，古时便有"三山九庙不出城"之说。其实还有玉蟾山、乌蒙山、忠山、方山、笔架山等。仅一座方山，就令世人千秋万代难以描摹。其形八面，面面皆方，方方正正，巍峨高耸。上面古木参天，郁郁苍苍；下瞰两江，江江如练。汇势聚气，景象万千。"天下名山僧占尽"，这样的好山自然少不了古刹、名刹，至今尚存四十八座寺庙，深锁于淡烟乔木之中。其中云峰寺里有世界独一无二的黑脸观音，妙相庄严，香火鼎盛。佛因山兴，山因佛名，难怪清康熙至此，兴奋异常，挥毫题匾——第一名山。

有什么样的水土，就会有什么样的物产。江阳盛产糯米、高粱、玉米……于是，粮食的精华——老窖酒在古江阳诞生了。至秦汉成形，于唐宋大兴，浓香甘烈，回味无穷，后来被尊为"中国白酒鉴赏标准"。于是，以江阳为"核儿"的泸州，与赤水、宜宾成为"中国白酒金三角"上端的一角。人们常说，长树的山里无矿，荒山秃岭埋宝藏。有着佛宝国家森林公园、大面积原生黄荆老林的江阳诸山，不仅极目葱茏，绿波滚滚，下面竟矿藏丰富，世所罕见，也因此成就了"江阳之谜"：这样一个优美的山水古城，产美酒以醉人是合情合理，天遂人愿。谁能想得到，江阳竟然还是西南大型机械制造中心、新兴能源产业基地。这可是支撑国家经济发展的支柱型产业。一个城市的"幸福指数"不能没有自豪感，而自豪感来源于"活得好"和成就感——即对自身存在价值与贡献的欣慰。

然而，都说"一方水土养一方人"，国内乃至世界，辜负甚至毁坏了好水土的例子数不胜数，为什么千年古城江阳的好水土能将人养好呢？江阳之"谜"很多，有"谜"才有传奇。比如张坝桂圆林，4 500余亩，百年以上的桂圆树15 000余株，树龄最长的已有360年。而桂圆树，越老果实肉质越佳。从张氏先祖发现长江在江阳形成的"几"字形套窝里，最适宜种植桂圆，果实甜美多汁起，距今已传至第十五代。

此处是全国最大的一片桂圆林，也是国家唯一的"桂圆种植基因库"。其间还杂有数千株荔枝及楠木等珍稀树种。这么一大片少有的、珍贵的古木园林，管理得竟像没有人管的野园。浓荫重重，有通幽的曲径，也有较敞亮通透的明道；古木奇形怪状，鲜花五彩斑斓，满园野趣，又不失洁净美适，令人流连忘返。

每年自夏至秋，香飘四野，荔枝先熟，桂圆随后，硕果压枝，累累团团，摇摇欲坠，除果树的主人采摘，无人看管，也无人偷摘。全园没有一幅强制性标语，诸如在许多大公园乃至名园里随处可见的"不许采摘果实！""不许攀爬树木！""不许毁坏果木，违者重罚！""不许乱丢垃圾、践踏草地！"，等等，不一而足。张坝桂园林外没有围墙、铁网，园内没有隔离性的栏栅，任何人都可随时随意进入。园内可散步，可健身，可休闲娱乐……园内的果木属于私人产业，许多年来无人发现有失窃、物品损坏的现象。江阳人的修为和善良，又是如何炼成的呢？

巨大的张坝桂圆林，成了江阳人精神面貌的一面镜子。

"传奇"不只需要有大架构、大事件，还要有无数小故事。深冬的一个深夜，两位多年未见的老知青邂逅，酒足饭饱，握手拥抱，一位依依不舍地走了，另一位摇摇晃晃在将要摔倒的一瞬，巡警抢步向前将其扶住，不料此兄已醉得不知此身何身、家住哪里。巡警只好将他架到警车上。他身子一挨座椅，便极自然地顺势倒下，呼呼睡去。巡警打开车上的暖风，让这位老知青在警车上舒舒服服地大睡了一夜。谁说这个世界冷漠自私？江阳的警察是不是让人感到一种难得的安全与温暖？

当许多城市里"狗案"频发、"狗患"连连，江阳分水岭镇的狗出门都戴着笼头。网上还流传过一段视频，江阳的狗呀猫呀在市区过街，都会走斑马线……那种装腔作势、人模狗样确实好笑，可以当笑话传，也可以看作一种佳话。习惯成自然，积微成大，便强有力地影响着社会风貌。

这便不难理解，江阳为什么至今仍然"德泽莺声韵正长"。古江阳原是巴国①重镇，盛行"袍哥文化"。而今"袍哥"没有了，"文化"留下来，并随着社会变革衍生出一种重情重义、忠孝刚正的民间风俗。以忠山立誓，以方山为碑，以天下独有的报恩塔为证。这也正是江阳最为神奇之处：在一向被称作"多灾多难"的中华大地上，"自有历史记载以来，江阳却从未发生过大的灾难"。当今世界还存有许多未解之谜，或许江阳之谜，暂时可用古人的智慧来解释："善不妄来，灾不空发。"千年的幸运，绝不是偶然，极有可能是人类行为的必然结果。

"江阳水土"的本质不是水，不是土，是人。唯人，才是城市活力的根本动力。江阳在城市沿革中，选择了对人的尊重和爱护，让百姓切身感到舒适与自信，这才是千年古城依然生机勃发、活力四射的原因。"以义取人，以道自任"，江阳创造了自己的传奇，这传奇说不定会成为现代城市文化的经典。

---

① 巴人于夏朝时建巴国，公元前316年秦灭掉了巴国。

上篇 耀 闪亮之城

离太阳最近的城市

  我要去揭阳市,也知揭阳有机场,到机场却发现所有关于我这一航班的信息,都标示的是从天津到汕头。汕头就汕头,飞机最终还是降落在揭阳。其全称是"揭阳潮汕机场",这大约是全国独一无二的"三市组合命名"的机场,表示潮汕文化圈是一个整体。

  世人恐没有不知潮州、汕头的,潮汕人擅经商,多富翁。但粤东古邑揭阳,才是潮汕文化的源头。其得名于古代五岭之一的揭阳岭,春秋战国时属百越地,秦始皇平越后,于公元前214年设立揭阳戍守区。汉武帝元鼎六年(公元前111年)建制揭阳县,管辖现在的潮汕、梅州和闽南的龙溪、漳浦等地方。

  然而揭阳最大的特点是其位置位于北回归线上,是名副其实的"中国离太阳最近"的城市。每年夏至之日,阳光垂直而射,揭阳"立竿无影",遍地坦荡,亘古磊落。

  同在北回归线上的还有汕头的南澳岛。

"离太阳最近",是不是意味着火烧火燎、干旱异常?且不说日照充足本就是难得的大自然厚爱,羡煞经常不见天日的雾霾重地,而实际上揭阳年平均气温为不冷不热的21.4℃,因其海域达9 000余平方公里,大于5 000多平方公里的陆地面积。而陆上竟也有大南山、大北山、莲花山三大山系,大小山峰2 000余座,有峰皆绿,郁郁葱葱,蕴藏着极丰富的水资源,成就了榕江、龙江、练江三大水系纵贯全境。

于是,揭阳成为全国光、热、水三大资源富有的地区之一,年降水量在1 720～2 100毫米——在当今世界淡水资源匮乏的情势下,这是个什么概念?不要提那些几十年乃至数百年滴雨未落的极端地区,也不要说那些年降水量不足100毫米的洲,与同样也是海滨城市、历来被称作"九河下梢"的天津相比,后者近二十年来平均年降水量只有525毫米。如今不只是"春雨贵如油",只要不集中到一块儿形成涝灾,什么时候的雨水都"贵如油"。

如此优异的自然地理条件,倚山濒海,山川毓秀,揭阳不只赢得了神奇而富庶的美誉,还被尊为"海滨邹鲁"——是出圣人(至圣孔子的故乡是"鲁"、亚圣孟子的故乡为"邹")的文化昌盛之地。既为潮汕文化的源头,对举世闻名的"潮汕人"性格的形成产生了巨大的影响。全国任何一个地区都会有人在海外谋生,在人口统计或做基本情况介绍时,却不会特别强调这一点。而揭阳在统计自己的城市人口时,除去报出在国内的揭阳人有701万,还不会忽略在世界各地的揭阳乡亲320万、归侨及侨眷180万,加在一起就是500万。这就是说,凡是有阳光照耀的地方,就有这个"离太阳最近"的城市的人。

为什么揭阳在统计人口时,一定要把已经离开本土的人计算在内?这是揭阳地域文化的特征,也是揭阳人乃至潮汕人的性格使然。他们的乡情乡念格外强烈，不仅抱团，发财后大多会回到家乡回报故土，等于国内有一个揭阳，国外还有一个揭阳。

扩而大之，整个潮汕地区莫不如此。

比如张友发，年轻时闯天下在外面发了财，中年回到家乡投资生态、环保产业，买下了望天湖周围的5 000亩山林，成立了现代农业科技公司。除农业以外还发展林下中药材种植、娃娃鱼养殖、生态旅游等，经过几年的努力，成为广东省的农业和林业的"龙头企业"以及农业科技示范园区。其湖面有千余亩，岸线曲折，湖汊纵横，小岛星罗棋布，整个山林没有工业污染，水质清澈，原生植被繁茂，每月都会有一两头山里的野猪自动钻进公司饲养的野猪群，足见望天湖的自然生态环境保护得有多好。当地盛传一句话："在望天湖住一天，足够到广州糟蹋一年的。"

还有郭美有，在北京、上海做房地产积攒了足够的资金后，回汕头投资创建了"金园中学"。从金园走出的学生中已有人在国际上获得了重要的科技奖。更为难得的是郭美有喜欢收藏，将大半生收藏的奇珍异宝捐给学校，供学生观赏、研究、描绘，让学生开拓视野，陶冶心性。刘绍喜的宜华集团则是国际企业，全球共有员工30 000人，在美国有加工厂和销售处，在加蓬买了35公顷原始森林……走进宜华的博物馆，让人觉得世界上跟木头有关的最有价值的瑰宝都集中在潮汕人的手里了……在潮汕讲这类富翁的故事可是一本大书。如今经常听到"故乡难回"的感叹，越是有钱人越觉得回不得家乡。急功近利的商品社会，似乎阻隔了乡情或让乡情变异。很会发财的潮汕人，为什么很少有这种感叹，一如既往地喜欢"荣归故里"、造福桑梓？是最擅经商的人最懂商，不因商害情，还是离太阳最近的人心中敞亮而温暖？

大别之山

  大别山无疑是名山。
  然而，你除去知道"刘邓大军挺进大别山"的故事，还了解些什么？中国的名山我差不多都去过了，有的还去了不止一次，却从未有机缘登上大别山，它至少在我的心里还保留着一份神秘。
  同样也是两个神秘的文字，让我有机会跟大别山结缘。天津的公共汽车上，背着两个犹如用古剑拼成的大字——迎驾。气势磅礴，力道千钧，极其醒目。每天清晨，我都骑着车追赶这两个字，在它的引导下轻松奔向游泳馆。一次在没有准备的情况下匆忙接待外地朋友，我灵机一动点了迎驾酒，这个名字好，迎接大驾嘛！
  在任何酒桌上，最好的下酒菜是话语。有话好说，有故事可讲，酒就喝得痛快，即所谓"酒逢知己千杯少"。不想"迎驾"还真是地道的粮食酒，于是我决定以后就用此酒"迎各方大驾"了。
  说来也巧，我不久便接到安徽老作家季宇先生的邀请，参加"迎驾大别山生态文化笔会"。无须"挺进",被如此客气地迎进大别山,这样的机会焉能错过。

名山多不神秘,在中国的诸多名山之中,似乎唯大别山是个例外。这一点只有置身大别山中才能有所感:一是因为它"大";二是"别",特别、大大有别于其他名山。

名山大多单指一个主峰,或有一座宝刹,或一片紧凑的风景。而大别山,绵亘千余公里,横跨鄂豫皖三省,仅是核心部位六安市就有二百多座千米以上的高峰。北望中原,南眺荆楚,东指南京,西隔武汉,群峰巍巍,气势壮阔,其特殊的战略地位极其重要。所以,1947年8月刘邓大军全部渡过淮河,隐身于大别山,国民党政府便感到大事不妙,在军事上南京、武汉已成了解放军的囊中之物。解放战争也确是由此转为战略进攻。

"三山六水一分田",天下不缺大山。大别山"别"在哪里?

这个结论是太史公司马迁下的:"山之南山花烂漫,山之北白雪皑皑,此山大别于他山也!"大自然在这里进行了"脱胎换骨的蜕变",使其成为长江与淮河的分水岭,山之南麓水入长江,山之北麓水入淮河。不仅山南北的气候环境截然不同、植被差异极大,就是山的高处和低处也迥然有别。由于大别山被断层切割成许多菱形断块,山麓线挺直,山地多深谷陡坡,且坡向多变,地形复杂,随着海拔的变化,山地有别,气象有别,草木有别,形成丰富多变的森林大观。

大别山不只是"山有多高,水有多高",更是"山有多高,土有多高"。皇天后土,高山上的土层其珍贵程度堪比山里的矿藏。于是在大别山的深处、高处有着大片的原始森林,大的千余平方公里,小的数千亩,层峦叠翠,莽莽苍苍。在大别山腹地,则有一片十万亩的"大林竹海",郁郁葱葱,烟波浩渺,难怪处于大别山核心区域并拥有第一高峰白马尖和次高峰多云尖的霍山,竟是中国中西部的第一个"国家级生态县"。两年前联合国千挑万选,最后将"全球生态对话会"放在霍山县举行。

优越的自然条件和独特的地理位置,让大别山成为古人重要的活动基地。被尊为"上古四圣"之一的皋陶,就在此地创"五刑"、兴"五教"、定"五礼"、立"九德"。后来的孙叔敖,则施教导民,宽刑缓政,造田兴山,成就楚国霸业,大别山也便成为中原文化与吴楚文化的交汇处,甚至成为"迎驾"的胜地。

公元前106年,霍山迎过南巡的汉武帝的銮驾。东汉永平十一年(公元68年),这里迎来了古印度的高僧和佛教经典,并为主峰定名白马尖,与中国第一古刹洛阳白马寺相呼应。"尖"——在宗教中表达了"对天的向往和崇拜",不仅排在大别山前十位的高峰都叫"尖",其他许多大大小小的山峰名称,也都追随主峰,名字里有一个"尖"字。诸如天河尖、双龙尖、霞光尖、太阳尖、鸡笼尖、堆谷尖,等等。

这一"寺"一"尖",正好代表了中华文明的两个重要源头:黄河流域和长江流域,也因之成就了大别之山的历史与文化基因。大别山人重情厚义,淳朴善良,有着山一般的勇气和力量,自黄麻起义后的二十二年间,大别山有二百万人参军、参战,牺牲过半,然后迎来中华人民共和国的诞生。凛凛而大别,英雄出其间。

这也应该是对"迎驾"的最好注解。

上篇 耀闪亮之城

新版"龙凤呈祥"

人之大欲莫过于爱,爱有归宿便成婚姻。消费主义使"有情世间"变作忙碌的竞争场,现代人在拥挤中孤单,"剩女""剩男"成了当今社会的一大景观。

于是为保持人类自身的"生态平衡",无奇不有的相亲形式应运而生——登报征婚、电视速配、舞台牵线、网络做媒、相亲软件、婚介公司等,凡稍大一点儿的城市几乎都有相亲公园,让现代男女的相亲变得极其便捷,随时随地都可以进行。然而"孤单"现象却仍未见缓解,据一知名婚恋网站的统计,只一个东莞就有单身男女117万,对一个地区级的城市来说这实在是个惊人的数字,其中20%还是"高富帅"或"白富美"。

事已至此,解决婚姻大事似乎只有求助神灵了?

心诚则灵,世间果然就诞生了这样一个相亲胜地:观音山。其坐落于东莞市的东南方,相传为大慈大悲观世音菩萨入中土时的首处停留之地，宛若珠江口上方的镇海仙峰，层峦拥翠，云蒸霞蔚，千百年来梵音缭绕，花雨缤纷。山顶有一尊世界最大的花岗岩观世音菩萨雕像，妙容清绝，怀柔万类，给人以香气盈袖、禅风薰薰之感。再加上自古以来"观音送子"的信仰，送子先要送婚姻，送婚姻先要结缘，由是观音山吸引了一批又一批渴望爱恋的男女。

据媒体公布的数字，近3年来有超过50 000来自香港、广东等地的人到观音山相亲。按性别论，"女性占62%"，略多于男性；以职业分，"白领占72%"；看年龄，"以30岁以下的年轻人居多，并涵盖了许多不同的年龄段"，其中"有4 000人现场速配成功，1 000人已经步入婚姻殿堂"。真是老天爷保佑，"婚介专家"说这样的成功率实在是很难得了。

究其原因有三：其一是观音山很美，鸟语花香，曲径幽丽，山上森林覆盖率99%，为"国家森林公园"，在各种类别的森林中属于最高级别，山上有全国首家"古树博物馆"。无以言说的美境，令人心神爽悦，触景生情，更乐于交流，也更容易被感动。这实在是谈情说爱的最佳境地。

其二，第一眼相中了对方的一双男女，可选择徒步登山拜观音，一两个小时的山程，各自都更容易展露真性情，男的有机会怜香惜玉，女的也能表现自己的体贴细致，双方可快速加深了解，增进感情。人往往"在途中"有奇遇，更容易见真情、结奇缘。

其三，跟观音山所坐落的地理位置有关，珠江三角洲地区，新兴行业多，人口密集型产业多，不仅白领多，产业工人也多，他们适应了珠三角的生活，不愿回乡相亲，再加上社会有些人诚信缺失，长期缺乏交流，因之产生了大量未婚男女，乃至阴盛阳衰。大龄单身者的剧增又促成了婚庆行业的兴起，随之形成了从观音山到龙凤山庄的"相亲成婚一条龙"！

于观音山东南，有"龙岗""凤岗"两镇，两镇之间的高坡上修建了一座十分惹眼的巍峨宫殿，名为"龙凤大殿"，是定情男女"走进婚姻殿堂"举行大礼的地方。"礼不行则上下昏"，婚姻要以婚礼的方式呈现，如果有人不知道什么是"大婚"，可到这里观摩，天天都有"大婚"的盛典在上演。

当今已经没有"天子诸侯"之类，如果愿意，谁都可以到这里过一把"龙凤呈祥"的瘾。自2012年来，这个龙凤大殿里举办过百对"两岸三地"的新人、百对客家华侨、百对公安边防官兵的集体婚礼。在大殿旁边有一个"迪士尼乐园"般的婚纱拍摄基地，里面建有集西方建筑文化精髓的欧美、东南亚、客侨、港澳台等诸多"风情园"，还有儿童乐园、四季果园、梦幻表演城、动感游乐城、婚俗博物馆……这一大片风情万种、热热闹闹的地方，统称为"龙凤山庄"。

"如此温山得柔水，仙乡不婿婿何乡"。近两年来就有60 000对新人来此拍摄婚纱照，此庄被称为"蜜月之都""魔幻爱情基地"。不必说"世界之大无奇不有"，一个中国就足可以当得起"无奇不有"，比如有个"婚庆风云榜组委会"，该组委会授予龙凤山庄"中国最大婚礼基地"的称号。结婚还要有基地，喜事也需"做强做大"。这才叫："观音成全的爱情，童话一样的婚姻。"

善哉，善哉，向他们道喜！

欣然，信然！

  我曾两次到过奈良，怀有强烈的好奇心想去看一个地方，却都未能如愿，那便是"暴死寺"。庙不大，香火很旺，日本人似乎将"暴死"看作"好死"，到了一定年纪甚至渴望能够"暴死"。就如日本电影《楢山节考》所表述的，女人活到六十岁还不死就被背到山上活埋。按中国的习俗，"暴死"则等同于"横死""恶死"，是"不得好死""不能善终"的一种死亡，极不吉利，所以同行的人坚决阻止我去参观这样的地方。但我们也有一句"修死不修生"的古训，南怀瑾有言：古代修行的人，要死的时候自己先晓得时间。不管他是修佛家的、道家的、密宗的、禅宗的，修到了知止而后有定，普遍都能做到"预知时至"。每个人的生不由自己选择，却可以追求"死得其所"，以一种较为自然和没有太多痛苦的方式告别人世，"无疾而终"地为人生画上句号，会被人尊为"高人"，"有后福"。

当下人无论能不能"修死",一活到七八十岁,恐怕都会想到这件事,何时走?怎样走?中国进入老龄化社会,老年人若想进一个规范、稳妥的养老院,不比年轻人考公务员更容易。如果指靠子女,那就得核算一番,假如自己是二十五岁得子,到八十五岁时孩子方才退休,在这之前有个短期的头痛脑热还可以,倘是长期需要人照理,那可就不一定是"好死不如赖活着了"。

现实逼得老伙计们对如何走完人生的最后一段路,不得不"修",不得不"忧"。前不久我去无锡参加一个活动,结识了一位智者,若醍醐灌顶般打开了另一番思路。此公大名汪开泰,年已七旬,看上去不过六十岁出头,面有光泽,眼有精神,却曾患高血压四十年,糖尿病八年,胰岛功能几近丧失。最痛苦的是由于身体器官严重缺乏营养,周身奇痛无比,生不如死。多年来跑过多家医院,均无大效,这中间还把老伴送走了,可谓"破罐熬坏了好罐"。

正当万般无奈时,听说无锡安国糖尿病医院有一种自然疗法,便抱着"死马当活马医"的侥幸心态去试一试。不想试了五次,骨头缝里的奇痛消失,所有药都停了,血压和血糖还依然能保持正常,经监测,胰岛功能也恢复了百分之八十。去年秋天外孙子去外地读大学了,他毅然将自己的房子卖掉,把钱存进银行,用每月的利息在安国医院的对面租了一套房,剩下的钱还足够天天在医院吃营养餐,闲暇时在病房做志愿者,现身说法,为病人服务。

我感觉他的经历像一个奇迹,他却说在医院里这不算什么,还有比他更严重的病人也被治好了。我称他首创了一种新的养老方式。他说:"用这个钱未必能住上好点儿的养老院,在这里却比任何养老院都保险,医生根据我的具体情况配餐,我身体有一点儿问题立刻就可得到调理,把自己交给这儿,心里一下子踏实了,孩子们也放心。"

我问他："现代人多疑，顾虑也多，你就这么信任这家医院？"他说："我的病是真的，我受的罪自己知道，而现在一身轻松是千真万确的，我就是不相信自己，也相信他们。如果我在家里，不说别的，单讲吃饭这一件事，哪些能吃，哪些不能吃，怎样清除水果蔬菜的农药污染，我弄不明白，弄明白了也做不到，太复杂了，防不胜防。到这里就什么都不用自己操心，尽管放心大胆地吃，他们的果蔬有解毒机清洗，粮食跟中粮公司签的协议，保证是纯天然的，尤其是小麦，是这个医院的创办人之一卓欣运，每年从山西老家的山上收购来的，他们与当地的农民订有长期购销合同，然后用石磨而不是高速的电磨，磨成九五粉，只去掉一点儿外皮，绝大部分营养都能保留。

"从山西运到无锡，光运费一斤就要一元。说句到家的话，这个医院就是我的福报，这儿的医生是我的贵人，到老了能有这么个依靠，是我的福气。"

我被打动了，甚至从心里生出一种艳羡。人到老年有自己信赖的一家医院和牢靠的医护人员，不能不说是一种幸运，一种幸福。他的福气还得益于自己的真诚和对别人的信任，人总要相信一些什么才能活着，才能活得好。自称什么都不再相信的人，其实也是一种信，至少要相信自己真的是怀疑一切了。

世间人真能做得到吗？

柔软的石头

世人皆以为钢铁是坚硬的。我是学金属热处理的，又干了多年的锻造，因此在我的意识里钢铁并不是坚不可断、硬不可碰的，甚至可以说它是柔软的。当人类需要它柔软的时候，比如将它加热后放到锤头下面时它就软了。当然，想叫它硬的时候，它也会足够的硬。

但我一直觉得石头是坚硬的，尽人皆知，钻石是自然界中最硬的东西。俗话不是说，有了金刚钻就敢揽瓷器活吗？可钻石又用什么切割和打磨呢？到了"石都"云浮，才长了见识，原来石头也是柔软的。

是的，中国除了有煤都、钢都、瓷都等之外，还有个"石都"——它就是云浮。其县志上记载：此地于三亿年前便形成岩溶地貌，孤山突兀，石骨嶙峋，上有奇峰峻岭，下有溶洞暗河。玉蕴山辉，暗石藏龙，其矿产资源也非常丰厚，可供开发利用的石料多达数十种，有位列四大名石的云石（大理石），还有花岗岩、石英岩、白云石、石灰石等。据说"云浮"其名，便因石而得：云石写意，云轻石重，相得益彰，相辅相成。

乾坤有精物，灵地必出杰人。早在1607年（明万历三十五年），云浮就有了石材加工业，其石匠的技艺开始声名远播，当时一些著名的宫殿、庙宇和牌楼，都留下了他们的作品。1857年（清咸丰七年），云浮出现了第一家石材加工厂，以后此类的工厂和作坊越来越多，至清末，云浮的石材加工业已经具备了相当的规模，刻石艺人甚至有了自己的节日：以每年的农历四月初八为"凿石师傅诞"。可见其石艺活跃和发达的程度。

这样一个自古就与石头结缘的地方，如今的石艺又发展到了什么程度呢？改革开放之初，一位领导人来云浮考察，接到了一份奇怪的礼物：一个精致的南瓜，饱满成熟，色泽赤黄而温润。他望着南瓜不得其解，伸手一抓竟没有拿起来，不想此瓜竟沉重得很。细看原来是石头刻的，惟妙惟肖，生动喜人。领导人忽然有悟，不禁哈哈大笑：我明白了，种一个能吃的南瓜不过卖几块钱，而雕刻一个能让人百看不厌的南瓜，动辄会赚上几百元，就是卖到上千元也说不定。而云浮又最不缺石头，云浮云浮，漫山石头，城中有山，山中有城……好啊，你们是想让这个南瓜告诉我，云浮的发展先从石头着眼！

很快，云浮的石头竟在全国范围内带起一个又一个的新潮。比如，前些年大公司、大机关的门前，忽然时兴摆放石狮子，根据单位的性质和建筑样式的不同，摆放石狮子也非常讲究，大小不一，形态各异，雌雄有别……发展到后来连各地的法院门前都要摆一对石狮子。这些石狮子中的绝大部分，都出自云浮刻石艺人之手。随后，各地纷纷大建别墅，富人们喜欢在别墅里安装云浮产的石壁炉,以及与之相配套的石雕、石画、石拼图。有钱的或爱赶时髦的单位又兴起了在大厅的中心位置摆一个自动带水旋转的大石球;紧跟着是罗马柱、扭纹柱、异形线、石扶手……凡是想追逐时尚的人,追来追去都找到了云浮。这是个崇尚石头的时代。社会越是浮躁,人们就越是追求永恒,追求一劳永逸。而石头在云浮人的手里是柔软的,到了客户手里就成了不朽、坚硬和耐久的象征。

引潮者反被潮催,在掀起一阵高过一阵的石头热的同时,云浮的石艺也得到了大规模的锻炼和提升,由匠艺进入创作,意韵巧夺天工,奇形可见物情。其作品陆续进入北京人民大会堂、故宫、西藏的布达拉宫以及香港和内地许多机场、地铁站等雅致豪华的场所。

近三十年的改革开放[1],大致可分为两个阶段,前半截是中国看世界,后半截世界开始看中国。于是,云浮趁风借势,引领的不单单是国内的石头风尚,还带动了一个不大不小的世界性的"石头热"。美国的白宫、俄罗斯的圣彼得堡广场,这些世界顶级的大门面都来云浮订货,埃及开罗国际会议会展中心最大的大理石壁画《天长地久》,即云浮石材工艺总厂制作的。云浮的石头仿佛都被禅宗六祖点化过了,出神入化,灵气飞扬。

---

[1] 本文写作于 2008 年。

普者黑

　　人习惯于低头看水，不可想象站在渤海边上抬头向空中遥望，在两千多米高的空中悬挂着一片汪洋巨水……实际上，从天津看普者黑，它就悬在西南方两千多米的高处。

　　普者黑——在彝语中表示"有鱼有虾的地方"。那自然是一片大水，是滇东南翡翠般的一块高原湖泊，隶属丘北县。云南是云贵高原的"老大哥"，山地高原占全省总面积的百分之九十四。可想而知，乘汽车在云南的大山里钻，会是一种什么感觉。越钻山越大，抬头就是景，低头就是险，"千里不可穷，随山远曲折"。是飞机让世界变小，而汽车又让云南变大……当你被汽车颠得腰酸背疼、臀硬腿僵、灰头土脸、唇干舌燥的时候，陡然跌进一汪清凉的碧水之中，那会是怎样的一种享受呢？我看到普者黑的时候就是这样的感觉：被这样一片好水惊呆了，想捧水洗脸却不忍弄脏了湖水。于是便坐在湖边看水洗尘。天色临近黄昏，眼前万顷湖光，烟霭霞影。烟波中一座座青峰突起，山在水里，水在山中，水围着山流，山领着水绕。山绿得深厚，水绿得清澈，影落波摇，虚明不定，令人沉醉痴迷。一路风尘，一天颠簸，见到普者黑就值了。我不再燥热，从里到外都觉得沉静凉爽了。

晚饭后的篝火晚会也在湖边举行，壮、彝、苗、白、瑶等民族的青年男女或唱或跳或笑或闹，有时也拉游客参与，我和采风团的同伴都被拉进场子出了一通洋相。无论老少，无论民族，大家都被气氛感染，忘乎所以地疯跳疯唱、大笑大闹，不知今夕何夕、吾身何身……城里人难得有机会这样痛快一回。

这些少数民族的青年男女令人羡慕，他们看起来生活得单纯而快乐，至少经常有快乐到忘我的机会……也感谢他们能把从世界各个角落里来的素不相识却怀有各种企盼的人，带进忘我的快乐之中，即便这快乐是短暂的也好。外出最终要寻找的不就是这种忘我的、大的快乐和感动吗？火热，情热，在普者黑岸边巨大的黑暗中，烧出一根通红的顶天立地的光柱。我的心里似乎也有了这样一根通亮的光柱。参加普者黑的篝火晚会是不用买票的，来去自由，带有一种原始的真挚、淳朴和野趣。所以这快乐是没有任何代价的，真实而深切，能够长久不忘。现在能免费给你大快乐的地方已经不多了。

第二天上午，根据日程安排我们要游湖。我渴望到普者黑的湖面上一游，却又担心是乘机动的游轮，那种轰轰隆隆的庞然大物，不像是游湖工具，更像是水上的入侵者和破坏者。因为总也忘不了在千岛湖看到的一景：大型游轮过后，碧蓝的水面上漂浮着大片油星子和易拉罐、塑料袋、纸屑、空饭盒等废物、脏物……谢天谢地，普者黑上没有机动船，只有一字排开的柳叶形小木船。每条船上能坐五个人，游客自己划桨，船主掌舵。我选中的小船的船主是彝族的两个小伙子，上船后一打问，他们还是亲哥儿俩，哥哥阿良持桨坐在船头，弟弟阿木在船尾掌舵，这就为我们水上飞舟打了双保险。天公也成全，轻云薄雾遮住太阳，似阴非阴，淡霭空漾，既不影响视野，又免了一场暴晒。几十条小船飘飘摇摇像一片散乱的箭镞先后射向普者黑的深处。游客们大呼小叫，拍桨击水，人心欢娱，惊飞了一群群水鸟。大家渐渐被湖上的景色所迷，眼睛看不过来，嘴巴便顾不得说话了，水面上开始沉静下来，小船之间也拉开了距离，像树叶一样稀稀拉拉地洒落在湖水里，星星点点淹没在波光云影之中。只见群峰俯仰，平湖一镜，水光重叠山影，倒影迷幻青岚，湖里看山山更幽，山里藏湖沉翠碧。

造物的神奇令人无法解释，你说高原湖泊的特点是把千山浸在水里吧，可泛舟普者黑却并无身在高原的感觉。农民们单人驾舟在湖里挖猪草，妇女们在湖边洗菜、剖鱼，分明一派田园景色。特别是那一片片远望接天的野生巨荷，盖住水面，芰荷生烟，我请阿良将小船划进荷阵，船推浪移，菱香浮动。我相信自己看到了生在几百年以前的诗人们才能看到的景致："行人闹荷无水面，红莲沉醉白莲酣。"置身于这般似真似幻、如诗如画的境界里，我觉得还缺点儿什么，或者是应该做点儿什么，以不辜负这片山水。到底缺什么或该做什么，我一时又想不清楚……此时从远处的小船上传来歌声，待远处的歌声一停，我们的船老大也开口了："我是灶你是锅，你是兔子我要撵上坡……"这歌词是后来他用普通话翻译给我的，他唱的时候是用彝语，我听不懂，却感到身心大畅。

他的歌声极为高亢、婉转，且富于感染力和穿透力，不仅是我们船上的人，我相信整个普者黑都被感动了，四面八方的小船开始向我们靠拢。我深感一种上对了船、跟对了人的幸运，在城市里绝难听到这么好的歌，自然，纯真，滔滔不绝，变化万端。景美，声美，情美，人美。阿良一开唱，湖面上再没有人应声了，他就一首接一首地唱下去。有时坐在船尾的弟弟接替他唱上几首，虽然唱得也不错，但比哥哥要差一些……他说哥哥阿良是普者黑的"歌王"，求婚的时候，在山上跟现在的妻子对歌三天三夜。按彝族的风俗，结了婚就不能再唱歌了，今天载着我们这些从远方来的崇拜者，又是在湖心里，大概不会惹得未婚的姑娘们误会，所以才敢放开歌喉一唱为快。

　　天到正午我们才结束了游湖。我知道阿良他们要排几天的队才能轮上一次载客游湖的机会，每次也只能挣到十几元钱。临告别的时候我给他们哥儿俩一点儿小费，他们却红着脸拒绝。这让我无地自容，我就怕自己的俗气亵渎了普者黑的风景，亵渎了阿良哥儿俩的歌声和美意，将钱扔进船舱就转身跑开了。好景很多，好景再配上好人就难了。阿良哥儿俩划桨离开湖岸，我站在岸边竟生出依依之情，久久地看着他们的小船……远去的阿良也摆着手，突然他又开口了，唱的是一首我在船上已经记录下来的歌：

　　　　山上的水流往下淌
　　　　山下的云雾往上涨
　　　　青山不倒水不干
　　　　普者黑会把朋友想
　　　　…………

　　凡到过这里的朋友，又何尝忘得了阿良兄弟和他们的普者黑？

中篇 合 拾柴之众

江山美在人才,没有人才,再美的江山也会荒凉。

柱石

读罢姜仕坤的故事，心里生出一种莫名的敬重之感。这是对生活、对人的敬重。

此时也才意识到，这种"敬重感"值得珍惜。

不知从什么时候开始，人们对生活的认知常常被怀疑、调侃、烦躁、亵渎乃至斥骂所左右。而讲述姜仕坤，无须夸张，不煽情，不受社会风气的拘羁，没有宏言大论，讲述者全身心地投入自己的真情实感，用扎扎实实的人和事，以朴茂坦荡的精神气格、坚实饱满的情绪，语言刚劲清和，又极具地方特质，慢慢清除了我被信息爆炸弄脏弄乱的心绪。心先是静了下来，然后热起来，随之被打动，敬重便油然而生。

在信息快速传播的当下，只有端劲磊落地道出生活的真实，才能深合世道人心，也才能真正折服读者。近年来国家着力推行一个观念：脱贫攻坚。纵使从1949年计，贫穷已延续半个多世纪，涉及数十万乃至数亿人，贫穷竟如此"持久"，确实到了"啃硬骨头""攻坚拔寨"的时候。

然而，所谓"物质极大丰富"的商品社会中人，特别是现代城市人，还真的能理解什么是贫困吗？姜仕坤的事迹告诉人们，什么是现代社会真正的贫困。

贵州是中国唯一没有平原的省份，被称为"喀斯特王国"。

全国最贫困的县——晴隆，正坐落于黔西南的大山里。

对，是"最穷"，不是"之一"。

大山上有小山，小山上乱石如麻，光秃秃的山崖裸露于蓝天白云之下，满目苍凉。石头与石头之间的缝隙中，依稀有些泥土，可以种上一窝苞谷，"春耕一大坡，秋收几小箩"。说个最令人惊奇的小细节，晴隆的鸡不啄米。因为晴隆的鸡从未见过米，不知道大米粒是可以吃的。由此可以想象人穷到什么地步了。有的农民甚至没有锅，或几家共用一口锅。

俗语形容最倒霉的人是"喝口凉水都塞牙"，那首先得有凉水喝。而位于半山腰的晴隆县城，连用水都要限时限量。

贫困、贫困，"贫"与"困"常常连在一块儿。他们又被"困"到什么程度呢？是实实在在地无路可走，闯险道曾摔死过两个乡镇干部，像兰蛇坡上的村落，地处海拔近两千米，"山高，坡陡，谷深，不通电，不通水，不通公路"。

20世纪90年代初，世界卫生组织实地勘查后得出结论："晴隆是不适宜人类居住的地方。"

这是站着说话不腰疼。

"人往高处走"，谁不想住好地方？晴隆百姓的祖先当初选居住于此，肯定有不得已的理由，其子孙后代辈辈苦守于此，证明了另一种道理，对于中国的穷苦百姓来说，何处"适宜"？何处"不适宜"?既然"适宜"的地方住不了,"不适宜"就是适宜。

民间还有句老话,"只有享不了的福,没有受不了的罪"。一年年延续下来,当贫困成为一种习惯时,若想改变现状,须首先转变观念。贫困很大程度是困在观念上。

因举世尽知的贫困,许多年来晴隆接受救济多,本身开发少。没有开发也并非没有好处,首先没有走弯路,其次没有被破坏,也没有污染。随着科学的进步,人的思维的深入和拓展,再加上别处开发提供的经验与教训,晴隆的灵魂人物开始重新认识眼前的这片大山:海拔最高2 000余米,最低处500多米,落差达1 480多米,形成一个个高山峡谷。

晴隆的年降水量在1 050～1 650毫米。这个数字称得上雨水充沛,只因丰于石而欠于土,使传统农业没有优势。而这样的地方发展草地牧畜业却得天独厚,在整个中国南方都找不到这样的好地方。

即便是北方产羊的胜地内蒙古、新疆,年降水量也只有150～450毫米,因水少土干,羊吃草几乎连根拔起。被羊啃过的草场要很长时间才能恢复,加上冬季漫长,一年只有五六个月能在户外放牧。而晴隆山体破碎,地理学上称为"石漠化",经过实验却发现这里适宜种草。草长起来还可以把裸露的岩石覆盖,使秃山变绿。

由于年平均气温14.6 ℃,羊一年四季都可以吃到鲜草。所以晴隆的羊肉高纤维、低脂肪,肉质极佳。有个小实验谁都可以做,到北方吃涮羊肉,肉一进锅很快会泛起一层黑沫子。而晴隆的羊肉,从头涮到尾都不会起黑沫子。

但,真正的脱贫,是个复杂的系统工程:草的种植和管理,选择羊的品种以及繁育、饲养和销售,最终还要进入市场,形成商业规模……当一个科学又务实可行的思路确立之后，这个最穷的地方就可以吸引各路精英人才帮助其脱贫。

比如，从中国农业科学院北京畜牧兽医研究所硕士毕业的刘树军、伊亚莉夫妇，没有像他们的许多师兄、师姐一样设法留在北京，而是毅然投奔了晴隆大山，一头扎进国外优质羊与本地羊的杂交扩繁研究中。在此之前，国内优质羊品种多依赖进口，一只种羊进口价要3万元左右。以刘树军为首的团队采用胚胎移植和人工授精等技术，培育出适合南方喀斯特草地畜牧条件的优质种羊，直接将其命名为"晴隆羊"。每只售价仅5 000元，满足了全国对优质种羊的需求。

技术不断改良升级，2016年一年，第五代"晴隆羊"的种羊数量就超过了5 000只。此是后话。

有些特殊地区不能种草养羊，还可以种茶树、矮秆烟叶等，总之要让可利用的土层实现经济价值的最大化。好主意有了，要说服农民却并不容易。他们觉得种苞谷虽然吃不饱，但只要年景不是太差就饿不着，何况每年国家还给点儿救济粮，苦得实在，穷得牢靠。几辈子都是吃半碗稳当，就不要贪图冒碗，冒碗也容易翻碗……

还有，既然被"困"得走投无路，就必须修路，修路难免要占点儿地，占了谁家的地县里给补贴，不要补贴的还可以置换别处的土地。有的农户签了协议，拿了补贴，到开工时却挡在挖掘机前不让施工。千难万难最后好不容易修成一条功德无量的大道，有些农民竟在路面上晒苞谷、晾柴火……

一位基层干部气坏了，脱口说了一句："刁民！"

当即被县长姜仕坤厉声呵斥："没有刁民，只有刁干部！"

他说话办事有个雷打不动的原则，脱贫是脱老百姓的贫，把利益全部让给群众。不把农民的利益放在第一位，任何项目都是短命的。

这不是随口而出的大话，是需要长期以行动兑现的立场和感情。最底层的百姓已经厌倦了空泛的许诺和漂亮的口号，他们不只是听上面有什么新说法，还要看到日久见人心的真性情、真作为。姜仕坤这个年轻的苗家汉子，坦荡又敏感，谨慎又急切，他进农户必先掀锅盖，看看这家人吃的是什么。

陶金翠家却连锅都没有。他从口袋里掏出200元钱塞到她手里："先去买口锅，把年过了。"

有个农民跟他说最大的幸福就是能养头猪，过年时把它杀了。姜仕坤领了工资先去买了头猪，给那位农民送去……

一个全国知名的穷县，一天到晚会有多少"穷事"！光靠他那点儿工资能帮几个人？脱贫更需要他的智慧、他的精力。他常常在凌晨一两点钟开会、碰头、给相关的人打电话。他每天都可以晚睡，也可以不睡，但清晨必须早起，天天有一大堆事顶着他的门口。赶上刮风下雨、电闪雷鸣，他就是想睡也睡不着了，担心羊的安全……

现代人大都活得精致，看上去比实际年龄小，唯他40岁出头看上去倒像60多岁。晴隆大山的石漠化治理得差不多了，他脑袋上的头发却快掉光了，他的脸总是灰扑扑的却又精力充沛。

累死的人有个特点，到垮的那一刻都精力充沛，倒也要往前倒。因为他对工作经常处于一种痴绝状态。

"姜仕坤"是一部有精神的大书，讲述了一些有精神的人。没法儿不感动人。

姜仕坤常说："脱贫攻坚输不起，决不能败！"输了就会更穷，还会失掉老百姓的信任，成为历史罪人。既是"攻坚"就难免会有牺牲，去年姜仕坤刚满46岁就倒下了，清风两袖，寸蓄皆无。

不知多少辈儿都穷得叮当响的晴隆农民却有了积蓄，当农民破天荒地一次拿到几千甚至上万元的现金后，声称一辈子没见过这么多的钱，舍不得存入银行，鼓鼓囊囊地放在身上，想起来就数一遍。有时"钱瘾"犯了，哪怕当着很多人也要数一遍怀里的钞票。有人嘲笑他们显摆，但也印证了当地民风淳厚，扒手和骗子很少。

如今晴隆的农户人均收入已达 12 000 元。不说茶和烟，单是草场已有 70 万亩，晴隆羊的生产达到国际一流水平，存栏 100 万只，出栏 120 万只。这是本地湖羊综合澳洲白羊、杜泊羊和科尔索羊的优点，杂交繁育出的第五代"晴隆羊"。

更为重要的是晴隆人创造了一种"晴隆模式"，"突破了中国南方 8 省石漠化地区 451 个县 2.2 亿人脱贫的困境，为我国南方喀斯特岩溶山区治理石漠化、增加农民收入，提供了成功的经验"。

读完姜仕坤，不由得让人心生感佩，在离群众最近的地方，真有忘我的无私的好干部。

他们才是百姓的主心骨，是社会的柱石。

金蝶之变

"基因人"的诞生令世界哗然，引来一片质疑和谴责之声，成为科技丑闻。但是"人工智能"势不可挡，将主宰未来世界，被称为"当今世界最聪明的两个人"之一的库兹韦尔（另一个是已经去世的霍金）预言：2047年，机器人与生物人合成的新人类诞生，人类将进入永恒。人们担心到那时"新人类"没有道德底线，胡作非为，全无约束，人类是永恒，还是毁灭？"基因人"似乎开了个坏头，给人类敲响了警钟。人工智能的前面有个"人"字，怎样让这些未来统治世界的各种"智能"具有人的良心呢？2018年岁尾，我在中国最大的管理软件制造商——金蝶公司里，看到了希望。

这家生产智能产品的企业的理念，竟然是"致良知、走正道、行王道"。他们对此的解释是：激活人心，凝聚信任；廓然大公，本心归正。"良知"与"正道"，蕴含着中国传统文化的无量智慧和道德力量，是所有管理模式的基石。他们经历过什么，又是怎样走到这条"正道"上来的？

"金蝶"的创始人徐少春，1963年生于湖南，自小被乡人视为"书呆子"。他十六岁考进南京工学院，一进门就被四个大字的校训吸引住了——止于至善。当时他还没有意识到，自己将要用一生来理解这四个字，追求这四个字所提示的境界。

大学毕业后，徐少春进入武汉一家工厂，因编写财务管理程序而一鸣惊人。正前途不可限量，他却辞职考取财政部财政科学研究所电算化研究生，毕业后进入山东省税务局，只干了三个月又辞职南下深圳，就职于蛇口会计师事务所。七个月后再度辞职，向岳父借了五千元，开始研制财务管理软件，并注册了自己的公司。

社会转型，资本苏醒，徐少春要找到自己的真正价值，要给自己的人生定位。他总觉得从事创造性的工作，能尽最大可能地创造价值，才是人生乃至社会转型的核心，"人生的所有欢乐都是创造的欢乐"。

两个月后，徐少春设计出了第一款财务软件，挣了五万元，同时也被骗了三十万元。创业后他得到了第一个比赚钱更重要的教训：做生意规则第一。三个月后，使用他的软件的客户增加到三十多家；两年后，他向海内外发售拥有自主知识产权的财务管理系统——金蝶，立即轰动市场。很快，国内就有一千二百万名财务人员的算盘换成金蝶："账海无边，金蝶是岸。"

2001年，朱镕基在视察上海国家会计学院时题词"不做假账"。账本来是一种性命攸关的真实存在，万万假不得。

"金蝶"的横空出世，让人们看到了杜绝假账的可能。这是个有良知的软件，哪个单位使用它，就无法在账面上作假，让数据真正变成资本,而不是虚假的业绩。当然,如果做账人没有良知,那是另外一回事。金蝶毕竟不是管人的软件。

于是,海量订单从海内外飞向金蝶公司。此后多年,金蝶在中国移动办公市场上仍拥有多项第一,至今还遥遥领先于国内主要竞争对手,并很快在香港上市。到2017年,金蝶已经再次超越国外同行,连续两年拿下中国SaaS[①]厂商销售收入第一。

在科技创造上,金蝶公司可谓一路高歌猛进。但是,人心的修为却跟不上金蝶的壮大。在公司发展过程中,各类违规事件时有发生……人心惟危,社会的腐败风气会无孔不入地影响到金蝶人。徐少春作为企业的灵魂,也一直在寻求适合自己公司的管理模式,因此他根据公司遇到的问题,不断地提出新口号、发布新举措,以期及时地调整管理方法,保持企业持续发展的良好态势。

2003年,针对家长式管理和钩心斗角的"办公室政治",推行"斩尾行动""称呼改革",公司员工打招呼时去掉官称,不得带"总""经理"之类的尾字,一律直呼其名,或称英文名字。稀释在公司发展过程中积累的官本位习气,倡导平等文化,去除官僚化。

2004年,一次次地举办"啤酒聚会",让员工借酒劲儿说真话,重感情,提升凝聚力。

2005年的口号是"产品领先,伙伴至上"。

2006年,发布以"管理创新,共赢天下"为主题的计划。

2007年,实行"业绩穿透、深度绩效改进机制"。

2008年,颁布金蝶公司的《三大纪律八项注意》:禁止行贿受贿,禁止泄露和出卖公司商业机密,禁止诋毁客户和伙伴……

[①] Software-as-a-Service(软件即服务)的简称。

一个口号见证一次转型，一次转型成就一次提升。

"思之思之，鬼神通之"，徐少春无时无刻不保持着一种创造思维异常活跃的状态，见到好的就拿来为自己所用。他就想不断地为企业发展注入新的活力，让金蝶从家族管理模式转变为规范的现代管理模式。他看到了一个人的组织的危险：魅力型的领导可以引领企业走向辉煌，也容易使企业误入歧途，所以要将"一个人的组织"变成"组织的组织"。但是，企业创始人必然要成为企业的精神依靠，他的视野决定他对事物的判断，决定企业的战略半径和战略选择。

那么，他这位创始人的精神力量，又从哪里来呢？

大学的校训还一直在徐少春的脑际萦绕，他首先想到的还是去读书，于是报考了中欧国际工商学院高级管理硕士班，毕业后又到台湾参加由宏碁创始人施振荣和著名战略管理专家陈明哲教授共同举办的"全球领袖王道薪传班"……徐少春创建了一个令人艳羡的企业，他自己却像"有病乱投医"似的寻找最适合金蝶的管理方法。生活剧烈变化，不安分是最好的安分，没有安全感才会有真正的安全。

国外最先进的管理办法他逐一实行过了，有效果却不尽如人意，于是他开始思索中国传统文化中的"王道智慧""王道思想"：王道、圣道、大道、正道……这个道，那个道，"道"里藏着中国传统智慧的密码，而解开这个密码的钥匙就是每个人的一颗心。一切苦恼无不是心灵的苦恼，管理从根本上讲是提升员工内心的力量。这就要以员工为核心，让每个人爱其所做、做其所爱，从外部管理到自觉管理，从戒备到信任，从专断到尊重，从雇佣到共享。

经多年探索和不断的磨砺，徐少春似乎是水到渠成般地找到了王阳明。2016年6月19日,他带领金蝶四十二名高管又来到王阳明悟道的贵州龙场,在"阳明纪念堂",每个人依次祭拜这位明代大儒。当徐少春跪拜完毕转过身来,面对他的几十名下属,一种莫名的强烈情感突然袭来,他的内心产生了巨大的感动。

无须"从身外觅神仙",更多的是向生机勃勃的内心求理,通过人格与人格、心与心的交流,产生超常的感化力,凝聚起企业的精神力量。设计软件的人先要优化自己的"软件",格物致知,"致"其良知于家国人伦、日用万事之中。金蝶在向客户提供产品和服务的同时,建立心与心的链接,把当今竞争社会紧缺的温暖、阳光乃至友爱传递给客户。"行者心之表",旷达诚笃的徐少春,确是由心而发,将"正道"贯彻于每次的自我变革之中,再加上员工们内心不断增加的自觉驱动力,金蝶何愁不飞扬直上!

金蝶公司自创立到成为国内首屈一指的管理软件公司,只用了短短二十年的时间,这个速度与当今世界科技发展的速度是协调的。这种不断主动地追赶变化的行为,也成了金蝶公司最大的特点。变是更新,变是挑战,变也是一种巨大的激励。2019年新春伊始,徐少春又为金蝶提出了新的六字箴言:"爱,冒险,活上去!"

这六个字真是惊世骇俗。或因泛滥,或因亵渎,如今在公共场合鲜有人敢公开提及"爱"这个字眼,徐少春竟将其作为企业的口号重音喊出,该有怎样的勇气和饱满磊落的精神操守!这当然是一种大爱。而"冒险",是创造、敢为天下先。最为奇绝的就是后边的"活上去",活出真我,止于至善——那应该是一种最高的精神境界。只有心中有追求的人,才会喊出这六个字,这是作为一个现代企业家对自己和员工的最大期许。所以,金蝶未来的变化,可以想象,更值得期待。

"共和国的长子"

对"共和国的长子"的由来及含义,历来有不同的解释,其中一个版本泛指20世纪50年代初,国家第一个五年计划确定的"156项工程",甚至可以扩而大之包括所有大型国有企业。我恰巧在"156项"之一的企业里工作过20多年,当时还是"热血青年",却对"长子"之说全无感觉,也从未把这句话跟自己的工厂和工作联系起来。

直到半个多世纪过去了,2014年初夏,我有缘到兰州的工业区西固,参观了中国第一个石油化工基地和中核兰州铀浓缩公司,猛然对这句已经被许多人淡忘了的话有了新的理解,甚至觉得关于"共和国的长子"的概念从来没有这么强烈、这么清晰过,并由此对"长子"之说心悦诚服地充满敬意!

物质时代、商品社会,集万千宠爱于一身的往往是"小儿子",甚至凡是"小的"都吃香。然而,立于当下这个多事的地球上,一个国家的底气从哪儿来？靠什么撑直民族的脊梁？从一个喜欢瞎操心的普通百姓的视角出发，恐怕不是马路上越来越多的汽车，城市里越建越多的房子，甚或也不是统计报表上不断膨胀的经济数字……

我一深入西固众多"156项"中的企业，心胸陡然豁朗，腰杆顿觉直溜多了，中华人民共和国已经走过了60多年，它们却仍然坚韧不拔、殆无虚日地持守着"长子的责任"，当地群众以及外地同行业的人，也一直尊崇它们为"共和国的长子"。

先说这块集中了一批"高精尖"大厂的地方，是陇西高原上的一块宝地，有大山对峙，又有黄河穿境而过，襟山带河，自成天堑，一向被奉为"秦陇锁阴，东西咽喉"之地。汉武帝时（公元前121年）在此筑城，北向滚滚黄河，南依巍巍峻岭，取名"金城"。《汉书·地理志》注："称金，取其坚固也。故《墨子》曰'金城汤池'。"凭借这座固若金汤的城池，巩固河西，经营西北，阻隔羌戎，控御大漠，自此金城也便成为丝绸古道的要冲、西北边陲的名城。后来金城成为兰州的别称，于清同治时期（1806年）金城原址正式定名"西固"。

先人给后人真是留下了一些好名字，此前的中国历史似乎一直在讲述一个道理：西固则民安，西固则国强。

中华人民共和国开基建业之初，要上马一些立国必需的重要工程，在选择地址的时候也看中了兰州的西固。其理由是：此处地处我国陆地地理位置的中心，在开发利用周边省区和国外的油气资源、向全国市场供应石化产品等方面，有着特殊的地域优势。况且此地有工业文明的根基，曾培养了中国第一代产业工人。

清代陕甘总督左宗棠，于1872年以兰州为大本营，创建了"制造局"，生产枪炮弹药，供应西征军，使中国军队在鸦片战争之后第一次使用国产武器打败了侵略者,收复了新疆。1880年左帅又创设兰州机器织呢局,这也是中国历史上第一家机器织呢厂、亚洲仅有的两家织呢厂之一。至清末,由美国人设计、德国人承建、中国人参与施工的兰州黄河铁桥落成,被誉为"天下黄河第一桥"……凡此种种都说明西固不仅是山河形胜的天堑雄关,更是自古以来的工业福地。

于是,中国第一座石油化工工业城诞生了,中国第一座大型生产核燃料的骨干企业挺立起来了,真的像"长子"般承担起中华人民共和国急需的重要任务。自1959年开始的所谓"三年困难时期",正是西方对中国全面封锁最严峻、国际反华势力甚嚣尘上的时候。兰州炼油厂7 000多名职工,1 400多人患肝炎,2 000多人周身浮肿,却成功地炼出了航空汽油、航空煤油(又称喷气燃料,用作喷气式飞机发动机的燃料)、航空润滑油、重质燃料油等一批"上天下海"的高精尖产品。

兰铀厂则为我国第一颗原子弹、第一枚氢弹、第一艘核潜艇及第一座核电站,提供了合格的核燃料,为我国国防事业和国民经济建设作出了重大贡献。今天的兰铀,自然又与半个多世纪前不可同日而语;兰化也依然是国家的重要石油化工生产基地……

再说兰州石化厂,为什么被尊为"中国石化工业的摇篮"?半个多世纪以来,它为全国的石油化工产业输送了36 000名工程技术人员、技术工人和管理干部。像著名的北京燕山石化、上海石化,以及天津、吉林、山东等省的中国像模像样的石化企业里,在创建、攻关的关键阶段和关键岗位上,都有从兰石化调过去的人。甚至有数十名从兰石化出来的人,后来"担任了石化行业的领导干部和工程技术负责人,有的担任了地方党政负责人和国务院部委负责人,还有两名成为国家领导人"(《兰州石化公司史话》)。

我在兰化和兰铀公司的展览厅里，见到了自中华人民共和国成立至今的历届国家领导人到西固视察的照片，有的还来过多次。比如周恩来总理 1959 年 10 月在登上炼油厂 78 米高的 16 单元钢架顶层后，得知二车间的女工程师胡菽兰多年与丈夫两地分居，当场给当时的辽宁省委书记黄欧东打电话，希望他支援西北建设，帮助协调一下，将胡菽兰的丈夫从东北工学院调到兰州来……类似这样的事情还有很多，企业解决不了的问题，中央领导直接出面协调。

其实无论长幼，每一代人都有自己的责任、承担着自己的使命，西固之所以赢得了中华人民共和国的信任和尊重，是因为这里的建设者们无愧于历史、无愧于时代。这也可以说是"长子"的风采、"长子"的骄傲。

石头如何开花

如果我说有个地方没有小偷，许多年来从未发生过治安事件……在这个家家户户都装着防盗门的世界上，是不是听起来有点儿"天方夜谭"？

然而千真万确有这么个地方，名为"冷洞村"。千万不要把它与童话中的世界挂钩，离它不远是顶坛村，是被世界卫生组织评定为"不具备人类生存条件的地方"。

在黔西南的喀斯特峰林地貌中，星罗棋布地分布着各式各样的像冷洞、顶坛这样的自然村落，其自然环境大同小异，"前面是大山，后面是大山，左面是大山，右面依旧是大山，除了山还是山"。天无绝人之路，幸好山与山之间还有个垭口，成了进出村子的"咽喉要道"。

就是在这样的大背景下，我结识了戴时昌先生，并由衷地对他起了敬意。他在这大山里教过书，当过村主任、乡长、乡党委书记，有感于"一段时间以来，无论打开电视或翻开图书，只要出现乡村干部，十有八九是恶棍，或鱼肉百姓、欺男霸女，或是酒囊饭袋……"于是他自己动笔还原故事现场，写了一部长篇报告文学《让石头开花的追梦人》。

这本书我打开后就没有放下，直至读完。我从中获得了不少知识，第一次生动地理解了"石漠化"这个地理名词。光秃秃的石头无边无际地覆盖了漫山遍野，看上去要比沙漠化更为恐怖和难以治理。在石漠化的大山里种庄稼，从来是论棵不论亩，一个石窝窝里大概也就有一碗泥土，只可种一株苞谷。满山的乱石中能种庄稼的也不过就那么几碗土，春天的时候似乎种了一大片山坡，闹好了到秋天也就收获一背篓庄稼。

但当地人就这么凑合着不知过了多少辈子，哪一代实在凑合不下去了，就迁出去找个能继续凑合的地方落脚。1974年，仅一个则戎乡就迁走了100多户。据统计，至2013年底，我国西南八省（市、区）中的451个县，仍存在着不同程度的石漠化问题，覆盖人口高达2.2亿。

自20世纪90年代起，冷洞、顶坛及周围乡村的干部，带领村民在这片"不具备人类生存条件"的大山里，不仅生存了下来，而且生存得越来越好，其中最主要的手段就是"让石头开花"。

现代信息社会使农民的视野打开了，知识面增大了，脑子活泛了，同样还是那些大山，还是那些石窝窝，乃至还有那些不能种庄稼的石头缝、石旮旯，冷洞村经过反复求教和实践，渐渐选中了金银花，如今已经种植了14万株。这是一种多年生藤本植物，抗旱性强，种植3年后成株，每株寿命30年以上，一株能蔓延20平方米左右，14万株就让冷洞村的大部分山坡绿了，"绿得让山养眼，让水兴奋，让人精神"。

最重要的是水土不再流失，山上的土似乎也越来越多。到春天，山野一片花海，可不真是"石头开花"了！金银花蕾可制茶，干花及茎与叶可入药，通身是宝，全村年产120多万斤，有些种植大户年收入可达6万多元，这可是冷洞人几辈子没有见过的大钱。

那些前些年迁走的人家，又陆陆续续地回来了。有了榜样，思路一打开，整个黔西南山区都开始变，各村镇根据自己的自然条件，什么适合就种什么，总之是要"让石头开花"，重建生态环境，又不改变原有的地形地貌。

高海拔的岩溶山区，种草养畜；低海拔的顶坛村，种植花椒，岩石白天大量吸收热量，晚上散发出来，花椒长得奇好。这个"不具备人类生存条件的地方"，人均收入竟破天荒地达到4 000元，以生物手段治理石漠化达92%。2007年12月，顶坛村所在的贞丰县被中国经济林协会评为"中国花椒之乡"。

还有些村种的是石斛、黄心射干、猫豆、去籽刺梨、苦丁茶……这才是："穷也石旮旯，富也石旮旯；在这石旮旯，还会开什么花？"

瑶都的"现代王子"

中国这个"都"那个"都"的不少,你可知还有个"瑶都"?

这就是江华,地处湘、粤、桂三省接合部,有瑶族人口近30万,是全国瑶族人口最多、面积最大的瑶族自治县。多年前,时任全国政协原副主席的毛致用为其题写"神州瑶都"。

这是个什么样的地方呢?在全县3 200多平方公里面积内,"九山半水半分田"。

"瑶都"为什么会诞生在这样一个几乎全是山的地方呢?

这又跟瑶族的历史和生活习惯有关。瑶族为盘瓠之后,炎黄时期形成"蚩尤"部落,居住在黄河下游和淮河流域,在与炎黄部落联盟战争中失败,除部分部族臣服于黄帝部落,大部分"蚩尤"人向南逃匿迁徙,形成"三苗"部落,活动于江汉、江淮流域和长江中下游地区。后又与尧、舜、禹所代表的部落多次发生激战,最后为禹所败,大部分"三苗"人退至洞庭、彭蠡一带,形成"荆蛮"

部落。

先秦时期,楚人在"荆蛮"地域崛起,建立楚国。部分"荆蛮"人融为楚民,部分"荆蛮"人继续向南向西迁徙……此后又不断对朝廷的歧视和压榨进行抗争,不得不一迁再迁,越迁离平地越远,越迁就越往深山里钻。

用他们的话说,就是"入山唯恐不深,入林唯恐不密"。大部分瑶族居住在海拔 1 000 米左右的高山密林中,山高岭陡,出门就爬坡,是瑶族居住环境的真实写照。也有部分瑶族居住在石山、半石山区,只有一小部分居住在河谷、丘陵地带——他们是被朝廷的"剿抚并施"政策招抚到这些地方居住的。

一些瑶族村落,建在水源充足的半山腰,那里干爽、通风、阳光充足,这是遵循自古流传下来的"依山自保"的传统。它们除具有防备山洪、泥石流等自然灾害的侵袭之外,还能很好地防备外敌入侵,战时"进可攻,退可守,守能招"。

何谓"守能招"?由于村与村之间都建在半山腰上,可相互瞭望、打招呼,一旦某个村落遭到外敌入侵,发出信号,邻近的村落马上可以增援,从不同的方向切断进攻之敌的退路。比如,东边瑶的村落分布大都呈三角形,或两个不等边形平行分布。极少有一个村庄单独存在,即使只有一个村庄,也在两至三个不同的地点建屋,呈点状分布,相互支撑。他们的生产方式是"既耕山,又耕田"。

西边瑶却"一直以耕山为业,极少耕田,过着吃尽一山过一山的游耕生活"。直到 20 世纪 50 年代,其居所才相对固定下来。

就在这种漫长的迁徙过程中,瑶族成为一个典型的山地民族,形成"大分散,小聚集"的分布特点。全国有 56 个民族,而一个瑶族就有 50 个大小不同的分支,诸如"花瑶""红瑶""盘瑶""排瑶""平地瑶""过山瑶""白裤瑶""青裤瑶""长衫瑶"等。

瑶族人耕山爱山，他们居住的地区大都峰峦叠嶂，林木葱茏，溪流纵横，环境清幽，就像"瑶都"江华的"九分山"。这是怎样一种山呢？

天上有风能（风能蕴藏量40多万千瓦）；山上有森林（林地面积2 400平方公里，森林覆盖率77%，其中5万亩是原始森林）；山中有矿藏（已探明的矿藏32种，以稀土储量最为丰富）；山下有河流（全县大小河溪291条，水能蕴藏量50多万千瓦）……

这样的山区，像不像童话中的世界？在这样的仙境中听着瑶族的历史故事，真仿佛置身于童话世界。童话中是要有"王子"的，瑶都的"现代王子"是医学和哲学的双料博士蒋戈利医生，在军队改制前是肩扛大校军衔的军医。他创立的"整体医学"，在治病的同时治心，尤擅针灸，银针在手，出神入化，是中国工程院院士石学敏的高足。

蒋博士救人无数，获奖无数，是瑶族的骄傲，被称为瑶都的"现代王子"，实不为过。

农历十月十六是盘王的诞辰，每年的这一天是瑶都的"盘王节"，整个江华都沉浸在童话般的欢庆气氛之中。上午，在世界最大的瑶族图腾园举行开幕大典。正因为瑶族自古以来与山相伴、生生不息，其性格也不可避免地接受了大山的熏陶，忠厚诚朴，爱憎分明，顶天立地，不畏艰险，且乐观爽直，能歌善舞，再加上分支很多，不同支系的瑶族生活方式和风尚习俗也不同，形成了五彩斑斓、丰富多样的瑶族民间文化。

全国有8个瑶族自治县都派出了强大的代表队，他们身着自己那个瑶族支系的民族盛装，聚集在盘王像下，展示各自的成就和魅力，为瑶族的历史和文化自豪，为瑶族子孙无愧于自己的历史和文化、无愧于始祖盘王而庆祝。高歌劲舞，鼓乐齐天，图腾园的广场变成欢乐的海洋。

下午3时整，在"天下瑶族第一殿"——盘王殿，举行祭祀仪式。这样的大典是不可以没有"瑶王"的，只见他身着奇异而庄重的装束，高贵而威严，朗声宣读祭文：

"吾祖盘王，人神敬仰。龙犬图腾，徽帜高扬；蚩尤之裔，逐鹿广垣。共创中华历史，缔造神州辉煌。开先立极，功盈天壤……"随后演唱瑶族的史诗——《盘王大歌》。

我作为被邀嘉宾，代表中国作家协会向盘王献礼，宣读颂词。身临其境，感同身受，如诗如画，如梦如幻，始终像置身于童话之中。

美哉，瑶都！

汽车与梦

人不可以无梦，人类因梦想而伟大。梦是想象的极致，可以是玄幻空灵的，也可以是非常具体的。中华人民共和国成立之初，毛泽东就有一个"汽车梦"，也可以笼而统之地称之为"工业梦"。

所以他会亲自为一个企业的奠基仪式题词："第一汽车制造厂奠基纪念。"

几年后，也就是1956年4月25日，他这样描述自己的梦："自从盘古开天辟地，我们不会制造汽车，不会制造飞机，现在我们都能造了，什么时候能坐上我们自己生产的小轿车来开会就好了！"

自人类发明"车"的概念以来，汽车似乎是最便利、效率最高、也最被人钟爱的工具。一个国家的工业要想迅速发展，就必须给它装上轮子，让汽车载着梦想飞翔。

于是，汽车也成了一个国家经济发达的标志。不难理解那个时候的毛泽东为什么会有着那么强烈的"小轿车情结"。一年多以后，1958年的2月13日，就要过春节了，他却赶到长春视察第一汽车制造厂，并再次督促厂长饶斌："什么时候能坐上我们自己造的小汽车呀？"

"汽车梦"是国家的梦。国家的梦属于大梦，大梦若得以实现，须从精英到众生，上上下下梦到一处。有共同的梦想，才有共同的未来，才能凝聚起无穷无尽的、让梦想成真的创造力。

自毛泽东第二次说出自己的小轿车之梦，只过了三十三天，一汽厂就从无到有生产出了中国第一辆自己的高级轿车。

红旗轿车从发动机到外壳，里里外外大大小小点点滴滴无一不是中国制造。其间当然有借鉴，甚至有模仿，这不过是科技进步中的一般规律。即便是德国工程师卡尔·本茨于1885年造出的第一辆三个轱辘的汽车，也不是全靠自己的凭空想象，而是吸收了前面许多造车人的经验与教训，比如他的汽车心脏就是改装了奥托的发动机，甚至为此还引起过一场诉讼。

这辆"中国的第一车"由当时的吉林省委第一书记吴德命名为"红旗"。

德国的莱比锡博览会，曾号称"世界上最古老的博览会"。其始于1165年，于1918年发展成为世界工业技术博览会，由此也成了国际上一窥中国工业梦的窗口：

1951年中国首次参加莱比锡博览会，展出了瓷器、丝绸、地毯等手工艺品，还有几只会让人联想到汽车的橡胶轮胎。

1954年在巴黎的一个展览会上，关于中国汽车工业的只有一个在建的第一汽车制造厂的沙盘和一张解放牌卡车的解剖挂图。

1960年的莱比锡博览会上展出了红旗高级轿车，自然引起围观，引起"不小的轰动"。车的整体线条简洁流畅，线脚清晰明朗，车型既庄重严整，又有一种向前冲的动感，车头顶部卧着一条象征中国的金龙，前端的水箱面罩采用九梁十八柱的中国扇子造型，后尾的大灯为宫灯形，仪表板和窗框使用了福建大漆工艺……

当时意大利著名的汽车造型大师平宁·法里纳着实被吓了一跳，先是公开称赞红旗轿车是"东方艺术与汽车工业技术结合的典范"，随之又阴阳怪气地说，中国人"聪明而狡猾"——聪明的是显然借鉴了当前欧美汽车的先进技术，狡猾的是让人看不出他们到底模仿的是哪一款车！

之后红旗车又参加了日内瓦展览会，作为一个历史性事件被载入当年的《世界汽车年鉴》。

从此，红旗车成了世界各种工业展览会的亮点。几年后，法国汽车博物馆率先收藏红旗车，随后是美国、日本的博物馆……开启了红旗高级轿车进入经典殿堂的大门。

五十多年过去了，中国成了世界上最奇特的"汽车大国"，每年有两千三百多万辆新车投入市场。市场调动了人们的欲望，欲望再一次刺激市场……现代人基本上变成了"汽车人"，人们所向往的"社会和谐"，不过是人和车的和谐。如此往复不已，有一天陆地上会不会除去房子就是汽车了？但愿这是杞人之忧。

然而在遍地汽车的情况下，能叫得响的"百分之一百自主知识产权"的汽车品牌，还是"红旗"。

当年毛泽东提出造小汽车，是为了"我们能坐上"。别人坐上自己造的车不难，他要坐上却不那么容易。因为他是领袖，车不光要方便、体面，还有个安全的问题。那么在此之前他坐什么车呢？

据《精神的图腾》[①]一书披露：中国政坛四大巨头毛泽东、刘少奇、周恩来、朱德乘坐的都是苏联生产的吉斯防弹保险车。"防弹"还要"保险"，这大概就是所谓的"双保险"！但这种"双保险"的车里却没有空调设备，"毛主席身材高大，尤其爱出汗，一到夏天车里如蒸笼一般，为保证他老人家安全，车窗不能随意打开。而警卫人员没有一个敢提出为主席换一部高档轿车，或者装上空调。为了降低车内温度，只好在车子前排与后排间隙放一个盛冰块的盆子，以此调节车内温度……"

一向对"土法上马"至少是不反感的毛泽东，也从未对自己座驾里的这种降温的土办法感到不满，或提出其他要求。但热了好说，冷了怎么办？北方的冬天冰天雪地，总不能在车里再放个火盆取暖吧？可惜书里没有提到这一点。

如此看来，给毛泽东换车是顺理成章的了，却依旧一波三折。那时候的中央领导及他们身边的人，有一股可爱的天真劲儿。当时社会上正流行"大比武"，各行各业都在"你追我赶"，于是他们也想出一个能验证红旗车是否安全牢靠的办法，就是组织一场大型的汽车对抗赛：四十辆红旗，四十辆吉斯，从北京机场开到钓鱼台，不仅要看谁开得安全迅捷，还要看谁能开得慢，路过天安门广场时，时速必须控制在五公里以上、十公里以下。

其实早在1961年，红旗轿车作为"国礼"就曾被送给习惯于豪华大阵势的摩洛哥国王。我们这个古老的文明大国就是好客而又仗义疏财，有了好东西自己的国家首脑不用，先给外人。

1962年12月，周恩来总理不等别人安排，自己就开口要坐

[①] 一汽轿车股份有限公司为祝贺一汽建厂60周年/自主轿车出车55周年而制作的图书。

红旗轿车迎接将要来访的锡兰①总理班达拉奈克夫人。那时有尊贵的客人来访,有群众夹道欢呼的仪式,中锡两国总理乘红旗检阅车检阅了首都数十万夹道欢迎的群众,也算是红旗车第一次在国内亮相,引得举国瞩目。周恩来被尊为"人民的好总理",当时他身上有些标志性的符号,确实让老百姓喜欢,比如"戴上海表,坐红旗车"。

1964年9月27日清晨6时,那时的北京真是清静,八十辆赛车再加上维修、裁判人员的车辆,实在是一个浩浩荡荡的庞大车队,却没用二十分钟就进入了天安门广场。现在有封闭的高速公路,就是单车飞驰,这个时间也到不了。

当时,苏联"老大哥"的吉斯也实在不争气,只跑了这么点儿路,就有一辆后盖弹起,屁股冒烟。可想而知,那场中国有史以来的第一次汽车大赛,以红旗车大获全胜而振奋了中国政坛。

中央政府凭此作出了一个重要的决定。恰逢中华人民共和国成立十五周年,中央决定举行隆重的国庆庆典,礼宾用车全部由吉斯换成红旗。但,离毛泽东坐上红旗还很遥远——梦是境界,是向往,不是简单的欲望。

1972年,美国总统尼克松访华,随员五百多人,几乎全世界的目光都在注视着中国。

在美国有条不成文的规定,总统到外国访问,尤其是发展中国家,要随机带着总统专车。被称作"破冰之旅"的美国对中国的第一次访问,出于安全考虑更需如此。国务卿黑格带领先遣组到达北京后,作为一个正式条件提交给中国的,是他们的总统要坐专车进中国国门。

---

① 即斯里兰卡,全称斯里兰卡民主社会主义共和国,旧称锡兰。

周恩来总理阅后批示："我们有汽车，美国飞机停在上海！"

尼克松的专机到达上海时，中国出动了三十辆红旗三排座高级轿车迎送，令美国人大为惊讶，他们没有想到长期与世界隔绝的中国，竟拥有这般豪华气派的大轿车，相对于他们的"房车"而言，红旗简直就是宫殿。

美国人自从踏上中国的土地，从上海到北京，然后游长城，进中南海会见毛泽东，一路都是乘坐红旗。

在全世界的注视之下，这简直是拿尼克松当"车模"，淋漓尽致地展览红旗轿车！

也就是在这一年，毛泽东舍弃吉斯和大冰盆，正式坐上了CA772红旗高级保险车，圆了他的汽车梦。红旗车也由此算是堂堂正正地成了国家的象征。

也因尼克松开了头，以后凡有外国首脑来华，一般都会提三个要求："见毛主席，坐红旗车，住钓鱼台。"英国女王、法国总统蓬皮杜、德国总理科尔、日本天皇等数十位外国政要莫不如此。

尽管如此，红旗车的命运却并未从此一顺百顺、一往无前，同它所象征的国家的走势一样，好事多磨。"文革"结束后全社会都在观望、犹豫，到处都在抱怨"积重难返"。国务院节能指令第三号①下达："红旗牌高级轿车目前油耗过高，自1981年起停止生产。"

"计划经济"的余威尚存，但国家确实已开始转型，一汽厂公开发出了自己的声音："与美、英、德及苏联生产的豪华三排座高级轿车相比，如奔驰、林肯等，红旗车的油耗是最低的。"

"红旗"一停，大批洋车撞开中国大门，"中国到处在修路，

---

① 指《国务院关于节约成品油的指令》。

有路就有外国车"。短短十几年的工夫，用于购车的外汇就高达一千五百亿元。买车比自己造车不知要贵上多少倍！

泱泱大国怎可没有自己生产的高级轿车？

实际上要禁"红旗"也难。1984年10月1日——国庆三十五周年要举行盛大的阅兵典礼，国家领导人还得乘红旗检阅车。然后是1999年、2009年……凡有重大庆典，上得了台面的还是"红旗"。

难怪老百姓要称它"国车"。

"计划"阻挡不了"市场"的洪流，国务院的一纸停产令，不仅没有禁住红旗车，反而倒像是一种成全，使其大红大紫，益发尊贵了。

又是美国人带头，一个华盛顿商人，千方百计花高价买回去一辆红旗车，平时珍藏在车库里，遇有节日或具特别意义的重要时刻，便开着红旗显摆，一下子提醒了世界上的汽车迷。

"市场"后的中国人不甘心落在人后，浙江一个农民企业家出资六百万元买走一辆大红旗作为自己的座驾，一夜之间提高了自己和企业的知名度，比做广告更具轰动效应。

一个台湾生意人，一次性购买了两辆接近报废的红旗车，斥巨资请高手将车修好，一辆收藏，一辆自己使用……

世界各地的汽车迷们纷纷仿效，开始热衷于收藏"红旗"，上门来订购红旗车的人排成长队……

然而，此"红旗"非彼"红旗"。他们要收藏的不是一种意识形态，而是更看重红旗高档车所具有的历史象征意义。正是这种历史感赋予红旗车以经典意味，沉实厚重的经典性又具有无量的经济价值。红旗车已经形成独特的文化景观。至此或许可以说，毛泽东的"汽车梦"基本实现。

毛乌素之光

初冬自毛乌素沙漠归来，并无"风尘仆仆"之感，相反心里倒多了一份洁净，还有一种感激、感动和崇敬之情。甚至每遇到熟人都想问他一句：你知道石光银吗？新媒体时代推出了各种各样的名人，却也忽略了一些真正可感可佩、让人从心里钦服的人。

生活在北方的人，近十几年有个明显的感觉：天上很少下沙子了，平时衬衣的领子也脏得慢了，北京甚至达到了奥运会对气候条件的近乎苛刻的要求。这不能说全是石光银的功劳，但也绝不能说跟他没有关系。

自打石光银记事起，就跟着父母搬过9次家，有时一年要搬两次。不为别的，就为躲避沙子，不搬不行，搬慢了都要被沙子埋住。那真是沙进人退！他8岁的时候，跟同村一个小伙伴在沙窝里放牛，只顾四下寻找那一点点发绿的东西，没提防天空骤然黑了下来。沙漠里大白天发黑是常有的事，遮天蔽日的不是乌云，而是沙暴。绝地朔风，沙翻大漠，顷刻间他就人事不知了……一天后，父亲在几十里以外的内蒙古自治区找到了他，而他的伙伴却再也没有被找到，连同那头被一家人视为命根子的老牛，都永远地被漫漫荒沙吞没了。

这件事在石光银的心里造成怎样的伤害，他从来没有说过。他长大后话也不多，只是拼命干活儿，有事没事就爱跟沙子较劲，20岁就当上了生产大队长。有些农村的大队长可以当成"土皇上"，他却一门心思摸索着各种治沙的法子。只要听到哪儿有治沙的能人或高招，一定要去取经，即便步行一二百里，也全不在意。那时他肩上还挑着几百口人的饭碗，不敢成天光跟沙子玩鳔儿，到1984年，国家发布新政策，私人可以承包荒漠。这好像是石光银等待了几辈子的机遇，他立刻辞职，一下子就承包了15 000亩荒沙。签这么大的合同，兑现不了拿命都抵不了啊！家人不同意，亲戚朋友吓一跳，外人则开始叫他"石疯子"。这时候他说了一句话："我这辈子就想实实在在地干一件事，治住沙子，让乡亲们过好日子。"

一个不同凡响的人，在关键时刻总会有惊人之举。石光银这个原本再普通不过的农民，因时势的变化，逐渐显露出那非同一般的特质。可是，想治沙就要植树造林，要种树就得有树苗，买树苗就得用钱……他缺的恰恰就是钱。他愁得夜里睡不着觉，忽听到羊圈里的羊叫了两声。这鬼使神差的两声羊叫，一下子提醒了他。第二天一早，他就要把家里的几十只羊和唯一的一头骡子牵到集上去卖掉。这可真是疯了，要拿全家的日子往大漠里扔啊！妻子想从他手里夺下骡子的缰绳，又哪里争得过他？只能听凭他拿走全部家当换了小树苗。

"务进者趋前而不顾后",说也怪,正是他这副铁了心的架势,竟感动了六七户平素就信服他的农户,大家从他身上看到了绝望中的一线生机、一线希望,与其这么一年年不死不活地凑合,还不如跟着石光银背水一战,兴许真能干出个前程。于是那几户农民也变卖家畜,把钱交给石光银去买了树苗。这下责任更大了,干不好毁掉的可就不光是他一家人的日子。晚上妻子怎么也忍不住要唠叨几句,这个家并不光是他石光银一个人的。但还没说上两句,石光银就截断了她的话头儿:"睡吧睡吧。"他并不多做解释,连一句劝慰的话都没有,可能他的心里也没有底。所幸他石光银的女人贤惠,男人叫睡就睡,即使睡不着也把嘴闭上了。

但女人的直觉和担心却不是多余的,头一年种下的树全死了,第二年成活率不足10%,石光银真成了"往大风沙里扔钱的疯子"。这时候社会上有一种很时髦的理论,叫顺应自然,人是不能跟天斗的。石光银说不出更多的大道理,只在心里不服气,凭啥我这儿的自然就是沙子欺负人,你叫我们祖祖辈辈顺应沙子?其实,"老天"最早安排的"自然"也不一定就是眼下这个样子,过去此地连年战乱,人怨天怒,很难说是人祸引来天灾,还是天灾加剧了人祸。

毛乌素自唐代开始起沙,到明清便形成了茫茫大漠,石光银该顺应哪个自然?如何"顺应"才自然?好在石光银身上有股异常的疯狂和倔强,牙关一咬就扛了下来。他带着干粮常常在沙窝里一干就是许多天,当干渴难挨的时候,就用苇管插到沙坑里吸点儿水喝。那就像嚼甘蔗,把水咽下去,将沙子再吐出来。或许这就是造化的公平,在毛乌素的沙窝里,扒下1尺多深,沙子就是湿的,沙漠里的地下水位远比沿海大城市里的地下水位高得多,打井到地下8米就能出水。"毛乌素"在蒙语里是"坏水"的意思,可如今在毛乌素生产的"沙漠大叔"牌矿泉水，是水中的极品。这是后话。

老天果然不负苦心人，第三年石光银成功了，种的树成活率在90%以上。20多年来，石光银种树治沙22.5万亩，已形成400多平方公里的防护林带，莽莽苍苍，吟风啸雨，蔚为大观。有人或许对用平方公里计算的树林，形成不了具体的概念，那么就说得再形象一点儿：将石光银的树排成20行、50米宽的林带，从毛乌素可一直排到北京。若改成单行，则可绕地球一圈还有富余。这些在毛乌素沙漠里已经自成气候的林木，不能不说是对当代人类的一个重大鼓舞。

在当前全球的生态危机中，沙漠化排在了第一位，被生态学家称作"地球癌"。眼下地球上的沙漠达到3 600万平方公里，相当于4个美国的面积，占全球陆地总面积的30%，世界上约有9亿人口受到沙漠化的危害。而中国又是世界上受沙漠化危害十分严重的国家，沙漠化面积达到174万平方公里，占国土面积的18.2%。

所以，没有上过一天学的石光银，两次被邀请到联合国防治荒漠化会议上讲演，介绍造林治沙的经验。2000年，他先被"国际名人协会"评选为"国际跨世纪人才"；后被联合国粮农组织授予"世界优秀林农奖"（即"拉奥博士奖"）。如果是其他行业的时尚人物，获得了这样的国际荣誉，还不得闹腾得家喻户晓？这也正暴露了当今媒体时代在精神上有块沙漠，忽略了真正的时尚。而石光银从一降生就面对沙子，大漠历练了他的精神、他的定力，无论是荣誉，还是人世间最大的痛苦，都不可能让他迷失，让他颓丧。他在治沙上最得力的助手、也是他唯一的儿子石战军，一个34岁的壮汉，在急急忙忙去买浇树苗的水管时遭遇车祸丧生。

人们不是都爱说"好人有好报"吗？

自知者不怨人，知命者不怨天。没人知道石光银是怎样化解了这巨大的苦痛的，也没人听到他说过一句怨天尤人的话。恐怕他心里早就清楚得很，治理毛乌素不是一代、两代人就能完成的，恐怕死一两个人也是正常的事。当初既然是自己挑的头儿，就得由自己承担全部后果。历尽天磨成铁汉，他只要有点儿闲工夫，就愿意钻进自己亲手栽种的森林里，听着树叶被风吹动，发出哗啦啦啦的响声……对他来说这才是世界上最美妙动心的音乐。命运已经给了他最丰厚的回报，在这时候就连他也相信"老天是有眼的"——这才是毛乌素人该有的大自然。一向不爱多说话的石光银，却多次向家人和亲友们重复过一句相同的话："我活着就是种林子，死了将林子交给国家。"

他一如既往的淡定、坚韧，犹如毛乌素沙漠里一束圣洁的光。其实，石光银并不孤单，在毛乌素治沙有了大成就的还有几个人。生活在远处另一个沙窝里的牛玉琴，有着跟石光银大致相同的经历，丈夫因治沙积劳成疾，中年早逝。她独自一人抚养孩子，照顾因患精神疾病常年神志不清的婆婆，还要像男人一样治沙，或者干脆说像牛一样勤劳无怨。

因为她懂得一个道理，怨人的穷，怨天怨地没志气。周围的人都说："这个婆姨生生是用泪水和汗水把一棵棵树苗给浇活了！"到她60岁的时候，已经造林治沙11万亩。长年累月的难以想象的劳苦和艰难，并没有摧毁她柔媚而丰富的情感世界，为了表达对丈夫张加旺的思念，她给自己投资兴建的小学取名为"旺琴小学"，把育苗基地叫作"加玉林场"，将自修的沙漠公路命名为"望青路"——走在这条路上就能望见青山绿水，这是她的梦想。所有治沙人，心里都有个梦。

实际上只要治住沙子，其他就都好办了。治理前沙窝里寸草不生，树一栽起来，林子一成气候，各种绿色植物就会自生自长，遍地蔓延。有了防护林的沙地也很容易改造成草场和庄稼地，不然毛乌素这个大沙窝里怎么能成为现在的"中国土豆之乡"？渐渐地绿色食品加工厂办起来了，养殖场建起来了，药材种植基地形成了……石光银们摸索出了林、农、牧、药多业并举的路数。石光银实现了自己当初的诺言，让周围的数百家农民都脱贫了，可他的家里，一年到头每天只吃一种"和菜饭"：将菜、米、面、盐一起煮，菜饭合一。只在过年和有应酬的时候才会放点儿肉，或包顿饺子。他和家人早就习惯了这样的生活。而他的林子和那些企业估算起来至少值几千万，他为啥还要这般苛待自己？他说："我还欠着银行300多万的贷款，哪有条件享福。"沙漠里的树是只能种不能砍的，这就是老百姓常说的富了林子，穷了造林人。石光银说："不管我种多少树，办多少经济实体，都不是为了个人赚钱。我要钱干啥？还不是为了治沙，为了再多种树。"

　　面对石光银这样一条铮铮铁汉，精神上会感到健旺、畅达，会对毛乌素和沙漠里的人，生出一种信心和希望。他们是沙漠的魂，是毛乌素的胆。据说毛乌素里的定边县名，原是北宋文学大家欧阳修所赐。而石光银们用自己的命运证明，定边只有定住沙，才能定住绿；定住绿才能定住魂，定住魂才能定边——"底定边疆"！

红旗与渠

　　国旗、军旗、党旗、队旗,以及各式各样的奖旗,都是红的。但人们一提到红旗,首先想到的是革命的象征、党的标志。所以革命要有红旗引领,出征要在旗下宣誓:"生是旗下一个兵,死做旗上一点红!"做出了优异的成绩要感谢红旗,贡献卓著者到盖棺论定时会红旗加身……因此过去的动摇分子最爱提出的疑问是:"红旗还能打多久?"心怀叵测者最狠毒的诅咒是:"红旗落地,革命变色。"

　　今天已经没有人能说得清楚,当初是谁、又是在怎样的情势下,将"红旗"与"渠"联系在一起,把"引漳(河)入林(县)工程"改成了"红旗渠"。半个世纪以来,无数以红旗命名的事业或单位,只剩下了一个普通的名号,如红旗化工厂、红旗百货商店、红旗大街等。甚至以红旗为象征的许多典型也已成为过去,如合作化时的"穷棒子"精神、工业化时的鞍钢宪法、"大跃进"

时的高产卫星、"文革"中的大寨梯田、开放之初的大邱庄暴富……唯"红旗渠",是个惊人的例外,至今仍被人们由衷地喜爱和尊敬着。

创造了当今流行文化的一个热点的百家讲坛,向来以翻新历史经典吸引人。2010年去高调宣讲红旗渠,听众踊跃。20世纪末至21世纪初期间拍摄的有关红旗渠的影片,如《红旗渠的故事》,于1998年11月获得第十八届中国电视剧"飞天奖"一等奖;电视连续剧《红旗渠的儿女们》,于2008年9月获得第八届精神文明建设"五个一工程"(2005—2008)特等奖……凡跟红旗渠有关的文化产品似乎都有不菲的"票房",乃至以红旗渠为商标的物质产品同样畅销。

据报载,河南省的烟民,数十年一贯制地喜欢"红旗渠牌香烟"。当时在全国,打着红旗渠旗号的产品种类繁多:红旗渠酒、红旗渠水泥、红旗渠汽车配件、红旗渠型材……文化在选择适合自己的经济。

红旗渠已经形成了一种庞大的文化景象,这也正是它的魅力所在。每年都要吸引近百万自费参观者,其中包括许多外国游客,他们中甚至有人说:"不看红旗渠,等于没有到过中国。"为什么偏偏是一条水渠能代表中国?自中华人民共和国成立后,改天换地,移山填海,搞了多少大会战,干了多少惊天动地的大工程,为什么只有红旗渠被当作"除长城之外的第二个伟大工程",在国际上被誉为"世界第八大奇迹"?更为奇妙的是,红旗渠明明还是一渠日夜流淌的活水,却已经被评为"全国重点保护文物"。其人工天河般的构筑,作为现代重要史迹,成了中国建设史上和中国治水史上的经典。

经典并非"可遇不可求"。或许正相反,是有所"求"的结果。

只不过要看是谁在求，为谁求，求什么，怎样求。当初决意要修建红旗渠，并不是当地官员急着要出"政绩"，也不是奉上级之命，非修此渠不可，相反还要承担违背中央指示的后果。当时中国正处于"三年困难时期"，1960年11月，中央发出通知，为了休养生息在全国实行"百日休整"，凡基本建设项目一律下马，上级还特别督促红旗渠工程也必须马上停工。

当时红旗渠工程正是较劲的时候，气一泄就半途而废了！可中央的指示也不能不执行，于是林县县委作出决定：大多数民工回生产队休整，留下300名青年开凿狼牙山隧洞——那是一座出壮士的雄峰，山势险峻，石质坚硬，而隧洞却要洞穿太行山腰。此洞后来被命名为"青年洞"，是现在到红旗渠的旅游者必看的景观之一。

在中国历史上有个传统，好官大多都关心治水。红旗渠工程是官为民求，官求和民求完全统一，其动力、意志和气势，就非同小可，足以排山倒海。他们求什么呢？死地求活，绝处求生。人无水，必死无疑，一个县的几十万生民严重缺水，就等于陷入绝境。《林县志》记录了林县土薄石厚、水源奇缺、旱魔猖獗、十年九不收的惨状，上面写满"绝收""禾枯""悬釜待炊""十室九空""人相食"等触目惊心的字眼。

三个男人与一头狼争抢从石头缝里滴下的水珠，结果竟都被狼咬死。大年三十的晚上，桑耳庄村桑林茂老汉的儿媳妇，因天黑路陡弄洒了公公用一整天时间来去走了14里山路才挑回的一担水，愧悔难当，当夜悬梁自尽⋯⋯是1959年一场历史不遇的"卡脖子"大旱，逼得林县上上下下都不能不做个决断：与其继续苦撑苦熬下去，不如拼死一战，或许还能拼出一条生路。

于是，酝酿了许多年，也勘查、规划了许多年，翻山越岭将漳河水引过来的工程上马了。前后共有数十万民工上阵，他们推着小车，自带口粮、食品、炊具、锹、镐、镢、铁锤、钢钎……浩浩荡荡地奔赴太行山。这是一项大禹式的开山导河工程，总干渠的 70 多公里要全部在峰峦叠嶂的太行山腰上开凿，农民们用长绳把自己吊在悬崖峭壁上施工，头上巨石嶙峋，身下万丈深涧。负责打眼儿放炮的人，一锤下去一个白点儿，常常打坏十根钢钎还凿不成一个炮眼。一旦炮响，乱石滚滚，血汗交迸，是人与大自然的肉搏，悲壮激烈，惊天地而泣鬼神。

前 5 年，他们中就有 189 名民工牺牲，256 名民工重伤致残。他们住山洞，睡石崖，每个人每天的口粮标准只有 6 两，几乎把山上所有能进口的东西全填进肚子里充饥，先后竟开凿了 211 个隧洞，削平了 1 250 座山头，架设了 151 座渡槽。红旗渠人，真是拼了！

"天下事或激或逼而成者，居其半。"历史有时需要一个工程或一个事件，才能看出人的品质。红旗渠体现了林县人最优秀的精神品质，张扬了他们共同的理想。正是这统一的理想，让他们变得无比单纯而坚毅。鲁迅仿佛早就给林县人写好了评语："我们从古以来，就有埋头苦干的人，有拼命硬干的人，有为民请命的人，有舍身求法的人……这就是中国的脊梁。"

林县人耗时 10 年，经历了中华人民共和国历史上最特殊的两个时期："三年困难时期"和"文革"动乱时期，在 30 万农民工的参与下，终于修建了总长 1 500 多公里的红旗渠，解决了 57 万人和 37 万头家畜吃水的问题，在通水后的前 20 年里，粮食亩产就提高了 5 倍。它不仅仅是一渠水，还是一渠粮，一渠油，一渠蜜……是林县的大动脉，是百姓的生命线。

奇迹就是这样创造的，经典就是这样诞生的。它不是虚夸的精神膨胀，是自然与人的命运的契合，让历史和群众真正从心里叹服，才会成为经典。许多年来，人们习惯了面对红旗说些感谢的豪言壮语，而红旗渠，经历了半个世纪的辉煌，真正让人们体会到了，红旗以"渠"为荣，红旗应该感谢"渠"。正因此，才有了一个叫"红旗渠"的具有经典意义的先进典型。

重卡春秋

一

老电影《万水千山》中有个镜头：红军在艰苦卓绝的长征途中，中央首长曾想杀掉马匹为战士充饥，而战士们却保护住了首长的坐骑，并响亮地喊出一句富有经典意味的口号："让革命骑着马前进！"革命骑着马，最终创立了中华人民共和国。而建设中华人民共和国，光有马的速度不行，还需要装上飞旋的车轮，获得一种更快的速度。济南规模最大的一家兵工厂换牌改成汽车修造厂，副厂长王子开是个"老兵工"，某一天突然被召到北京，做梦般地见到了机械工业部[①]副部长、充满神奇色彩的大

[①] 中华人民共和国机械工业部，原国家部委机构。1998年撤销。

权威人物沈鸿。

　　他听到了一些似懂非懂、如诗如歌般的话语:"你是个老兵,肯定懂得反'围剿'的意义,我们成功地进行了无数次的军事突围,才赢得了革命的胜利。今天,国家在进行着一场政治和经济上的反'围剿',速度就是生命!我们制造两弹一星,就是要拥有空中的速度、宇宙的速度,而在地面上我们要掌握所有车轮的速度,无论是铁轨上的车轮还是公路上的车轮。国家要强大,必须车轮滚滚……"

　　在延安时期就被誉为"机器神(沈)"的沈鸿说出的这番话,王子开并没有完全领会。但副部长给他下达的任务却是神圣而硬邦邦的,他不仅听懂了,而且把每一个字都用凿子刻在了心上:

　　制造 8 吨载重汽车!

　　他像在战争年代接受战斗任务一样,不打折扣,不讲二话,待热血沸腾地走出了国家机械工业部的大门口,才忽然想起自己还没见过 8 吨载重汽车。见都没见过的东西怎么制造呢?没吃过猪肉,无论如何也得见识一下猪跑啊!

　　王子开本就是个有能耐的人,他急中生智,决定在长安街上蹲守。长安街是中国的脸面,凡是稀奇古怪的好玩意儿,比如 8 吨载重汽车,一定会到长安街上来显摆。如果在长安街上还看不到这种车,那到别的地方就更见不到了。他坚信守住长安街,就一定能看到"猪跑"。

　　每天早晨天不亮,他就揣上两个馒头来到长安街道边上守候,眼睛死死地盯紧每一辆过往的车辆。从东长安街的最东边的一个路口开始,一天往西挪一个路口,守到第 11 天的下半晌,王子开忽然看见从南礼士路方向蹿出来一辆大家伙,平头高肩,块头壮实,他跳起来,发疯一样地追上去,嘴里大声呼喊着:"停停,停车！"

那个年代长安街上车少，而热心人却特别多，一见王子开这副架势，路人不知道发生了什么大事，却都帮着大呼小叫，伸胳膊摆手，眨眼的工夫便集结起一大帮人，追着卡车边跑边喊……这样的阵势像闪电一样在长安街上急速传导，很快就将那辆大卡车给拦住了。

司机打开车门，满头雾水，两眼发蒙："怎么了？出什么事啦？"

王子开呼哧带喘地跑到近前："同志，你这是什么车？"

司机没好气："卡车呀，你没见过？"

王子开老老实实地承认："没见过，个头儿这么大，载重多少？"

"8吨半。"

"8吨半？太好了！哪儿产的？"

"从捷克进口的。"

"工字板多厚？轮距多大？我能仔细看看你的车底盘吗？"

王子开一连串的问题将司机问愣了，也将周围一大帮看热闹的人问糊涂了。他只好简单地解释了一下情况，然后掏出纸和笔，把捷克卡车的重要数据记下来……

二

1960年4月，济南生产出第一辆8吨载重卡车。

半个月后，毛泽东、朱德等国家领导人来到这辆大卡车跟前，从前到后，从左到右，围着这辆车看了一圈儿，这儿拍拍，那儿摸摸，脸上洋溢着抑制不住的笑容。当时的国务院副总理李先念，还坐进驾驶楼子亲身感受了一番它的性能。

朱老总当场挥毫，为此车命名："黄河。"

此名一出，响亮而厚重。

黄河被誉为中华民族的"母亲河"，于公元前2 800年就孕育了中华文明，并以其雄浑壮阔和坚韧不拔的形象著称于世。

黄河载重卡车也一样，它是中国重型汽车史上第一个民族品牌。

它传承了黄河的精神——那是一种民族的精神、母亲的精神。

"黄河"一上公路，别的车都情不自禁地为它让道——是向它表达一种敬意，也因为它的块头太大了，在当时的公路上堪称巨无霸。

三

王子开领导着已更名为济南汽车制造总厂的工人们，一鼓作气生产出1 500辆"黄河"，全部发往部队，以解国防之需。

黄河滚滚，车轮滚滚。从某种意义上说，各种型号的黄河重型卡车，改变了中华人民共和国的建设速度，演绎了建设者创造的激情。

作为对他们创造了"黄河"的奖赏和鼓励，当然也是一种重托，1983年，国家给"济南汽车制造总厂"挂上"中国"的牌子，成立了"中国重型汽车工业公司"。

1989年末，"中国重型汽车工业公司"再次升格为"中国重型汽车集团公司"，下属63家加工配套的企业，这些企业分布在山东、陕西、重庆、浙江、江苏、河北、新疆等14个省市和自治区，有职工10万余人。一个名副其实的重型汽车王国形成了。

然而，这是一个消解神话的时代，大有大的危险。大，能带起一股风，跟的，追的，捧的，打的，眼热的……重型卡车属于生产资料，而生产资料就是用来赚钱的。既然生产"重卡"能赚钱，谁不想上啊？我们不是有句名言吗："有条件要上，没有条件创造条件也要上！"

当时有一种浓重的社会思潮就是"跟着感觉走，抓住梦的手"。于是，中国的重卡业以超过实际能力的状态高速发展。但脚步却不是"越来越轻，越来越快活"，而是越来越沉重，越来越惊恐。因为眼馋中国市场的还有外国人，大批国际知名品牌的"重卡"若洪水猛兽，汹涌而进。

不光眼热，连头脑也发热的人们，似乎忘记了一个普遍规律：物极必反，天有不测风云。果然，市场急剧紧缩，原材料涨价，成本和产品价格关系严重扭曲。在价值规律和优胜劣汰的生存法则的双面夹击下，重卡业的管理体制与经营理念又严重滞后。

重卡业终于盛极而衰。表面上看是起因于现实，实际上却沉积于历史。原因有多方面。

拥有"黄河"的金字招牌，曾经占尽天时地利人和的重汽集团，竟也江河日下，危机重重。国家的企业，危机多大都不怕，怕的是被揭破盖子。

盖子不揭破，就不是危机。

像"中国重汽集团"这样的超大型企业，没有足够的能量不敢碰它，更甭想能揭开它的盖子。偏巧，具备软实力的《经济日报》，就有这个能量，又有这种胆识，以软碰硬，以柔克刚。在"中国重汽集团成立十周年大庆"的前夕，《经济日报》发文揭露它弄虚作假，玩数字游戏，表面上实现利润2 000万元，实际却亏损近10亿元。

半年后，一份题为《重汽管理混乱,陷入困境》的新华社内参，摆到了国务院总理的办公桌上。内参里揭露重汽亏损 80 多亿，有些下属公司已经连续 13 个月发不出工资，且管理混乱，违法乱纪严重。

更因职工人数众多，加上家属有数十万人，居住地涉及小半个中国。以前是名副其实的"中国重汽"，如今却有可能成为"中国生气"或"中国泄气"，存在着巨大的社会隐患，形势非常严峻。

当年"黄河"车诞生的时候国家领导人亲手抚摸它，表达了一股喜爱之情。如今的国务院总理却为这个企业拍了桌子，表达的是一种焦虑，或许还有愤怒：一个企业亏损这么多，还胆敢虚报利润！

2000 年 7 月 26 日，朱镕基总理主持国务院办公会议，鉴于"中国重汽集团"的根基以及大本营一直在济南，"黄河"牌重型卡车是中国汽车工业的一个里程碑，它不仅是重卡业的一个标志，也是中华人民共和国成立以来一个标志性的文化符号。于是国务院办公会议决定将"中国重汽"下放给山东，进行重组，希望它能绝地再生，重振雄风。

四

由审计署和中央纪律检查委员会联合组成的四百人的庞大审查团，声势赫赫地进驻重汽集团，一边检查审计，一边落实国务院关于重组中国重汽的方案。

这给整个集团乃至济南市带来一种强烈的震颤，当然也有恐慌和不安。且不说心里有鬼、手脚不干净的将成为审查对象的人，即便是普通职工的前途也充满了变数，集团在陕西、重庆、湖北等西部地区的公司全部下放给地方，原有的 10 万职工至少要减掉3万，剩下的7万中还要有2/3的人下岗离职……

重组，是为了重生。

要重生就得先死过！而此时的重汽，比死还难受。

一个极其沉静的夜晚，死寂般的黑暗掩住了惶遽和躁动。集团下面一个子公司沉寂多时的扩音器，突然响了，传出了一个年轻而激昂的声音，在东一句西一句地诵读《凤凰涅槃》：

"古有神鸟，名曰凤凰。五百岁后，香木自焚，火中更生，永不再死。火光熊熊，香气蓬蓬。火便是你，火便是我。流不尽的眼泪，洗不尽的污浊，浇不熄的情焰，荡不去的羞辱。死了的光明会更生，死了的宇宙会更生，死了的凤凰会更生，我们也会更生，一切的一、一的一切都会更生……"

中国重汽是凤凰吗？还是在寻找能够拯救重汽的凤凰？

中央400人的调查团已经架起了大火，就是希望能找到在烈火中重生的凤凰。

或许整个山东省，也在寻找一只这样的凤凰。

中国的组织方式一直信奉这样一种原则："路线确定之后，干部就是决定因素。"尽管我们有着世界上最庞大的干部队伍，但此时若想找出一个能救活重汽的人，似乎真比找到一个活了500岁的凤凰还难。不是难在现实，而是难在人们心里：

重汽真的能重生吗？有多少人真的相信凤凰涅槃的神话？

心里没有底是一回事，毫不含糊地执行国务院的议决又是另一回事。经过千挑万选，组织部门和省里的头头们绞尽脑汁，过了筛子过箩，最终选定了一个人。

确定了这个人以后，他们越想越觉得这个人最合适。他叫马纯济，一个"纯粹的济南人"：当过工人，后上大学，学的是锻造专业；当过班组长、车间主任、厂长、党委书记、局长、区长，现在是济南市副市长兼经委主任,年仅47岁,前途无量。

此时他带着济南市十几家特大型企业的一把手刚出国三天,一个电话就被叫了回来,不是回济南,而是到北京,由国务院委派的负责人和山东省委的领导共同向他宣布了新的任命:济南市委副书记兼中国重汽集团党委书记。

"济南市委副书记"的头衔是提拔,是温暖,是支持,是给他预留的一条后路。可消息传开,群众却在议论,市委副书记不过是个诱饵,是个名义,实际就是让他干重汽的事。

马纯济从没跟重汽搭过界,更没有把重汽遭审计要重组的事跟自己联系起来,而上边偏偏就选中他来收拾残局……为什么是他?始终没有人能说得清楚。

这时候人们最容易想到的一个词,就是"命运"。经典哲学家有一种说法:"运气——常常是所有伟大事物必不可少的标志。"

这里所说的运气,似乎专就重汽和山东省而言,不管将来如何,眼下终于有了个牵头的人,可以揽下重汽这一摊子惊动了中央的大麻烦!

对于马纯济来说,恐怕恰恰相反。至少周围的同事和亲友没有人认为他碰到了好运,若说运气不济还差不多。他本来仕途顺畅,这回闹不好要断送大好前程。因此,除去上级领导和擅说官话的人,几乎听不到赞成和鼓励他去上任的声音。

而当事者马纯济,从接到任命的那一刻起,几乎就没怎么说话,既显不出有什么异样的兴奋,也不特别沮丧。对周围的一片反对声,他也始终不吭不哈,不顺从,也不反驳。

世上有一种很难的智慧,叫沉默。对不能说的一切,都保持沉默。

他对重汽一无所知,对未来心中没底,此时只要一张嘴,说出的必然是不该说的话。凡是不能说的，就坚决闭紧嘴巴。对于可以说的东西，也不必争一时的短长，早晚都能说清楚。于是关心他的人更着急了，纷纷猜测：他到底是什么态度呀？去还是不去？

马纯济不说，不等于心里不思索。任命已下，根本不存在去不去的问题，他不会因别人过去的失误和愚蠢，影响自己选择的勇气和决心。

去收拾重汽这个大烂摊子，焉知不是命运对自己的惠顾？人活几十年，能干成一两件事就是幸运。去重汽就称得上是这样的事，正是命运专为他安排的事，或许是对他的一种成全，也未可知。

值得背水一战，即便为此会丢掉一切既得的权利和安逸。他甚至有些急不可待了。他很想做好准备再上任，可是不走进重汽，就无从准备，无法准备。

在一个普通工作日的早晨，他走向中国重型汽车集团。不巧的是正赶上下大雾，须臾便不见了城市，不辨天日，令人神思恍惚。或许这场大雾正是冲着他来的，"前程原似雾，何必太分明？"可等他来到重汽集团，想不"分明"都不行了。在浓雾中集结着一大片黑乎乎的"硬块"，挡住了大门，阻断了道路。他们都是重汽的职工，或坐或站，在大雾中如漆如铁。他们的静穆，比吵闹更可怕，也更具震慑力。

他们不想闹事，也没有闹事，只提出了一个最基本的要求，而这个要求恰恰是集团上下人人心知肚明却又没人管或谁也解决不了的问题——请公司支付拖欠的工资，他们要吃饭。

马纯济曾动用全部想象力，揣度谁都曾经指手画脚、说三道四的重汽，究竟困难到了什么程度，却还是没有料到自己上任第一天竟遭遇这种场面。说也奇怪，就在这一瞬间，他悬了许多天的心忽然落地了，种种的忐忑不安一扫而光。重汽都落到了这一步，任何顾虑和包袱都没必要有了，也不怕再丢什么，只有放胆一拼。

即所谓：置之死地而后生。哀兵必胜！

马纯济高声招呼大家："别在这大露天里待着，快进屋，有没有大点儿的会议室？窗户、门都打开，坐不下就站着，总比顶着大雾好啊。也好让我看清大家的脸，大家也能看见我的模样，咱们才好谈事。"他这一番话，立刻把现场那股一触即发的紧张气氛化解了，大家纷纷起身涌进办公楼。

有人向马纯济解释："听口气，你就是新来的书记？大伙儿可不是冲着你来的，谁都知道你也够倒霉的，人家牵驴你来拔橛儿。"

马纯济笑笑，没有吭声，心想倒霉就倒霉呗，你们不是更倒霉？但光脚的不怕穿鞋的，倒霉蛋真豁了命，往往要比受宠的人更有爆发力，能量也更大。

大房子里安静下来，大家的目光像箭一样都射向马纯济，有愤怒，有哀怨，有绝望，也有恳求……他简短地介绍了几句自己，就切入正题："我不认为这是对我的下马威，而是在我来重汽的头一天给我上了一课。干企业就得动真格的，至少要挣出足够的真金白银养活自己的职工和家属。你们都是重汽的有功之人，即便说得难听点儿，是没有功劳也有苦劳的人，公司拖欠你们的工资就错了，害得你们想用这种方式拿到工资更是错上加错。从今天起，重汽的事情由我负责，你们找我算找对人了。经过中央的核查审计，凡重汽以前欠下的账，我都认，都会归还。但今天我还两眼一抹黑，身无分文，请你们给我点儿时间，短了3个月，长了半年，我一定会给你们一个交代。在这期间，因为生病或其他特殊原因日子真过不下去的，公司会拿出保证活命的钱，不能真让人吃不上饭。"

有人高叫一声："你不骗人？说话算数？"

"我和你们都到了这步田地，还用得着谁骗谁吗？骗你们还不如骗我自己，或干脆不来蹚这个浑水。"马纯济在心里提醒自己，越是在这个时候，越要实事求是地对待自己的历史和灵魂……

五

该看的看到了，不想看的也看到了；想听的话听到了，不想听的话也听到了；原本既不怵场又不糊涂的马纯济，此时脑子里却有点儿乱，像塞了一团乱麻。

他把自己关在屋子里，面前摊开一张白纸，把眼前碰到的所有难题都写下来，按轻重缓急排出顺序，把自己能想出来的解决办法也写出来，这些办法的可行性如何，有什么利弊，也一条条全都写下来……

他用这种办法强迫自己冷静下来，将脑子里的一团乱麻理出头绪。从他走进重汽的那一刻起，从四面八方、各种角落，或明或暗地有数万双眼睛无时无刻不在盯着他，观察他的每一个动作，揣摩他每一个细微的表情变化，然后就不知会生出什么传言，传出多少闲话。所以，他必须先把自己的魂儿定住。

眼下最急迫的是稳住人心。当前职工的情绪一触即发，谣言满天飞，听风就是雨，惶惶不可终日。老处于这种状态，重汽就不可能走上正轨。

可怎么才能稳定人心？

现成的方法就是狠狠地处理一批人，敲山震虎，有的人也确实"够刀"了，审计团掌握了大量的真凭实据……但，此是下策。

犯法的自当由法律部门去管，那不是我该想的事。处理一个会引起一片恐慌，人人自危。我最需要做的是留住人，留住重汽的人气，这才是最重要的。

眼下不是要处理一大批人，而是要保护一大批人！

要留住人先得留住心。还有什么办法能稳定职工的情绪呢？最稳妥有效的办法应该是恢复生产，一开工干活儿，企业就有了生气，职工自然就会感到有了奔头儿。现在相当多的人是对重汽的生死心里没有底。

企业大发展，困难再大也是小困难；企业小发展，困难再小也是大困难；企业不发展，才是最困难！

怎样才能让企业恢复生产，让职工感觉到重汽将要大发展呢？

钱！

说来说去又绕回到钱上来了。没办法，任何一个好企业的发展，都离不开三大要素：资金、人才、产品。

而资金排在头一位。资金链一断，企业就必然会陷入瘫痪，就如同重汽集团现在的样子。可到哪里才能弄到钱呢？

在山东是不可能再借到能让重汽活过来的资金了，以前该借钱和不该借钱的地方全借过了，又都是光借不还。如今债主们都快急疯了，恨不得把重汽给拆了，能抢回多少是多少。谁还会、谁还敢，再向重汽解囊？

马纯济认定，有一个地方能贷到第一笔救活重汽的钱——北京。重汽是"中国重汽"，别的单位可以不管，国家不能不管。你就是叫我去讨饭，不还得给个碗吗？怎么也得给根打狗的棍子吧？你不让我把企业救活，亏损的那百八十亿可就永远打水漂儿了，那也是国家的钱。你再贷给我点儿钱，我把重汽盘活，不仅能把所有亏损都补回来，还可以再给你挣回双倍乃至三倍、五倍的钱。

他走出办公室，恢复了标志性的从容和温和，找到财务部的负责人宋其东："我明天一早去北京，你给我准备400块钱。"

宋其东像突然牙痛，神色扭曲，一脸的不自然，眼睛躲避着马纯济的目光，嗫嚅道："马书记，真对不起，现在我手里连50块钱的现金也拿不出来。"

自以为在重汽无论再遇到什么事都不会吃惊的马纯济，却还是愣住了。堂堂10万职工的重汽集团，毕竟家大业大，纵使千难万难，就是砸锅卖铁也不至于难到连四百块钱的出差费也拿不出来啊？

但他转而一想，曾经家大业大的重汽，资产总额137个亿，可现在负债168个亿，即使不再过日子，把锅都砸了，烂铁也得先归债主们。

马纯济突然笑了，是那种发自内心的哈哈大笑。笑后他说："我什么都想到了，就是没有想到来重汽工作还要自己带足出差费。好了，你甭管了，我自己解决。"

回到办公室他就拨了一个电话："光西吗？我已经到重汽来了，独马单枪。你也来吧，这儿的财务穷到底儿也乱到家了。"

电话那一头的"光西"，就是山东企业界著名的财务奇才王光西，有"活财神"的美誉。他倒也干脆，略一沉吟就答应了："好，你等着，半小时内我准到。"

六

宋其东觉得无地自容。其实这些天来他一直在为钱的事发愁，按理说新的一把手上任，无论如何他都该备下一点儿钱，不然新书记来了怎么开展工作？但他没想到马纯济会来得这么快，还没容他主动去汇报，竟找上门来……人家都说瘦死的骆驼比马大，这么大一个重汽集团，再怎么穷也不至于拿不出400块钱的出差费呀？不要说别人不相信，就连他这个管钱的人，都觉得不真实，闹不好人家还误以为是他故意刁难，诚心让新来的书记难堪。

万般无奈，明知希望不大，他还是跑到跟重汽闹得还不算太僵的一家银行求救。没办法，这个时候还能拆兑到点儿钱的地方，就只有银行了。银行的员工看到他，如见灾星进门，或掉头装看不见，或看见了装不认识，搞得他十分没趣。这却怪不得人家，是重汽拖累了银行，欠人家的那几个亿若真的成了坏账死账，也会影响到银行员工的业绩。

宋其东找下面的人没有用，就直接去找行长。有人挡驾，说行长出去了。他说我等。挡驾者说，行长若在外边办完事不回来呢？宋其东只有苦笑，他进门之前先到后院，看见行长的车在。嘴上却说，行长总会有回来的时候，我就在这儿等着。

他傻傻地等了两个多小时，快下班的时候行长出来了："宋头啊，是给我还钱来了吧？这回可以把你的党票赎回去了！"

宋其东还是只有苦笑。去年集团已经千疮百孔，快到年底时领导让他来银行弄点儿钱，好歹把年糊弄过去。他好话说尽，百般央求，见怎么都借不出钱，一时情急突发狠话，愿把自己的党票押在银行，如果不还款就等于丧失了自己的政治生命！

按理说他今天真没有脸面再来见行长，可企业发展要紧，新书记的尊严和威信比自己的脸面更重要，他只有实话实说："我走投无路，不来求银行没有人能帮我。我是看新来的马书记行，说话办事都有点儿绝的，说不定真能让重汽起死回生。可他要进京，我这个财务部的头连他出差的钱都拿不出来！他进京干什么？还不是去找国家给重汽要钱、要政策吗？我实在是想不出别的招儿了，才来求您无论如何再帮我们一次。"

"一次？你摸摸胸口有多少次了？每次都说能还款，可老也不还。上次你真以为把党票押在这儿就值那么多钱？告诉你吧，我是同情你这个人还不错，打交道这么多年没有多少坏习惯，眼看着你一个40岁刚出头的人，只几年的工夫就弄成了一脑袋白头发，好像重汽这些年的难处，全顶在你脑袋上了。"

宋其东满脸苦涩地划拉划拉自己的满头白发。他方腮阔嘴，本来有一张宽和而不失刚毅的脸，如今却塌架了。行长突然流露出一种同情和善意："上次我之所以还贷给你款，是因为你帮过我。"

宋其东不解，随后晃晃脑袋，以为行长又在拿自己开玩笑。

行长却是认真的："你看，连你自己都忘了，你说过一句对我们很有用的话。当时我问你，重汽本来就那么乱，中央审计组来后过了筛子过箩，你这个财务部的老人，怎么就没有一点儿事。我问你干财务的有什么诀窍能够洁身自好？你当时说，干财务的千万不能把钱当钱，要把钱当成产品，就跟车间工人天天接触汽车零件一样，就不会起贪心。谁会偷个汽车零件回家？我把你的话讲给我的员工听，银行的人天天跟票子打交道，经常有大把大把的票子从自己手上过，如果把这些票子看得跟自己钱包里的票子一样，时间一长不产生错觉才怪呢。一有错觉，就要真出错了！"

宋其东一看机会来了，赶紧抓住："行长，既然您觉得我这个人还可以，就以我私人的名义求您再给贷一点儿，我以自己的全部人格担保……"

"哎呀，你这个人怎么这样？说你呼哧你就喘上了。这是两码事，你脑子里就光有你的单位，就不替我们想想？再说你的党票还在我这儿押着，拿什么保证你的人格？你们重汽还有格吗？一个小扒鸡店，你们都欠了人家60万！你说说，扒鸡店里又不生产汽车零件，跟你们搞重型卡车的八竿子也打不着，怎么还会欠人家的钱呢？你的格在哪儿了？"

"那是过去的事了，那一页已经翻过去了，您就好事做到底，再帮我们一下。"

"不行，你们已经重组，新领导已经到任，我可以暂时不逼账，想要再贷款没有门儿。"

无论行长怎么数落，宋其东都老老实实地听着，不管多难听都认头，可就是不抬屁股，丝毫没有要离开银行的意思。行长的唾沫星子都快耗干了，心里转而开始佩服他，就因为有宋其东这样的人，重汽还真是有希望。一个企业不可以没有这样的人，勤谨可靠，忍辱负重，认准是自己的责任便死缠烂打，百折不挠。

这种人代表着企业品格中的忠诚和坚韧。

七

马纯济是从企业里干出来的，积累了多年管理企业的经验，深知财务管理是一条独线，任何企业只要管好钱，就等于管好了一半。所以他上午到任，下午就急不可耐地打电话邀来王光西，这位"活财神"正是马纯济的老同学，也和他共过事。

更为重要的是，马纯济在前半生的学习和工作中，结交了几个人，他们形成了能干事的男人间的一种特殊默契。平时大家并不怎么亲密，一旦谁有困难发出召唤，被召唤的人不管位子多好、收入多高，立刻放弃，投奔过来共患难。

实际上马纯济放下电话没有一会儿，王光西就到了。两个人关门谈了一个多小时，然后王光西就来到财务部，调出重汽的所有账目便一头扎了进去。他读最枯燥的账本，就如同武侠迷读金庸，津津有味，重要的内容过目不忘。

王光西有两大特点：一是个头儿很大，却总是衣冠不整，穿着随意，再好的衣服一到他身上，就有点儿济公味儿，其言谈和神情也容易给人以恍恍惚惚、神不守舍的感觉。据说这是为了掩饰他头脑的极度精明，用山东话说叫"装憨"。二是他对数字格外敏感，重要的数据听一遍或看一遍就能记住。为了防备过于依赖记忆力而误事，他身上永远都带着个小本子，凡是他认为有用的东西随时都记在小本子上。

他用了一夜的工夫，待天亮后走出财务部的时候，对重汽眼下的财务情况已经了然于胸。吃了点儿东西，找了个暖和地方睡了一觉，醒来后骑上一辆破自行车，下去挨个儿公司转。他要验证现实中的重汽集团，跟账面上的重汽集团是不是一致。

两天后马纯济从北京回来，在党委会上推举王光西担任主管财务的副总裁兼总会计师，从今往后重汽所有开销，只有王光西一支笔签字有效。

王光西既不兴奋，也不谦让，他眼光散漫地做了个简短的表态，但说出的话却像刀子，一刀一刀将包裹着重汽的糙皮、厚皮和烂皮都剥了个精光，呈现出一个真实且财务状态条理分明的重汽："现在压得我们喘不上气来的，是五大债务，其中有四项快闷成火药桶了，闹不好会爆炸。第一项债务，拖欠职工工资，最长的 14 个月，除去销售公司，剩下的所有人的工资多多少少都拖欠，一般欠一年左右，共 4.4 亿。第二项，欠社会养老基金和公积金，大体有 14 个亿，这是非还不可的。"

"第三项，欠高息集资款3.6亿，都是个人的钱，债主们正在闹事。第四项，欠职工医药费1.7亿，有一部分火烧眉毛了，有的可以再缓一缓，我有细账。第五项，欠银行和财务公司从社会上借的款，共104亿，这一项可以拖一拖。但也有人欠我们的钱，比如拿走了车没给钱，我大概拢了拢，不会少于一个亿。就是在我们集团内部也苦乐不均，销售公司吃肉，卡车公司能啃上骨头，而集团在上边却连肉味儿也闻不到！"

第二天，王光西在办公楼最底层的把角儿上腾出一间屋子，里面放了一张一头沉的小桌子，桌上摆着个破算盘、一支笔、一个做样子的账本，外面挂上"总会计师办公室"的牌子。由于大家都知道重汽的开销完全取决于王光西的一支笔，所有债主就都奔他来了，只要他一露面，屁股后头就跟上一大帮人，他的办公室从早到晚关不上门……

但经过几天的围追堵截和死磨硬泡，债主们还见不到真格的，就按捺不住了，有人开始摔摔打打，见什么抢什么，更多的是堵着他的门口甩闲话："你没钱到这儿来干吗？你不是活财神吗，现在不就你一个人掌握着重汽的财务大权吗？你就说痛快话吧，欠我们的钱到底打算怎么办？"

这些人平时听见的、传的多是集团里最消极的东西，他们除去发牢骚、骂大街以外，还反映了许多问题，有道听途说的，也有真贴点儿谱儿的，对王光西的触动不小，凡有用的情况他都一一记在自己的小本子上。看看火候焖得差不多了，便很难得地睁大眼，挺直了腰："你们想听我说话了？"

"你说吧，可得说真话，不能拿虚的、假的糊弄我们。"

"好，真话就是杀人偿命，欠债还钱，这是自古以来天经地义的事，社会主义中国，还能改了这条规矩吗？但是我刚来，你们怎么也得给我点儿时间。不错,以前有人高抬我,给我起了个外号叫'活财神',这就说明我不是真财神,真财神一转念、一张嘴钱就来了,我得去活动,活动得好才有钱。你们天天围着我,不让我出去活动,不让我下班,我怎么想办法给你们弄钱去?再这样下去我被你们困成'死财神'了,看你们的账还找谁要去?还有人砸我算盘,摔我账本,抢招待所的米面,重汽现在叫人扒得光剩下裤头儿了,我不再叫王光西,从进重汽的那一天就成了'王光腚'!"

本来义愤填膺的债主们轰的一声全笑了:"你说怎么办?我们不找你找谁去?"

"对,现在就只能摁着你这个坟头儿哭了……"

"你们找我没有错,我也没说不管哪。可实话说,还你们的钱从哪儿来?咱们的企业资不抵债,外边又欠了满屁股的债,再想从外边借钱是难上加难,只有让企业开工,企业一有生机,我就可以弄来钱,花谁的钱都不如花自个儿的钱好使。现在我就跟你们交个实底,在重汽所有的债务中,欠自己职工的债排头一号,只要我弄到点儿钱就先还你们的账。你们天天缠着我也没有用,不如改为一个月来一趟,一个月我向你们汇报一次进度。我估计最长半年,就能开始还你们的钱,至少也会给你们一个还钱的进度表。我现在都是'王光腚'了,用不着瞒着掖着,跟你们没有一句虚的,你们要相信我,咱们就定这么个君子协定,欠你们的账包在我身上。你们要不信,就还这样耗着,耗来耗去谁吃亏,你们自己去想吧。"

他用自己的智慧吸引了债主们的火力,而且他的"活财神"的名号也调动起债主们的希望,暂时稳住了骚动的局面,让集团的核心人物腾出手脚去谋划重汽的再生大计。

八

但凡能够成就一番伟业的人，不是他本人有三头六臂，而是他有一种气脉和磁场，能在自己身边聚集起精明强干的"四梁八柱"。

来重汽十七八天了，马纯济没有真正睡过一个踏实觉。不是全无时间，是睡不着，所以在感觉上就跟十几天没睡过觉一样。可他全无倦容，别人绝对看不到他打哈欠或闭眼打盹儿，相反总是一副睡眠充足、精神抖擞的样子。这或许是得益于他有一张微胖的团脸，肤色白皙，容易给人以富态的感觉。

其实他真正的危险，恐怕正是越焦虑、越劳累，会越胖。

他给自己下过一道指令，时时处处都要保持一种精神，不发脾气，不垂头丧气，不说大话也不说泄气话，无论碰到什么困难也不能从自己嘴里说出没办法、干不了的话。领导者的状态和自信非常重要，一把手状态不好，没有自信，企业就甭想干好。

由于集团的摊子太大，下面的情况太乱，每天都有新情况要汇总，而他眼前的工作方式就是回答问题和提出问题：解答下面的人给他提出来的各式各样的问题，然后再给下面的人出题。下面的人遇到难题必须向他要答案，也很愿意知道他又在给重汽出什么题。

所谓高层管理，"高"在哪里？还不就是解决难题、解决复杂问题的能力高一些。

一开始是出于情势所迫，每天晚上集团的几位领导都要碰个头儿，渐渐竟形成了一个惯例：集团的领导、各部门负责人以及下面子公司的一把手，每天晚上10半开碰头会。这个会如果在12点结束，还会有人觉得不过瘾，一般是在凌晨一两点钟散会，有几次竟开到天亮，散会后吃点儿东西直接又去上班了。这么辛苦的会，可大家都乐此不疲，原因是每次碰完头儿都会装一脑子新东西，心里有了方向，身上有了劲儿。

马纯济还要三天两头往北京跑，凡是他要进京的日子，碰头会都会在凌晨2点前结束。因为他要在2点钟出发，北京的机关一开门上班，他就进去了，唯有这个时候找人最容易，办事效率最高。他是宁早勿晚，有时到得太早就在机关大门外等着人家上班，也曾给人家的一般干部买过盒饭……

俗话说苍天不负苦心人，何况重汽集团上面顶着的"天"——国家和国家的银行，更不会见死不救。马纯济利用国家安置下岗职工的政策，从北京借到了5 000万元。虽然这点儿钱对于负债累累的重汽来说，如同杯水车薪，但至少是有了启动资金，只要让重汽的车轮滚动起来，下面的事情就好办了。

他带着这笔钱当天又赶回济南，这本来是自集团重组以来的头一件大喜事，完全可以张扬一番，用它救急，既是一桩功德，又可为重汽的新领导班子树立个好口碑。马纯济却不动声色，只在碰头会前把王光西找来，将钱交给他。

王光西竖起大拇指："你真厉害，这就好办了！"

马纯济嘱咐道："好办什么？传出去只会让债主们来抢破脑袋，什么事都干不了。你可别把它当芝麻盐撒了，暂时不要声张，我们先得用它开工生产。"

"放心吧，我明天就用它给你换一个整数回来。"王光西冲着马纯济竖起一根食指，然后把左腋下的一大捆纸递过去，"这是你要的名单，我估计至少还能再收回一个亿，你恢复生产的那些计划可以开始了……"

九

这天晚上的碰头会一开场,大家就感到气氛不一样,跟着马纯济一同进来的还有4个外人,两位穿着检察院的制服,另两位穿着公安局的制服。

马纯济倒还是那副笑模悠悠的样子:"我来重汽十好几天了,有人反映我太软了,一个坏人也没有处理,用的也还都是老人。我不是搞运动来的,我的责任是恢复重汽的活力,使其再辉煌起来,处理坏人是法律部门的事情。企业是理性的,企业越大,越需要更大的理性,好企业的优势就在于理性。而只要企业有问题,也可以说就是一把手的问题。人们都喜欢说,人无完人,可当个企业的一把手,还真不能出问题。大失误不行,小失误也不行。一个企业的好坏在班子,一个班子的好坏看班长。每个一把手,当然包括我在内,都得把自己公司的问题当成自己的问题。大家一定会奇怪,今天我们集团内部的碰头会怎么来了检察院和公安局的同志。我把这四位同志先介绍一下,让你们认识他们,说不定以后还会打交道……"

他依次介绍完客人,然后把王光西给他打印的那一沓卷子纸,在中间的大桌子上摊开,足有3米多长。他话锋一转:"大家知道这是什么吗?是集团下属企业的名单。集团有子公司,子公司下面又有孙公司,子子孙孙300多个。而每个公司差不多都有自己的小金库,不要以为这是什么秘密,党委接到很多举报,小金库早就不是什么秘密了,天知地知,尽人皆知。以前的重汽集团之所以有今天的惨败,就在于集而不团!小金库违背了国家的财务纪律,因此党委决定,从现在起各单位的小金库一律上缴集团财务部，5天内不缴的，以后就由检察院找你了。"

会议室里极其安静，四位执法人员目光平和地打量着参会的人。凡有小金库的人，都有点儿坐不住了……

马纯济继续说："通过集团重组，大家都应该强烈地感受到重汽是一个整体，一荣俱荣，一损俱损。哪个下属单位想一枝独秀是不可能的，大树一倒，根一断，所有枝叶都不能不枯萎。因此党委决定从现在起，重汽的所有资金由集团统一管理，统收、统支、统贷、统还，所有开销由集团总会计师一支笔审批。"

一向不急不躁、线条绵软的马纯济，突然现出强势和铁腕的一面。可能所有参会的人都对他有了新的认识，这一手可太厉害了！

十

王光西选了个大债主——中新银行，重汽欠他们25个亿。电话打过去，信贷科长提前站在大门口迎候，让银行的职员们好不诧异，不知这个穿着随便还像没睡醒的大个子是什么重要人物？

信贷科长直接把王光西让进贵宾室，先为他沏上茶，然后喊出行长，冲王光西打个招呼就要离开。王光西却留下了他："怎么我一来你就走，躲我？"

信贷科长赔笑："哪能呢，您是大名鼎鼎的'活财神'，是我们银行界的贵人，特别是您现在掌握着重汽的财权，以后重汽欠我们的贷款就得指望您了。"

"那就坐下咱们一块儿谈谈这事儿。"

"有行长就行了，行长怎么吩咐我就怎么干。"

"话是这么说，办跟办可不一样，你拖上几天再办或干脆拖

167

着不办,不还得再罚我往这儿跑吗?忘了过年的时候我送给你们的对联了,'领导我们事业的核心力量是工商银行;支持我们工作的坚强后盾是信贷科长!'现在咱们三头对面,行长一点头你就办了,我顶多耽误你们一刻钟。"

行长冲信贷科长打个手势:"你坐下好好听听,长长见识,我做梦都没想到重汽集团这么快就能还上咱们的贷款,王总果然是'活财神'!"行长先装傻堵上王光西想借钱的嘴。

"真正的财神爷是你们,我们不过是为你们打工。听行长的口气是不指望我们还账,这25个亿你们真的不打算要了?"

"别,我可没那么说。实话说吧王总,这笔贷款收不回来,我这个行长恐怕也当到头儿了,而且受牵累的还有别人。真要有那一天,你们重汽可在我们行缺大德了!"

"这个我知道,你们放心,欠你们的钱一定会还的。马纯济从未坑过人,我也没坑过人,你们不信吗?"

"我们信,可你们的工厂到现在还没动静,各银行也不会再贷给你们钱,你拿什么还我的账呢?"

"你说到点儿上了,这样耗下去是死棋一盘,你的贷款也肯定会黄。可我们不想守着死棋,国家也不答应,一定会让重汽活过来,现在是万事俱备,就差一笔启动资金……"

行长陡然变色:"我知道你的来意了,王总你饶了我吧,重汽欠我们那么多,一点儿不还,还想再从我这里贷钱,打死我也不敢。"

贵宾室里的气氛僵住了。王光西把眼光转向信贷科长,科长也赶紧移开自己的眼睛,起身往他的茶杯里加水。

王光西有意让这种该死的僵局持续下去,看行长有些忍耐不住,准备起身送客了,他才开口:"行长别把话说那么死,咱们也别光想着那25亿，活活地被它憋死。那都是老账，我再说一遍，只要马纯济掌管重汽，我当总会计，这账一定会还。咱们现在换个思路，重新开始一个项目的合作，比如以前银行支持企业和国家重点项目，有个'押一借二'的办法，我在你这儿押上一块钱，你可以借给我两块，眼下咱们还能不能使用这个办法？"

"行啊，没问题。"行长答应得很干脆，因为他知道重汽眼下拿不出钱来。

王光西又叮问一句："你肯定？"

"当然，这种事能开玩笑吗？"

"好，一言为定，等我们一缓上劲儿来就先归还你们的贷款。"说着他从口袋里掏出五千万的银行本票，递到行长面前："这个押在你这儿，你说话算数借给我一个亿。"

行长吃一惊："这么快？怎么可能啊？你们是怎么从北京弄到这笔钱的？"

"行长啊行长，你是管钱的，可不能掉在钱眼儿里光看得到钱。这说明国务院对重汽的信心和支持，别忘了，重汽集团的前边还打着'中国'的旗号，国家重组它就是要扶持它重生。我也说实话，我拿着这5 000万到哪个银行都能借到一个亿，但你们是重汽的大债主，以前老重汽拖累了你们，现在让新重汽还你们这个情。"

"好，我定了。"

行长把本票交给信贷科长，嘱咐说："给王总办吧。"

十一

马纯济之所以喜欢不断地给下面出题，是想借这种方式打开局面。

他刚到任，对重汽如此复杂的情况，不可能在短时间里就能掌握透彻。下面对他的信任也还没有建立起来，出题比下任务好。

考对方也是考自己。

可下面的人宁愿理解成这是对他们能力的一种测试，谁愿意让新来的一把手觉得自己不称职？如果你一次答不好，两次答不好，到第三次你自己就不好意思再占着茅坑不拉屎了。更何况通过重组，许多人心里都憋着一股劲儿，不愿意重汽完蛋，更不想自己被淘汰，所以都不遗余力地要答好马纯济出的"卷子"。

负责生产的常务副总经理王浩涛，本来就是个拼命三郎式的人物，马纯济在上任第三天给他出了一道题："能不能尽快地拿出个方案，根据当前重卡市场上流行的车型，改造重汽的老产品。记住，不是另起炉灶设计新车型，而是在老产品的基础上改头换面或脱胎换骨，跟上市场流行，满足市场需求。"

"没问题，市场的情况都在我肚子里装着呢！"王浩涛最讨厌说不行。

马纯济真想再问他一句：既然市场在你肚子里装着，为什么还生产那么多卖不出去的车？但他最终忍住了，没有问出这可能会让王浩涛感到难堪的话，只是阐明了自己的市场观，一共三句话：

"先有市场，后有企业。"

"只有市场，才是我们一切工作的出发点。"

"但市场风云多变，唯善谋者得之。"

王浩涛为难地说："要开工生产总得有点儿启动资金，可我们眼下恰恰缺钱哪，买材料、修设备……兵马未动粮草先行啊。"

马纯济说："启动资金的事我负责，你只管出方案。"其实那个时候他对能不能搞到钱心里也没有底。

如今他上任还不到 20 天，王光西用"押一借二"的办法从银行搞到一个亿，收缴下面的小金库又得到了 1.2 亿，启动生产、逐渐恢复一个大型企业正常的经营秩序，已经没有问题了。

王浩涛和卡车公司的总工程师严文俊，半个多月来几乎就没怎么离开过办公室，太累了就趴在桌子上打个盹儿。他们好几次都想喘口大气，却就是不敢松这口大气。他们知道只要一松气人就拾不起个儿来了，必须一鼓作气把方案拿下来。

眼看就大功告成了，王浩涛凌晨 1 点多钟从总部开完碰头会回到办公室，却看见严文俊又打上地摊了，把图纸资料摊了一地，神色甚是焦急。他以为出了什么大的漏洞，经打问才知道原委：刚才严文俊发现老产品的改造方案中有个技术环节不牢靠，需要做些修正，可就是找不到一项必需的数据资料。

王浩涛提醒他："这个问题以前我们也讨论过，在生产'黄河 8×8'的时候……"

"哦……对啦！"严文俊恍然大悟，起身回自己的办公室去拿资料。

他的办公室和王浩涛的办公室隔着一道玻璃墙，由于他脑子全在那个技术细节上，把玻璃墙当成了门。又因心急，动作过于猛烈，竟一头将玻璃墙撞碎了也顾不上，没有丝毫停顿地走到自己的办公桌前，翻找到那份资料，转身再次从破碎的玻璃墙洞里走过来，直奔铺在地上的产品改造方案。

被这一幕惊呆的王浩涛，看见他满头满脸都是血，赶紧拨打"120"急救电话，然后从严文俊手里抢过图纸说："这个问题我来解决，你先去医院看伤。"

十二

在藏龙卧虎的中国重汽集团里，还有个不能不提的人物——王文宇。

其父王玉瓒乃张学良的警卫营营长，是打响西安事变第一枪的人，带兵"捉蒋"之后东躲西藏了许多年，以至于让另外一个人误以为他早已被秘密处决，在中华人民共和国成立后便放心大胆地冒领了"捉蒋"的功劳。直到当年跟周恩来一道处理西安事变的叶剑英发现当事人不对，亲自给辽宁省委书记黄学东写信，查找王玉瓒的下落，并称其"爱国、正义、有功"。于是，王玉瓒才得以重见天日。其子王文宇也才有机会考上大连工学院[①]机械系，毕业后被分配到西部"大三线"，进山、钻洞地干了不少年。

王文宇命运改变的地点也像他的父亲一样是西安。1990年，他出任陕西汽车齿轮厂厂长，该厂曾是中国重汽集团的下属厂，五年后他调到集团任副总经理，主管销售。

其人身材魁梧，相貌堂堂，在性格上也秉承了乃父的一些老军人的习性，不会打扑克、不会打麻将、不会下象棋，不抽烟，平时也不喝酒，全部爱好就是本职工作。马纯济在上任之初，同样也给这个"卖车大王"出了一道题：

"销售公司有1 600人，每年只能卖出去四五千辆车，最多也没有超过1万辆。你想过没有，如果我们每年生产四五万辆，乃至10万、20万辆车的时候，你怎么办？难道要组建一个几万人的销售大军？"

[①] 现为大连理工大学。

王文宇一愣，看着眼前这位白面细目的一把手，心想重汽什么时候能造出那么多车啊，但他能看那么远，敢想那么远，说不定真是重汽的福星、手握起死回生之术？

　　马纯济见他不吭声就继续提问："不说世界，只说中国，目前的公路总里程是多少？"

　　"150多万千米。"

　　"卡车的销售总量是多少？"

　　"100多万辆。"

　　马纯济轻叹一声："太惨了，我们还占不到市场份额的1%。可我们是重卡业的龙头老大，理应占有最大的市场份额。除去产品自身的原因，我们在销售上也有很大的局限。你卖车这么多年，对市场很熟悉，对全国各地各种卖车的人也很熟悉，想请你做个调查研究。第一，目前我们只顾适应市场，老跟在市场后面跑，却越跑越跟不上，能不能改为经营市场、引领市场？我动，就是潮流在动；我在，就是潮流在。第二，怎么经营市场？建立销售网络，由我们自己卖车变为网络销售。网络销售包括哪些内容？经销商、改装厂、维修站、售后服务站以及4S店，这个你最清楚了，包括整车销售、零配件供应、售后服务、信息反馈。第三，你那一块的主要工作，是将卖车变为网络服务，你觉得怎么样？"

　　王文宇腾一下站了起来："好，重汽有救了！你要我什么时候交卷？"

　　"一个月。因为一个月后我们就将陆续有三到五千辆新卡车下线，你在销售过程中逐渐实现前面我说的三个转变。"

　　啊？车哪？现在还没一点儿动静，一个月就能有过去一年的产量？刚被激励起来的王文宇，忽然又有点儿泄气，觉得这个马书记深不可测，竟辨不出他是在变魔术，还是在开玩笑。

马纯济果真笑了："放心吧，我们就是造卡车的，到时候一定有你卖的车，就怕你卖不过来。"

十三

又是一个碰头会上，马纯济的目光似乎格外锐利，扫视着疲惫的同事们，有人进屋一落座就闭上了眼，抓紧时间打个盹儿。

他尽量把声音压低、放轻，想让那些困得实在熬不住的人继续睡，讨论一旦涉及谁负责的问题，谁自然就会醒来："我知道，天天夜里碰头把大家都累坏了，可眼下是非常时期，每天都有新情况需要商量，一时半会儿这个碰头会还取消不了……"

不管他声音放得多轻，只要他一张嘴说话，所有到会的人立马都精神起来。好嘛，漏掉这个会上的内容，就少知道许多重要信息，无法了解重汽眼前的整体情况，明天该怎么干心里也没有数。

马纯济的声音继续像大明湖的泉水一样，缓缓地向外流淌："已经有人总结我的工作路数就是爱出题。我的责任就是发现问题，提出一个问题，带出一种理念，提供一种思考方式和解决问题的办法。只有发现问题，才能激发创意。经过这么长时间的调查研究，从明天开始，重组后的重汽要恢复生产，进入一个大企业正常的运营状态。"

会议室里鸦雀无声，可大家的眼光仿佛提出了一个相同的问题："恢复生产？干什么？"

马纯济斩钉截铁："拆车！"

"拆车？拆什么车呵？"

马纯济苦笑：“真是奇怪呀，在党家庄占地500公顷的超大型停车场上，放着5 000辆重汽自己生产的车。我来重汽后第一次下去就看到了，可这么长时间从没有人跟我提到过，不管我们亏损的数字多么吓人，欠了别人多少债，以及逼债的闹出多少事，大家似乎都对那5 000辆重型卡车视而不见，没有人意识到它们的存在，那可是一笔巨大的资金呀！这是为什么呢？因为那些车已经报了产值，属于过去，与现在的重汽无关了。”

立刻有人说：“那车可不能拆，那是好车呀。一拆准有人骂我们是败家子！”

"放在那儿任凭风吹雨淋、太阳暴晒，让它锈坏了烂掉了，就不是败家子吗？我烦恶那个大停车场，我们不去开创市场，却建个大停车场，好像我们的车造出来不是为了到公路上跑，而是为了停在自己的院子里。它是一种羞辱、一个失败的见证，见证了以前'闭门造车'的恶果！我的想法是不光拆车，将来还要拆那个停车场。那么好的地方，市区边上，九顶山下，位置好，风景好，名字也好——'党家庄'，多响亮，如果开发好了价值连城。"

马纯济很少这么慷慨陈词，赢得了很多人的响应。

也有人问：“把那些车都拆了之后怎么办？”

"王浩涛和卡车公司的严工搞出了几套方案，拆下的零部件进行清洗检测，不合格的重新打磨加工，凡合格的按方案中的设计组装成新的车型，这是目前市场上正流行的车型。王文宇已经发下大话，装出多少他负责卖多少。现在大家就来讨论这件事。"

"一开工就要用钱哪……"

王光西答说：“钱我筹了一点儿，保证恢复生产没问题，谁用多少报计划吧。”

十四

重汽一恢复生产，氛围大变，连厂区的味道都不一样了。好看的场面也多起来。

在总装配线上，一个叫和光的小伙子，发疯般地不知连轴干了几个昼夜。当他亲手装配的第三百辆车下线的时候，他突然坐在地上哇哇大哭起来。

班长问他怎么了，他说太累了。班长朝他屁股踢了一脚："你个熊包，累了就歇一会，要不躺下睡一觉，哪有一个大老爷们累了哭的？活像个老娘儿们！"

班长正数落着却发现和光打起了呼噜……

十五

这些天，无论马纯济走到哪里，已经领到工资的职工们看到他总爱问同一句话："马书记，下个月还能如数领到工资吗？"

他也以相同的话回答："放心吧，既然是月工资，从今往后就会按月发。"

有兴高采烈说些感谢话的，也有不少人嘴上不说什么，可那眼神分明告诉马纯济，并未将心全放进肚子里。

马纯济感慨万千，重汽的职工是世界上最好的职工，明明是他们应该到月就拿的工资，你拖了很长时间才给人家，人家还会感谢你。只有把企业搞好，才是对职工最大的关心。

一批好事的债主们，拿到钱之后在王光西的办公室门上贴了一份更名告示："鉴于王光腚说话算数，认真还债，经债主委员会研究决定,自即日起,准其改回老名字王光西,也可重新使用老外号活财神。特此公告。"

十六

2000年11月16日,国务院总理朱镕基来山东考察国有企业的发展态势,在一个跟企业家的座谈会结束之后,把马纯济叫到眼前问道:"据说你们重汽亏损80多个亿,可是真的?"

总理态度温和,但口风凌厉。

马纯济非常紧张,来不及多想便据实而答:"不是真的,比这个数大得多,经中央审计署核查确定之后是104亿。"

总理似乎有些意外:"一提到亏损别人都往少里说,你怎么往大里说?"

马纯济的汗下来了:"不说实话不行啊,今天跟您再不说实话,还要等到什么时候说呢?不过请总理放心,自我接手后重汽的事情就都由我负责,包括债务,我们不会再这么亏损下去,所有欠债也都会归还的。"

朱镕基总理以特有的锐利眼光看着他,半天没有再吭声,似乎是在考量眼前这个临危受命的马纯济……忽然,总理起身离座,对马纯济说:"谢谢你能跟我说实话,这让我对你的承诺也有了信心。来,我们合影留念。"

此时,马纯济已浑身湿透。

十七

本来只有30多岁的蔡东,戴着一副与他的性格十分相配的深框眼镜，益发显得持重内敛。大半天来他就这么趴在图板上埋头工作，陆陆续续会有人进来向他请示或询问技术上的问题，他也多半只是动动身子，并不抬头。既然听声音就知道对方是谁，便省却了再交流目光。该他签字的签字，该他解答的解答，话语极其简练，能用一句话说清楚的绝不说两句。

马纯济坐在他斜对面，静静地观察了很久，在心里揣摩着眼前这个人：不论现在拥有多好的位子、多么地被看重，他心里都不是很快乐……越观察，马纯济的把握就越大，估计十之八九自己今天不会白来这一趟。

蔡东一直没有抬头，却不等于没有看到屋里还坐着个人，这个人半天来既不靠前，也不说话，他所为何来呢？蔡东竟然也好奇地扬起脸来，见墙角的椅子上坐着个陌生人："您？"

来者起身，含笑走到他近前："你好，老蔡！"

蔡东心头一振。他习惯了人们称他"蔡总""蔡工"，看对方的年纪要比自己大得多，这一声"老蔡"，有尊敬，有客气，又有种伙伴般的随意。不禁问道："您是？"

"我是马纯济。"

"哦，马书记！"蔡东肃然起身，伸出手去："您怎么到这儿来了？"

能这么熟悉而顺口地喊出了"马书记"，就说明他一直在关注着重汽。马纯济看着他的眼睛，轻轻地吐出两个字："圆梦。"

"圆梦？"蔡东大惑不解，眼睛也一直没有回避传奇般成了中国重汽新当家人的马纯济。

"不错，我原本没有梦，到了重汽之后才有了一个汽车梦。我还知道，你心里也有一个汽车梦，所以找你来帮着我圆梦，圆我的梦，圆重汽的梦，也圆你自己的梦。"

蔡东震惊，感动和欣慰多于意外。他是学汽车制造的，1983年来到重汽后成了汽车迷，有了汽车梦……可现实却使他离自己的梦不是越来越近，而是越来越远。

直至两年前，在重汽江河日下、濒临绝境时，他被这家大公司挖过来做了副总工程师。几个月前听到重汽重组的消息，他心里还隐隐地有些痛，也有一种莫名的失落。

马纯济的突然造访，让他兴奋，心里涌动起希望。他请马纯济重新落座，亲自给沏上茶，像是很随意地问道："不知马书记的汽车梦里是怎样一番景象？"

好，马纯济从心里佩服蔡东的精细和严谨，这才是他要找的总工。你既然想请人家回重汽，人家当然也要考考你这个一把手是什么成色！

他喝了口水，缓缓说道："你这是考我，我在你这个汽车权威面前谈汽车，岂不是班门弄斧？但你既然问到了，不妨跟你交换一下想法。中国重汽是中国重型汽车工业的发源地，理应是重型汽车制造业的脊梁，创造出中国汽车工业的史诗……可它眼下的状态不能算是正常的。但我对重汽的未来有信心，我的信心来自对国家的信心。国家一定会崛起，这是不容置疑的，对吧？国家要崛起，经济必须崛起；经济要崛起，制造业必须崛起。而汽车工业，特别是重型卡车业的发达兴盛，将提升整个中国制造业的品质。因为汽车制造是一种综合性强、关联度高的产业，涉及计算机技术、信息化技术、钢铁、橡胶、塑料、玻璃、纺织等行业，还与石油炼制、电子、金融、道路交通以及市政管理等行业有重要的互动，产生影响。你想想，在这样的大背景下，重汽只要有得当的人和得当的管理，还愁不能重振雄风吗？现在人们习惯谈机遇，何为机遇？机遇对于能够认识到它并能抓住它的人才是机遇。认识不到或认识到了没有抓住，就不是机遇。不知你是怎么看的，我觉得重汽的机遇来了，想请你一起来抓住它。"

"您想怎么抓呢？"

"如今的重卡市场上群雄角逐，想要赢得竞争必须形成两种优势，一是思想，也就是软实力，要棋高一着。二是硬实力，产品领先，技术领先，质量领先，服务领先，主流产品做强，产品领域拓宽。拉开了与竞争对手的差距，还愁不能立于不败之地？"

蔡东被感染，被打动，心想重汽可能真的等来了最适合它的领导者。马纯济的到来显然使一盘散沙的重汽重新凝聚起来，并有了自己的灵魂。他又问："您怎么会想到我？"

马纯济笑了："这还不明白吗？谁缺什么就会天天想什么，到处打听什么。我想到了你，是因为重汽正需要你！现在重汽已上轨道，重生的大戏已开场，班子也配得差不多了，就差一个管技术的主角，所以想请你出场。"

蔡东嗫嚅："这是吃回头草，多少有些心理障碍。"

马纯济摇头："大事面前不可书生意气，何况对你来说不存在吃回头草的问题，你根本就没有掉头而去。这两年来你敢说你从心里真正放下重汽了吗？"

蔡东眼潮，想不到马纯济会这么了解他，他就需要这个台阶。"您想让我做什么？"

"我跟党委一班人都通过气了，将推荐你担任重汽的总工程师兼副总经理。我希望你快点儿到任，越快越好。有两项工作在等着你，已经迫在眉睫。一是设计新产品，一个生命力旺盛的企业必须有自己过硬的产品和打得响的品牌。二是跟瑞典的沃尔沃集团合资，要引进就选择世界上最好的。沃尔沃是欧洲最大的重型卡车制造商，拥有最著名的重卡品牌。我们引进一个产品就是请来一位世界级的老师。在全球化的今天，企业不走向国际将无法腾飞。"

蔡东站起身："我今天交代一下工作，明天一早到重汽报到。"

十八

获得重生的中国重汽，此时既不缺方向感，又有了可信赖的领袖，剩下的就是"干"了。也唯有通过"干"，才能验证和体现前面的所有努力，以及企业的全部管理理念。

装配车间450米的生产线上，有上百个工人在33个工作岗位上，每6分钟就下线一辆重型卡车，红的黄的蓝的绿的……不同品种、不同型号、不同配置，几乎没有重样的。他们可以同时装配27种车型。

这就是重汽的新章程：零库存——再不需要党家庄那个巨大的停车场了。

先卖车，后造车——没有定金不造车。面向市场，按订单生产。只要市场需要，就是一天换50个车型，也必须满足客户的需求。

还有一条——不见货款不发车……

凡此种种，在国内重型卡车业当是首创，在世界上也不多见。很快，民间就有了顺口溜，表达了一种欣喜之情："远看像进口货，近看是中国车；打开车门往里瞧，竟然还是咱黄河！"

"黄河12×12""黄河14×14""黄河少帅""黄河王子"……被称为"中国重型汽车的神来之笔"。

紧跟着重汽又开发出"飞龙"系列，先后推出一百多种车型。以重汽产品为标志的中国重型卡车，开始向人性化、舒适化发展。

从此，中国重汽走上了"生产一代、储备一代、开发一代"

的良性运营道路，源源不断地推出新产品，总能给市场和消费者以鼓舞，有更好的和更适合的新车造出来，等待消费者去拥有、去感受。

在这种大背景下，合资也见效果。被命名为"斯太尔王"的重型卡车横空出世，并随之开发出"斯太尔王"系列的多个品种，在中国重卡市场上一枝独秀，引领潮流。

人心大振，重汽一鼓作气又推出"豪沃"等新车，简直令人目不暇接……

有人打问："'豪沃'是什么意思？"

工人解释说："这还不懂？'豪沃'就是豪华沃尔沃，'斯太尔王'就是世界王牌重卡系列里的王中之王！"

十九

同年的春节前，1月8日上午10点钟，山东胶州市湖州路小区的大门前，在一阵鞭炮声中，迎来一队披红挂彩的"豪沃"重型卡车，共有11辆，排成长长的一大溜。前面几辆塞满了小区里的通道，后面的七八辆阻断了小区外面的大街，一下子吸引了一大片人围着看热闹。

这竟是个迎亲的车队。

别人迎亲都时兴用小轿车，这位别出心裁的新郎是开重卡发财的个体运输户，灵机一动就招呼了几个小哥们儿，开来一队新买的"豪沃"卡车，车前面系着红气球，一条条红丝带在车顶迎风飞舞，喜气洋洋地来迎接住在这个小区里的新娘。

二十

或许有人不解，明明是中国车，为什么要起个洋名字？在合资企业里，用谁的技术生产的车，就像谁的孩子随谁的姓一样，自然而又合乎情理。

其实，在全球一体化的时代，名牌本就没有国界。

奔驰汽车并不只在德国生产，巴西、中国乃至世界各地都在生产奔驰。中国人喝的美国名牌产品可口可乐，就是在中国生产的。瑞典的汽车品牌沃尔沃（Volvo）也不是来自瑞典语，而是取自拉丁字母，其意为"我滚"。这个"我滚"可不是"我滚蛋"，可以理解为"我滚滚向前"！

行笔至此，也不妨回顾一下中国的"卡车史"。

1929年，张学良在沈阳迫击炮厂筹办汽车工厂，投资80万大洋，两年制成"民生牌"载重1.8吨的货车。该车的发动机、电气设备及后桥为外购，其余部件自制，可以说是国内正式生产的第一辆汽车。该车正准备陆续投产，"九一八事变"爆发，工厂被日军强占。

1936年，上海筹建了汽车工业公司，与德国奔驰合作，购买其图纸、设备，并聘请他们的技术人员，先由德国运散件来上海装配，然后逐步生产零部件直到整车。确定商标为圆环内一个"中"字，名"中圆牌"，计划生产货车和公共汽车两种车型。不想爆发了"八一三"淞沪抗战，工厂被迫停产。

同年，一批制造业的仁人志士心有不甘，又准备在昆明筹建全国最大的中央机器厂，其中包括汽车制造厂，生产美国设计、试制的"资源牌"货车，计划月产百辆以上。不久爆发抗日战争，工厂落入日军之手。

又是日本……说起中国汽车工业的命运，实在是一个沉重的话题。

二十一

应该再罗列出另外一个时间进程表。

2001年，重汽出产的15吨以上的重型卡车，占了中国市场42%的份额，20吨以上的占了80%。在中国的公路上，数重汽生产的重型卡车个头儿最大，数量最多。

这一年，重汽销售收入62亿元，开始扭亏持平。

当时经济界乃至整个社会，流传着一个著名的观点：扭亏为盈，就是英雄！

2002年，马纯济提出："扭亏持平"是低水平，重汽的发展要的是高水平。

何谓高水平？怎样才能高水平？他要求：一是管理要高水平；二是人员要高水平。管理的水平高低，考核才见分晓。没有考核的管理就是无效管理。

考核像电，通到哪里，哪里亮。

而人员的水平高低，要看成效。让合适的人才找到合适的岗位，合适的岗位用合适的人才。人人都是人才，岗位最能培养人才。

世界上没有干不成的事，只有干不成事的人。

二十二

沃尔沃的技术价值，可以通过他们获取的一项项专利计算出来。中国重汽集团也应该有自己的专利，培育企业核心技术，提高企业竞争力。

这一年，重汽集团从国家知识产权局，获得126项专利，平均每3天获得1项专利。转过年来，获得180多项专利，平均每2天获得1项专利。以后逐年递增……

重汽还明文规定，谁的发明创造，就以谁的名字命名，包括工人。电焊工崔广辉解决了补焊的难题，使模具的寿命延长为原来的3倍。他发明的焊接法就被命名为"崔广辉操作法"。

"王九时操作法"，是改进了大型橡胶波纹套的加工方法，每年可创造效益100多万元。

这一年的4月，重汽的D12大马力发动机投入生产，填补了中国重型汽车排放达到欧Ⅲ排放标准[①]的空白。这一年，重汽实现销售收入110亿元，上缴利税5亿元。

至此，重汽人可以长出一口气了。

二十三

2002年的1月18日，新的中国重汽集团成立一周年。于是有相当多的人，酝酿着要开一个隆重的庆功大会，好好地放松一下，笑一笑，热闹热闹。

这个建议最后竟真的提到了马纯济的面前。

马纯济却甚不以为然，不假思索地嘲笑道："好了伤疤忘了痛，甚至伤疤还未好就把痛给忘了。你们说有什么功可庆？瑞典只有900万人口，还不及我们一个山东省的一小半，却在文化上有个

---

① 欧Ⅲ排放标准，是指国际上从环保角度对汽车尾气排放的测试标准。

引领世界的诺贝尔奖，出了个世界级的大明星葛丽泰·嘉宝，还培育出了沃尔沃、萨博、爱立信和伊莱克斯等国际知名品牌，成为世界上拥有跨国公司最多的国家。还有奥地利，世人尽知它是世界音乐之邦，也能生产国际一流的载重车、越野车、牵引车和装甲运输车，出口到世界许多国家和地区。工业强国德国就更不用提了，经济以重工业为主，汽车工业居首位，光是奔驰公司的年销售额就达到 2 000 多亿美元。我们重汽的车还没有走向国外，就在国内卖那一二百亿，还值得一提？"

兜头一盆冷水，把下面的人都浇哑巴了。

有人很想辩白：你为什么非跟世界上的老大比，若是跟国内比，跟重汽的过去比，我们的功劳可就大了！但最终却没有人再吭声。

马纯济能如此想，应该是重汽的幸运。一把手的胸襟有多大，企业就能做多大。

马纯济略一思忖，忽然转换口气改造了下面的人的建议："开个会也好，但与庆功无关，叫招商会，或者叫商务大会，将国内外的客户请来。我们现在有条件与国际接轨了，在全球一体化的今天，处处有危机，世界上不可能再有太平天了。中国重汽要想强大，必须走向世界。要走向世界必须实施四个步骤：低成本、区域化、技术领先和国际化！"

二十四

2003 年，重汽实现销售收入 150 亿元，每周都会有一两款新车型完成设计，开始接受"个性车"的订单。

2004 年，这一年值得认真提一笔。重汽销售整车 45 000 辆，收入 300 亿元，上缴利税 17 亿元。另外，第一次出口整车近千辆，收入外汇 1 270 万美元。

中国重汽集团的生产能力进入世界重卡业前 10 名。

当年的 9 月，在德国汉诺威商用车展览会上，十几位世界顶级重型卡车公司的总裁例行聚会，有位老总坐在马纯济对面发酸腔："马先生，这次展会我们大家还能济济一堂，不知下一次展会时，我们中的哪一位就会被你给挤出局了。"

马纯济接口道："我不想将在座的任何一位挤出去，只想给自己争取一块生存空间。目前中国是世界上最大的重卡市场，相当于日本和东南亚诸国的总和。我们拥有这么大的市场，而作为东道主倘若没有自己的立足之地，岂不是很不公平吗？"

马纯济的话说过没多久，沃尔沃公司的 12 名高级主管就专程来中国重汽参观学习，这个举动对于欧洲重型卡车业的老大来说是不多见的。倘若他们没有感受到某种震动，甚至是压力，是不会花钱这么做的。他们都是世界重卡业的行家高手，上上下下仔细看完中国重汽的工厂之后，一定要请马纯济给讲一课，并再三追问："你是怎么做到的？你的主要经验是什么？"

马纯济能对这些外国管理专家说什么呢？

世界王牌重卡企业来向我们学管理，这说明中国重汽的管理与世界上的哪一家大汽车企业相比也不差了，甚至强过他们。比如，中国重汽拥有全世界最完美的营销体系，销售、服务、配件、改装四项合一，及时而又可靠；在全世界有 935 家销售网点，每年都要派自己的技术人员到国外去培训被重汽招聘的那些外国销售人员……

正如回到重汽一年后就被提拔为集团总经理兼总工程师的蔡东所言："刚引进斯太尔项目的时候，我们和国际重卡业的差距是天上地下，几年干下来，现在也不能说没有差别，但我们已经有了自己的优势，完全可以平等地跟他们对话了。"

马纯济考虑再三，对外国同行只能实话实说："中国有句老话，师傅领进门，修行在个人。你们是我师傅，我是先把师傅领进门，然后自主创新……"

二十五

就在马纯济获得了为世界重卡业巨头讲课的资格时，中国重汽的内部却产生了严重的不安，乃至整个集团又笼罩在一种忧虑之中。

2005年，中央出台了一个文件，明令禁止政府官员在企业兼职。

而马纯济就是地道的官员，他的第一个头衔是"济南市委副书记"。想要继续当这个在中国官场上已经不算小的官，就得离开重汽；若想留在重汽，就必须辞掉济南市委副书记的官职，这不仅仅是断了自己的"后路"，甚至是失掉了大好"前程"。

理论界把当前中国的社会现实分为三大块：官场（政治）、市场（经济）和情场（文化），而官场是强势。如果要别人替马纯济做出一个明智而又稳妥的选择，恐怕多是建议他去做市委副书记。在中国的传统智慧中，这叫"见好就收"。当初他临危受命，随后就真的创造了奇迹，重写了中国重汽的历史。此时若选择离开企业重回官场，是一种凯旋，不仅上下都能理解，将来也必定会更受重用，在官场上会一路高歌前进。

如果选择留下，就放弃了安全牢靠的仕途，今后的命运将充满变数和风险。更重要的是，按目前的官场和市场习俗，当他失去了市委副书记的头衔后，会不会给他在重汽的工作增加难度？

如此这般，几乎每个重汽的员工都在设身处地地反复掂算着这个大难题，越掂算就越觉得不妙。曾经被惊吓过的重汽职工，不得不往更坏里想，现在刚刚上了轨道的重汽，如果没有马纯济会怎么样？

那就更难说了。因为一个企业的一把手太重要了，他必须有思路，有办法。别人可以没招儿了，就都去找他。但他不能没招儿，必须得给出办法。企业可以陷入困境，一把手则必须给企业找到一条走出困境的路。

眼下重汽似乎就陷入一种精神上的困境，且看马纯济这个一把手怎么带领重汽走出困境。

一把手就是企业的胆、企业的天。

天无绝人之路。在一个小型的干部碰头会上，讨论完正事以后，马纯济轻描淡写地说："再啰唆几句。最近听说有不少人突然对中央文件格外感兴趣，还捎带着议论我的去留问题，替我出了不少主意。我谢谢大家的好意。但我已经跟组织部表过态了，哪儿也不去，就在重汽干到退休了。因为我对重汽有信心，留下来跟大伙儿继续做咱们的汽车梦。"

在场的干部们突然起立，不约而同地鼓起掌来。

这样的话只要他随便对一个人讲了，很快就能在整个重汽传开。第二天，整个重汽都安定下来。

二十六

重汽的年收入还在不断增加，其数字的变化像变魔术一样令人称奇。

这一连串的数字变化，对中国的企业管理乃至经济学界，有着怎样的警醒和启示意义？抑或是理论价值？

其一，生存就有危险，不发展就被兼并。失误就是自取灭亡。现在干企业，不允许有失误，大失误不行，小失误也不行。

其二，豁上身家性命能打造出一个成功的品牌，就算是幸运，再用品牌体现企业精神。

其三，中国重汽集团再也失误不起了，企业和员工已经彻底丧失过尊严。败军之师更要言勇，才会有今天的成就。他们的每一项决策，都是先由领导发现问题，或由群众提出意见，交到干部层讨论，然后是领导层形成决定。在付诸实践的过程中发现不当之处，及时更正、补充，故多年无失误。

其四，大企业的从生到死，或从死到生，在数字魔方的背后是一种文化现象。

以前的漏洞有多大，也说明管理上的失误有多大；以前管理上的失误有多大，也说明管理上的潜力有多大。

马纯济也有他的说法："中国的企业管理不严密，空间都非常大，大起大落或大落大起，都不足为奇。"

二十七

由中国重汽集团承办的国际商务大会，吸引了 2 000 余名中外代表。大家都想认识一下参与创造了"重汽神话"的老总蔡东，请他讲话。

蔡东平时做人很低调，他的全部激情似乎都用在造汽车上了。但盛情难却，好在一谈起汽车，他也不愁没话可说："大家还记得改革开放之初，有一个很霸道的汽车广告吗？几乎家喻户晓，叫

'车到山前必有路，有路就有丰田车'。中国公路上行驶的水泥搅拌车清一色都是日本产品，而且他们还小心眼儿，占着中国的道，赚着中国人的钱，还老想卡着你，让你永远落后于他，听命于他。终于，重汽完全具备了制造水泥搅拌车的技术实力，不干是不干，要干就大干。我们几乎又打了一个八年抗战①，终于把日本搅拌车挤出了中国。他们主要是输在了文化上。现在是我们在主导自己的市场，任何别的车，包括国际知名品牌，都无法跟我们竞争。"

大厅里一片掌声。蔡东的"八年抗战挤走日本车"一说，很给在场的人提气。有人不解，这个一向说话处事极其低调的人，今天怎么突然发狠，放出了高腔？

了解情况的人都知道，蔡东实际上还留了很大的余地。

2005年，中国重汽的产品除去满足中国市场需求之外，还向苏丹出口数百辆重型卡车，其中包括水泥搅拌车。

2006年，出口伊朗10 000辆。

2007年，出口俄罗斯6 000辆。

蔡东领导的技术团队只用了1个月的时间，就为泰国政府设计出令他们满意的环卫车。

2008年初，当智利的公路上出现了中国重汽集团生产的重型卡车时，惹得看新鲜的圣地亚哥人一阵阵大呼小叫："中国人来了，中国汽车来了！"

---

① 为落实中央关于纪念中国人民抗日战争暨世界反法西斯战争胜利70周年有关精神，从2017年春季教材开始，全面落实十四年抗战概念。

二十八

无论是金融界、经济界，还是企业界，没有人不相信这句话："当今世界，是资本的江湖。所以，一个企业的价值，以及考核其干得成功与否，在于它能否上市，在哪儿上市。"

企业的投资价值，取决于企业的价值。总说没有利益只有责任的话是愚蠢的，最好不说。

中国重汽集团于 2008 年 11 月，在中国香港成功上市，吸纳资金 90 亿港元。

2009 年 7 月，拥有 250 年历史、世界重卡前三强之一的德国曼公司（MAN），以 5.6 亿欧元（约合人民币 53.9 亿元）购买中国重汽 25% 的股权，成为中国重汽的战略股东，双方签署了长期合作协议。

如此，中国重汽的地位和分量，便与它的名字十分契合了。

二十九

代替无法分身的马纯济和蔡东，在中国香港领导和组织上市工作的是韦志海。

重汽又冒出一员大将，此何许人也？

马纯济的"老副手"。

出国访问，马是团长，他是副团长。马中途受命回国，他便接替马当了团长。马在担任济南市经委主任的时候，他是副主任，后来马来重汽，他又接替马当了经委主任。

韦志海本来在官场上也有一个不错的前程，组织部已经征求过他的意见，有意让他去领导一个重要部门。偏偏此时，他接到了马纯济的召唤。企业界谁不知道上市太难了，中国内地的企业到中国香港上市，更是难上加难。不难，马纯济能想到他吗？

他二话不说就赶来了。

有人问他："给官不当，你对给马纯济当副手有瘾吗？"

他同样以玩笑化解："还真叫你说对了，凡老马没当过一把手的地方我不敢去，只有当他的副手我心里才最踏实。"

韦志海精明干练，口才极佳，是重汽的"外交家""谈判代表"。2009年初，他奉命到北京参加一个投标会。中华人民共和国成立60周年大庆，北京要举行大阅兵，自然需要一批重型卡车。国内来了十几位汽车厂商的代表，个个意气张扬，信心十足，似乎志在必得。

韦志海坐在后面像个局外人，饶有兴趣地看着别人发言。直到所有人都讲完了，大家的目光才开始转向重汽的代表，等着他表态。

他轻轻一笑，神色谦恭，语气刚硬："能中标参加国庆60周年的大阅兵，是极大的荣誉，是重要的机会，但更是责任，是一个中国企业的责任，一个中国公民的责任。所以我要当仁不让了，我不说别人的车不行，就说只有我的车行。为什么？大家都知道汽车的魂是芯片，目前在中国只有我们的车用的是自己的芯片。别的条件先不说，仅仅从安全可靠这一点考虑，谁能跟我们比？从1960年朱老总为我们生产的第一辆重型卡车命名为'黄河'，重汽的产品就有了浓重的军工色彩，国庆35周年时邓小平同志阅兵，用的就是我们的车。为国庆60周年阅兵提供用车，我们同样责无旁贷。"

三十

2009年早春，全国人民代表大会开幕后的第二天上午，国家主席胡锦涛来到山东代表团参加讨论，山东的代表们站在门口迎接。国家主席一眼看见马纯济，便走过去低声问道："听说你现在是世界第一了？"

马纯济一惊，急忙解释："仅仅是产销量排第一，去年整车销售11.2万辆，收入520亿元，出口整车1.8万辆，创汇5.7亿美元，今年的前两个月也都是第一。这并不说明我们最强，是世界经济下滑，把我们给突出了。在重卡的质量和技术水平上，我们跟世界第一还是有些差距的。"

国家主席频频点头，流露出一种欣赏："你这个话是实事求是的。"

一个月后，国家主席又特意到中国重汽集团视察……

三十一

在中国，一个企业能做到像重汽这样，一个企业家能做到像马纯济这样，应该说是很风光了。马纯济似乎仍没有时间彻底放松精神，好好地高兴一番、庆祝一番，随即就投入跟德国曼公司紧锣密鼓的合作谈判之中，并最终取得圆满成果。

很显然，这是重汽成全了曼公司对中国市场的渴求，但重汽也需要这种合作。不是因为钱，而是看中了曼公司在全球最好的两项技术：设计技术和发动机技术。

或许马纯济希望在今后的某一天，能理直气壮地告诉国家领导人，中国重汽无论是重卡的产销量还是制造技术和质量，都是名副其实的世界第一。

所以，马纯济经常挂在嘴边的是："我们现在的全部任务就是两句话，第一句是为了可持续性发展；第二句是为了企业的长治久安。"

这两句话听上去很普通，更像套话。这也正体现了马纯济的精到和智慧。他结合企业实际，经过深思熟虑形成的思想认识，一定要用安全稳妥的"中央通行语言"表达出来，然后不断地重复，让部下慢慢地从这些类似的套话中咂摸出不同寻常的深意。

比如，怎样理解他说的"可持续性发展"呢？中国真正的百年企业很少，百年大企业更是凤毛麟角。为什么？这取决于文化，特别是制度文化和经济文化。企业发展有自己的轨迹，只有按轨迹运行，才能形成深厚的企业文化，再由企业文化促进和保障企业的长期稳定和发展……

马纯济是有原则且以原则为大的人。他将党和国营的优势发挥到极致，然后将市场的优势也发挥到极致。

正因为此，才会有人说他跟总经理蔡东是"绝配"。其实他跟王光西、王文宇、韦志海等不也都是"绝配"吗？

正因为他有原则，下面的人跟着他才有安全感，所以他的身边高手云集。

也正因此，才有今天重汽和所有重汽人的成功。企业家的命运不是孤立的，一定要在时代的背景下发光。

一个人在一个时代中迸发出光芒，其实就是这个时代的光芒。

创造神话

　　世界上有这样一种人：生物场格外强大，善于创造自己的哲学，搭建自己的人生舞台，给自己创造行动的机会和经验，他在哪里，哪里就会热闹起来，就会出名，容易成事。

　　钟华生似乎就是这样的人。

　　当年他有感于干部有俱乐部，工人有疗养院，富翁们有别墅，就是没有想着农民，于是他便创建了中国第一个，也许是唯一的一个农民度假村，而且是豪华型的，名曰"白藤湖农民度假村"，立刻名噪全国，并很快就扬名海外。

　　五年前，钟华生受命去开发珠海西区，很快珠海西区又在更大的规模上被炒热了。投资者云集西区，有世界知名富翁，有普通老百姓，只拿出万八千的就可以。他的许诺是"今日借你一桶水，明天还你一桶油"。

　　国家主席、副主席，国务院总理、副总理以及许多重要的人物都到西区来了，他们兴高采烈，说了许多关于西区的好话，有的说"西区几个大项目的建设，决定了珠海的命运"；有的说"西区真是海阔天空，很有前景，是大干事业的地方"；有的说"西区这么短时间取得这么大的成绩，很了不起"……

当年人们说白藤湖很有风水，现在有更多的人又说珠海西区是一块风水宝地，是交通要地、发财之地。到底是钟华生红运当头，每到一地都碰上好风水呢，还是他本人就是风水，走到哪里就把风水带到哪里？不管怎样，他都已经被传得很神了。

大约是1988年，钟华生还是"白藤湖农民度假村"的村主任，身上却已没有传统的农民气息。他个子不高，黑皮鞋、黑裤子、黑夹克十分合体，黑头发不密但梳理得却很整齐；行动快，走路快，思维快，说话快，出口滔滔，透出一股活力、一种感染力，且常有惊人之语。某天中午他说要带我去看一个好地方，不想这个好地方相当遥远，我们的吉普车颠来摇去，爬坡绕山，折腾了三个多小时才来到一个极其安静的地方。

眼前是一片荒山野海，见不到一个人，海滩上的沙子又白又细，海水清澈，我心里冒出的第一个念头是游泳，这里真是游泳的好地方。钟华生却拉我登上一个制高点，四野尽收眼底：野岭起伏，荒滩漫漫，茫茫苍苍，人迹渺绝。他却精神陡长，用手指指画画："这里是块好地方，我准备开发它。这里的海滩是最好的，你说叫金海滩好，还是叫金银滩好？"

"这里原来没有名字吗？"

"原来叫东嘴，不上口，不响亮，我们开发它，就是重新解放它，应该给它起个好名字。前面是三灶岛，名字不能改。"

面对一片荒芜景象，他描绘出一片人间胜境，他讲未来的规划就如同讲眼前正在发生的事情一样，那神情语气、那份自信和肯定，没有一丝讲笑话、吹大牛的意思，你没法儿不相信。然而再看看眼前，又觉得有点儿玄。细想想，他讲得并不玄，他的话富有冲击力和说服力。

当他沉浸在自己的想象中的时候，整个人像一个燃烧体，只要靠近他就无法不被灼热，想保持冷静站在他的对面是困难的。相反倒很容易被他鼓舞起来，相信他的话。

他很会创造神话。也许这正是他成功的原因。

起初要让人相信他创造出今天的神话并不容易。我当时听了钟华生的神话，只觉得他是个人物，刚搞成了一个农民度假村，又想干更大的事了。他能这样想一想已经很了不得了，至于他是否真的去干，能不能干成，我没有认真地去想，听过了也就算啦。

生活却没有到此就算了，一年后珠海成立西区开发建设指挥部，当时的市长梁广大亲自挂帅，出任总指挥，任命钟华生为常务副总指挥兼三灶管理区区长和党委书记。我想起钟华生讲过的神话，可谓天遂人愿，珠海市委真是选对了人。

很快，关于珠海西区的消息多起来了，这一次钟华生的运气不好。1989年春夏之交的"政治风波"，使许多在华的外国商人纷纷回国，撤销合同，收回投资，采取了躲避和观望的态度。国家也开始治事整顿，收紧银根，压缩投资，市政府只给了他40万元启动费，如同杯水车薪。祸不单行，台风和60年一遇的大海啸连续袭击西区，冲毁大堤，淹没道路，白茫茫一片不再有神话的色彩和情调。

然而钟华生有足够的想象力，他提出：困难不等于困境，困境不等于绝境，低潮不等于死潮。政府没钱不等于民间没有，当时全国私人存款就有7 500多亿元，有些人怕露富，不想拿出来投资，西区正好提供了一个理想的投资舞台，就看你有没有本事以此为契机把这些钱吸引过来。

钟华生又开始大讲他的西区神话，用普通话向上面的大人物和新闻传播媒介讲，用广东话在全区的三级干部会议上和群众大会上讲，可谓逢人便讲。同时制定出神话般的让利政策：谁来投资一股5 000元，两年后给100平方米地建房，两个进西区的户口指标。他所有的行动都有理论根据：我们没有钱，但我们有地，这地是我们找烂泥滩要来的。想得利就要敢让利，生意生意，有利就生，有利就有意，无利谁会对你有意？眼前让利，长远得利；直接让利，间接得利。

试了20天，来了300户，集资150万元。一股立刻升值为1万元，五年后还2万元。只几个月工夫，到1989年底共集资6 000万元，一股又提高到1.5万元。水涨船高，西区热起来了，价码自然就跟着提高。到西区来的人也多了，有些人还就怕人多，为钟华生担心，你搞这么多人来怎么办？钟华生从来没有没理论的时候："荒凉，黄金不如土；兴旺，泥土变成金。而荒凉与兴旺的区别就在于有无流动——人的流动、资金的流动、商品的流动。首先是人的流动，人流动了，就会带来资金和商品的流动。"

西区不同于广州和北京那样的大城市，创业阶段怎能怕人呢？19世纪美国开发西部，曾强制性地大量向西部移民。江山美在人才，没有人才，再美的江山也会荒凉。

钟华生不仅在国内讲他的西部神话，还跑到国外去讲。口袋里有钱的人很难抵挡被他所描绘的西区的诱惑。两年后他变魔术般地集资6亿人民币、2.2亿美元、3.2亿港元，珠海西区已变得热气腾腾：3 000米长的珠海大桥修好了；总长120公里的一级公路修好了，从珠海市区到三灶的时间由原来的4个小时缩短为半小时；西区内大道纵横，四通八达；也许是中国当时最大的机场——珠海机场的4 000多米长的跑道也修好了；高澜港已初具规模……

生活在美国的珠海西区人，过去羞于提及自己原籍，现在则以三灶为荣，纷纷打道回府，或投资，或买房，或旅游探亲。我再游西区已是新世纪之初，北方仍天寒地冻，一派萧瑟，这里却春意融融，东嘴变成了大名鼎鼎的黄金海岸，三灶竖起了120万平方米的建筑物，还有100万平方米的大楼和厂房正在施工，并且有了机电、轻纺、机械制造、食品等工业……当年钟华生向我讲的神话大部分变成了现实。眼前的事实，有些则是当年神话里所没有的。

钟华生又忙着向我讲述他的新神话："要在三灶建立珠海的高新技术开发区。时间谁都有，而时机不是谁都有，更不是经常有。我们最重要的是抓住了时机，才有了科学技术的超越、人才的超越、市场意识的超越。现在我们也有了时机，世界经济已进入区域化时代。珠江三角洲处于环太平洋经济圈的中心，中国的版图像一只雄鸡，珠海西区正是鸡大腿的地方，有肉，有力量。现在有了大港口、大机场，还有高速公路和铁路，必将带动大工业，大工业将促进大发展……"

钟华生的思想来自对现实的直观把握和对世界质朴的感悟。他讲起自己的设想来便燃烧着一股激情。这股激情很难得，眼下在生活中不是经常能碰到这样的激情，更多的是疲软，是消沉，是抱怨。没有激情就不能创造神话，生命也就变得死气沉沉，缺少生机。只有想干事、能干事的人才会有这种激情。

生活中不可以没有神话，人们创造了神话，实现了神话，使神话不神，生活就又前进了。钟华生的魅力在于把神话说得像规划，能吸引众多的人相信他，何况厌恶了平庸的人们，希望自己的领导有神秘感和传奇性，于是在钟华生身上便形成了一种良性的神话效应。

由此我想到，世界上没有一个民族是没有自己的神话的。同样，一个地区或一个单位，如果有自己的神话和神话般的人物，一定是值得庆幸的。

中国"镍都"

金川有色金属公司①，赋予丝绸古道以新的含义、新的生命和新的活力，在河西走廊这条古道上建设起强人的现代文明，使金昌成为当今中国的"镍都"。

骤然变阔者的滔滔然、醺醺然，失意者的牢骚、咒骂以及无边无际的抱怨到处可见。在这个人们被金钱弄得昏头昏脑的世界里，现代人常有精神倒错的现象发生：虚伪的说教，烦人的饶舌，无常的感叹。这一切在金川公司总经理杨金义面前都显得浮，显得浅。

他肩宽背厚，脸上深深的皱纹，双唇厚重，神态沉稳凝练，朴茂强健，看上去有着类似重金属的品质，能够承受一切自己应该承受的压力。他的责任使他在生活中不得不采取挑战的姿

---
① 现金川集团股份有限公司（简称金川公司），总部位于甘肃省金昌市金川区。

态，然而他有强大的正统观念，又遵守着种种规则——这规则是责任？是困难？是信仰？他身上蕴含着惊人的矛盾和丰厚的忠诚基因。

很多人都感到了这种约束力的强大和分量。他领导的公司每年创造十几亿元的产值，单给国家上缴利税就有 5 亿多元（要知道这可是 1992 年，人们对钱的概念还相当保守，上亿元几乎难以想象了）。

上缴这么多？惊呼者心里肃然起敬，但也另有一番话没说出来……

金川公司太大了，它是国家的眼珠：它看着别人，别人也都盯着它。它不仅是全省企业界的老大，在全国有色金属冶炼行业也排名第一。因为有了这家公司，才建立起一座拥有 35 万人口的现代工业城市。这座河西走廊上的新城是为镍而建立，因镍而发展，是一座运来的城市——在腾格里大沙漠上建高楼，一砖一瓦都是从外面运来的。然而，金川公司的价值并不单纯体现在经济效益上……

大有大的难处。当下，一个普通的人也许可以不讲信仰，杨金义则不行。管理这样的公司太难，太辛苦，责任太沉重，他必须要有坚定的信仰作支撑。没有信仰不足以凝聚群众，激励自己——约束是人的一种高贵的美德！

中国 88% 的镍在金川公司里生产。金川的矿场仅次于加拿大的萨德伯里镍矿，排名世界第二。

中国的城市中，已知的有瓷都——景德镇，陶都——宜兴，锡都——个旧，煤都——抚顺，雾都——重庆，等等。这些雅称基本上是大自然所赐予的。有的已经成为历史，很少再被人提起。有的并未因其得天独厚的蕴藏资源和地理条件，发展成一个举世公认的繁荣昌盛的现代大都市。相反，有些城市的优势正在被别的城市所超越或取代……

镍都的未来会怎样？我似乎在杨金义的那张脸上读懂了。

于是，我更急于想采访他，采访金川公司，看看镍都是个什么样子。金川河①里真的是流金淌银吗？

从兰州到金昌有近500公里的路程，我一早登程，晚上到达金川公司，仿佛从大沙漠无边无际的黑暗中突然间扑进了一片灯海。这就是镍都——不给我一个清晰的正面，而是用一团以夜色做背景的光影来拥抱我。

天空如水，风习习，星烁烁，云汉皎洁，箕斗参差。这样清亮的夜空，这种带甜味的空气，在天津很难享受到。经过一天的奔波劳顿，见闻了塞外大漠上的奇景野趣，到晚上能钻进一个平静舒适的宾馆，洗个热水澡，打开电视机，享受着现代物质文明——可见金川公司的实力和规格。

我们都是凡人，先对金昌生出几分好感。文人的敏感和多疑又提醒我，不要因此影响自己的判断力。甘肃的形状如同一只哑铃，而金昌正好处在哑铃的中心轴上，抓牢它就可以把整个哑铃举起——自古以来它就是西部要塞。

不知为什么，甘肃人格外喜欢贵金属。也许是视其为富贵的象征吧，愿意把金银加进人名和地名里。生个孩子叫金娃子、银妹子，杨金义的名字里也有金。兰州古称"金城"，武威又称"银武威"，张掖俗称"金张掖"。兰州的城墙不是金砖砌就，武威不产银，张掖不产金。甘肃人对象征富贵的金银千呼万唤了千秋万代，终于唤来了一个实实在在的金川公司。

---

① 甘肃省金昌市的一条内流河。

正好,它的东面是银武威,西面是金张掖,"控扼甘凉二州"。也许正是这种金银意识促进了金昌的开发。

金川公司的党委书记杨学思,讲了这样一个故事:20世纪50年代初,这里还是大漠戈壁,黄沙漫漫,人迹寥寥。南有祁连山,终年积雪,重峦叠嶂;北有龙首山,横亘百里,南北对峙。虽然射斗牛,吞日月,气势不凡,但世世代代,龙首不抬头,只有偶尔出没的野狼、黄羊为伴,不免幽恨绵绵。某日,一放羊人在龙首山上捡到了一块闪闪发光的彩石,以为捡到了宝贝,托人捎到地质队鉴定。几经周折,远在青海的地质队见到了这块高品位的氧化铜矿石。追根寻源来到龙首山,发现了古人遗留下的矿渣矿末——又是我们伟大的老祖宗在引导。

一下钻却打上了一个含镍的富矿层。几百台钻机在龙首山上依次排开,像给这个无与伦比的巨大龙头针灸,刺激它快点儿醒来。很快便探明,龙首山是座特大的高品位镍矿,还有铜和其他多种稀有金属。仅镍的储量就在550万吨以上,按当时的技术水平,可供开采200年。

在这之前,中国已经被世界发达国家宣布为"无镍国",而镍又是一种建设现代人类文明所离不开的东西。以前,在我国还处于贫困时期,用钱买不起镍,就以物易物,用60吨渤海湾产的大对虾去换1吨镍,因此,每用10公斤以上的镍都须国务院总理亲自批准。

杨学思在公司的科技馆里给我们上了一课,这一课足足讲了一上午。他是学冶炼的,"文化大革命"前毕业于东北工学院[①],说话富有鼓动性,带着东北人的机智、诙谐和爽快,讲起自己的

[①] 现为东北大学。

"镍王国",如数家珍,滔滔不绝。他衣着得体,挥洒自如……我揣度,他站在这里给党和国家领导人讲课的样子,也是这样充满自信,如江河直泻的吧。他的前任经理王文海,就曾给毛泽东主席讲过半年课,教授《金属学》《冶金工艺学》……

许多人对镍还是很陌生的。它被说得那么神,那么玄,到底有什么用处?首先,国际上公认镍是重要的战略物资,火箭和高速喷气式飞机的重要部件都必须采用镍合金制成,一架四引擎喷气式飞机用镍就在一吨以上。其次,在军工行业和民用行业,军用产品和民用产品都是离不开镍的。最后,镍是生产不锈钢的必不可少的合金元素,因此,生产跟现代人日常生活联系极为密切的手表、医疗器械、自行车、电镀器皿、不锈钢制品等的工业,也不能没有镍。难怪这种银灰色的东西能牵动一个国家的神经,值得专门为它建立一个城市,并以它的名字命名。

镍都不只产镍,其铜的储量为349万吨。也蕴藏着珍贵的战略物资的钴,其储量为16万吨。这两种金属的产量和储量在全国不数第一,也数第二。同时与之伴生的还有金、银、铂、钯、锇、铱、钌、铑、硒、碲、铬、硫等十多种矿产。其中铂(即白金)族金属的储量居全国之冠,地下资源约值1 782亿元。

金昌——真是一块宝地!

在金川公司的科技馆里让我大开眼界,我见到了方方正正、硕大无朋的白金砖。一公斤价值18万元的铑块则闪着银白色的光。而锇块,则是蓝幽幽的。和这些贵金属相比,金银就算不得什么了。

这些宝贝的主要价值并不体现在做装饰品上,它们是现代工业中必不可少的材料,被专家们视为"工业维生素"。如制造一架集现代先进技术之大成的航天飞机,就需用铂族贵金属

25公斤左右。是技术要求不这样搭配不行，还是老天会安排？制造非常贵重的东西就必须用非常贵重的原料……

龙是中华民族的图腾，想不到龙首竟在金川。龙欲腾飞，必先扬头。《镍都报》主编屈丰泰带领我们登上龙首山，我们立马被眼前一派壮阔雄大的气象所震慑。山势雄峻，峰峦起伏，护卫着崭新的镍都。龙首山昂头雄视远处的洪荒大漠，欲冲天而起，先卷起浩浩荡荡的雄风，一股磅礴之气、一种昂扬的精神，横空而出，雄魂可见。没有绿树，没有青草，谁会想到这神秘的令人望而生畏的大山里，会埋藏着无尽的宝物？

大自然真是公平，让许多青山绿水下空无一物，而让人人垂涎的世间极为珍贵的东西却蕴藏在"边地春不足，十里见一花"的荒山秃岭下。难怪古往今来的哲人都是出于对大自然万物的惊异和不解，才开始对哲理进行探索。

我们站在了一个巨大的镍矿坑的边沿上，向下望一眼立刻腹部紧缩，眼晕腿软。矿坑深百余丈，长两里，宽一里多，坑壁盘绕着公路。可载60吨矿石的大卡车，像虫子一样在坑壁上旋来绕去，从山顶可下到坑底，从坑底又爬上坑沿，把矿石送往选矿场。可以想见当年开发时的壮观和勇烈：万人云集龙首山，炮声隆隆，地动山摇……

屈丰泰是个沉静寡言的东北汉子，他宁愿多看，也不愿多说。他甚至认为人只靠两只眼睛观察还不够，还应借助高档照相机把有价值的东西存留下来。他站在龙首山矿区，禁不住神采飞扬，讲起了开发过程中一组组难忘的镜头……

从1964年8月开始，3 400人干了4个月，开凿埋炸药的坑道46条，总长近6 000米，挖成药室355个，埋炸药1 650吨，其当量与一枚小型原子弹相同。12月6日16时25分，一声引爆令下，在场的每个人都感到被奔雷击顶，随即世界立刻变得无声了，人被震得暂时失聪。龙首山剧烈抖动，巨型蘑菇状烟云冲霄而起，遮天蔽日，炸掉了三座山头，爆破岩石240万立方米。

中国最大的露天镍矿诞生了！

从那天起，龙首便活了，有了精神。

现在，金川公司的采矿巷道分几层，最深的一层已经挖到地下600多米，像血管一样遍布"龙体"，开采时他们完全采用当今世界上最先进的设备、最先进的采掘技术。他们取走矿石后，又用钢筋水泥填充好，龙首山没有被掏空，反而更结实了。

一条条主巷道，在龙首山的脏腑里盘来绕去，高大坚固，灯光明亮，与山外的公路连接，直达选矿场。运矿石的卡车来往穿梭，轰轰隆隆，马达声格外响，在巷道里滚来荡去经久不散。卡车一辆接一辆，其声浪所造成的共鸣相聚合，相衔接，有急有缓，忽高忽低。再加上打钻声，矿石的碰击声，矿车的奔跑声——就像龙首山谱写的美妙音乐，奏出金川公司迷宫般的矿区里最迷人的乐章。

身在迷宫里觉得是在地下，走出迷宫口原来是半山腰。倘若站在北京城看这迷宫，它是在2 600多米高的天上！

果然是龙抬头。

金川公司的冶炼厂则是另一番气象。高大敞亮的厂房，现代化的设备，空中双层天车，水泥地面上一尘不染，各种工具和产品码放整齐——连我们这一群外行看了都觉得舒服，惊异其管理得好。车间里只见设备开动，不见有人操作，可见其生产过程完全自动化。

闪速炉正在出镍，镍水如火泉，奔腾跳跃，直泻仓底。见我们登上冶炼平台，有几个年轻工人从控制室里走出来。炉长只有

27岁，最小的刚满20岁，都是金川公司中等技术学校或职业高中的毕业生。他们应该是第二代金川人，我立刻想起老金川人喜欢说的一句话：

"献了青春献终身，献了终身献子孙。"

这群年轻的冶炼工，和沿海大城市里的现代青年没有什么不同，从容自若，还有一点桀骜不驯和玩世不恭。他们虽然都穿着工作服，但每个人都穿出了不同的花样，或不系扣子故意露出里面花哨的T恤衫，或胸前挂着一个小玩意儿，或把安全帽戴得歪斜而又帅气……他们有个性，有文化，围住我们问的都是一些文学方面的问题。当我向他们提问时，他们却表现出与他们的性格和外表很不相称的焦虑。

我讲他们是幸运的，应该有足够的自信，既对得起国家，也对得起自己。单讲镍，金川公司已生产了33万吨，完成工业总产值118亿元，上缴利税47亿元，是国家一期投资的3.2倍，对促进中国西部经济的发展所起到的强大效应就更不必提了。他们个人的收入，也和沿海大城市里经济开发区的企业职工收入差不多，高出普通企业的职工收入一大截。所以，金川公司虽然地处大戈壁，但每年都要吸引数百名大学毕业生来投奔。这应了一句老话："富在深山有远亲，穷在大街无人问。"

年轻的班长大摇其头，甚是不以为意。"苏联完蛋，美国松了口气，世界上不再打仗，我们的镍卖不出去，哪来的钱？"想不到他出语惊人。我问："你难道真的希望世界上天天打仗，打大仗？"他说："我是工人，管不了全世界的事，只希望出好镍，卖好价钱。"

这个青年工人直率地说出了目前整个金川公司陷于困境的主要原因。在以后的采访中，我们接触了一些中层干部和高级决策人员，也都叫苦不迭，感到压力沉重。

金德君——又是一个名字里含金的，是金川公司一位大名鼎鼎的人物。她多年担任公司的计划部主任，三十多年来结交的镍朋友、铜朋友、钴朋友、金朋友、银朋友，遍布全国乃至世界。去年到了退休年龄，公司舍不得她，她也舍不得浪费自己的能量，便被返聘为金川金属原料公司的总经理。

她和丈夫是金川的第一批创业者，当年其实是被骗来的。当时他俩是江西冶金学院的教师，去为金川选拔干部的人说，要调最优秀的专业人才支援国家重点工程建设，而金川又是一块风水宝地，北有龙首山挡风，南有祁连雪峰供水，雄踞西北要道，民风淳朴善良，正像京剧《武家坡》里所唱的："一马离了西凉界……青是山，绿是水，花花世界。"

而她和丈夫正符合这"最优秀"的条件。那时，她只有25岁，泼辣能干，是院团委委员，正在申请入党。她的丈夫是1958年毕业于东北工学院冶金系的技术尖子，又是院篮球队的主力，身高体健，一表人才，学院不想放，但又不敢留，那个年代谁敢对支援国家重点工程建设说个不字！金德君的小儿子刚8个月，她给孩子喂足了奶，抱到母亲家，就跟丈夫来到金川。

当时金川除了风沙什么都没有，小土房子里连床都没有，进门就算上了床。吃豆面、骆驼草籽；拉稀，拉蛔虫，一拉一盆。两个人的工资加起来不足100元，拿出60元寄给母亲和孩子，剩下的做两个人的生活费。其苦，其累，至今都不敢回头想，回头看。现代人无法想象他们当时所遇到的困难，以及他们所表现出来的那种精神。

尽管是被骗来的，他们也没有要求再回去。金德君被人称作"工作狂"，她被怀疑身患癌症，在北京做了大手术，医生叫她至少休息两个月，她在医院躺了10天就回到金川，躺在床上办公。全公司只有5个女中层干部，她是其中的一个，而且是正处级。在这个习惯于男人掌权的世界上，女人如果和男人拥有同等条件是提不上来的，必须比男人强得多才行。

她的丈夫是冶炼厂的副总工程师，炼镍专家，业务尖子，却只是个正科级，分房轮不上，出国轮不上。他曾经是篮球场上的骁将，如今却生活在夫人强大的阴影里。

她目前忧虑的也是金川公司的前途。过去一吨镍可以卖到13万多元，现在卖5万元一吨都很困难。从独联体运进来的镍，质量很差，每吨只卖3万多元。加拿大的萨特伯里公司也在中国设立了两个办事处，推销他们的镍。竞争加剧了，而市场在萎缩。

镍都实业公司的经理常子荫，快人快语，集中向我们介绍了企业的困难。按沿海地区流行的说法，他领导的公司应该是金川公司的"第三产业"，当初成立的时候有四项基本任务：一、安置金川公司的职工家属，帮其就业；二、对金川公司的产品进行深加工；三、为金川公司提供配套服务；四、为金川公司的退休人员安排后事。金川公司能在腾格里大沙漠里稳住阵脚，人心安定，镍都实业公司起到了很大的作用。

这些能干而又老实厚道的金川人，几年搞下来，实业公司发展到115家企业，161个商业服务网点，拥有职工18 000人。去年产值4.7亿元，给国家上缴利税4 200万元，搞出了不少部优、省优产品，在全省100家大型企业中，名列第8位，成了名副其实的国有大型企业。"第三产业"变成了"第一产业"！企业大了，灵活性就少了，困难越来越大。仅别人欠他们的债务就有6 000多万元，要不回来，严重影响了自身的发展。国家的困难，别人的困难，都转嫁到他们身上……

这一切是否都跟金川公司的拳头产品——镍的销售情况不好有关？我们采访的重点是杨金义和杨学思。然而在金川公司里要找到杨金义又最困难，一会儿听说他到井下处理现场问题去了，你到了矿区他又回到总部主持生产调度会议去了，你追到总部他又去接待外国客商了。最好的办法是到家里堵他，然而他每天到晚上10点多钟还不回家……

时下谁心里没有一堆问题或一团困惑？叫一个企业家说什么呢？

企业的困难大同小异，也许杨金义对我们的许多问题不作回答，正是他最好的回答。有些事情说出来反而不如不说。沉默是一种智慧、一种艺术，也是一种力量。我们又何苦逼得他躲躲闪闪？这个道理不错，然而我是干什么来的？采访者就应该让被采访者开口，否则就是我的失败，白白奔波数千公里来到金川。

在杨学思专为我们召集的小型座谈会快结束的时候，杨金义终于露面了。他落座后没有打断别人的话，让正在发言的人继续讲。杨学思递给他一块西瓜，甘肃的瓜糖分多水分多，杨金义吃完西瓜，挓挲着双手，正不知用什么东西来擦掉手上和嘴边的瓜汁。金川的服务员也很老实，只知道快散会了，看见总经理进来也不再补送给他一块湿手巾。杨学思没有丝毫犹豫，把自己用了一上午的小手巾递过去，这叫不拿自己当外人。杨金义自自然然地接过毛巾，把手和脸擦了个干净。他拿自己更不当外人，也不把书记当外人。

这个细节是微不足道的，也许不会再有第二个人注意到这件小事，却让我很感动。这表明了他们的关系和感情……也许我过于敏感了。不论到任何地方，党委书记和经理同时出现的时候，他们的一言一行、一个细小的动作，都会引起别人的注意和联想。这是没有办法的，在现有体制下，任何单位的行政一把手和党的一把手，是最难扮演的两个角色。

这"二杨"，年纪差不多，身材差不多，一个是东北人，一个是西北人，一个是搞冶炼的，一个是西安交大学电的。他俩的故事实在应该另外写一篇很好读的文章……场面逼到这儿，问题堆到面前，杨金义不讲不行了。他不开口座谈会就无法散场。他开口了，首先是并不把公司的希望寄托在战争上。尽管他认为战争仍然是现代人类的重大灾难之一，也不要盲目地认为世界从此太平，不会再有战争了。海湾战争刚打完，中东还在打，阿塞拜疆在打，世界纷纷扰扰，战争从来没有停止过。

何况金川公司眼下就被拖进了一场战争里，经济竞争也是一场看不见硝烟的战争。而金川公司必须在这场战争中打赢！人们不是爱说市场如战场吗？进化之谱，就是竞争之道。有竞争才有发展，有对比才有竞争。如果你不能胜利，就只有失败。在必须分出胜负的世界里，只有胜者才能生存下去。金川公司处于国家西部，而西部地区物资丰厚，占国土面积的89%，占全国人口的64%，这就是说，如果西部经济滞后，东部地区的发展就会缺少有力的资源依托和市场空间。美国也曾先发展东部，然后发展西部。瑞典的工矿企业在南部，现在议会也正在辩论如何加快北部的开发。我们国家的决策者更不会缺少西部意识……

再说说金川公司的优势，抛开战争因素，在当今世界上，镍、钴及铂族金属被越来越广泛地应用于现代工业和人们的日常生活中。按20世纪80年代的资料分析，镍与钢的比例，美国是1.55%，日本是1.53%，法国是2.08%，英国是1.73%。而中国当时的镍钢比例尚不足0.5%。大家常常碰到这样的情况：从发达国家进口的机器设备,打开包就能用,而且不容易坏。买国产设备很可能打开包就是坏的,再打开一个还是坏的。这里就有一个材质问题。1992年中国的钢产量突破了8 000万吨,2 000年要达到1亿吨,镍钢比例按0.9%计算,全国每年镍需用量9万吨,而当时我们的镍产量每年不足3万吨,谁说镍没有市场?

在杨金义质朴敦厚的性格后面隐藏着一种百折不回的韧劲儿,这是一个有主见、有自豪感的男人。仁者不忧,知者不惑,勇者不惧。他的气量在困难中愈发显现出来,他对事物没有失去平衡判断的能力,三言两语就指出了金川公司的希望之所在。

希望是不能被埋葬的,不能腐烂的。一个冷静执着的指挥者,永远不能让群众回避希望。人就是这样一种奇妙的机器,只要他确定了目标,他就可以承受一切。

相比之下,杨学思则显得举重若轻。不知他是有意配合总经理的讲话,还是灵机一动,晚上把我领到了金川公司的五彩城。我刚从一本杂志上读到他的一篇文章《构造大政工体系》。里面提到虚功实做、软功硬做、以人为本、渗透融合、寓教于文、求新求活等观点。以他的精明,会不会利用我们的来访,将计就计,为他的"大政工体系"服务?

五彩城是一座造型优美的现代建筑,里面设有各种娱乐厅、游艺厅、健身房、放映厅等,三楼是个豪华的大歌舞厅,有自己的乐队、自己的演员。因为是周末,五彩城里挤满了金川公司的年轻人和一部分洒脱的中老年职工,他们的服饰鲜亮、新颖。和金川人比,我们这群从沿海大城市来的男女作家们,倒显得笨拙、寒酸。

五彩城里洋溢着欢乐和生机,人们的脸上闪着光,金川人对生活、对未来充满了信心。

这是一片忠厚的土地，曾经被历史忽视过，但它有巨大的潜力，总能达到责任或命运要求它达到的高峰。金川人创造了一个镍都，也创造了一个时代。他们的业绩将与历史和文明同在！

怀念"嫩江基地"

还是十几年前，嫩江基地的朋友来信，基地将改为"中国储备粮公司"，有些朋友会留下，一些人或许会离开。我决定重返嫩江，渴望与老朋友一叙，也想看看基地的变化。不想被长篇小说的写作缠住，一拖再拖。到可以成行了，又爆发了新型冠状病毒感染。我幽居在家，怀念在嫩江基地的日子，便把20世纪90年代的笔记，重新整理成文，以寄托对基地英雄以及那片黑土地的敬意和记挂。

绿色的骄傲

当大家一窝蜂地离开农业，鄙视农业，认为要发财就得远离绿色、贴上金色：办工厂，搞经贸，或者去打工，去冒险……恰恰是那个时候，我在"原总后勤部的嫩江基地"，看到了中国农业的希望和未来，对绿色产生了宗教般的虔诚和敬重。

嫩江平原处于大兴安岭和小兴安岭之间，基地拥有44万亩黑土地。这块黑土地的中心是北纬49°、东经125°，从中国地图上看，正处在鸡头的脑部，头冷脚暖，它属高寒地区，冬季气温为-48℃，年平均气温是-1℃，全年无霜期只有100天左右。大豆早一天不熟，熟了就得抢，说不定哪天一场大雪盖下来，一年的辛苦便付之东流。说是晚秋，比关内的初冬还要冷——越躲在房子里越冷。扑到黑土地里，则会感到一股无边的热力……

一望无际的黑土，黑得纯粹，黑得油亮，黑得湿润松软，仿佛一把能攥出油来，当地人说"插下根筷子也发芽"。同时又黑得干净，黑得让人生出一种亲近，想在上面跑跳，想在上面打滚，沾上一身黑土黑泥也不会嫌脏。

地球上有三块黑土地，一块在乌克兰，使乌克兰成为苏联[①]的粮仓；另一块在北美洲的中部，使加拿大的小麦居世界之首，使美国成为世界头号农业强国；第三块就在中国的东北部，松花江和嫩江平原上。见惯了黄土和红土的人，常以为松嫩平原上铺了一层黑粪。翻开的黑土，松软，湿润，在阳光下闪着亮光，如同挂了一层油。

有这样的黑土才会有盛大的绿色。

奇怪，世界三大块黑土都分布在北纬45°以上的寒冷地带。说明寒冷是形成黑土地的一个重要条件，经过寒冷孕育出来的绿才辉煌壮阔。

但这黑土的本色，只有在秋收后和春天冰雪融化后的短暂时间才能见到。一到夏天，那便是真正的绿，44万亩大绿，波

[①] 1991年12月苏联解体。

澜壮阔,多姿多彩,绿油油,水汪汪,纤尘不染,天地洁净,却磅礴着生机。冬天则大雪覆盖,世界一片洁白。饱览高寒地区的风光,可滑雪,可打猎。

但,黑土地对人类的奉献,是在深秋,黑土地上的秋熟。

成熟的大豆棵变成了铁褐色,齐刷刷、黑压压,像比着尺子般长得一样齐,一样高,一样饱满,在辽阔的黑土地上无拘无束、无穷无尽地铺展开来。我头脑里原有的关于庄稼地的概念是成块的,成条的,有各种形状的,有大有小,地里长着高高低低、五花八门的庄稼。站在黑土地上却不敢确定这还叫不叫庄稼地。这里的地没有边,没有界,没有形状,天是圆的地就是圆的,天是方的地也是方的。你一眼能看多远,大豆地就伸展多远,如同航行在太平洋上对海水的感觉一样,谁能估计得出海水有多少呢?

黑土地上的秋收是一场真正的大战。几百台各种型号的大型联合收割机,有规则地分布在44万亩土地上,排开了阵势,这一个个庞然大物把大豆连秆带荚一并吞下,将滚圆的豆粒留在自己肚里,又飞快地吐出豆秆和豆荚,如同战舰搅起海浪。拖拉机跟在它后面耙地,辛苦了一年的黑土地又露出它的真面目,显得轻松而欣慰。卡车往来穿梭,把收割机吐出来的黄灿灿的豆粒运到场院里。

说它像一场大战,还因为从战斗一打响便不能停下来,无分昼夜,大概要持续一个多月,直至把黑土地上的最后一粒豆子收进仓库。

黑土地富有而强大的生命力,仿佛能使人变得热情、单纯和高尚。我让自己感到了惊讶:为什么一见之下就喜欢上了这片黑土?

除去它对人类的奉献,还有一个原因:被征服这片黑土地的人所吸引。在这块土地上生活着，或许应该叫战斗着3 600多名特别的人。说他们是正规部队，其番号是59196部队，战斗力不亚于任何一支野战部队。他们又是农民，主要任务是种地、打粮食。他们另有一个牌子，就叫"嫩江基地"。他们还是科学家、企业家、工程师、工人。善观气象，懂得土壤，精通机械，每个人都能操作联合收割机、播种机、拖拉机、汽车……似乎凡是有发动机、带轱辘的他们就会驾驶。

黑土地的文明造就出来的人，无论他们有着多么大的本事，有着怎样的才华，成就了多少骄人的业绩，外表和骨子里都有一股真淳，一种诚厚。他们有着农民的朴实，工人的干练，军人的作风，知识分子的素养，像种子一样，走下去立刻和这片土地融为一体。把他们中的任何一个人单独挑出来，都是出类拔萃的，身上背着一串荣誉。毕业于各个年代的大学生、中专生一抓一大把，功臣一抓一大把，奇才、怪才、能工、巧匠、格外能吃苦的、格外能干的一抓一大把……

他们为什么会聚集到这里，并能长期留下来？

源于对绿色的向往，被绿色吸引。

他们选择了部队也就是选择了绿色，成了军人便是接受了绿色的选择。

还是数字最容易说明问题：

1992年之前，美国的人均大豆产量是20万斤，英、德、法、澳等国的人均大豆产量是15万斤。当时嫩江基地，人均年产大豆18万斤。加上他们每年都在增长的产量，嫩江基地的大豆生产始终处于国际先进水平。

大豆是蛋白质之王，而生命就是蛋白质的存在形式。"要长寿，吃大豆"，会活的日本人早就开始抢购中国东北的高质量大豆，何况饲料、制药、工业用油也都需要大豆。嫩江基地直接生产人员的人均耕地是380亩——这个数字在全国是绝无仅有的。

嫩江基地每年创造利润8 000万元左右——这个数字不仅在农业领域是首屈一指的，跟当时人数相同的企业相比也排在先进行列。

他们也是种地，为什么没有落后，没有赔钱，反而创造了一种绿色的奇迹？

第二次世界大战之后，日本和西德[①]的农业不仅迅速恢复，而且很快赶上了世界先进科学技术的潮流，成为农业的发达国——他们在总结农业成功的经验时，都承认得益于对农业进行的军事化管理，在整个国家经济还处于瘫痪的情况下，农业首先起步，稳住了国家形势。他们更为值得注意的一条经验是稳住了国家形势，经济恢复后并未歧视农业，放弃农业。军事化雷厉风行，步调一致，令行禁止，共同对外。如果决策正确，指挥得当就是极大的优势。倘若决策失误，瞎指挥，军事化就变成了劣势。

"嫩江基地"是原总后勤部一支优秀的部队，既然被视为"基地"，就要名副其实地成为先进的农业基地、粮食基地和绿色科学的基地！他们利用自己的军事化推动市场化，适应市场经济，参与大市场竞争。

种粮食和天地打交道，和市场打交道。天有不测风云，经常变化；市场如魔鬼，变化莫测。如果决策没有应变力，没有灵活性，一经决

[①] 1945年柏林战役战败后，纳粹德国投降，德国领土被多国分区占领，划分为德意志联邦共和国（简称联邦德国，西德）和民主德国（又称东德）。1990年10月3日，两德统一，并以西德国名"德意志联邦共和国"作为统一后德国的全称。

策的事情就不能变了，肯定会在老天面前和市场上碰壁。军事化利用得好，就会像战争中抢占高地一样占领市场，利用得不好则会妨碍市场化。

比如，1990年他们预测到市场要发生变化，把主要的土地由种小麦改为种大豆。到1993年，市场上小麦3角钱一斤还没人要，大豆9角钱一斤还抢不上，嫩江基地85%的土地种了大豆，可谓好运连年。

附近的农民或地方农场种着和他们一样的土地，在一样的气候条件下，其收获却无法跟他们相比。想紧跟他们，却老也跟不上；想学他们，一是学不了，二是不敢学，没有勇气冒他们承担的那么大的风险。按传统做法，种地要"倒茬口"，即今年种小麦，明年种大豆，隔一年种一次。"嫩江基地"却有自己的新理论，连年种大豆。此为"重茬"，系农家大忌，他们却连年取得丰收。当然，他们有一套严格的耕作办法，以弥补"重茬"的缺陷。大豆收割后按老规矩应该把地翻开，他们却只耙不耕，至少不年年翻地。他们接受了美国学者福克纳在《犁耕者的愚蠢》这本书里所阐扬的理论：连年翻地会把草籽翻上来，使土地中间有隔断层，底下有板块层，土中的水分严重丢失。而耙地既能灭草，又保土保水——祖祖辈辈种地的老庄稼人，怎敢相信这套理论？相信了也不敢照着去做，眼睁睁看着"嫩江基地"年年有新套路，有新招数，花样翻新，财源滚滚。

他们的决策一经科学论定，便决心大，措施得力。在"嫩江基地"，科学技术真正是第一生产力，而在别的许多单位，人际关系才是第一生产力。这便是军事化的优势。

他们创造了一种军事化的现代大农业生产模式。从种到收，其间包括施肥、除草、灭虫等田间管理，全部机械化，严察、规范、科学。田垄收拾得横平竖直，秧苗比按着尺子长得还齐，1 000米里深浅误差和左右歪斜不得超过5厘米。说种就像个种的样子，说收就像个收的架势，时令如命令，一声令下如山倒，风雨无阻，舍得下辛苦。抢收季节，"基地"下属单位有的实在忙不过来，也曾花高价雇农民帮忙，这些以种地为生的精壮农民干一天就累跑了，而"基地"的军人并不觉得有什么特别受不了的。精神饱满，快乐而自信。他们很清楚自己创造了中国最好的收成，每个人除去领取国家应该给的津贴外，还有一笔更为丰厚的跟收成好坏挂钩的奖金。《孙子兵法》云："取敌之利者，货也。"同时，每个"基地人"都学会了一身技艺，到哪里都用得着，终身受用。

所以，"基地"周围的荒地以及农民不想种的或种了也赔钱的地，一经"基地"买过来或租过来，就变成丰产田、摇钱树。这是"嫩江基地"的优势，也是绿色的优势。

绿色本身就有无可比拟的优势。

嫩江基地连年保持人均产大豆的全国最高纪录，是最优秀的绿色企业，无论军内军外，任何一个农业单位都不能与之相比。这证实了基地的优势。这里有科学的解放，必然有人的潜质的最大解放。

人的优势要依赖与之相适应的环境、氛围。当今世界上越是经济文化发达的国家越重视绿色，绿色是发达和文明的象征，它可以调节人的精神，缓解现代社会的紧张。

同样的种子，在嫩江基地就可以种植出品质最优良的大豆，搬到别的地区播种则未必会优质高产。

44万亩大豆苗，横看密密匝匝，波浪起伏，竖看则垄背笔直，整整齐齐。每一棵豆苗都有自己独立的根系和生存空间，靠自己的力量进行光合作用，完成生长过程。同时，它们又生长在一个庞大强盛的集体里，得到了统一、科学的管理和护卫。

我在基地的基层，见到了许多场长和政委之间，教导员和中队长之间，上级和下级之间，干部和战士之间，那种似兄弟非兄弟、似家人非家人的特别亲密的关系：默契、合作、自然、轻松，又相互尊重。不像一家人那样随便和熟了就不讲理，不讲理就会起争端，闹矛盾。

一场场长高学贵接到当时总后勤部的领导要来视察的通知，便给自己的妻子打了个电话。他的妻子是基地理发店的经理，接到丈夫的电话，立刻带上全套理发工具，赶了80多公里的路，来到一场。在一场的地头、路边、场院里、汽车旁，她挨个儿给干部、战士理发。人漂亮，手艺也漂亮，干净利索，把一场的"脑袋"一个个收拾得精神百倍。一个多月来他们忙于抢收，几乎连吃饭、睡觉都嫌麻烦，哪还顾得了头发。把脑袋交给场长夫人来整理，他们放心，甚至可以说是享受。我在旁边看着都觉得舒服、自然。她穿着大红毛衣，系着雪白的围裙，打扮入时，风采俏丽，却和这黑色的旷野、金黄的大豆山、粗笨的联合收割机极为协调，画龙点睛般地使紧张的秋收有了笑声，有了温情，有了动人的色彩。

21世纪会成为生物世纪，绿色食品工业有无尽的前途。那将是一种立体农业，不施农药，绿色肥料完全取代化肥，生产出无污染的粮食。哪个国家科学技术越是先进，农业就越发达；农业越发达，绿色就越多、越茂盛。吃的无污染，用的无污染，福泽子孙，活得好的人越来越好。

相反，因落后而轻视农业的国家，因轻视农业就更加落后，渐渐变成发达国家的垃圾场。有污染的废料往你这儿倾倒，有污染的工业让你干，你吃的有污染，用的有污染，在污染中生存，祸及子子孙孙。

将来人类的不平等，或许会体现在占有多少绿色上。

嫩江基地已经组织科技人员向无污染农业的"高地"展开了强攻。他们会成功的。

但中国只有一个嫩江基地太少了。我们这个有着10亿农民的国家，理应成为绿色大国。

基地主任郑完植

"紫电光膈飞，迅雷终天奔。"嫩江大平原上天和地愤怒地对峙着：地是绿的，绿得广阔，绿得深透，天之下一切皆绿，万物皆绿；绿得多姿多彩，绿得层次分明，有深有浅，有浓有淡，有翠有嫩；绿得让人狂，让人醉，让人爱，让人静。天则是黑的，黑得沉重，黑得阴险，黑得骄横，奔雷连串，疾电频闪，压迫着大地，炫耀着威力。

天在气势上占了上风。

黑天四垂，怒云搅动，对大地越抱越紧，越压越低。大地虽有无尽的绿色，却显得娇嫩脆弱。

有一绿柱挺立其间，仿佛是绿色选出的代表，硬顶着暴怒的老天。

这是一个军人，戴着绿色大壳帽，穿一身绿军装，肩上扛着大校肩章。他站在海洋一般阔无际的大豆地里——大豆长得茁壮而整齐，如刀裁的一样——显得格外突出，成了豆地里的一根柱子。

他身躯精壮雄健，眼光湛湛，死死盯住头顶上变幻莫测的乌云。这就是原总后勤部嫩江基地主任郑完植大校，实际就是59196部队的师长，率领3 000多名官兵，耕种着40多万亩黑土地。由于市场的变化，买春小麦的人少了，人们的口味变了，春小麦可以充饥，口感则不如冬小麦。而大豆，无论是国内市场还是国际市场都供不应求。因为这里的黑土地土质好，日夜温差大，夏季光照强烈，种出的大豆养分全且损耗少。郑完植权衡利弊，思虑再三，下令将85%的土地种上大豆。所幸大豆长势茂盛，如无意外，今年又是丰收年。丰收的概念就是产出两亿多斤大豆，上亿元的利润。

而意外来临——眼前就是冰雹！

在这个季节，一场冰雹就可能将即将到手的丰收毁于一旦。他这个基地首长身上的压力太大了，偏他又是讷言敏行的性格，为此年轻时曾丢弃了第一次上军校的机会。

30多年前，一名年轻的朝鲜族战士，不善辞令，性格内向，但聪明能干，被部队推荐离开大兴安岭到大连集训。经过短期集训后，他参加了石家庄军官学校的招生考试，以优异的成绩被录取。却因为说话少被集训队领导误解，有了误解又未及时向领导解释，使误解加深，激怒了领导，他的入学资格被取消。他大病一场，带着一肚子委屈又回到大兴安岭，心灰意冷，只等服役期满便回家。

黑土地上的人情厚，自己的部队更了解他。他的班长是广西人，是1951年参军的老兵，抗美援朝的功臣，自己没有多少文化，却格外欣赏和器重他这个初中毕业生。鼓励他打起精神，不让咱去石家庄，咱就再考别的学校，天下学校多得很，路也多得很。石家庄军官学校为部队培养指挥干部，说不定你更适合当一名技术干部。

班长为他报名，给时间让他复习功课。他完全是被班长的热心感动了，一个战士也接触不了更高的领导，单是为了自己的班长也应再考一次。他考上了齐齐哈尔铁路工程学校，班长比他还高兴，把自己的被子给了他，把自己藏了两年多舍不得穿的一双新布鞋给了他，亲手为他打好背包，送他到火车站，千叮咛万嘱咐，洒泪而别。

这件事改变了他的一生，影响了他的一生。许多年后只要谈起自己的班长，他就落泪。当年跟他一同入学的84人，最后毕业的只有37人，他是全校评出来的5个技术尖子之一。4年后他毕业回到了原部队，成了一名出色的技术干部。

他就是现在的嫩江基地主任郑完植。

当年影响了他的班长，至今还在影响着嫩江基地。基地不放过任何一次把自己的干部战士送出去上大学的机会，这风气甚至影响到他们的后代。基地官兵的子女，凡是到了上大学的年龄，几乎都在外地上学。基地专门派一辆大轿车，早晨送自己的子女到县里最好的学校去读书，放学后再把他们接回来，基地当然更不会错过从外面招收各种人才的机会，于是基地越来越兴旺。基地兴旺，绿色就强盛，强盛的绿色调和着人和大自然的关系，也调和着人和人的关系，缓解了现代社会的紧张。

…………

绿色是大地的诗。创造这诗，要有足够的真情、实意和诚朴。让郑完植日夜警惕且怀着几分戒惧的正是冰雹。他每天必修的一门功课就是关心和研究气象云图……

然而，天道难测。当今世界没有任何一个国家的农业敢说不用靠天吃饭了。有着强大的工业和现代科学支撑的美国农业，都对付不了病虫害和俄亥俄州的干旱，去年玉米和大豆大幅度减产。

有知识的人早就不再叫喊"战胜大自然"的空话了。

他郑完值只希求能跟老天达成默契，相互体谅，相互合作。天道主于变，人道主于常，天道就是气候和环境，是一种常变量，而人的因素是相对稳定的不变量。天道在变中有常，有个大致的规律可循；人道在常中有变——能让老天默契合作的人，必须素质好，变中有其不易，不易表现在变中。

黑土地本来就松软，未开垦之前多沼泽。嫩江基地的平原被夹在大小兴安岭中间，有此绿色屏障调剂，雨量充沛，过去是十秋九涝。雨水多还有一害，雨季机械很难进田作业，有时拖拉机陷进泥水中只剩下一个顶盖，嫩江基地是机械化大农业，机械不能动弹，就只能眼看着草长虫咬，任其荒芜。

郑完植给全基地的机械设备都装上了防陷链，让任何机械在任何气候下都可下田作业。倘若在收割季节赶上连阴雨，即便把小麦或大豆抢到场院里又有什么用？只能眼看着粮食发霉、出芽，丰产而不能丰收。对于种地的人来说，到手的粮食又丢掉——还有比这个更痛心疾首的吗？郑完植不缺少将出路押在一条行动路线上的果敢，他下狠心在基地所属的8个场里建起了16座烘干塔。塔建成之后只要丰产就给丰收打上了铁保险。还有除草、灭虫、大豆重茬……都有了点儿把握。

郑完植小心谨慎地靠近大自然，既不想激怒大自然，又不想处在软弱无能的地位上和大自然打交道。他有坚如磐石的意志，又是个富于变化的大师，每年都有新招数、新套路，居然真的和老天达成了某种默契：平均每亩的产量逐年提高，每年的利润节节攀升……基地的每个人（实际是每个农民）每年平均给国家上缴两万多元。

当今中国有几万家拥有职工3 000人左右的企业，它们地处发达的大城市，得风气之先，但其中能有多少家每年可以给国家上缴近亿元的利税呢？

郑完植和他的战友们在地处高寒地带、偏远闭塞的黑土地上创造出来的这一连串数字，使许多人惊奇、慨叹，想得很多。然而，现代社会还有多少人重视农业和瞧得起种地的呢？

农村人要争着到城里去打工，农民要戴上"企业家"的桂冠才会受到重视，当他们总结致富的经验时还要说："无工不富，无商不活。"谁还会想到农业呢？现代人喜欢穿地道的棉毛织品，不喜欢穿化纤织物；喜欢吃绿色食品，恐惧有污染的东西；喜欢到大自然中享受原始的野趣，不喜欢被关在一个充满污染的狭小天地里。所有现代人喜欢的这些东西都和农村有关，却没有人愿意到农村去工作，去生活。人人都承认"民以食为天"是至理名言，却又鄙视生产粮食的劳动。

所以，中国有10亿农民，占世界农业总人口的1/3，创造了数千年的农业文明，如今却不是农业大国，称得上头号农业大国的是经济发达的美国，其次是英国、德国、法国、加拿大和澳大利亚等国家。看来越是工业发达的国家越是重视农业，我们戴了几百年农业国的帽子，人们厌恶这顶帽子，因而也厌恶农业。结果这顶帽子却老也摘不掉……

不错，郑完植是种地的。他还是个职业军人，是"庄稼兵"，而不是普通的"庄稼汉"。"庄稼汉"碰到这种情况也许只好听天由命，躲到自己的房子里等待灾难的降临——这总比被冰雹当场砸死要好。郑完植不能躲，他也不想躲。他要和老天谈判，做最后的努力。

天越来越黑，黑得让人毛骨悚然。雷，横着炸；闪，立着劈，回回都在他头顶、在他身边炸响，却还没有伤着他，似乎只是想把他吓跑。他的脸色比天空还要阴沉，一嘴坚实的好牙咬得很紧，并不理睬虚张声势的雷电，眼睛只盯着咆哮的乌云，不敢有丝毫的疏忽。

几十门高炮从不同的方位瞄准了乌云，在场的100多名官兵，不，是全基地3 000多名官兵的眼睛都在盯着他，只等他一声令下就向天开炮！

在这种时刻更不能有一丝差错，他是个冷峻深沉的智者，倘若炮开得不是时候，打不准，不仅不能将冰雹云驱散，还会把别处的冰雹吸引过来，都砸到自己这块土地上。1 000米高的天空是0℃，越往上温度越低，冰雹云是上下运动的，而一般的雷雨云是横向移动的。郑完植就是要在乌沉沉、乱糟糟的天空捕捉冰雹云，然后用炮火破坏它的上下运动，使之形不成冰雹。

说起来轻巧，他也是血肉之躯，"顶"着炸雷，"背"着闪电，随时都有被击中的可能，还要准确地观察云的运动，谈何容易？

他站在大豆地里，显得高大威猛，太醒目了，正是雷电要寻找的目标。他的部下更关心他的安全，却不敢上前劝说。他一切都不顾了！

几年前，一场大冰雹倾天而下，一个战士心疼得像疯了一样冲进大豆地。一道不怀好意的、等待已久的雷电紧跟着向他劈过去，在这时候突然从风雨冰雹中飞出两只大雁，抢在闪电前扑到战士身上。雷电过后两只大雁都死了，战士却安然无恙。冰雹过后，半人高的绿油油一望无际的大豆变成了一片黑泥。战士们趴到地里号啕大哭，哭丢失的大豆，哭惨败的黑土地，也哭那两只善良勇敢而又通灵的大雁。

此时此刻，郑完植的身边没有大雁，也没有别的飞鸟。也许是这场冰雹来势太凶，把一切生灵都吓得躲藏起来了。

又一道龙爪形的闪电,把厚厚的云层撕开,如同一锹捅漏了危如累卵的长堤,困兽般的大水顷刻间将一泻而下。郑完植闻到了浓重的水汽,脸上感到了冰的寒意,他识破了乌云的狡诈:在快速平移的乌云上面,厚厚的冰雹云在迅疾地上下翻动,在密谋,在凝聚,在调兵遣将……

就在这时候,他下令开炮了!

炮口吐着长长的火舌,划破了天的阴沉和乌云对大地的笼罩。特制的炮弹像冰雹一般倾泻到空中,在云层里爆炸。天空抖动,乌云翻腾,连雷电也被炮火震住了,不再逗留在郑完植头上张牙舞爪,开始向高空,向远处退去。

大个的雨点从空中洒落下来,所有在场的人都心里一惊:这种干巴巴的大雨点正是大冰雹的前奏。人们担心炮击失败,反招来更大的灾害。

郑完植没有让炮火停下来,下令继续向乌云轰击!

雨点越来越稀,渐渐停住了,并未引来冰雹。天色也越来越亮,空中更多的是炮火的硝烟,乌云急速升高流散。

郑完植下令停止炮击,他就势一屁股坐在豆地的田垄上,泥水立刻湿透了军装,凉丝丝,他感到很舒服,很想躺下去……

他看着越来越高的天空,渐渐露出了原有的蓝色。刚才有那么多乌云,塞满了整个天空,甚至要把天压塌,想不到说散就散,竟然消失得这么快!他在心里默默地向天空说:谢谢合作!

他低下头把水灵灵的大豆秧揽进怀里,让豆叶和豆荚摩擦着自己的脸,湿漉漉,毛茸茸。他吸吮着大豆地里青幽幽的香气,数着每棵秧上长了多少豆荚,每个荚里结了几个豆粒,四个粒的占多少,三个粒的占多少……

他的部下在喊他,他们着急地大声询问:"你们看到郑主任没有？"

附近的农民抬着肉，抬着菜，还有西瓜、汽水，到营房慰问来了……部队驱散了冰雹，方圆百里内的农民都跟着沾光……

郑完植没有应声，他只想一个人在这大豆地里多待一会儿。

宋青洋

宋青洋大校，第一次穿上绿军装的时候只有16岁，感到自己非常幸运。等待着他的幸运就是在一个白色的冬季，随部队挺进大兴安岭。要开发这片人迹不到的黑土地，就得先修路。

他当的正好是修路的兵。

当时的气温是-56℃，黑土地冻得冒白烟，他感到眼珠都要冻裂了，腿上冻得裂开一道道口子，整个冬天都在咳嗽中度过，咳嗽得说不出话来，呼吸困难。而且长时间吃不饱、穿不上棉衣，绒衣被汗水湿透，转眼又冻成冰疙瘩。被冻成冰的仿佛不只是绒衣，还有他那一米五四高的身躯。他正处于长身体的阶段，由于冻、饿、累，竟一连几年突不破一米五五大关，反倒累得矬下来两厘米。

一个战友在他旁边推一车土上坡，到最陡处猛然一较劲，脊椎被掰断。掰断了脊椎他也没有让那车土撒掉，甚至没有喊叫，没有让战友和领导知道。

当时的人有一种精神，这是一种绿色的信仰——绿色代表强大的生命力，代表希望。宋青洋考上了大学，毕业后他完全可以选择一个安逸的地方，却仍旧回到了嫩江基地，他的生命似乎已离不开黑土地上的绿色。

宋青洋以前所在的部队也曾三进两出大兴安岭。两出就是绿色的撤退。最后还是挺住了，绿色扎住了根，在漫岗丘陵、沼泽荒甸上开垦出44万亩耕地——到春天是44万亩绿苗。到夏天可以说是一片绿色的大海。到秋天呢？是令人心醉又令人发愁的绿色收获。嫩江基地下属8个场，每个场有五六个中队，每个中队的大场院里都堆起几座大豆山，满眼金黄，熠熠生辉。

两亿多斤大豆要装进麻袋，每个麻袋装180斤，要由战士的双肩扛到仓库，再由仓库装上火车。每个战士每年要扛30万斤粮食，年年如此，这是何等喜人的收获，又是多么巨大的劳动量！

醉人又愁人。

更不要说豆荚、豆秆，本来是上好的饲料，由于太多了，满山遍野，成堆成山，任附近的农民随便拿，或人挑，或马车拉，或拖拉机运。剩下的便就地付之一炬，烧起冲天大火昼夜通明。可谓热火朝天，热气蒸腾。成长了一年的绿色枝干，贡献了果实，又化作草木灰，肥沃第二年的绿色。

白色的冬天呢？

积雪没膝，处处冰凌，应该是绿色褪层的季节。

宋青洋，嫩江基地的副主任，除了分工负责基地的生产，还负责抓部队的训练，等于基地的一年四季他都管了。生产就是播种绿色和收获绿色，春天备耕、下种，夏季田间管理，秋天收割。这三个季节部队都很忙，唯独冬季，封地净场，对庄稼人来说是休息的季节，是享受一年劳动成果的清闲季节。

嫩江基地的"庄稼兵"不是普通的庄稼人，冬天也不可能闲着。在宋青洋的号令下，3 600名官兵，身着整洁的绿军装，头戴绿军帽，手戴绿手套，来到冰雪覆盖的操场上，展开了为期4个月的紧张而严格的冬训。

于是，在雪白的冬季，在嫩江基地雪白的旷野上，又出现了一片片整齐而雄壮的绿色，使冰冻雪封的大地又有了生机。军人们的脸上红光闪闪，冒着热气。

冬训使绿色又占领了冬天。

宋青洋的理论则是：部队不训练不行，不练不为兵，不练不出战斗力。没有战斗力就没有生产力。闲兵不好带，越忙兵越好带。

他的这番理论经常受到些意外情况的检验——有一年，降水量突破了本地区的百年纪录。大雨倾天而泻，山洪如排山压下，江水势如野马脱缰，防不胜防，堵不胜堵。人力已无法控制，决口已成定局，地方政府开始组织群众紧急疏散……嫩江基地接到警报，由宋青洋带着队伍上了河。

绿色挺上来了！

宋青洋雷霆震怒，精神迸射，基地的44万亩绿色，再加上地方上的庄稼，100多万亩大绿，眼生生就这么被洪水吞没？不存在能不能护住大堤的问题，"必死则生，幸生则死"！

一排排绿色扑进江水，护住大堤，另有一片疯狂的绿色飞快地传递着石块和装满黑土的麻袋，大堤在增高，在加固。有绿色的护卫，它不可能被冲垮。

终于，100多万亩绿色保住了。

绿色有着强大的生命力，用长久的眼光看它，绿色是不可战胜的。

从西南到东北

井安民接到命令要调离青藏高原，却突然意识到自己已经离不开青藏线了。原来他竟是这么喜欢这儿，他爱这冰雪高原，更爱这条穿透了10万大山的公路。他的生命已在这里扎了很深的根，这里埋葬着他的亲人和战友，这里有他的家，是他人生的基地……

但他知道自己是不会违抗命令的。

他是个规范的军人，连经历都是非常规范的：1960年考入西宁铁道学院，一年半以后参军来到青藏兵站部，成了一名青藏线上汽车驾驶员的助手，然后是当驾驶员、班长、副排长、排长、副连长、组织股长、营长、副团长、政治处主任、汽车团政委、青藏兵站部副政委。

部队师级职务以下的所有台阶，他都走过，规规矩矩，按部就班，在上级命令的指导下，他一个台阶一个台阶地上，最快半年上一个台阶，最慢8年上一个台阶。无论快慢从来不越位，也没有跳过一个台阶。更从来没有想过，自己在退休前还会离开青藏公路……这是一条魔路，没来的时候怕来，来了以后怕走。

他要向青藏线告别了。从接到命令那天起，思想就喜欢向过去的经历巡游。所谓青藏线，是一个立体的几何形概念，包括公路、通信线路、石油管线和青海省内的一段铁路。其中公路是青藏线的主体，没有它，别的就无从依附。

青藏公路从西宁到拉萨，全长1 900多公里，要钻进海拔4 700米的昆仑山口，在海拔6 860米的昆仑山顶通过，穿过600公里长的冰冻层，再翻越海拔5 200多米的唐古拉山，最后回落到海拔只有3 000多米的拉萨。倘若整个地球是一个游乐园，那起伏跌宕的青藏线就如同过山车的轨道。

修筑青藏线要比古人修长城困难得多。其根据就是古人几次想修而没有修成——就连天纵英明的唐太宗李世民，几次三番想进入西藏，均未成功。最后想出了一个聪明的主意，把两位公主（文成公主和金城公主），分别嫁给当时的西藏赞普松赞干布和弃隶蹜赞。这个和亲的办法成为佳话流传下来。

用姻亲的纽带权充一条公路。

实际上感情的桥梁难以代替一条实实在在的通道。

国民党时期，军阀马步芳也想征服西藏，兵到唐古拉，不战自溃。中国部分国土也曾被西方列强侵占，曾被日本侵占，但他们都未曾进得去西藏。

于是，在世人的眼里，西藏成了地球的"第三极"，神秘难测，连探险队都进不去。直到1950年，一个新的中国如日初升，占尽天地人的优势，没有任何一种力量能阻挡得住它的崛起。作为这种气势前导的解放军，更是出神入化，在创造了一系列的奇迹般的胜利之后，顺势也以和平的方式解放了西藏。

进军西藏固然不像写得这么容易，但要保证驻藏部队的后勤供应似乎更难。后来成为西藏自治区主席的阿沛·阿旺晋美，曾亲自组织人用牦牛给解放军运送给养。能解一时之急，但终非长久之计。

长久之计是修一条路，有了一条通道，西藏就不会封闭，不封闭就不会落后，就会跟整个国家同步。

提到青藏公路，就不能不提它的创造者慕生忠，他当时是兰州军区民运部部长，负责对西藏的运输。他曾赶着7 000峰骆驼进藏——7 000峰骆驼，那是一种什么场面？是世界上最庞大的骆驼队，踢踢踏踏，颠颠颤颤，浩浩荡荡，摇摇晃晃，在皑皑雪原上像一条会移动的花白色长城。

骆驼上驮的东西只有很少的一部分是慕生忠想运进西藏的，大部分是骆驼的饲料，因为往返一次要7个月。这些"沙漠之舟"在戈壁滩上可以逞雄，一到了海拔四五千米的冰川雪原上，就显得笨拙无力，死伤大半。其情其状，极为惨烈！慕生忠觉得对不起这些温驯忠诚的骆驼。

他决心修路。

1951年，他带着两个警卫员，用3个月的时间步行到重庆，勘察川藏间修路的可能性。随后又赶着马车从青海进藏，确定了青藏线的最佳路线，却得不到别人的理解，更不要说是人力和物力上的支持。在碰了许多钉子之后，他被逼无奈给自己的老首长、当时的国防部部长彭德怀写了个报告，彭总又请示周恩来总理，批给他30万元人民币。

他带领1 000多名民工，用了7个多月的时间，神话般地修出了300公里长的大道。

彭总闻讯大喜，又给他追加了200万元的投资，100辆运输车，一个工兵营。

1954年12月25日，慕生忠将公路修到了拉萨，成就了青藏线。其险、其高、其美，也是地球上独一无二的。从国家的中部到西南部有了一条大动脉，于是青藏高原活了！

但要持久地保持这活力又谈何容易。

井安民在青藏线上跑车26年，往返数百趟。

在一条平坦大道上顺顺利利地跑了100趟，也许还跑不出感情。但是在青藏线上跑一趟车，你终生再不会忘记它了。当你早晨上汽车的时候，不知道这一天会发生什么情况，不知道能不能平安回来，可是你居然跑了一趟又一趟，跑了一年又一年，几十年下来你怎么会对它没感情！

他曾经非常消瘦。而中国人见了面就爱关心别人的脸色、气色、胖瘦以及吃饭了没有。不经常见面的熟人一碰到他定会大呼小叫，一副无比关心的样子：你怎么这么瘦？气色也不好！

这使他很不自在，无言以对。

长时间的，他尽力躲避老熟人，不得已碰了面，也不让对方有机会来评论他的气色和胖瘦。他心里很清楚自己没有大问题，经常拉肚，肠胃难得有舒服的时候，怎么能胖呢？

在青藏线上跑车什么东西都得吃，只要能充饥就行。正常的情况下，馒头放在工具箱里，冻成冰疙瘩，滚了一层油垢，放在出气管上烤一下，用手擦擦油垢就吃了。如果能捡到干牛粪，把馒头烤得焦黄，那就更香了。倘若大雪封山，汽车抛锚，不知要等多少天，只能挖野葱，吞雪团，附近如果能找到老百姓，就讨一点儿饭吃。

眼下是三月早春，江南自不必说，就是华北大地也该树返青、草吐绿了。在这青藏高原上却还是低头看雪，抬头看冰，冰峰雪嶂摩肩而立，乱插遥天，蠢蠢生寒。他已经习惯了单一的白色，青藏高原一年四季都可以下雪。其实这里的四季只是写在日历上，在现实中整年是冬天，没有春夏秋。

他甚至也不记得轻风、柔风、和风是什么样的了，青藏线上有风就是大的，扬尘搅雪，封山断路。他常常被困在半路，为了不被冻死，深更半夜围着汽车一圈一圈地跑。他睡过雪窝，睡过冰坂，睡过旷野。倘若能找到一个小涵洞就是天大的福气——把被子铺在冰上，用帆布把洞口一堵，很暖和，可算是汽车兵的星级宾馆了！

他们当然也有自己的欢乐，青藏线上流传着著名的四大舒服：第一舒服，喝热稀饭。第二舒服，过桥。长桥五六百米，水泥桥面，不颠簸，像坐飞机一样——其实他们都没有坐过飞机，并不知道坐飞机是什么滋味。第三舒服，放屁。由于高寒、缺氧，吃冷的、喝凉的，他们的肚子成天胀鼓鼓的，摸也好敲也好都是不通、不通、不通，人人都盼着放俩屁痛快痛快。第四舒服，晚上睡在皮毛上。天气有多冷，被窝有多冷，在屋里洗漱用具放在桌上第二天就拿不下来了，更不要谈睡在露天的地方，反铺皮大衣，让身子挨着毛，是人间一大美！

这样的地方为什么没有人开小差？没有人闹着要调走？有人能离开竟会舍不得呢？

井安民要向永远留在青藏线上的战友告别了。

这里埋着700多名为青藏线献出生命的烈士，是和平时期建起来的最大陵园。

重云托天，素雪盖地，四周大山披白，峰峦挂孝，表达青藏高原对人类生命的敬畏感。

墓默默，碑寒峭，它们不只是对烈士的纪念，也是青藏线的一块块功德碑。

有一块碑上刻着30多个人的名字，他们的遗体紧紧密密、结结实实地冻在一起，分不清谁是谁，也无法把他们分开——又何必要把他们分开呢？

有一段路格外凶险，天小山大，路窄涧阔，断崖万仞，势如削冰，平均走7.8公里就倒下一个人，1 080公里曾死过136人！

他是幸运的，在一次事故中只把脊椎撞断了2/3。还有一次空车下山，气泵坏了，汽车如飞机俯冲而下，他抱住手刹狠命刹住车的时候，车头和前轱辘已冲出公路，悬在半空，下面是黑森森的万丈深涧。是车盘卡在路边的石头上，救了他一命。

但看着亲人在自己身边倒下，活着的人也如同摘心撕肺，跟在平原上、在家里有亲人去世的痛苦是一样的，似乎更亲，更痛，更悲，更烈。因为他们在长期的艰险中生死与共，关系不是寻常的骨肉兄弟、亲戚朋友所能比的。

一个战士因发烧后又得了肺水肿，眼看不行了，班长发疯似的咒骂自己："混蛋，我真是混蛋，为什么不提醒你多带几个氧氧袋！"

刚从军医大学分配来的年轻军医无力地想为自己辩解："我以为带这几个足够了，按一般情况也应该是够用的了……"

一般情况？青藏线上哪有一般情况，分分秒秒都是特殊情况！每年每月每日每时每刻都是特殊、特殊、特殊！班长被悔恨吞噬着却不肯埋怨医生，他在内地的大城市长大，肯到青藏线上来工作已经不错了。他缺少经验，还分不清感冒和肺水肿的区别，还没见过一个挺好的人会在睡梦中悄悄死去。

班长抱住年轻的战友，让他在自己的怀里尽量躺得舒服些，喘气有些力气，不停地鼓励他："再坚持一会儿，还有10分钟就到兵站了，到兵站一吸上氧气就好了……"

只有19岁的战士平静而坚强，没有哭闹，没有怨恨，甚至没有流露出痛苦："班长，我不行了。妈，我想我妈！"

说完这句话战士便告别了这个世界，告别了自己的班长、卡车、青藏线和满眼的冰雪，唯独没有跟他的老娘告别！

他的母亲有病，怎能把这个消息告诉她？叫她怎么相信自己活蹦乱跳的儿子说没就没了呢？不告诉她又能怎么办？难道继续用冒名顶替的办法，制造更大的悲剧？

井安民离开了那位年轻战士的墓，看到了陵园里一个年纪最小的死者的碑。他刚满一周岁，跟着母亲来青藏线上看望他的父亲，他的父亲在昆仑山兵站上。他是全家的希望和欢乐，也想给还从来没见过他的父亲一个大的惊喜。谁知他那稚嫩的心脏承受不了青藏高原上缺氧的压力，最终没有见到他的父亲。他的母亲紧紧抱着他冰凉的身体，永远不想放下，几个小伙子也掰不开她的手……

井安民失去了一份军人的气度和勇壮，只有悲怆！

他太理解那个孩子母亲的痛苦了。他的母亲为他带大了三个女儿，来青藏线上看望他们。她的身体本来很硬朗，突然发病，来不及准确地诊断，来不及抢救，就倒在了青藏线上。

母亲是他的基地，想起母亲就有一种归宿感，回到母亲身边就会有安全感、轻松感。母亲死在青藏高原上，建在青藏高原上的他的小家，便成了他的基地，这个基地也是依存于青藏线的。

他若调离青藏线，就连自己的基地也失去了。然而这个基地是非常值得珍惜的……

生活在青藏线上的人都懂得相互帮助，共患难，同生死，因此形成了特殊的人际关系：单纯、和善、格外重视战友情谊。青藏线运送各种物资，沟通西南大陆，东部沿海的各种现代风气、新潮观念却无法全部送到青藏线上来，无法运上高原。

冰雪有防腐、消毒、降温的功效，奇高奇险又能隔尘绝俗。习惯了青藏线上的生活，就不能适应其他地方的生活。有些老兵转业回到上海、安徽、山东，没过多久又跑回了青藏线。甚至许多有病的人，兵站部医院开出病历叫他们到大医院做彻底检查。他们往往把病历撕掉，也不去检查。一是怕确诊后让自己转业离开青藏线；二是怕去了后变个骨灰盒被送回家，既然都得死，不如死在青藏线上，埋在青藏线上。

井安民收住邈远的遐想，终于要离开青藏线了。像当年他来的时候一样，是一个人离开的。他的家还留在青海，妻子在这里有自己喜欢的一时离不开的工作。

如今妻子成了他的基地，妻子在哪里，哪里就是他的家，就是他的基地。

连他要好的战友中都有人想不通，他为什么不拒绝这次提拔？都50岁出头的人了，又是一身病，为什么还像当年参军一样单身赴任？再说那是个什么"任"啊？并不是一个好地方……

原总后勤部下属几十个师级单位，条件最艰苦的有两个：一个是青藏兵站部，另一个就是他要去的地方，在中国的最东北部，夹在大兴安岭和小兴安岭之间的总后嫩江基地。从西南到东北，在一个最艰苦的地方工作33年，又调到另一个最艰苦的地方。

正因为如此，他才必须服从命令！

真正的勇气有好几种，包括服从和隐忍自励。而且，他也不相信从青藏线上下来的人，还会有吃不了的苦和受不了的累。

他对嫩江基地这个名字有好感，让人想到家，感到亲切。

三月的嫩江平原，像青藏高原一样寒冷，颜色也是一样的，一片雪白。有水的地方都是冰，水多深冰多厚，没有冰的地方就是雪。只是缺少莽莽荡荡、擎日拂天的大山。

然而他自身的感觉却大不一样——

人人都知道生活在平原上的人进入青藏高原会有"高山反应"：呼吸困难，四肢乏力，或突发心脏病，或在不知不觉中窒息而亡。

有谁知道在高原上生活惯了的人，一来到平原同样不适应。因空气中含氧量过大，他得了一种"醉氧"病。没有感冒，却像得了重感冒，浑身难受，无处不疼。最疼的还是脑袋，且胀得大如麦斗，连帽子都戴不进去，蒙蒙懵懵，欲裂欲昏，如锥刺，如棒击。

再加上他长期在缺氧地带生活，因心肌缺血而形成心脏肥厚，回到平原胸闷、恶心，痛苦不堪。在青藏高原上天天睡不好，每到夜晚似睡非睡，外面的动静听得一清二楚。来到这嫩江平原上又变得睡不醒，睡一夜如同眨个眼，一个梦还未做完就该起床了。况且常常是几个梦、一团梦搅在一起，梦梦离不开青藏线。

他如果不强迫自己醒来，真担心会一直睡下去，也许同样会睡死。只有得了"醉氧"病的人才知道,强迫自己起床有多困难,如同叫一个醉酒的人清醒一样难!让井安民感到更难的是他不想让基地的官兵失望,认为他们的新政委是个病号。

因此人们每天见到的是一位仪表整洁、沉稳谦和的政委。脸上带着西部高原人的紫红色,看上去既年轻又健康。一双温和的眼睛能透视人间,又能包容人间的一切,充满智慧,给他这个高原人增加一份儒雅。他身为基地政委,并不吝啬自己的笑容,他的笑无人能抗拒,流露出坦诚朴厚的性格。即便是第一次见他,也会立刻缩短距离,感到亲近、随和,完全可以信赖他。还有他那浓重的西部口音,更增加了他的质朴。一个50多岁的人了,胸襟仿佛不曾被污染过……这怎么可能呢?

基地3 000多名官兵,没有人知道井安民还忍受着巨大的痛苦,只知道他起得早,睡得晚,虽身为嫩江基地的政委,自己却没有一个基地。吃食堂,睡办公室,一早一晚都用来工作了,使人无法不对他的经历产生好奇心。

是啊,他不把自己的"基地"搬来,又怎能安基地官兵的心呢?

他的"基地"又在哪里呢?一家五口四个兵,分散在五个地方:妻子在西宁,大女儿在北京一家部队医院当医生,二女儿在设在西安的第四军事医科大学读书,小女儿在设在重庆的第三军事医科大学读书,分布在东西南北中。从雄鸡状的中国地图上看,他们一家分布在鸡头、鸡脖子和鸡心上。

他不能说只有自己重要,三个女儿和她们的母亲一样都有自己的生命轨迹。他没有基地,眼下看来只有把整个中国当作自己的基地了——

女儿们却把他视为自己的基地,他是全家可以依靠的大树。小女儿最娇,就是想父母。她觉得光靠写信还不能完全表达和排遣自己对父母的想念，就画了许多画，属于想念母亲的就寄给母亲，属于想念父亲的就寄给了井安民。这些画给井安民以意想不到的安慰和快乐。他猜测有些画是女儿根据自己的梦画的：

她翘着两条小辫儿，坐在井安民的宽肩膀上，晃着脑袋大笑；井安民背着背包，气宇轩昂地大步往前走，女儿在后边追赶；一张中国地图，在重庆的位置上冒出一个姑娘的头，向着嫩江的地方拼命伸手，在嫩江的地方冒出井安民的头，向女儿伸着手，两只手就是够不上；井安民捂着肚子生病了，小女儿俨然一副医生派头，为他按摩，为他打针……小女儿竟以现代年轻人单纯的复杂和复杂的单纯，怀疑父亲是犯了错误，才被调离青藏线，分配到大东北的。

她并未来过东北，认为这里很可怕，纯属是一种孩子气的误解。但她把青藏看得那么重要，那么美好，令井安民感到欣慰。

这里是原总后勤部的粮食基地，政委理应是基地官兵的思想基地，在精神上成为全基地的凝合剂。他拼命地投入工作，想用增加负荷和多消耗，来抵消"醉氧"反应。基地下属8个场，最远的离基地90多公里，最近的也有30公里，共有15个团级单位，44万亩土地，他用几个月的时间跑了5遍，跑出了对这片黑土地的感情。熟悉了情况，他到位了，用最快的速度称职地站到了自己的位置上。

但是，他的身体仍然不适应，随着时间的推移，痛苦并未减轻多少。基地组织篮球比赛，他这个政委怎能不上场，上了场还必须积极拼搏，又跑又跳。他靠强大的意志挺下来了，没有当场晕倒，没有呕吐，心脏也没有抛弃他，只是扭伤一只脚，浑身疼得像散了架……他挂着拐杖继续下基层。

医生劝告他，治疗严重的缺氧反应，最有效的办法是吸氧。

治疗严重的"醉氧"反应，最可靠的办法是在基地工作一段时间，再回青藏高原上去调整一下，然后再回来。工作一段再回去，一次比一次待的时间长，经过几次调整就适应了。

他能做到吗？如此说来他的基地暂时还只能留在青藏线上。可是他越来越喜欢嫩江基地这支部队，喜欢这里的黑土。这里的绿色——嫩江平原上夏季的大绿，具有强大的诱惑力和征服性。

当他早晨起来，扑进湿漉漉的绿色，举目随便往哪个方向看都是绿的：庄稼是绿的，顶着绿色的露珠；树是绿的，披着绿色的水汽。没有一点儿杂质、一片黄叶、一根枯枝，绿得晶莹，绿得剔透。生活在这样的绿色之中，会感受到一种强大的生机！

他一定要让妻子和女儿们来见识一下这嫩江的绿色。这里既然是产粮的最好的基地，一定也是生命存活成长的优良基地。

奇迹是怎样发生的

能够创造奇迹的人，应该算是奇人。

有谁见过奇迹呢？又有谁目睹过奇迹发生的整个过程呢？

1992年夏天，我在新疆就目睹了一桩奇迹……

我从来都误以为戈壁滩是沙滩，是沙漠。而在沿海地区长大的人是不会把沙漠想象得有什么可怕的。细沙铺就的海滩，令所有人喜爱、留恋。或在上面散步，或嬉戏，或躺，或坐，那份柔软，那份清爽，那份惬意，难以言表。即便是在电视、电影里见到的沙漠，也是那样干净，那样柔细，那样神秘，令人神往。没有奇特的想象力就不会对沙漠生出恐怖之感。

然而戈壁滩却不是这样的沙漠。它是一望无际的灰黑色的沙砾，大的如钢碴，仿佛被炽烈的阳光熔炼过，角角棱棱，拉拉扯扯。小的如铁藜，砾石的缝隙间是灰色粗沙，放眼看去如同无穷无尽的炉灰渣子！

森森然触目惊心。地上不长一根草，天上没有飞鸟，一切有生命的东西仿佛都被大戈壁吓住了，吞没了。远处与天相接的地方浮游着一团团神秘的白雾。有几个孤零零的风车在有气无力地转动着……

戈壁滩的太阳也比内地的太阳大而热，空气被阳光洗得滚烫，可以闻到一股焦味。石头被烤焦了，所以变成了黑色。细长的柏油公路像戈壁滩的一道伤口，被阳光烧化的柏油是戈壁滩黑色的血液，闪着光泽，蜿蜒伸到远方的白雾之中。

神秘莫测的大戈壁上只有我们一辆车在跑。是在逃跑，越快地逃离大戈壁越好。倘是在这戈壁腹地抛了锚，后果将不知怎样！大家心里都怀着这样一种忧虑，谁都不愿说出来。汽车轱辘轧在黏糊糊的柏油上发出哧啦哧啦的声音，带起的沙石像子弹一样向四外抛射……

赫赫大戈壁是宇宙创造的奇观。谁也不敢确切地说出它是怎样形成的。地球上为什么会有这么多可怕的沙石？戈壁滩的沙石有多厚？沙石底下是什么？

任何生命在它面前都显得非常脆弱。然而我就在这戈壁滩上发现了另一种奇迹——在汽车的右前方，突然出现了一道崭新的砖墙，砌得笔直，不知从何处来，也不知伸向哪里。孤零零一面墙，没有拐弯，没有结尾，分不出哪边是墙里，哪边是墙外。墙东是戈壁，墙西也是戈壁，这道墙有什么意义呢？它至少告诉我这里有人烟。墙很长，绵延十里左右接上了一座高大的门楼；门上有楼，楼上披金挂彩，雄伟堂皇。在这茫茫戈壁滩上格外突出，似海市蜃楼，令人震惊，难以置信。门楼的中央横出三个大字——"瀚海门"。

这里的确是沙砾之海。但进得门去是"瀚海"呢，还是出得门来算"瀚海"？这大门真能把戈壁的风沙关住？

门楼的左边，一面阔大洁净的墙壁上题着一首诗，题目叫《绿洲颂》，作者是田世宏：

亘古戈壁涌碧波，
瀚海巨画天地阔。
火焰山下创新景，
绿洲当颂人当歌。

右边的大墙上也用同样斗大的隶书题了一首诗，作者是齐桂欣，题目叫《军工颂》：

身经百战为共和，
硝烟未散转大漠。
瀚海戈壁建绿洲，
改天换地开拓者。

"瀚海门"旁边有一家小客店，在客店门口应该挂招牌的地方，也题了一首诗：

大漠深深景迷蒙，
绿海翠烟罩屋影。
小店虽非神仙洞，
醇酒慰君万里行。

署名仍是齐桂欣。

经打听，这位齐桂欣正是我要去的新疆生产建设兵团第十二师221团的政委，田世宏是团长。想不到他们都是诗人！让我惊讶的不是他们的诗写得如何好，而是他们身居戈壁居然还有这份诗情，这份雅兴，这份豪迈！

只是满眼"大漠"，"绿洲"在哪里呢？我们通过"瀚海门"，顺着221团的公路向西行驶。公路两边仍旧是灰黑色的沙砾。虽然过了"瀚海门"，仍然置身瀚海中。也许是太疲乏了，也许是由于一种莫名的失望，我闭上了眼睛……

当陪同人的惊叹声又使我睁开眼睛时，公路两边出现了整齐的杨树林，生机勃勃，郁郁葱葱，奇怪的是它们就生长在粗沙砾上，而且长势茁壮。

越往前走树越高大，树种越多，长得也更茂盛。仿佛突然间进入一片绿洲，戈壁滩消失了。满眼都是绿色，而且绿得有层次：有的青翠，有的成熟，有的油亮。以葡萄最多，到处都是葡萄架。每个葡萄架都好像要被太多的一嘟噜一串的果实压瘫。还有玉米、稻子、梨园、桃园等。

这戈壁滩上长出的树木、庄稼，为什么比内地大平原上的还要好？我相信自己看到了奇迹。在这天老地荒的戈壁滩上竟然有这么一方宝地，堪称生命的绿洲——有强大的生机，给人以希望。是绿色的希望，也是戈壁滩的希望。

221团的团部主楼，被绿树围绕，前面是个整洁漂亮的大花园。团部招待所的前面则是个葡萄园，副团长樊世华安顿我们住下来，立刻送来两大盘子新摘的葡萄和两盘子哈密瓜。如果我们想享受边摘边吃的乐趣，可以到葡萄园里去自己动手。

哈密瓜之香、甜、脆是在内地吃不到的，自不必说。葡萄更是入口如蜜，且无核。我们是戈壁滩上的长途跋涉之徒，乍然投入绿荫之中，面对可以放开吃的美果，其吃相之勇猛，可想而知。

樊世华不吃葡萄，也不吃瓜，只看我们的吃相——他盯着我，满眼都是笑意。他经过激烈的思想斗争，最后忍无可忍，还是发话了："诸位先生，这种葡萄叫无核白，含糖量大，吃得太多会拉肚。我这可不是心疼葡萄，故意吓唬你们。"

老樊是山西人，读了好多书，是戈壁滩上的杂家，说话风趣。他当然也算是这221团绿色奇迹的创造者之一。

他带我们看了世界第一流的晾房——把鲜葡萄晾成葡萄干的房子。远看像一座巨大的魔宫，高大的土墙上留着许多十字孔，以便通风。房子中央有一条通道，能跑汽车、拖拉机，两边立着无数根高大的木杆，每根木杆上又有许多枝杈，每个枝杈上挂满一串串的鲜葡萄。这个地方气温高，干燥，几乎无雨，鲜葡萄在晾房里挂四十天就成了葡萄干。葡萄不能叫太阳晒，太阳一晒葡萄干就不绿了，也失去了那种晶莹明亮的剔透感。

221团每年产葡萄八百多万吨。

老樊还陪我们看了庄稼地、棉花田和库尔勒香梨园——这种梨闻名世界，英国前首相撒切尔夫人在任访问中国时，曾专程来221团看他们的葡萄和库尔勒香梨的栽培情况。我却只知有葡萄，来到这里才第一次听说这种香梨。古训"行万里路，读万卷书"，旅行才知道自己是多么的孤陋寡闻！是机缘、命运带我旅行。旅行又补充自己，完善自己。

傍晚，我们回到招待所，团长和政委也从地里回来了。田世宏说话高腔大嗓，带着醇厚的东北口音，也有着东北汉子的热情、豪爽和干练。他给我的第一印象是个典型的军人，有着优良的部队作风：说话准确干脆，动作准确干脆，个性鲜明，雷厉风行；精神畅旺，脸上闪着充满活力的光辉。

我在戈壁滩跑了半个多月，221团的晚餐是最丰盛、最可口的。田世宏在饭桌上理直气壮地介绍了他的一系列的世界第一：

"我们产的葡萄世界第一。这里地处吐鲁番，有着最适合葡萄生长的阳光、水质、地质、气候，再加上我们的科学技术过硬，因此我们的葡萄有上百个品种，无人能比。有些国家不惜用特务手段来偷我们的葡萄品种和种植技术。

"我们出产的皇后葡萄液世界第一，你们一喝就知道。

"还有这吐鲁番干白葡萄酒，也是世界一流的，是我们221团葡萄酒厂生产的，引进了法国最好的葡萄酒厂的技术。厂长和主要技术人员去欧洲学习了三个月。

"我们的泡菜世界第一。我们的羊肉蒸饺世界第一……"

他一口一个"我们的这个""我们的那个"……有足够的自信，强烈的信念，锋锐的幽默感，还有令人喜欢的挥洒自如、才华横溢的个性。

以后我们谈得多了，谈得深了，我也采访了221团更多的人，才知道田世宏是个地道的科学家。他三十年前毕业于东北农学院园艺系，他来新疆的三十年可谓硕果累累，贡献卓著。他是中国为数极少的几个世界级专家之一，十年前在新加坡经国际园艺科学学会考核认定并获得证书，使他无论走到世界的任何一个地方，都会被同行尊为权威，给予敬重。

他在国内外出版了七本学术著作，有：《新疆果树修剪技术》《新疆哈密瓜栽培技术》《新疆葡萄的栽培及加工》《兵团果树名录》《庭院果树栽培》等。

他是221团奇迹的主要设计者。他身上有一种利用自己的知识和才华，从戈壁滩攫取一切的毫不妥协的强硬态度。他自信而又机智灵活，是地道的学者，又是个雷厉风行的军人。

在戈壁滩上创业，非得有这种天上地下唯我独尊的强烈的自我奋斗精神不可！选择了戈壁，就只有选择创造，否则就是死亡。他是梦想家，又是创造者。

我问他："221团的这片绿洲，以前也是戈壁滩吗？"

"是的。"

"也是那种灰黑色的粗沙砾？"

"不错。1965年齐政委写过一篇《屯垦志》，记录了一次风沙的情景：刹那天空有突变，白天忽然变夜晚。铺天盖地黑沙舞，埋没道路遮住山。出门没走两三步，身后脚窝又填满。沙暴引来大风暴，飞沙走石无遮拦。拔树掀房大破坏，毁车伤人心胆寒……"

"为什么这里能长出这么好的庄稼，而几十里以外的戈壁滩就寸草不长？"

"这里有人，人类的历史就是创造的历史。不能只是幻想奇迹发生，而是要创造奇迹。在创造中改变环境，也改变自己，创造人。历史就是这么简单——我们把天山的雪水引了过来，这里有最充足的阳光。有了阳光和水，就能长出植物。在内地是桃三杏四梨五年，在我们这里种梨树三年就硕果累累。再过几年你来看，瀚海门以里都将变成绿海。"

力量和自由造就天才。

创造则给了他们满足，他们所做的一切将会存在下去。这座"瀚海门"其实是他们的凯旋门，数十里长墙将成为221团的东部疆界……

221团的另一个重要人物齐桂欣，河南人，是个老兵，也可以叫作老革命。耿介拔俗，正直仁厚，属于另一种性格，却跟田世宏配合得极为默契。他万里投荒，劳苦半生，却保留着个人的文化情趣。他家里的墙上挂着五个用十六开大的白粉连纸钉成的厚本子，上面用毛笔写满了诗，总共有一千多首。这是他的诗集，自己写自己，自己"出版"，自己看。

他的诗意趣横生，透出赤子般的真淳。他在《我的肖像》里说："笑迎漠风背景山，红日是我大皇冠。"

他对戈壁滩，对自己亲手创造出的业绩，一往情深。他的住房宽敞明亮，有个很大的院子，院子里当然少不了瓜果梨桃，还有一片葡萄架，每年可产葡萄一千多公斤。我们这一行人没有一个不羡慕他的房子、他的院子、他的生活，还有他房前屋后的景致：

    白杨高高柳林暗，
    布谷声声自得闲。
    渠水流淌急追去，
    麦浪滚滚到天边。

在戈壁滩上能创造出这样的生活，倘不是亲眼得见是不会相信的。

创造奇迹的人生活在奇迹里。

我们走出齐桂欣的家，夜空悬月，清亮亮，胀鼓鼓，其圆如规。空气中散发着香气，白天的余热刺激着皮肤，纯净而舒坦。美妙宁静的戈壁滩夜色凝重，周围却充满了生机，能听到各种植物生长的声音，玄妙而富有节奏。

奇迹就是这样发生的。今后还会有奇迹不断地发生。

下篇 红 赤色之魂

这是一片忠厚的土地，
曾经被历史忽视过。
但它有巨大的潜力，
总能达到责任或命运要求它达到的高峰。

灵魂的救赎

现在的毒品，跟当初张学良被捆绑着才戒掉的鸦片不一样，是化学品。一般人也都知道，一旦沾染上毒品，再想戒掉就势比登天了。所以，国家一直在大力禁毒，而染上毒瘾的仍大有人在。据《2018年中国毒品形势报告》公布的数据显示，截至2018年底，全国现有吸毒人员二百五十余万，其中近六成为三十五岁以下的青年人。不知近几年这个数字可有变化？平时在生活中很难碰上吸毒的，岂料"河里没鱼市上见"。

前不久，参加《香港商报》组织的汕头采风团，我却亲眼所见、亲耳所闻汕头的一些瘾君子，就真正摆脱了毒品的控制。想要讲他们戒毒的故事，先得提到一个人：纪耀宏。一个器质精壮的青年人，曾开过一个家具店，1992年与隔壁商店的老板发生纠纷，失手致人重伤，被判刑五年零六个月。他刑满出狱后，求职无门，便修好家里原有的摩托车，想加入"摩的"行列，拉客挣钱。

谁知同行散布了他的底细，无人敢坐他的车。无奈又到建筑工地干苦力，包工头知道他蹲过监狱，也不再要他……

就在他走投无路的时候，遇到了人生中的贵人——汕头龙湖区区委书记张泽华。此人明通豁朗，智虑过人，想通过纪耀宏做个标杆，拯救一批身上有黵儿又自暴自弃、不能融入社会的年轻人，于是全力扶助纪耀宏联合另外五个命运相同的朋友，创建了鸿泰搬运队。

区委书记支持刑释者创业，何况张泽华是汕头元老级的人物，曾在汕头的三个区、县做过书记，其人脉极广，为纪耀宏最初打开局面帮了大忙，却也给了他巨大的压力，几乎是背水一战，没有退路了。刚开始的一两年，搬运队里像藏着定时炸弹，不知什么时候会在谁的身上爆炸，纪耀宏无时无刻不如履薄冰……

如今二十多年过去了，当年六个人起家的鸿泰搬运队，现有本地员工八百多人，其中近三百人是刑释解教者，包括汕头曾经的黑社会组织"七星帮"的"帮主"及其属下……搬运队却因服务一贯安全牢靠、专业性高、效率好，竟创出了自己的牌子，业务应接不暇，并建起了自己的三层办公楼。

最令人惊奇的是每年都要安置刑释人员五十多个，可以说来一个安置一个，张泽华当初支持纪耀宏的目的达到了。只要进了鸿泰，"重新违法犯罪率为零"。这就是说，吸毒者们进了鸿泰，确是把毒瘾戒掉了。如果说一年半载或三五年不沾毒，还不能算真正戒掉，二十多年不碰毒品，应该算彻底戒毒了。我看他们忙忙碌碌，身形朗健，谈吐自信，一个个确实证明了自己不再是社会和家庭的累赘，而是能够养家和有益于社会的干将。难怪汕头人把如今的鸿泰搬运公司称为"阳光驿站"。

我很想知道他们是如何戒掉毒瘾的，一再追问纪耀宏有什么绝招，他却说："没有，我们这里是公司，不是戒毒所，同事也不是警察。但有许多同事都在监狱待过，都沾过毒品，谁也别拿毒瘾唬人，大家都戒掉了为什么你戒不掉？刚从监狱出来的前几个月最敏感，过去这几个月就容易了。要想活着，像个人一样地活着，就必须经历我们经历过的这一段路。如果说窍门，我们的窍门就是做人，不做毒鬼，先把魂儿招回来。对于我们这些人来说，做人的尊严太重要、太宝贵了，在社会上挺直腰杆儿的感觉太好了。蹲监狱、吸毒，是把人的魂儿一点点烧没了，进了我们公司把魂儿又慢慢找回来……"

纪耀宏是个人物，他跟我讲的是大道理，是哲学。我想听细节，他却秘而不宣。这或许牵涉他们的隐私，不便对外泄露。于是我仔细阅读他们的规章制度，太多、太专业，无法细述，却很有一些令人意想不到的高妙之处。其着重点在改变"监狱人格"，唤醒、维护和张扬人的灵魂。难怪他张口闭口不离人的魂儿，他倒真正配得上"人类灵魂的工程师"这个头衔。

草原的精灵

　　2018年盛夏，应朋友之邀赴呼和浩特参加"昭君文化高层论坛"，"坛主"是蒙古族美女乌日勒春香，人们称她"小昭君"。

　　她出生在鄂尔多斯大草原上，到记事时才知道自己是被大伯收养的。自会走路起，与她朝夕相伴的是一只温驯的奶山羊。她渴了、饿了，奶山羊会以特别的母性对待这个特别的"羊羔"，不是站着自顾自地继续吃草，而是在草丛中躺下来，任春香抚摸那圆鼓鼓的奶头，随后由她喝足吃饱。

　　她太小了，吃饱喝足后还要躺在奶山羊暖融融的肚皮上睡一大觉。她长大后回忆说："在我朦朦胧胧的记忆中，奶山羊就是我的亲人，是我的母亲、我的父亲、我的姐妹……"

　　乌日勒春香六七岁就独自赶着羊群在草原上放牧了，有人问她害怕吗？她说不上来，因为她根本不知道什么叫害怕，她既不怕鬼，也不怕狼，甚至喜欢模仿野狼的嚎叫。

羊群里领头的公羊，不知是欺负她身材瘦小，还是妒忌奶山羊对她太好，每到天傍黑她赶着羊群回家的时候，公羊都不听她的管束，偏要领着羊群往河边走。气得她追上去，一只手揪住公羊两条后腿间的那一嘟噜命根子，另一只手抓住公羊脖子上的长毛，拼力一提溜把公羊丢进河里。自那以后，公羊对她服服帖帖，再不敢捣乱。

但奶山羊却渐渐老了，已经没有可供养她的奶水，她也出落成一个比同龄人身量都高的姑娘，像照顾亲人一样呵护着奶山羊。与她相依为命，并日复一日、年复一年地源源不断供应她食物的变成了一头黑花奶牛，她心里高兴或难受的时候，也对着奶牛诉说，或者哼唱、高声喊叫，甚至哭笑……

那时候的草场也好，许多地方草深及腰，野色开阔，她高兴的时候会用麻绳套野兔子，用猎枪打黄羊，更多的时候是在草坡上或躺或坐，望着天上的白云。天太热了，就赶着羊群躲在白云的阴影下……随着年龄的增长，她渐渐能把自己的快乐、孤寂乃至对牛羊的感激现编现唱出来。

后来有机会上学读书了，她的第一个收获是知道了世界上除去牛羊的肉和奶，还有一种叫大米的食物。她在东胜中学读到高中二年级的时候，被呼和浩特市艺术学校选中。在同学中她的优势很明显，有一副天然的可塑性极强的好嗓子，有一种与年龄不相符的坚韧和习惯于孤独的性格，除去练功好像就没有别的事可干，节假日一个人时也整天都在练唱练舞。

但是，她被呼市艺校录取后就断了经济来源，靠年节假日参加各种庆典活动演出获得的报酬养活自己，精打细算好每个月的生活费——不得超过七元。每到开饭的时候，她总是最后一个去餐厅，只买几块干粮，然后向卖饭的师傅讨要一大饭盒米汤或菜汤。久而久之，餐厅的一位师傅看出了这个好强却不多言多语的草原姑娘的窘境，为了不伤女孩子的自尊，常对她说："今天的饭菜又做多了，扔了可惜，你拿回去给同学们分着吃吧。"

同宿舍的张国花，每得到一个鸡蛋，都谎称自己不吃蛋黄，把蛋黄塞给春香……有一次春香得了一笔补贴，买了一件棉军大衣，送给厨房经常照顾她的师傅，剩下的钱买了十个鸡蛋，一次都煮了，送给闺蜜张国花。张国花竟然极香甜地当即把十个鸡蛋连蛋清带蛋黄全吃了，可见她并非不吃蛋黄，而是心疼春香挨饿……

越是苦，乌日勒春香就越用功。幸运的垂顾，或许不是抗拒命运，而是顺从命运，接纳命运，这不只是对生命的尊重，也是改变命运的最佳途径。所以，她还没有从艺校毕业，又被内蒙古自治区大型歌舞剧《塞上昭君》剧组选中，成为五个扮演王昭君的候选人之一，其余四位均为专业歌舞剧团的台柱子。

很显然她只是"陪练"，但对她来说却是难得的历练和学习的机会。于是她满心欢喜，毫无妒忌和患得患失之心，全身心地投入学习和排练之中。编剧、导演和其他演员都是她的老师，她甚至觉得连灯光、剧务等勤杂人员也比自己懂得多。然而，经过一年多的排练和一次次预演，或许乌日勒春香自己还没发觉，以她的实力成为剧中王昭君 A 角的可能性越来越大……

"潜规则"也随之而至。一天中午排练完毕，春香在更衣室里换衣服，一位顶头上司悄悄溜进来，扑上去把她抱住。这位领导只图年轻貌美，或许以前曾这样屡试不爽，岂料这个貌美年轻的姑娘自小在草原长大，野狼不知见过多少都不怕，还在乎色狼吗？她情急之下的爆发力相当可观，一闪一推就摆脱了上司的双臂，并顺势甩出一巴掌。六七岁就能制服领头羊的手掌，让上司的脸立即失去了均衡，不仅没有还手的机会，连还嘴都不可能了。通常形容这种人在这种时候的狼狈，只用四个字即可：落荒而逃。

几天后领导脸色恢复自然，在过道上两人狭路相逢，领导恶狠狠地说："告诉你，想跟我作对，我叫你寸步难行！"春香对自己那一巴掌的后果并没有想太多，心里怎么想就怎么说出来："我只是艺校的一个学生，是不是留在你们团还不一定，即便留下，这个团也不可能让你一手遮天。"

幸好任何一个单位都不缺领导，她上面的领导也不是一个，色狼上司的"一票否决"一直坚持到公演临近，但春香的呼声最高，由比色狼上司更高的领导拍板，决定由乌日勒春香担任《塞上昭君》中的主角。由此，也把她的命运和王昭君捆绑在了一起。

此戏进京演出大获成功，得文化部[①]嘉奖。然后全国巡演，并应邀多次出国演出，1988年获土耳其国际艺术节金奖……

一剧成名，乌日勒春香进入内蒙古师范大学艺术系深造，毕业后又考入中国音乐学院，读了三年研究生，此后陆续创办了昭君书画院，策划、编导了民族歌舞《千古王昭君》，出版了《我与昭君》及《乌日勒春香书画选集》，算是实现了"演昭君，画昭君，写昭君"的诺言，并经常举办各种跟昭君有关的文化活动……乌日勒春香俨然成为昭君文化的一个现代符号。昔日牧羊女，仿佛就是王昭君再世。

[①] 第十三届全国人民代表大会第一次会议决定，不再保留文化部，设立中华人民共和国文化和旅游部。

书香大业

不知从什么时候开始，在崇尚"万般皆下品，唯有读书高"、书中自有"黄金屋"和"颜如玉"的国度，读书却成了大问题，人均读书量低得非常可怜，在世界上排名很靠后，不及犹太人的十分之一，也不及东邻日本、韩国的一半。于是许多地方开始举办"读书节""读书日"，把原本属于生命中长久的必须，搞成几天的热闹，希望人们好歹在"读书日"这天能读点儿书或知道生活中还应有读书这码事。作为连锁反应，各地的书店纷纷关门，即便是在"形象工程"中建起来的"图书城"，也开始兜售玩具、金银玉器、保健用品等。

就在这样的大背景下，上海一对喜欢读书的年轻人却辞职下海，倾其全部储蓄——二十万元开了一家书店。丈夫叫金浩，曾被评为"上海优秀青年校长"，他所领导的小学连续两届获得"上海先进学校"的称号；妻子叫徐雅娥，为同一学校的老师。他们因书定情，结成美满姻缘后得一爱女，取名金钟书。

于是他们也将自己的书店命名为"钟书阁"。钟情于书，爱女如书，爱书如女，并由此开始了书香之家的传奇。

可业内业外公认实体书店是"夕阳产业"，在一片"夕阳西下"中，他们凭什么能做得"夕阳无限好"？如果仅仅为了温饱，办好一个小书店倒也过得下去，可这个"书香之家"的主心骨金浩是有大理想的：提高和改善人们的阅读质量，让现代人不辜负书，让书尽量能大面积地滋养人，说得更具体些就是"为读者找好书，为好书找读者"。

若想实现这个目标，就要将书店做好做强，有自己强劲的"造血机能"。这就要集结一批乃至一大批钟情于书、专心书业的人，将"书香之家"变为"书香大家"。

上海人有一张精明的脸不足为奇，金浩偏偏一脸温厚，身材高挑，说话又总是轻声细语，给人以谦和、牢靠之感。一个有理想的人，骨子里自然也是有原则的，可他在处理许多具体事务时恰恰"没有原则"。且看他的口头禅："书店的作息时间是读者定的。""顾客永远是对的，错的是我们。""他是对的，我错了。"

由此，或为他的诚心所动，或慕"钟书"之名，一批志同道合的人开始聚集。

书店的元老至今已经七十多岁了，当年都是教育界德高望重的人物，退休后由教书改为卖书，六十多岁的人扛着书走乡间小路给孩子们送书——读书的习惯要从小养成，要让孩子们爱上阅读。而一些书店的主管却是年轻的书界精英：奉贤店的营业额开业两三年一直徘徊在三十万元左右，"小黄"上任后一下子做到了五百七十万元；松江店的"小朱"更厉害，年销售额竟达到六百三十万元。

这个世界上看似所有的好点子都被人想到了，实际上对一个专注甚至痴迷的敬业者来说，永远都有机会，都有上升的空间。很快，他们在图书业就有了个统一的名号——钟书人。

如今人们似乎特别爱抱怨当下的社会风气如何如何，而"钟书阁"的店风却是："书店好像一个大家庭，让大家快乐工作，和睦相处，相互关心，相互帮助。"春秋旺季，书店职工每天早晨不到七点就都来了，一直要干到晚上十点多钟。司机们晚上把书装满车，第二天五六点就出去送货，而且都是一个人，送完书回到松江总店还不到八点，紧接着又装车出发，常常一天要往返于上海市区四五趟，中间没有休息时间，肚子饿了，一瓶矿泉水、一个面包就打发了。

金浩有经常给职工写信的习惯，他也常收到职工的回信，有的信里说："人生路短，好人难求，遇到您是我的福气，您把我们当家人，我把公司当自家。"一位因特殊原因不得不离职的员工给他写道："遇到你这样的老板是一生难求的，你对我们夫妻俩的恩情我永远不会忘记。"

金浩又是怎么说的呢？他说："你们是我最大的财富，我的一切是你们给予的，是你们成就了我……"

因此连华东师大著名教授许纪霖，在"钟书阁"书店购书后也禁不住发微博赞叹："哪怕放在世界上，也是独一无二的……逛书店不仅是买书，更重要的是享受网络购书感觉不到的书香品味。"书店里幽静、温馨，在铺天盖地的各类图书包围的空隙或角落，恰到好处地置一小桌，配一二或圆或方的软凳，供读者阅读或交流。有一时尚女郎从午后我进店时就坐在宽大的窗台上专心读一本大书，直到天黑我离店时她还读得聚精会神。

难怪"钟书阁"被读者评为"最美的书店"。浓郁的书香氛围养心益智，书之"香"，其香在骨。

这样的书店想不发展都难。二十年来"钟书阁"的发展速度像社会上书店倒闭的速度一样快，目前仅在上海就开了十八家分店，成为上海最大的民营书店。同时在北京、武汉等大城市也有了分店，年销售额已近四亿元。

金浩真正把书香之家，办成了书香大业。

国凯师兄

我一向称呼陈国凯先生为大师兄。1980年，我到北京文学讲习所进修，秦兆阳先生只带两个学员，选中了陈国凯和我，他比我年长两岁，自然是师兄。其时他已经是广东省作家协会主席，而我仍在工厂里卖大力气。他进工厂的时间也比我早，只不过他干的是令人艳羡的电工，我干的是"特重体"锻工。1978年他以《我该怎么办？》摘得全国优秀短篇小说奖，到第二年这个奖才落到我的头上……无论从哪个角度说，他都是我的大师兄。

从文讲所毕业后，国凯师兄的创作进入井喷状态。《代价》《文坛志异》《好人阿通》《大风起兮》等长篇小说相继问世，还有数十本中短篇小说集，获奖无数。就在人生和创作的高峰时期，师兄突发脑出血。这是大病，十分凶险，但师兄福大命大，硬是挺了过来，我得到消息便立刻启程去看他。以往我们每次见面，都有不少话题要谈，交换各种信息，询问或讨论一些两个人都关心的事情……我只要南下广东,一个必不可少的程序就是看望国凯,有时纯粹是为了看望他才寻机南下的。他经历过生死挣扎,终于大难不死,师兄弟再次重逢,自然都装着一肚子的话要说。他表达的欲望也很强烈,但每次张口都急半天才能吐出一两个字……我为他难受,从包里翻出纸和笔递给他,他吭哧瘪肚地又说又画,却仍旧不能将自己要说的话表达清楚,便愤怒地丢掉笔,闭上眼睛,不再出声。

我在旁边更着急,不敢再向他提任何问题,也不知该怎样自说自话,只能默默地看着,心里难过,百感交集。想想国凯师兄的语言智慧,以前在文坛上是有一号的。在一般情况下他绝不会主动说话,总是一副心不在焉的样子,正是这副沉默的样子,反而让人感到亲切,觉得他离你很近。当他必须开口讲话的时候,却突然会令人感到一种陌生、一种神秘,明明是近在眼前的他反而离你很遥远了。有很多时候他的话不但令北方人听不懂,也可以让南方人听不懂,口若悬河,滔滔乎其来,却没有人能知道他在说什么,只听到从他的嘴里发出一串串的音调、音节以及富有节奏感的抑扬顿挫的声音……有人说他讲的是古汉语,有人说他讲的是正宗的客家话。这也正是国凯的大幽默。

我跟他相交几十年,却从来没有语言交流上的困难。我们一起去过许多地方,记不得和当地的作家以及文学爱好者们举行过多少次座谈会,但从没发生过语言交流上的困难,即便有个别的词语别人听不清,我在旁边还可以做翻译。他在国外也曾一本正经地讲演过几次,莫非是依仗上帝的帮助才博得了理解和喝彩?那么奥妙在哪里呢?他想叫人听懂,别人就能听得懂。他若不在意别人是否听得懂,便会自然发挥,随自己的方便把客家话、广东话、普通话混成一团,似说似吟,半吞半吐,时而如水声潺潺,时而若拔丝山药……不要说别人听不懂他在说什么，就是他本人那一刻也未必真正闹得清自己在讲些什么。这可以说是国凯师兄的绝活儿，朋友们都格外喜欢他这个特长，一碰到会场上沉闷难挨的时候就鼓动他讲话。

一个有着这般出神入化的语言能力的人，真的从此就不再发言了？不久，国凯师兄由家人陪同来到北京，住进一家很不错的康复医院。此院有一科，专门训练失语病人恢复说话能力。医生对他做了全面检查后很有信心，认为他的失语症状并不严重，经过训练是可以恢复正常的语言交流功能的。然而谁都没有想到，国凯兄不配合，拒绝接受任何训练。家人劝不动他，就求助于我，起初我也相信自己有这个面子。许多年来我们彼此尊重，遇事都是先替对方想，何况这是好事，我想他对这种训练比我们任何人都更迫切，绝没有理由驳我的面子。

但真正一谈到这件事，才知并不如我想象的那般容易。任我磨破了嘴皮子，他始终一声不吭。我把能想到的关于语言对于一个作家的重要性，重复了一遍又一遍，最后归结到要开始训练时，他却毫不犹豫地摇头拒绝。最后逼得我不得不央求他："国凯呀，我可以想象你心里一定经历了别人没法理解的创痛，或者叫悲苦，甚至是绝望。可吉人自有天相，大灾大难不是都被你挺过来了吗？现在只不过是学学说话，医生都打了包票，你又何必不配合？即使你不想说话，别人还想跟你说话、听你说话哪，你也要替家人替朋友们想想呵！你我兄弟几十年，从来都客客气气，不驳对方的面子，就算我求你了行不行？为了我们老哥儿俩今后还能像过去那样海阔天空地瞎聊，还能一起去参加活动，开会发言，说说笑笑……"我越说越急，不知怎么声调中竟有了哭音。国凯猛地站了起来，嘴唇动了动却没有出声，反倒闭上了眼睛，有泪珠从眼角溢出，并坚决地冲我摆了摆手。我起身抱住了他。从那以后，就再也没有劝过一句让国凯师兄接受训练的话，并经常用一句"顺其自然"的话，解劝国凯夫人。既然不接受语言训练，国凯在北京康复医院再住下去就意义不大了，没过多久他们便回到广州。

一晃又是几年过去了，国凯师兄如今"自然"到了什么程度呢？我很想念他，这种想念是被一个人的魅力所吸引。人的谜一样的魅力取决于精神世界的丰富。师兄陈国凯正是具备这种魅力的人，有一个现象或许能说明这一点。他身材比我矮小，体格比我瘦弱，眼睛又高度近视，总给人以迷迷瞪瞪的感觉。可我们两个人下饭馆，服务员总是把他当老板，把我当成他的部下或保镖一类的人物。足见他骨子里有一种东西，或者可以叫作气质，天生就是我大师兄。去年初冬，我借去珠海公干的机会，专门绕道广州看望了他，可用四个字形容我刚见到他时的惊讶：焕然一新。

过去他有两样标志性的东西，一是满头蓬乱的浓发，因其身材瘦弱，总给人以头重脚轻之感。如今剃掉了满头的"烦恼丝"，以光头招摇，透出一种"短平快"的飒利劲儿，整个人都显得匀称而精干了。他的另一个标志，是一副厚瓶子底般的黑框眼镜，把脸也衬得又黑又窄，棱角嶙岣，显得过于老气。现在摘掉了那个大眼镜，脸被突显出来，变得白净、圆润了许多，看上去倒年轻了。以前那个邋邋遢遢、迷迷糊糊的大师兄，今天变得干干净净、清清爽爽，脸上洋溢着喜悦。我由衷地为师兄高兴，心里却不无惊诧，总觉得这不再是过去的那个陈国凯。我们之间表达相见的喜悦，不再需要语言，有音乐就足够了。国凯走过去，熟练地打开一道道开关，房间里立刻弥漫开美妙的乐声，从四面八方、从脑后向你的心里钻，向你的灵魂里渗透……

家人说他在听音乐上花的钱，足可以买辆宝马汽车。一排复杂而气派的音响设备占据了大半个客厅，后面垂挂着各种型号、各种颜色的电线，粗粗细细，结成发辫，扭成一团。国凯夫人告诉我，这都是他自己到商店里选购的，大件东西商店里管送，小件就自己拎回来，然后自己组装、调试。我甚是好奇："他不说话又怎么能做到这一点呢？"他的夫人含笑摇头："我也不知道他是怎么办到的，因为他从来不运动，所以我就不干涉他逛商店，权当锻炼呗。他现在奉行三不主义：第一是不运动；第二是不忌口，想吃什么就吃什么，以前不爱吃肉，现在却专爱吃肥肉；第三是不听话，不管好话坏话全不听，只听音乐。"

如此说来国凯师兄倒是活出味道来了，这未尝不是一种强大。音乐和旋律既能把生命引向深奥，又可以让人的感觉和理解力变得奇妙而迅捷，我忽然觉得国凯师兄仍然有一个豪华的精神世界。听着曼妙的西方古典音乐，我走进他的书房，见写字台上摊着一堆稿子，原来他正在校改十卷本《陈国凯文集》的书稿。地板上铺着一幅大字——"人书俱老"，运笔流畅，苍劲有致，上款题字是"子龙弟一笑"。这是提前就为我写好了，我果真笑了，对他说："能写出这句的人至少智慧不老，你到底是我的大师兄呀！"

2010年底在《南方日报》头版看到消息，广东省人民政府授予陈国凯先生文艺终身成就奖。真为他高兴，为他祝福！

海怪——戴喜东

> 辽精海怪，凤凰城大脑袋。
> ——辽宁民谚

这首民谚似乎在辽宁流传有一个世纪了。其意是：辽阳人精，海城人怪，凤凰城的人脑袋大，自然最聪明。令人不解的是它竟成了这些地方的一种宿命，"精"的总是精，"怪"的还在怪，"大脑袋"的仍然最聪明。在这三个地区里让我挑选采访对象，我最感兴趣的是海城——中国近三十年来，连续发生过两次地震的地方只有海城，这够怪的吧？在中国近代史上，有位特立独行的海城人占有一席特殊的地位：他既是英雄又爱美人，口碑还挺好；既发动西安事变扣住蒋介石，又亲自送蒋回南京；他是现代世界上被关押时间最长的将领，又异乎寻常地长寿，把关押他的人都熬死了，他仍然硬硬朗朗地活着；带兵作战，杀人难免，最后却皈依基督……我想看看当今的海城人还能怪到哪里去。

不知我的运气是好，还是不好，1999年11月30日，我从天津乘船到大连，正准备登车赶往海城，就听传媒报道岫岩—海城交界处刚刚发生了5.6级地震！专程来大连接我的海城朋友问我还去不去，如果害怕可以住到鞍山。我怎能说出一个怕字！尽管心里有点儿嘀咕，也有些丧气：这地震莫不是冲着我来的？想提醒我，还是要阻拦我？顶着地震去总归不太吉利，我还等着跨世纪哪！虽然脑子里有着许多想法，嘴上却回答得很干脆："我是经历过唐山大地震的，难道还怕你们的'5.6'吗？"

车进海城，仍能感受到几天前那场令关里人羡慕的大暴雪的气韵：四野一片洁白，天地清澈透亮。没有一丝地震的痕迹，更看不出震后的慌乱。进入"三鱼（泵业有限公司）王国"，简直称得上一片喜气洋洋了……喜气是从两幢漂亮的住宅大楼里散发出来的，人们进进出出，兴奋而又忙碌，有人拉家带口一块儿来看新房，有人已经在往楼里搬运新家具，还有人正在装修新居，相互串门观摩，吸取别人家的装修设计优点或暗暗较劲要装修得比邻居家更豪华——这是三鱼公司的职工公寓。这样的楼即使放到北京、天津，也算是高档的。公司以每平方米低于五百元的成本价卖给职工，职工花四五万元就能买到一套上百平米的房子，就是这点儿钱，还可以向公司借，不要利息，一点点从工资中扣除。在房价高得吓人的今天，竟还有这么便宜的事！

这里哪看得出是刚刚发生过地震呢？我来到了地震中心，对地震的那点儿惊惧感反而消失了。

三鱼公司的创始人戴喜东，把我接进他的办公室，我说："全国都知道你们这儿又发生了地震，可你们倒像没有这回事儿一样。"

戴喜东全不在意："现在不是以前了，我的厂房、宿舍都是用钢筋水泥堆起来的，这点儿地震就像给我挠痒痒，怎还把它当回事儿？即便再有特大地震把房子震倒了，它也不会散架，人在里面保证没有事儿。"

刚一见面，正好借着谈地震让交谈自然流畅起来，我又问："70年代那次大震的时候你在哪儿？"

他看着我，嘴上在回答我的问题，心里好像在想别的事情："那年我还住在土垒的平房里，地震的时候就像坐在疯马拉的木轮车上，整个人被颠起老高，四周就像山崩地裂。闪电是弯角的，铁硬死拐，常常有两个闪电同时出现，尖端共咬着一个火球，如神话中的二龙戏珠。那时孩子都还小，我倒是越遇到事儿胆子越大，就大声叫喊着地震了、地震了，还让他们别慌，快点儿往外跑。我先把小女儿抱到房子外面，随后大女儿自己跑了出来，紧跟着妻子抱着小儿子也出来了，我二次进屋把母亲拉出来，赶紧反身进去再把棉被抱出来。一看房子还没倒，我又跑回去把孩子们的衣服抢出来，不然震不死也会冻坏的……"

到海城来似乎就不能不谈地震，我一边听着他讲地震，一边打量他的办公室：房子很大，但满满当当，杂乱无章。墙角、墙边堆放着一摞摞一包包的古版线装书，摆在最浮头儿的有汲古阁的刻本，武英殿的版书，清朝第一版的《康熙字典》《石头记》。窗台上放满了古里古怪的瓷器、玉器。三面墙上都挂着古画，一幅挨一幅，有的一个钉子上挂了两三幅，一幅压一幅。地上还放着几个未打开的大包，里面也装满古玩。办公桌后面摆着两个直通到房顶的大书架，上面码满现代书籍，大致分四大类：经营管理；历史；人物传记；艺术鉴赏工具书，如《中国文物精华大辞典》《中国现代美术全集》等。

这哪像是一个名牌企业的董事长兼总经理的办公室，更像个杂乱的博物馆仓库。我们正说着话，一个年轻的文物商走进来，手里拉着一个大箱子，肩上还背着个大包，打开来全是字画。戴喜东拿起放大镜开始鉴定这些字画，绝大多数都是假的，他有根有据地说出自己的理由，指出假在哪里。在这个过程中，文物商不时地从桌上抽出戴喜东的中华烟放在嘴上点着。这个年轻人是专门从丹东赶过来推销这些字画的，戴喜东像检验产品质量一样，把假的剔除，凡是他想要的东西从不讨价还价，都是先让对方出价，然后在原价上再给加一百元，最后又塞给小伙子二百元路费，还把那盒中华烟也递过去让他路上吸。原来他在低头验画的时候并没有忽略文物商人的烟瘾。

如果不是亲眼所见，我很难相信一位知名的企业家会对收藏古玩痴迷到这般程度。由此可见，现代海城人也的确是够怪的……戴喜东办公室里的这些古玩，还只是他全部收藏品的一个零头。他见我对他的爱好过于大惊小怪，便领我走进一所废弃的中学，在十几个教室里都堆满他购买的古书、古字画以及瓷器和古家具。光是线装书就装满两间教室，仅油画就有一千多幅。

他之所以有这样的癖好，原因却很简单：当年爱读书的时候没有钱买书，发达以后便拼命买书，后来扩而大之又开始收藏各种古代文物……如今搞到这么大的规模，是不是怪得有点儿离奇了？我心里生出一个疑问，压了半天没有压住，还是捅了出来："你这不是有点儿玩物丧志吗？收藏古玩是无底洞，纵然你很有钱，但能经得住这样折腾吗？被折腾垮的企业我可是见得太多了……"

他大度地一笑："这没有多少钱，总共也不过二百万，有不少是别人拿来抵账的，我真正花大钱的地方你还不知道呢。"

其实，我很快就知道了。当地人背后喜欢称他"圣人"，而有"圣人"的地方必有传说——我在采访中先听到了他砸饭盒的故事。

六年前他买下镇办电修厂成立三鱼泵业公司的时候，曾搞了一次"砸饭盒运动"——饭盒，工人上班的必备之物，张大帅时代工人上班要夹个饭盒，日本鬼子来了工人仍然要带着饭盒上班，国民党当政后工人更是不能没有饭盒，后来共产党让工人阶级当家作主了，但上班还是少不了一个饭盒。家里做上顿得想着下顿，带到厂里却都成了陈饭剩菜。一人一个饭盒，到处乱放，各车间还都得安上大蒸锅以解决饭盒加热的问题……戴喜东下令，谁也不许带饭盒进厂，见一个砸一个，上班期间由公司管饭！听到这个决定，跟他亲近的人都吓了一大跳，立刻给他算了一笔账：公司里许多车间都是体力劳动，每个工人每顿饭不会少于六两米，一千五百人一天就净吃掉八百多斤大米，相当于一亩高产田的产量，再加上肉呀菜呀，一年少说也得贴进去一百二十多万元，对于一个私人股份制企业来说，这可不是小数目！眼下的风气是打破大锅饭、铁饭碗，你怎么可以倒过来，砸烂小饭盒，重建大锅饭？戴喜东不为所动，他才是"三鱼"的主宰，有一种令人敬畏又使人平和的力量。他喜欢的格言是："先谋后事者昌，先事后谋者亡。"在砸饭盒之前他显然是仔细思虑过了，他经过思虑后决定的事不能更改。于是，"三鱼"的职工就这么日复一日、年复一年地吃下来了……

戴喜东小的时候，每天要五更起到邻村去上学，黑灯瞎火了才能赶回家。前几年他自己出资给家乡建了一座"弘义书院"，不久又出资六百万元，给镇中学建了新大楼。海城有些参加过抗日战争和解放战争的老战士报销不了医药费，去年年底，戴喜东拿出几万元为这些老人报账，然后又花了十几万元资助一些老同志去旅游，临行前竟然还向老同志提出"四要一不"："要住好、吃好、玩好、休息好，不要光想着为我省钱。"三鱼公司的干部就更美了，国内玩遍了，就轮流出国旅游，每人还补贴三百至五百美元。1999年，公司花两百多万元为全体职工购买了养老保险……据说他还因处理得当和抢救及时，救过四五个人的性命——这大概是他被称为"圣人"的主要原因。

一桩桩一件件，办的都是好事，却又有点儿奇特，难怪也有人把他当成"冤大头"。因为眼下抠门儿的人太多了，许多人连该花的钱都不想花，更别说不该花的钱了，几乎是一毛不拔。其实这并不是不可以理解，大家都是罗锅上山——前（钱）紧呢。许多人欠债都不还，逼急了就扔出一句混混儿的话："要钱没有，要命一条！"甚至有人对灾区也搞假支援，嘴上说是要支援灾区多少多少钱，还大张旗鼓地送去一张特大号的空头支票，登报纸、上电视，出尽风头，为自己大做广告，到时候那张支票却不能兑现，或者拿一堆积压的破烂产品抵账……像戴喜东这样为别人花钱如流水的人，当今生活中还有多少呢？他支援灾区的方式很简单，就是给红十字会寄去二十万元现金，不到电视台晚会现场登台亮相，也不让公开自己的姓名。

说也怪，尽管他这么折腾，三鱼公司却越干越大，财源滚滚——其中的奥妙比他大手大脚地花钱更让我感到惊奇。我端详这位六十多岁的老人，无论怎样看都难把他跟他眼前的职务联系起来，他倒更像个方言矩行的道学先生——这样一个人又是怎样把偌大的三鱼公司经营得这么好的呢？

我请戴喜东带我下去看工厂——那才是制造和支持他这个"圣人"的地方，他所有资本都来自工厂里的生产。要我相信种种关于他的传说，就得让我看到一个真实的不同凡响的企业。

工厂是崭新的，机器设备是新的，甚至连工人也大都是年轻人，给人一种新异的生气。每个车间都整洁有序，各道工序井井有条，"三鱼"明明是个创出了名气的老企业，怎么会给人以焕然一新的感觉呢？戴喜东告诉我，他重新为企业设计建造了厂房，刚刚更新了生产设备，所以像个新企业一样，工厂才是他的根本，既然他在别处都敢那么慷慨地花钱，在改造企业上就更不会心疼钱！最让我不可思议的是，这些新厂房包括刚刚落成的新办公楼，竟然都是他自己设计的——根据需要和自己的心意画出图样，建成自己喜好的样子……这是个心智奇巧剔透的人，凡是工厂需要的他自己就能干，似乎已经进入了一种从心所欲的境界：他有什么想法都可以变成真真切切的现实。

有个"工头"模样的人追上我们，向戴喜东汇报，新办公楼的顶部套灰粘不住，抹了三次掉了三次，施工队想先往上面喷一层胶，然后往胶上抹灰。戴喜东略一沉吟，断然否定了"工头"的建议："所有化学胶都有污染，其黏度也是有期限的，过不了几年就会爆皮、脱落，我们的房顶子还要不要？套灰粘不住是因为太干，你先往上喷水，把表皮喷湿后再抹灰。"

他容貌随和却不失威严，行动缓慢又充满自信。"一喷水就能粘住吗？"干了多半辈子泥瓦匠的"工头"半信半疑地走了。我也有些疑惑，但没有作声，跟着戴喜东又走进铸造车间。车间主任向他反映，新冲天炉的铁水流不出来，他几乎不假思索地就下了指示："把炉膛加高，向炉口倾斜3度。"

我一直惦记着，想知道他的这些主意灵不灵，在工厂转了大半天之后，回去时又绕到铸造车间，等了一会儿便看到了出炉，铁水被烧得红里泛白，溅着火花一泻而下，欢快顺畅，光芒刺眼。戴喜东不知是看出我对他在技术方面的权威性有怀疑，还是他也想知道自己的决定是否会奏效,领着我走进正在进行内部装修的新办公楼,顶部套灰的工序已经完成,"工头"欢欣鼓舞地迎过来:"喷水的法儿还真灵……"

我不解,戴喜东怎么能对自己企业里的各个环节无所不精呢?他原本只是个小学教员,1962年在举国度荒的中期得了肺结核,被学校辞退后给生产大队看水泵。几年后他成了当地知名的修水泵、修电机的专家,被四乡八镇请来请去。人们先是称他为"能人",当他把事业干大了并做了不少好事后,人们又称他为"圣人",有些好事办得不被人理解,很容易又成了"怪人"——最后还是回到了一个"怪"字上。做人也是一种艺术,能达到"怪"也许是最高境界。

我们回到他办公室的时候已经是晚上了,他直奔自己的办公桌,桌上放着几张表格,他逐张看了一遍,嘴里轻声嘟囔:"今天进账九十七万元,周转资金还有二百四十万元……"

"这么多啊,也就是说你一天就能成为一个百万富翁!"我也凑过去看那几张财务报表,这些表格也都是戴喜东自己设计的,将公司一天的生产、销售以及财务状况一目了然地都反映在上面。他抬头看着我说:"这是最低的了,销售旺季每天可进账二百多万元,公司每天的周转资金是三百万元,如果低于二百万元,警灯就会亮。"

我似乎对他有了一些新的认识:别看他被古版书和古字画包围着,买古玩、看古书、陪朋友参观聊天,但是他脑子里真正惦记着的是公司的经营情况,一切都在他的掌握之中。我不由脱口说道:"你是外表大大咧咧,好像花得比挣得多,其实内存精明,心里有本大账。"

他调子很低:"干企业不算账怎么行?我花得多是因为我觉得

该花。一个人的资产超过一千万元就属于社会了,必须不断地回报社会。该我想的我尽量想周到,该我做的我尽量做周全,可你知道好心不得好报的古训吗？别误会,不是我自己希望得到什么报答……"

原来善门好开可不好闭,有些莫名其妙的人打着一些莫名其妙的借口来找他要钱,诸如什么反腐败基金、厂长经理读书会、计划生育周、世界卫生月……反腐败还要基金？厂长经理们能凑到一块儿去读书吗？中国一年之中有近四百个节日,如果这个周那个月的都来找他要钱,打死他也应付不过来。给了张三,李四又会找上来,还有个完吗？有些不该给的钱如果给了,不仅无益反而有害。但有时他磨破了嘴皮子也不管用,万般无奈就只有摆肉头阵:"我不是拿不出这笔钱,而是不能拿,你们如果实在不甘心就自己拿吧,看我这里什么东西值钱就拿走。要不就抢,反正从我嘴里不能说出那个给字。"

为此,他得罪的人也许比感谢他的人还要多些。

我问他,在海城像他这样的富翁多不多？他说资产高过他的至少有百家。我大为惊异:"海城人到底是怪啊,还是富啊？"他解释说:"海城人的怪跟富有关,海城人的富也跟怪有关,自古以来,海城人的经济意识就很强,重商轻官,其他地方的人读书是为了做官,海城人读书是为了经商。所以清朝分配秀才指标的时候都格外卡海城,跟海城相同的地区可以得到二十五个秀才指标,海城却只能有八点五个。那个时候只有考取秀才,将来才有可能当官,当秀才是获取功名的第一步。也许正是由于朝廷在仕途上卡了海城人,才逼得海城人不得不在经商上寻求发展。你到沈阳、鞍山的大街上去看,穿戴时髦的年轻人往往是海城的,在高级服装市场门口的一辆辆奔驰车也大多是海城人的。"

如果富就叫怪，那谁不想怪呢？戴喜东并没有说清楚海城人是因富才怪呢，还是因怪才富。

我倒是发现了戴喜东的另外一怪：时下富翁们都兴养狼狗，雇保镖，建高墙，拉铁网。戴喜东就在"三鱼"职工公寓的二号楼里买了一个门洞，一家老小都住在里面。无论早晚，他一个人出出进进地还从未碰上过想打他坏主意的人。看来"圣人"能辟邪，吉人自有天佑。

其实，光是对付社会上的要钱大军还不算难，眼下最让戴喜东头疼的还是自己企业里的"世纪病"——20世纪里最大的一种病就是平均主义，穷了要搞平均主义，富了也会滋生平均主义。他说："按目前的分配状况，公司里很快就会造就一批百万富翁，眼前他们每年的收入可达到十五万至二十万元，即使是一个中层干部的年薪也有六七万元。来钱太容易，不明不白地发财，就会使私人企业得国营病，重新吃大锅饭，体现在工作上就是'等靠要'，挑肥拣瘦，松懈懒散，敷衍塞责，糊弄老总。拿钱多的认为老子该得，拿钱少的心理不平衡。我可不想当什么'圣人'，也不是慈善家，我的责任就是让自己的企业不停地创造更高的效益。"

从交谈中我感觉到，戴喜东在酝酿着一场变革，想搞一次"凤凰涅槃"——借世纪交替之际，把不该带进下个世纪的毛病统统烧掉。同时也能从他的话语中深切感受到一个被称为"圣人"的成功者的孤独……无论是社会上还是企业中，人的关系永远是个变数。你给大家以很好的福利待遇，发很多的钱，或者让他人永无后顾之忧，却并不能让大家永远地知足和保持积极上进的干劲，他是个六十多岁的老人，不能不为企业的未来焦虑……

别人都以为戴喜东已经是一方名人，应该算活得很风光了，只有他自己心里最清楚，干企业并不是一件风光十足的事。它需要作出无数冒险甚至看似荒谬的决定，既要决定跟企业生存、与自己的身家性命攸关的大事，又要处理太多细碎的琐事，而且老是寝食不安，很难有真正放松的时候，一步走错很可能就被竞争的激流所击败。这实在是一种劳心伤神的事，且具有让人一旦上瘾就难以自拔的诱惑。

所以，他要收藏线装书和古文物，享受一种与历史和文化的和谐，这是他生存的需要，是先天的人性所不能免的，借以中和自己的人格，协调自身的矛盾和痛苦。变换心境就是变换生命，沉浸在自己喜欢的故纸堆里，会有一种灵性的抒发，使心胸开阔灵荡，清洗大脑中的沉积物。戴喜东说，要真能"玩物丧志"倒好啦，"玩物"的时候常常想的是企业，触发的是办企业的灵感。

他只有在谈到自己的收藏的时候，脸上才会现出顺畅的线条，有了与年龄相符的安详和笑意。这时候我忽然觉得，戴喜东这个"老海城"其实并不古怪……

钟馗——裴艳玲

　　许久没有跟裴艳玲联系，偶尔听到一些关于她的传闻也真假难辨。有人说她已经定居海外，我不免惋惜。她五岁登台，十二岁唱红，20世纪七八十年代她饰演的沉香、哪吒风靡全国，被万里称为"国宝"，吴祖光曾对她发出过"前无古人"的赞叹……

　　如今她刚进中年，艺术上已臻炉火纯青，在海外会如何发展呢？

　　也有人说她在欧美巡回讲学，极受欢迎。这倒可以想象，一个文静端庄的女性，平时寡言少语，内藏秀气，上得讲台却讲解怎样唱男腔，边讲边唱边做，刹那间就能从一个女人变成地道的伟男子、大丈夫……如果再配上她的演出录像，如《宝莲灯》《哪吒》《林冲夜奔》等，不引起轰动才怪呢。

　　我最近一次看她的演出也在十几年前，是新排的大戏《钟馗》。相貌堂堂的钟馗，在京城舍身抗暴，变作驱魔大神，一改往日的风流俊雅，红面套须，瞪目如炬，狼腰虎体，狰狞可怖。虽身为鬼神，仍牵挂着孤苦伶仃的胞妹。深夜回家，劝妹出嫁，却又担心自己这副大丑的形容吓坏小妹……裴艳玲做出一系列的身段，将钟馗的游移、盘旋、渴望与妹妹团聚，却又不敢贸然叫门的神态表现得准确而又生动。她精微独到地刻画出"物是人非倍伤情"的钟馗、一个有着深重人情味的鬼神，浓墨重彩地渲染出其悲剧气氛。

谯楼起更，钟馗不得不上前叫门，小心翼翼，压低声音："妹妹不要害怕，我是你哥哥……钟馗……回来了……"看到此处我感到眼窝发热。兄妹相对而泣，诉说人世不平，其声其情震撼人的心灵。钟馗的大段梆子腔中，糅进了某些昆曲的韵味，愈增其悲凉和激愤。我接受了这音色壮美的新唱腔，没有感到它不是河北梆子，也没有觉得丝毫的不舒服，相反地倒发现河北梆子音乐原来还有着这般丰富而强大的表现力：浑厚、雄阔、高亢、苍凉以及瞬息万变的丰富性和爆发性，是其独具的优势，是其他音乐形式所无法比拟的。

钟馗代妹择婿，悲喜交集，忽悲忽喜，喜是悲的铺垫。裴艳玲一反戏曲舞台上用两面黄旗代车的程式，让小鬼推着镶金挂彩的真车上台，富丽堂皇，钟妹端坐其中，鬼卒前呼后拥，吹吹打打，大胆而又巧妙地表现出鬼办喜事的排场和热烈。这既是具象的，又是抽象的，有写意，更有写实，淋漓尽致地表现了鬼的美、鬼的侠义、鬼的善良和朴实。群鬼皆美，钟馗独秀，他喜不自胜，不住地整衣、理髯、照镜子。裴艳玲运用了自己全面的艺术才华，使我感到只有她这样的演员，才能塑造出这样一个具有强大艺术生命力的钟馗形象。

她这个钟馗正好同人们心目中想象的那个钟馗合二为一，似乎钟馗就应该是这个样子，也只能是这个样子。看得出，裴艳玲吸收了京剧《钟馗嫁妹》中的某些身段，但这个钟馗是属于她的，她给了钟馗真正的灵魂和血肉，举手投足都是钟馗，没有多余的东西，没有游离于人物之外的技巧。她靠吃透了钟馗的灵魂，才点亮了这个活灵活现的形象，她为钟馗设计的舞蹈、造型，别具一格，亦庄亦谐，有时像孩童那般天真、单纯，这才是鬼。既有独特的象征意味，又是真实的、美的。如果她用一套表现英雄人物惯有的严肃庄重、正经八百的动作，能有这样的效果吗？那还像鬼中的魁首钟馗吗？

令我最感兴趣的自然是"打鬼"。钟馗到阴曹地府报到，阎王则派他到阳间打鬼。阴间无非是一些服毒鬼、吊死鬼、淹死鬼之类，并无游走害人的能力，而妖邪还数阳间最多……前半场以"院试"为主，下半场以"嫁妹"为重点，《荒祭》一场堪称"鬼"来之笔。外在气氛是欢乐的，内在精神是悲哀的，外在的喜庆气氛愈浓烈，内在的悲剧基调愈深刻，以喜衬悲，其悲越甚！

活在人世的妹妹的洞房花烛之夜，也正是她与做鬼的哥哥生离死别之时。妹子、妹夫仰天而跪，哭留钟馗。钟馗则站在长天一角，人鬼不同域，天地长相隔。他劝慰妹妹："贤妹，今天是你的大喜之日，你不要落泪呀……"裴艳玲发出三声悲从中来、以笑代哭的笑声。人鬼哽咽，天幕上托出钟馗的巨大投影，把全剧推向崇高而又悲壮的高潮……

我不能自禁，竟流下泪来。这眼泪使我惊奇，令我不安，我不是喜欢看戏流泪的人。回家后，我久久不能入睡。是什么力量让我落泪呢？是因为它太悲，有一系列人变鬼、鬼嫁妹的情节？不，我看过比《钟馗》更为缠绵的悲剧，能单纯地依靠悲伤催男人泪下并不容易。是因为它壮？它奇？它新？它精？是，又不是。

艺术的感染力比光谱、色谱的成分更为复杂，它不是靠一个因素感染人。也许正因为《钟馗》集中了上述诸因素，借美的形式反映出来，才如此打动我。情感是一种错综复杂的心理现象，它是艺术的生命力，艺术的价值正是取决于这种感染力。裴艳玲之所以能"文中有武，武中有文，文武兼备，得心应手"，在戏曲的淡季把一出《钟馗》演活、演热、演红，并不全仗她有深厚的幼功基础和精湛的表演手段。令人感佩的倒是她把自己的全部才华熔铸为情，"情动于中，故形于声"，为情而造戏，不为戏而造情！

中国戏曲是一块需要大师，也能够产生大师的土壤。裴艳玲在《钟馗》里调动了自己的多面性艺术才华，开始进入一种"化"境，从小生、武生到花脸，演来一气呵成，干净利索，举重若轻，要什么有什么。唱、念、做、打等多种过硬的戏曲功夫，全部糅进她对人物的深刻理解之中，看不出纯粹的技巧，却处处都藏着技巧，即高温不见火焰！

对于美，任何人都不能制定出一种规范，钟馗明明长得丑，看了戏的人却都说他的形象美，只有真正的艺术才有这般神奇的魅力。这说明艺术变成了裴艳玲的生命，能帮助她克服心理和生理上的障碍，即所谓"戏保人，人也保戏"。

我好久没有这样被戏剧强烈地感动过了，以至于过去这么多年还不能忘怀。昨天河北梆子剧院的一位朋友告诉我，裴艳玲最近将亮相中央电视台①的戏曲频道，说不定又有惊人之作问世。兴奋难耐，遂写此文以示期待和祝贺。

---

① 2018 年 3 月，中央电视台撤销建制，组建了中央广播电视总台。

翰墨缘

中国有个习俗,称书法家写的字为"墨宝"。无论是向书法家买字或要字,都叫"求字"。一"宝"一"求",足以说明中国人对书法的崇敬。因此书法家架子大一点儿,墨宝难求,也是理所当然。如果哪位书法家毫无架子,字也好求,就会让人感到格外新奇,无比欣慰,然后蜂拥而至……天津书法界就真有这么一位公认"人缘儿好、好说话"的"好好先生"——宁书纶。

宁先生在书坛上也算"有一号"——天津话里的"有一号"就是"数得着"、在前面占一席地位,相当于官场中的一二把手以下,常委以内。他八岁学书,"以唐楷入门,精习柳、欧、赵,研临隶书及魏碑诸体,博采厚积,然后确立自家面目。其行其楷秀而不媚,畅而不浮"。宁书纶至今已写了七十年,从未辍笔,用秃三千多管毛笔……

老先生一管在握,汪洋恣肆,含情万里,笔墨如风行雨散,润色花开。放下笔为人，却极其谦恭仁厚，随和通达，几乎是有求必应。他的应诺不是一时的盛情难却或兴之所至，而是半个多世纪来一贯如此。人们都说字如人，人如字，但初识宁书纶的人，却似乎难以把一个言行规范、举止一板一眼的人同他那隽秀清丽、超逸悠然的墨字协调统一起来，反差越大，相互映衬得越有趣味。只有交往深了，才能发现他的人和字在骨子里的和谐与一致。所以他的笔墨春秋就有点儿意味，在不计其数的书法家中，他是少数能用笔墨在宣纸上广结"天下之缘"的人……

与农人

几年前，宁书纶接到甘肃一位农民的来信："由于国家政策好，我发家致富了，盖了新房子，屋里想挂幅字，字比年画好，永不过时，永远好看。偏巧我的先人传下来一幅于右任的中堂，想配副对联。想来想去求您最合适，因为您人好字好……"宁先生着着实实地惊奇了一番，感动了一番。如今的农民可真了不得，居然收藏着于右任的字，更怪的是还知道有他这个宁书纶，知道他在天津。虽然地址写得驴唇不对马嘴，但这又有什么关系呢？这许多年来他可没少收到这样的怪信，只要前面写上了天津市，后面不管胡乱写个什么地方，邮递员总能把信送到他的手上。

宁书纶当晚就写了副对子："丽日和风春淡荡，花香鸟语物昭苏。"

第二天亲自到邮局寄走了。过了一段时间那农民又来信，说没有收到，求老先生再写一副寄去。这回收到了，还寄来二斤炒蚕豆表示感谢。蚕豆炒熟后叫"蹦豆儿"，像玻璃球一样又硬又脆，当然也很香。宁先生开心大笑，即便自己有副钢嘴铁牙，用了快八十年也已松动破损，对付不了这硬蚕豆。

他把炒蚕豆送了人，却紧跟着又接到七八个甘肃农民的来信，也都说自己有幅于右任的中堂，要配副对子……又逗得老先生好不开心地笑了一阵，以后很长时间只要一提起这件事还会笑。他们编瞎话也不换个词儿，于右任哪有那么多的中堂都藏在他们甘肃农村？但他还是一一写好寄去。此事曾在书画圈儿里传为笑谈，有人笑他迂，明明知道人家在骗他的字，还去上当，而且是上农民的当。

宁书纶有自己的解释："人家能骗我什么？不就是几张纸、几十块钱的邮费吗？我从小就给左邻右舍写春联，人家求副对子可不能驳这个面子。国家级的领导人找我要过字，我感到荣幸。远在数千里之外的大西北农民找我要字，这份荣幸更让我动心……"

与洋人

作为书法界的名人，宁书纶免不了要参加一些有外国人在场的聚会。这些洋人有的买过他的字，有的向他要过字，大多是为了留作纪念，给自己增加一点儿中国文化色彩，或者纯粹是觉得中国字好看，附庸风雅给环境增加一点儿美感。有一家中外合资的缝纫机制造公司的外方技师，人称"大西洪"，买了幅宁书纶的字挂在房间里，一有机会就向人夸耀："中国的毛笔字漂亮得像大美人，风情万种，姿态妍美，每当我想念妻子了，就看墙上的这幅字。"

一个不懂中国书法的外国人，倒没有完全说错，南朝梁袁昂在《古今书评》里就说过："卫恒书如插花美女，舞笑镜台。""大西洪"存的那幅宁书纶的长条行书："从倚彷徨神光，离合乍阴乍阳……"确实写得情驰神纵,飘逸脱尘,望之如灵如动,精魄摄人。"大西洪"越看越爱,越看越秀,字似通神,越久越美。渐渐地他便"走火入魔",想尽办法,托人打听,一定要见见能写出这种字的人长的是什么样。偏赶上那几天宁先生感冒住院,"大西洪"闯进病房,见到了一位清癯长者,神清气和,善意迎人,脸上一团笑纹:"对不起,让你失望了,没有吓你一大跳吧?"

"大西洪"不知如何作答。老人哈哈大笑,感冒顿消,一身轻松:"有个作家早就说过了,你觉得鸡蛋好吃就行了,又何必非要看看下蛋的老母鸡呢!""大西洪"只是一再表示歉意,来得唐突,没有带鲜花,没有买礼品,临走拿出一百美元非要塞给护士……

其实,靠笔墨真正能结下点儿缘分的,还是跟东方的"洋人",他们的文化和中国文化有着很深的渊源,在书法艺术上容易沟通。几年前,在全世界庆祝世界反法西斯战争胜利50周年的日子里,宁书纶被朋友拉到一个小型聚会上,在场的一位八十多岁的日本人山川育英,当年并没有作为侵华的日本兵在中国作过恶,席间却两次站起身,为日本侵华所犯的罪行躬身谢罪,言辞诚恳,老眼滴泪。他喜欢书法,饭后向宁先生求字。宁先生大概是对他刚才的谢罪表现感到欣慰,便慨然应允,并顺笔改了一下陆机的句子,把"山、川"两个字嵌在其中:"山蕴玉而增辉,川怀珠而添媚。"山川育英大喜过望,深躬施礼后就在袂袖上抠搜,最后抠下一粒纽扣样的宝石作为回赠,宁书纶坚辞不受。但此后,逢年过节,山川育英必来信问候,用毛笔一笔一画,工工整整,字体丰厚端凝,表达一种由衷的敬意。

韩国人也有这股劲儿。宁书纶曾先后在神州书画学院、天津美术学院、天津工艺美术学院、天津师范大学等处教授书法二十余年,当然以教授中国学生为主,几十年下来门生两千,也算是一番气象。其中自然也有一批外国学生,他们都有自己的专业,只是利用在中国留学之便选修中国书法艺术。

宁书纶自编教材,这倒逼得他出版了一本又一本的书法理论著作:《赵体书写指南》《楷书千字文技法》《行书〈圣教序〉书法技法》《宁书纶书法集》等,有时连毛笔都是他为学生提供……在这些洋弟子中尤以日本和韩国的学生学得最认真,有的留学期满后又特意多留两年,专门跟他学中国书法。回国后每隔一段时间就给他寄来一封长信,厚厚的一大沓子,多用正楷,有的也用行书或隶书,实际是向老师交作业。宁书纶批改后,一一回信加以说明。积几十年来的"信作业",装订成四大册《艺海飞鸿》。有位韩国学生柳英绪,字已经写得有模有样了。1998年春节,宁先生给这位海外弟子中最得意的门生回赠了一副春联:

> 野竹上春宵才见早春莺出谷
> 桃花飞绿水更逢晴日柳含烟

1983年,李瑞环率天津市政府代表团访问日本,邀请宁书纶同行。这样的一个团里有一位书法家,自然格外受人瞩目,其责任不言自明。日方请他即兴挥毫,名为"书法表演",实则是展示中华文化。日本也是个重书法的国家,在场的有不少日本书道高手,那架势一摆又像是一场笔墨擂台。宁书纶先用行书写了一幅中堂,录的是韩愈的名句:"业精于勤,荒于嬉;行成于思,毁于随。"

围观者先被纸面上充盈激荡的气势所震慑,然后请求讲解词意,待宁书纶注释完,那些日本的政府要员、社会名流、书法高人纷纷上前,有的要收藏他的字,有的请他再写一幅,酒店的老板沾地主之光先把字拿走，表示不仅要裱糊珍藏，还要缩小精印，广为宣传，作为酒店全体员工的座右铭。宁书纶到京都后，写了一个楷书的"和"字，求字者竟跪伏于地，双手高举着接他的字。就这样，他结交了一批自称他的学生的日本书法家。

与穷人

在天津的文化圈里传着一句话："有事找宁老！"

一位热心的记者，将一位垂危的无亲无友的四川籍打工妹送进了医院，然后就把宁书纶请到了义卖现场。救人更胜救火，得动真格的，"春日同和秋霜方厉，南山争高北海度深。一姹紫嫣红耻笑颦，独从末路见精神……"他连写两大张，按照当时的价格每张千元。

前年的一天，古籍出版社一位性情内向的编辑突然敲开了宁书纶的家门："妹妹和妹夫都被汽油烧伤，烧伤面积达95%，需要大量的书法作品打点医生。您的字说值钱也很值钱，却又不同于现金，送人拿得出手，接礼的人也敢收，不算行贿受贿，不会给人家惹出麻烦……"宁书纶不等人家说完就问他需要多少，那位编辑憋得满脸通红，说："得要十来张。"也真难为他了，这个口实在不好开，哪有上门求字，张口就要十来张的！

宁先生二话不说，把柜子打开，和夫人一起翻腾，把平时积存下的自己得意的作品都拿出来，有中堂，有条幅，有对子，数了数一共十五件，包好都塞给了那位编辑。

行笔至此，要提一提宁先生的夫人，一般来说人们都讨厌书法家和画家的夫人们。不管来的是生脸儿的熟脸儿的，堵着门口不让进的是她们，进了门像防臭贼一样随时准备堵住你的嘴不让你开口要字的是她们，如果你非要不可，就让你先看墙上的价目表，然后伸出手叫你先交费的也是她们。宁夫人却恰恰相反，先生要说送给谁字，夫人帮着找。先生倘若感到不太满意，夫人还在旁边提醒："那天你不是写了幅很得意的吗？大概是顺手塞到放书的柜子里啦。"于是就把最好的字翻出来给人家。也许这就叫"不是一家人，不进一家门"。

多年来，为赈济救灾、为残疾人募捐、为少年儿童的教育事业筹集资金，宁书纶先生捐出的书法作品无以计数。社会上曾送给他一副对联："善行当仁不让，义举捷足为先。"

凡事都有原因，宁书纶的热心热肠也跟他的经历有关，他知道什么是穷，什么是难。三年度荒时期，他们一家住在北马路一间小平房里，他白天上班，晚上练字，当时经常停电，也是为了节省电费，索性天天就在煤油灯下练小楷。他谨遵古训："善为书者以真楷为难，而真楷以小楷为难。""作字要熟，熟则神气完实而有余。"还有一个原因，一练字就不觉得饿了。全家人都已经浮肿，唯母亲最苦，因为长子的早逝哭瞎了一只眼，对宁家未来的寄托全部押在宁书纶的身上，自己往嘴里放的就更少了。有天买到一把咸萝卜缨子，老人刚吃了一口就噎在了嗓子眼儿，然后就什么东西都不能吃了。也许是长时间喝稀汤，嗓子已不适应固体物质了。眼看老娘就要被饿死，宁书纶想办法买到几块豆腐，拿回家将豆腐放到母亲嘴边，老人拒绝下咽："我吃不吃都没用了，你吃了比我吃强，你可千万不能饿出事来！"

几天后母亲去世。

人们习惯性地以为书法艺术专属于"书香门第"和"富贵人家"，用现在的话说是属于"上层阶级的艺术"。实际上，宁书纶是贫民书法家，是大众书法家。

但宁书纶的"不拿架子，不炒自己"，也带来一个麻烦，有好作品就送人，他的字藏于民间，自己却存不住自己的作品，要出版书法集还得现找朋友们去搜罗，这可就难了……

1998年夏天，有人用书本遮住了落款让他看一个扇面儿，上面是用指甲大的小楷写的《岳阳楼记》，共计三百六十个字，满纸工心，笔正字秀，骨骼清俊，神采粲然。他太喜欢这字了，望之惟逸，发之惟静，看上去又有点儿眼熟。待朋友把书本拿开，他看到了自己的落款。旁边站着一位衣着俭朴的老者，含笑问他："宁先生，真的一点儿也认不出我来了？"

"看着面熟，但不敢贸然招呼……"

那位老者告诉他："1943年，我是华丰银号的职员，您在庆益银号管总账，字写得好已经远近闻名了。有一天我求您为我写了这个扇子面儿，还有一张我到贵号办事，您用毛笔给我写的字条，这两样东西我保存了五十多年啦。'文化大革命'中凡是带字的东西都烧了，就是这两件宝贝舍不得丢，东掖西藏地存了下来……"

有人劝宁书纶出高价把扇面儿买下来，那老者却分文不要，愿意白送给他。宁书纶也实在是喜欢，不要说五十多年前的作品，他手上连自己二十年前的作品都没有。但是，自己喜欢，人家收藏者更喜欢，不喜欢就不会保存这么长时间，君子不夺人所爱。有人能如此珍惜自己的作品，不正是书法家求之不得的事吗？

他终究没有要回自己的字，反而又送给收藏者一幅大字。

与杂人

杂人者，什么人都有。

宁书纶到监狱讲课，不是讲书法技巧，而是讲做人的道理。做人和写字一样，心端笔才正，神清字才秀，学书在法，其妙在人。并为犯人题词："不二过。"

他对犯人尚且如此，对机关干部、团体、企业求字，自然也没有理由拒绝。山东孔府一尊日本人赠送的孔子玉雕像下面的碑文、广东一座孙中山雕像的碑文、宋春元雕像的碑文……都是请宁书纶写的。少的四五百字，多则八九百字，有的用正楷，有的用隶书。天津文庙的碑文两米宽、三米多长，光是在纸上叠格儿就叠了三天，然后用了十天时间才写好。

宁先生说得很实在："现在写字的人比字还多，中国的常用字不过六七千个，全国的书法家恐怕不止这个数。既然爱上这一行，没有不希望自己的作品能够传世的。怎么传世呢？感谢政府的信赖，在一些永久性的工程上选中了我的字，得以留存于世，是天大的安慰。"

老先生活得平实，知足。因此快乐，多智。

他为闹市区的一家商场题过一块大字匾额——天海商厦。这四个字写得充实丰灵，气感风云，经得住看，经得住评。成了当地的一景，也成了他的广告牌。每天有成千上万的人路过此地，有意或无意地从不同的角度以不同的心态观赏它，品评它。有心人看了这字就会通过各种渠道，千方百计地找到他，有北京来的部长，有九十多岁的老学究，有喜欢书法的青少年，有企业的管理人员……来找他的人还能有别的事吗？

宁先生有几大册厚厚实实的记事簿，那也可以说是他的作品目录。几十年来，每年他都平均为五百多名不认识的人写字。有人劝告他，物以稀为贵，你写这么多就不值钱啦。既然找你要字你就给，谁还再去花钱买你的字呢？

天下之大

这是几句好话，老人却不以为意，一个年近八秩的人，不可能没有自己的主意。他多年坚持这样做，一定有他的道理："自古靠写字没有发财的，古人讲敬惜字纸，哪有借字纸捞钱的。我衣食住行，无忧无虑，是朋友们帮我换房买房，给孩子安排工作，我有病给我请医生，买药送药。社会待我不薄，我除去写字没有其他本事，怎么能为社会吝啬笔墨呢？要字的人多，说明社会需求量大，这是好事。你到大街上去走走看看，中国字快被糟蹋得不成样子了，商品名称、价目表上白字不断，别字连篇，甚至胡乱造字，把大白菜的菜字写成上边一个草字头，下边一个才能的才，这算什么字？有的连门脸儿上的招牌都写错了。更不要说把老祖宗留下的方块字写得歪歪扭扭、瞎瞎瘪瘪……我没有能力到马路上去给人家改正错别字，只好谁让我写我就写。这对我不过是提笔之劳，至少让大街上、让商店里、让人们的家庭居室中多一点儿正确的字，少一点儿谬误。如果再多一点儿美感，少一点儿丑陋，那就是意外之喜了。用天津话说叫混个傻人缘儿，讲点儿大道理叫清洁中国文字。"

这番议论没有丝毫的矫饰陈腔。老先生的笔下人生已经进入返璞归真的境界。欧阳修有言："古之人皆能书，独其人之贤者传遂远。"焉知写得多就不值钱？写得多，流传就广，你不存他存，你不藏他藏，也许反倒会传之久远。

检察官素描

  我一直有个问题找不到鲜活的答案：人的贪欲和色欲，到底哪个更强烈？

  要找到这个问题的答案，最好是去采访检察官。

一

  话题要从30多年前开始。一个拥有多年党龄的老干部，动动嘴皮子为某项工程搭了一下桥，却收受贿赂8 000元。事发后，当检察官到他家里索回赃款的时候，老干部拿出了一沓银行的存折，从那一沓存折中翻了好一阵才找出那个8 000元的存折交回。

  有的人谋财逐利、欲壑难填，这种事还有什么稀奇呢？据说在经济犯罪者的行列里，比这位老干部更厉害的大有人在，贪污受贿数额也大得多，8万、80万、800万、8 000万乃至几亿、十几亿的也不乏其人，有什么可值得大惊小怪的呢。

可我竟意想不到地被这件事深深地刺激，也许就因为他只受贿了 8 000 元。他家里有钱，而且不算少，根本不需要这笔贿赂，完全用不着为这区区 8 000 元冒身败名裂、让一世功名付诸东流的危险！这种心态很值得琢磨。老眼已昏花，却贪目不瞬。就是看不见香饵下，触口就是钢钩！

一个拥有多年党龄的老党员尚且如此，有的人的贪欲究竟到了何等程度呢？我急切地来到检察院，求教于检察长李新民。他只有 40 多岁，看上去不像个身居要位的人，身上没有咄咄逼人的锋芒和居高临下的盛气。相反，一见之下很容易接近，很容易给人以好感。圆脸、重眉，温厚信实，性气和爽。很难让人把这样一张面孔、这样一副神情，跟人们想象中的高级检察官的职务协调起来。

恰恰是他，最早把"和平"和"检察"连接起来。

和平区，是天津的城中之城、市中之市，是全市政治、经济、文化的中心，大机关多，大公司多，大商场多，金融机构多。许多新闻报道和政治材料还给和平区加上另一个特点："案件集中，领导干部犯罪突出，关系复杂。"

李新民就当过这样一个地区的检察长。

从"和平区"诞生的那一天起，这里确实没有再遭受军事学上所定义的那种战争的骚扰，倒也算是名副其实的"和平区"。然而，这里又从未真正地"和平"过。政治斗争、刑事犯罪、经济案件，从来没有间断过，这难道不是和平年代不可避免的以特殊形式进行的战争吗？其激烈、尖锐和复杂的程度，难道会比战争年代的厮杀逊色吗？

法律是这场战争的主要武器，检察院对于危害国家安全案、危害公共安全案、侵犯公民人身权利民主权利案和其他重大犯罪案件，行使检察权。中央也三令五申，检察的重点是三个机关和一个部门：党政领导机关、司法机关、行政执法机关和经济管理部门。

正是他们构成了社会的心脏。

李新民很忙，好像有十几宗案件同时在侦破，不断地有人到他的办公室来请示、汇报。他很能定得住神、稳得住劲，常常逼得检察官们在跟他叙述案情的过程中突然自己有所悟，急匆匆结束汇报，抽身而去。因此李新民话说得不多，处理事情的效率却很高。

我是通过正式组织手续来采访的，他们不想回避我。我却看得出这次采访有时让李新民感到不自在，不知是他担心冷落了我，还是有外人在场时这样大量地谈工作还不太习惯。我一再申明，不要管我，不要把我当作一种负担，允许我在旁边听，让我用自己的眼睛观察。

整个上午，李新民的手里都在把玩着一张十六开的纸，有时放在桌子上，有时又拿起来看上两眼，甚至在听别人讲话的时候眼睛也盯着那张纸。有一阵，屋里只有我们两个人的时候，他把那张纸递给了我："你是文人，看看这封信有什么门道？"

这是一封非常简单的检举信，揭发一个名叫古怀金的饭店总经理，在饭店大装修的过程中有严重的贪污受贿行为，但没有举出任何事实和根据，信尾也没有署上真实姓名。我看不出这封信有什么特别之处，我想他们检察院里收到的这样的信一定少不了。

李新民像是对我说，又像是自言自语："我们收到的检举信的确太多了，但这封信不同，不是怕被人认出字迹来的'瞎划拉'，字迹工整，显然是经过深思熟虑的，虽然没有署名，信里还是可以看出一种负责任的精神和对法律的尊重。也许是一种直觉，它告诉我，这可能是一起重大经济犯罪案的线索。一个大饭店的总经理如果想利用自己饭店的装修工程捣鬼，那太容易了。"

他打电话叫来一个高高瘦瘦的检察官，向我介绍说他叫于京西。于京西脸色苍白，两眼却极有神采。李新民把那封检举信交给于京西，叫他组织侦破小组，先从外围查起。

中午，我们起身准备去餐厅的时候，身材壮硕的检察官陈连群闯进来，急急火火："李检，南郊区一家跟韩国人合资的企业来了几个人，闯进了我们检察院，说今天早晨上班不久，有几个说一嘴韩国话的人，进厂绑走了他们的韩国经理……"

我感到新鲜，这种事他们也管？

先不说为什么发生在南郊区的案子要跑到和平检察院来报案，李新民问明了情况就赶紧下令："能够抽得出来的机动人员立即出动，分两组，一组控制住出市的各要道出口，另一组从中档宾馆查起，查询所有韩国客人。"

我庆幸自己这次来得正是时候，这里太精彩、太丰富了。我不能老守在李新民身边，哪儿热闹就应该到哪儿去看看，于是向李检打了声招呼就跟着陈连群跑了。检察官们果然训练有素，他们中的绝大多数人都能驾驶各种型号的汽车，似乎个个都有独立作战的智慧和经验，开得动，动得快，聚得拢，放得开。

坐进吉普车以后我请教陈连群，李检为什么要叫人先从中档宾馆查起？

陈连群说："我猜李检的意思是为了节省时间，一般来说绑架分子不敢到高档宾馆里为非作歹，低档旅店里又难于保密和藏身，只要他们还没有离开天津市，藏在一个不大不小的宾馆里的可能性很大。"

我心里还在将信将疑，另一组人就在河东一家中档宾馆里找到了绑架者和被绑架者，我跟着陈连群也赶了过去。

南郊这家合资企业的韩国经理，在韩国国内借了钱来中国办厂，却逾期不还债，债主便雇佣了几个帮手，然后来天津把欠债人绑架到宾馆里，想逼他还钱。大概是刚开始恫吓，还没有来得及动武，那个被绑架的韩国倒霉蛋毫发未损，梗着脖颈，一副"要钱没有，要命一条"的混混劲头。

陈连群立刻给李检察长打电话，报告这里的情况，请示该怎么办。我再一次感受到了网的力量、铁的纪律、严密的组织，发出指令的是处于中心位置的李检察长。

陈连群回到绑架者跟前，一盘大脸绷得很紧："我正告你们，这是非法拘禁，触犯了中国法律。所幸还没有造成太大的伤害，立即放人，我们可以予以宽大处理，但以后绝对不允许再进行这类绑架活动。倘若你们想请中国有关部门帮助催债，就要履行正当的法律程序。"

宾馆的经理也下了逐客令，催绑架者快点儿结账走人。被绑的韩国人对着陈连群千恩万谢，陈连群却头也不回地拉着我上了吉普车。在回检察院的路上他告诉我，他们要抓一条大鱼，李检已经到市院汇报去了。

我问："这条大鱼大到什么程度？"

"绝对是个人物。"

"叫什么名字？"

"郭兴贵。"

"是他？"

"您认识？"

二

走进政协礼堂，李新民吃了一惊。离录像资料播放的时间还差一刻钟，礼堂里已经座无虚席，服务员开始在走道上加椅子，各个门口都挤着一堆东张西望还抱着一线希望想找到空位的人，还有人不断从门外涌进来……

政协委员们以及工作人员似乎谁也没有想到，在盛夏的午后正是热得最难熬的时候放录像，竟会吸引这么多人。上一周也是在这个地方，举办电影招待会，放映最新故事影片《生死两兄弟》，据说那是大制作、大惊险的超级卖座电影。赠送给每个政协委员两张票，通知上注明可带家人，也可转让他人，但礼堂里仍旧安静幽雅，空座位很多。

电影再好终究是电影，政协委员中上年纪的人很多，高文化、高智商的人很多，其中肯定有一些人不愿意为看一些虚构的东西浪费自己的时间，倘若虚构拙劣、智慧不够，就更不划算了。但今天的录像非同一般：《反腐倡廉世界潮》和《泰安大案警示录》。看来人们对腐败的态度并不像口头上或表面上所显示出来的那么消极，那么无可奈何，心里已蓄积了一股巨大的力量，这种力量一有机会就会迸发出来，变为愤怒和鄙视……

也许只有他不是来看录像的，而是来抓一个人。现在他又犹疑了，不想惊扰这些可爱的委员们。大厅里很凉爽，李新民身上却鼓荡起一阵阵的燥热，原本平和的眼神变得凌厉了。他不知该为群众的这股对贪污腐败深恶痛绝的情绪感到高兴，还是感到不安。群众的这种情绪是他的后盾，同时又作为一种强大的压力转嫁到他的身上。贪污腐败，民贼国盗，他干的就是缉贼捉盗的活儿。

执法者强则国强,执法者弱则国弱……他感到一种少有的充实和镇定。

他发现了自己要找的人,向跟在他身后的王建设和陈连群示意,但没有马上采取行动。礼堂里人太多。

礼堂里的大灯熄灭,乐声响起,前面的大屏幕上出现了世界反贪潮的画面……李新民在走道边上站定,身子靠着墙,另外两位检察官则退出去,守在礼堂的大门口。

他饶有兴致地揣度刘光义此时的心态,这位眼下正吃香的喝辣的、凡人不理、凡人也实在无法接近的招生中心大专处处长——他本应像招生中心里的其他人一样,封闭在招生大楼里忙于一年一度的紧张的大学招生工作,在招生未结束之前,不得回家,不得会客,不得随便跟外界通电话……李新民正苦于不能进入封闭的大楼抓他,那样举动太大,担心会干扰了关系到千家万户、关系到千万个孩子前途的招生工作。想不到他竟自投罗网,意外地跑出来看录像。

其实他并不是政协委员,但像他这样的人得到看录像的票并不困难。奇怪的是他做了什么事自己心里还不清楚吗?为什么还要来看反贪污受贿的资料片?他就不怕受刺激吗?或许他想了解一下中国乃至世界反贪浪潮的情势,长一点儿见识和经验?

屏幕上风暴滚滚,韩国举国上下掀起了"浚源"运动,欲浚其流,先浚其源。其势如雷霆万钧,以贪污受贿罪逮捕了两个前总统。哪个总统没有自己的一班子人马?因此又牵扯出一大批部长(包括掌握军权的国防部部长)、阁员、军政要人和大财团的头头儿,有谁算谁,纷纷被捕。群情激愤,但国家安定,总统金泳三因势制定了一系列的反腐措施……

画面一转又进入意大利。这个国家的政治腐败似乎是举世闻名的,一位政府首脑一手控制着阳光下的意大利,一手控制着阴暗中的黑手党，长达30年，最终因其倒台而丑行败露，导致1 400名政客被捕，1 200名议员之类的政治要人受审。意大利人民抱怨：还有干净的政客吗？以检察官安东尼奥·迪彼得罗为代表，检察机关领导了一场得到全国人民支持的"干净之手"的运动。

刘光义突然起身离座，转头向门口走去。他想了解反腐败的情况，但真看到了贪污受贿者的下场，屁股便坐不住了，那些被捕的人哪一个不是有权有势，而且是他所不能比的……

李新民从后面跟了出来。

刘光义一走出礼堂，自然就被等在门外的两个检察官拦住了："你是刘光义吗？"

刘光义一激灵，他经常被别人求，还没有碰上过这样跟他说话的人。一张白脸涨得通红，眼睛也立了起来，心里却不免毛咕："你们是谁？找我有什么事？"

王建设说："我们是检察院的，请你跟我们去核实一桩案子。"

"我不去，你们知道我是干什么的吗？我是招生办的……"全是废话，检察官找你还能不知道你是干什么的吗？还会在乎你是干什么的吗？

刘光义也许是受了刚才录像资料的刺激，不等检察官回答便突然神经过敏地大喊大叫起来："你们凭什么挡我的道？你们想请我去帮忙？我不愿意！你们真要有能耐就把我抓起来，最好枪毙我！"

他这样歇斯底里地喊叫，一会儿就会把礼堂里的人引了出来。李新民走到他近前，不紧不慢地说："刘光义，你喊完了吗？好吧，现在我就宣布逮捕你，还要对你提起公诉。至于以后会不会枪毙你，那就不是我的事了。"

刘光义愣了一下："你又是谁？"

副检察长王建设介绍:"这是我们的李检察长。"

刘光义突然双膝跪倒:"李检察长,我是浑蛋,你饶了我吧,叫我干什么都行,可就是不能抓我。"

王建设厌恶地皱了皱眉,向大陈示意,两人弯下腰,动作干脆利落地一边一个架着刘光义上了汽车,眼睛里露出难以掩饰的不屑。这算什么人哪,嘴脸变得也太快了,贪的时候何其张狂,平时作威作福,出了事又是这副孙子样,他这个处长是怎么当上的?话说回来,也许正因为他大小是个官儿,才会如此表演。

三

郭兴贵刚接到退休的通知便决定住院。

他原以为市里会让自己干到65岁,有的头头儿确实漏过这方面的口风,他周围的人和下面的人也都这样认为,考试中心没有他不行。一年一度的招生考试就要开始了,他等待、筹划、企盼了10个月,就是为了要领导和掌握这两个月的招生和考试。每当进入全市统一招生考试的季节,他就像过生日一样兴奋、忙碌、快乐。

每年的这个时候都是他最风光的时候,各种各样的领导人物都来找他,各行各业的人都来求他,他每天都在电视上露面,向考生和家长训话,就是用自己这一嘴的天津话训导那些说普通话的人。他已经习惯了这种大权在握、说一不二、下面一片顺从和献媚的局面,习惯了这种被人包围、被人追踪、被人央求的感觉……现在却突然宣布让他退休,市里的头头儿不出面,只让教委的一个处长通知他,而且通知他的同时就已经为他办理好了一切退休手续。

他想退也得退，不想退也得退！他怎么也没有想到自己还会受到这种待遇，他找不出不退休或拖延退休的理由。通常这类理由一是要级别，他已经是厅局级了，以他的资历和工作性质不可能给他一个副省级；二是要房子，他的房子多得住不过来，儿子去了日本，三室一厅的房子还空着哪。唯一能够让他出气的就是住院，眼下能够住得起高级医院的人不多，看谁敢不让他住院？

他住到医院里照样可以摆谱，小病大养，大笔花钱，让那些在台上的人心疼去吧！不让我退休，我还可以给考试中心挣钱，让我退休我就要把考试中心花垮。

考试中心的人都知道郭兴贵得了慢性肠炎，严重了还会便血。听说他要住院，又都知道他心情不好，就来了一大帮人，两辆轿车，护送着郭兴贵和他的妻子浩浩荡荡地开进医院。

这是一家在政界、商界相当出名的医院。

医院为什么还要讲究只在政界和商界出名？既然出名老百姓怎会不知道？老百姓只知道这是一家有声誉的专业医院，却没有多少人知道这家医院里有一栋住院部的大楼，里面的设备和环境相当于五星级宾馆的标准。

院长是一位有经营头脑的医学权威。全市有经营头脑的人很多，各个专科的医学权威也不少。但是，既是医学权威又有经营头脑而且还处在领导岗位上的人，可就"凤毛麟角"了。他把医院建得这么豪华，正巧适应了消费社会追求奢侈的时尚，什么都要最好的，吃要精品，穿要名牌，车要高档，住宾馆要最高级，住医院也要讲究舒服，住进这家医院的人既能得到一流的治疗，又能享受星级宾馆的服务。因此，独资、合资企业的外方老板，国内的商界大亨、有权的、有地位的，都涌到这家医院里来。有大病的来，有小病的来，没有病的为了补身健体或休息一下也来住上几天，吃点儿好药，做一下全面的检查，甚至还吸引来一些专门来看病的外国人。

越是最好的越有人光顾，水涨船高，一般的中国老百姓生了病是不敢到这里来的。郭兴贵不怕，他不是一般的老百姓，他是这里的常客，他要的就是这个排场。这里是医学院的附属医院，而医学院每年的招生都归郭兴贵管，医院里的头头脑脑、医生护士的孩子要想上医学院也得求他。所以他一来，比市里的领导还要威风，市里领导都是悄没声儿地来，悄没声儿地走，他却是唯恐人家慢待，尽力张扬，显得格外硬气。

医院也欢迎这样的大爷，给予最高规格的检查和治疗。不管他有没有病，先给他做全身检查，抽血、留尿、存大便，医院里有被病人称作像吃钱的老虎机一样的高档医疗设备，从头到脚，从表皮到五脏六腑，对郭兴贵进行了彻底的、全面的检查。四天过去了，真正的治疗还没有开始，已经花进去数万元，还不算吃和住。

郭兴贵住的病房也相当讲究，各种电器一应俱全不说，还有小酒吧，一张大电动按摩椅，卫生间里有大号的温泉冲浪按摩浴缸……郭兴贵也没拿这里当病房，自己也不像个安心来住院的病人，呼来唤去，来探视的人不断，电话不断，病房成了考试中心，他仍然是炙手可热的考试中心的主任。

他在等着看那个新的考试中心主任的笑话。考试中心是他铁板一块地经营了十几年的地盘，离开他谁也玩儿不转。半个多月过去了，招生考试工作没有乱套，一切都在有条不紊地进行，这让他受不了，心里又酸又恼又气，却发作不出来，只能在没有人的时候跟老伴儿骂几句："现在的人全是白眼儿狼，我喂了他们十几年，喂肥了，他们却替别人干活儿，一转脸就把我给忘了！"

他越来越烦躁,住在医院里,成天有医生守着,可他的病不仅没有见好,反而加重了。病没有减少,反而增多了,又查出心脏出了毛病,大脑也出现轻度萎缩……也许是花了那么多钱检查,不给他查出点儿毛病来也说不过去。

四

我见识了真正的审讯。

负责主审的是王建设,他还不到40岁,长着一张非常秀气的娃娃脸,和颜悦色,温文尔雅,却又擅长进行艰苦漫长的审讯。审讯,不仅要和被审讯者斗智,更是意志和体能的较量。

审讯室里灯光很亮,电压充足,竭力抵挡着窗外的曙色。曙色却缓慢地又信心十足地把灯光逼得渐渐惨白、暗淡下来。

刘光义的脸色像头顶上的灯光一样惨白,嘴唇老是发干,身上在不停地出汗……他其实是在接受灵魂和意志的拷问,就看谁能熬得过谁:是他把检察官熬累了、熬困了,放他回去睡觉;还是检察官把他的意志熬垮了,他彻底坦白交代?现在他真正体味到什么叫度日如年了。

窗外黑了又白,白了又黑。他的脑袋发蒙,晨昏颠倒,心里却又极为警醒,想凝聚起自己的精神,可就是凝聚不起来,意志也坚硬不起来,从骨子里发软。他调动起全部智慧,以应付眼前的局面,仍觉得心眼儿不够用,不得不反复掂量着检察官的每一句话是否有弦外之音,有什么暗示;揣度检察官的每一个眼神、每一个动作都蕴含着什么;猜测检察官知道了多少,会怎样给他判罪量刑。

这可不是检查——查看、查考、检讨,属于内部问题;也不是监察——监督、检举，与己无关，何其轻松。唯独把"检"和"察"这两个字组合到一起，分量就不一样了，是审查被检举的犯罪事实。被带进这个大门的，差不多就是罪人了，与其说是检察官在和他斗智、斗毅力，不如说是他自己在跟自己斗。

这大概就是所谓的"熬鹰"，看谁能熬得过谁。

猎人抓到一只鹰，要想驯服它，就必须让它经过熬炼，不让它吃饱，主要是不让它睡觉，把它关在灯火通明的屋子里，让它分不出白天黑夜，鹰刚想闭眼就用小棍子敲它一下，让它永远一惊一乍，处在紧张状态。快的要昼夜不停地熬一周，慢的则要熬上半月或20天，把鹰熬得没有一点儿气性了，服服帖帖，被猎人玩弄于股掌之上，叫它飞就飞，叫它回就回，不叫它咬它就不张嘴，叫它抓兔子它就会扑上去咬住不松口。鹰被熬得对主人顺从，对同类或其他猎物凶猛，就达到火候了。

刘光义远不如一只鹰，他才被熬了一天就有点儿坚持不住了，不是因为困得受不了，而是精神紧张得快要崩溃了，直想张开嘴把一切都倒出来，随便他们怎么处置都行……他一夜之间由一个体面的处长沦为被"检察"的对象，要说不后悔是假的。百爪挠心，脸面丢尽，前程断送，鸡飞蛋打，后半生还能不能从这儿出去都很难说……

为什么要想到会从这儿出不去了呢？只要自己咬住不松口……到了这种地步能保住多少是多少……当然希望能保住的东西愈多愈好，最好的办法就是不开口，一句话也不说。但不知能不能坚持到底……

检察官们轮流熬他一个人，有时连检察长李新民都出来了，看他们的这种架势，不可能轻易让他扛过去。主要负责问话的是王建设，他看上去不像是很难对付的人，但法律的威严使那张还很年轻的白白净净的圆脸，神凝气肃，比露出激烈的憎恶、鄙夷的阴沉的脸更可怕。他眼里似乎闪过一丝怜悯、一丝鄙视。他是什么意思？莫非他心里有底了？再瞄一眼李新民，心里更嘀咕了，是所有的案子都是检察长亲自审理，还是唯独对我刘光义感兴趣？无论如何都不是好事，至少检察院是把我当成大案来办了……想到这儿刘光义心里一抖，大汗又出来了。像李新民、王建设这些检察院的头头儿，又似乎并不是单为他的问题这样彻夜熬神。

他也曾多次观察李新民的神色，这样的人最难看透，也最难斗，他并不横眉立目，疾言厉色，有时甚至还面带阳光，显得很和气，其实是大阴大阳，大阳大阴。他处在主宰者的位子上，居高临下，如猫戏耗子，收控由己，自然拿捏得住。自己坐在处长办公室里的时候也曾这样拿捏过别人，当初怎么就没有想到从处长到阶下囚，距离竟会这么短，过程竟会这么简单。

在审讯室里耗的时间越长，刘光义越感到自己的灵魂已经没有前途了。他感到自己就要挺不住了，要求去厕所。走进厕所，猛然又被厕所白墙上的黑色大字吓了一跳：

坦白从宽，抗拒从严！

笔画像横七竖八的黑色铁棍从空中向他砸来，他头晕目眩，虚汗淋淋，终于开口了。

他再不交代就要疯了，疯了以后还是会把什么都说出去的，进了班房还想保存秘密是不可能的了。他声音很轻，带着一副痛下决心和痛悔不已的神情，但交代不是没有选择的，先讲那些估计检察院已经知道的事情，却字斟句酌，在出卖自己的同时又想保护自己……

王建设突然变得严厉了："除去接受贿赂，你们在五花八门的教育经费上还做过什么手脚？"

刘光义心里一震，脸更白，头上汗出得更多了："那些钱都是由基层送上来的，有的叫我们给打个收条，有的我们连个收条也不给打，从中做手脚特别容易，还省得再去银行倒换……"

这就是理由？王建设办案不少，按理说早该见怪不怪了，可心里仍免不了升起一股愤怒、一种不解，眼前这个刘光义可是20世纪60年代毕业的大学生，这像个文化高、智商高的人办的事吗？这么轻易、这么漏洞百出、这么无所顾忌地就把举国上下都知道的非常紧张的教育经费给侵吞了？因为容易，因为不用费太大的事，就可以据为己有，这就是贪污的最好理由？！他们做得是那样平静，那样从容，却又体现了赤裸裸的贪婪和疯狂。制度上的漏洞诱发了他们的贪婪，而贪婪又使他们变得愚昧和疯狂。

现在的刑事犯罪不讲逻辑，不讲情理，两个人无冤无仇，为吵了一句嘴，为被对方看了一眼，就可以把人杀死，杀了人还没有犯罪感。经济犯罪也愈来愈变得丧心病狂，用传统的犯罪心理学和逻辑推理，同样解释不了。

刘光义很害怕，但不糊涂，在叙述的过程中小心翼翼地把坦白变成了揭发，把罪过都推到郭兴贵和别的人身上。他在吐露了一些情况之后，特别是推出了强大的郭兴贵后，认为可以跟检察院叫板了，不知不觉地，态度变得强硬了，神秘兮兮地吓唬王建设，或许是想用危言耸听给自己壮胆，给自己开脱："这个案子你们别再弄了，实话说你们也弄不了。我也不会全讲，讲了就活不成，即便在监号里我也没有安全感。"

"你怕死？"

刘光义像被尖锐的东西猛刺了一下，他愣怔了一会儿，已经落到了这步田地，似乎没有理由、没有脸面再怕死，就摇了摇头。王建设钉住不放："那你怕谁？"

"郭兴贵。"——刘光义的揭发检举足以致郭兴贵于死地，他却还要这样说。

"他比让你死还可怕？"

"他能通天。"

"天是谁？"

"他为许多人都办过事，你们动不了他。即便你们想动他，也会有人保他。他在外边，我在里边，如果他知道我说了实话，我还能有好吗？"

五

郭兴贵像一团骄横和粗俗的混合物，蜷缩在床上。他的妻子吴香华昼夜陪伴着，她是一位兼有官太太和家庭妇女气质的妇人。两个人把一间高档病房变成了杂乱的食品库，桌上、地上、角角落落，堆放着各种各样的水果、食品、饮料和高档补品。

这些东西代表了病人的身份。眼下病人却对这些身外之物失去了兴趣，甚至感到厌烦。连脑袋都成了他的累赘，哪还顾得了别的。脑袋居然能有这样的痛法，像往脑仁里边倒硫酸，从里向外烧灼、溃烂，呲呲呲，腾腾腾，疼痛愈来愈猛烈，一阵甚过一阵，没有一分一秒的停歇或间断。他吃了双倍的止痛片外加三片安定，既止不住疼又睡不着觉。他用手抠，往墙上撞，此时真的是生不如死。他想到了死，不止一次地想过死，却并不是万念俱灰，比万念俱灰更可怕，更糟糕！

如果能干干净净、清清白白突然间死，他算是幸运的了。他抱着脑袋又掐又捶又撞，嘴里不停地骂着脏话、粗话："这是他妈的什么狗屁医院，连个脑袋疼都止不住，下头没治好倒把我的上头又弄坏了,都他妈是骗子,一帮浑蛋,狗屎……"

他满嘴的天津话里流露出暴躁、粗俗、恐惧和无奈,他自己没有多少文化,十几年来硬是掌握着一种能掐住考生、也就是未来的嗓子眼儿的权力,他想借着骂街转移难以忍受的脑袋的疼痛。他一折腾,值班的医生和护士都跑来了,围着他转,好针好药敞开用,可病就是不见轻,反而是实实在在地加重了。

他刚住进来的时候,每次大便完了,都要转过头来对着马桶研究好半天,用刷马桶的刷子把大便扒拉过来,扒拉过去,观察是否成形,便条是粗了还是细了,猜想自己的肠子里有没有长东西,根据大便的颜色断定出血多少。这几天大便后,他自己都不敢看,看了后会眼晕气短,想得更多,先放水冲掉再抬屁股。因为他不用看也知道马桶里都是红的,一个人身上能有多少血,经得住这样泻?

病长在他身上,他自己最清楚,别看大肠头在下面,却跟最上面的大脑紧密相连,上面一紧张,下面就犯病。时间一长,妻子吴香华听惯了、见惯了,任凭郭兴贵疼得撞头骂街,既不劝慰他,也不去给他找大夫,只顾自己闷头吃西瓜。她把半个西瓜搂在眼前,一勺勺地挖出瓜瓤,慢条斯理地送到嘴里。

她的另一个任务是接电话,所有的电话都是她接,只有她认为该叫郭兴贵听电话的时候才会把话筒递给丈夫。现在她连接电话也烦了,电话太多,没有好事,不是说废话就是说一些让郭兴贵生气的事。烦归烦,每个电话还都得接,你不接铃声就响个没完,吵烦了,郭兴贵又会大声嚷嚷。

天都这么晚了,电话铃又响了,吴香华一手拿着听筒,一手照样挖西瓜瓤,听了两句,手就僵住不动了,眼睛发直,赶紧把话筒递给郭兴贵:"是沙奇打来的,刘光义被检察院抓走了!"

郭兴贵脑袋轰的一声，刹那间连疼痛都减轻了。他不再喊叫，不再咒骂，突然沉静下来，脸色蜡黄，对着电话那头说："你别在电话里说了，立刻来一趟。"

沙奇是大专处的副处长，比刘光义多了个心眼儿："不行啊，我怕一走出中心就得被抓。现在正是招生最紧张的时候，您知道考试中心是封闭的，外人不得进来，检察院也不敢闯进来抓人，破坏了招生他们也担待不起。老刘如果不出去，也不会被抓走。"

"他为什么要去看那种录像？"

"不知道……"

郭兴贵的头痛，真的得到了缓解，刘光义的被抓如同在他脑袋上又钻了个眼儿，转移了难以忍受的疼痛，却增加了锤击、龟裂、冰冷的沉重感。他不再打滚儿撞头、哼哼咧咧，再难忍受的疼痛和刘光义被抓走这件事相比都不算什么了。这让他胆战心惊，预感到凶险像一条毒蛇悄悄地逼近了。

我的退休会不会跟这件事有关系？难道市里早就知道了？如果仅仅是让我退休就能过去，那可真要谢天谢地了。刘光义这个王八蛋能够闭紧嘴吗？把一生名誉……咳，现在还提什么名誉，把身家性命都交给他了，能靠得住吗？要说不后悔是假的，眼下却不是后悔的时候，得赶紧想办法，做最坏的打算。

郭兴贵平时是个有主见的人，这会儿却没了主意，他唯一能够商量的人是自己的老婆："你赶紧回家给儿子打个电话吧。"

"这么晚了打什么电话，他们还不都睡觉啦？"

郭兴贵有点儿急，却把声音压得很低："你管他睡不睡觉干什么？你自己还能睡得着觉吗？这病房里打不了国际长途，再说讲话也不方便。你告诉郭强我可能要出事，能不能尽快地把咱俩弄到日本去探亲？越快越好。"

他老婆倒比郭兴贵拿得住："事儿还没到那一步，你先别慌神儿，出国能是那么容易的吗？说走抬脚就能走？电话打过去白把孩子吓一跳，最后还走不了，你说冤不冤？"

　　"有什么冤的，我还不都是为了他们才落到今天这一步，我吃上不讲究，有手擀的面条就知足了，穿上更稀松二五眼，要那么多钱干什么？还不是给他们铺了路，你说我冤不冤哪？"

　　"既有现在，何必当初？"

　　"你这个娘儿们，收人家东西的时候眉开眼笑，现在又放马后屁，快给闺女打个电话，给她的东西可放好了！当初她要是像她哥哥一样也到国外去有多好，光剩下咱们两个怕什么！"

　　"你别吃不完的后悔药，既然当初已经干了，现在埋怨也没有用，兴许什么事儿都没有呢。你又不是平头百姓，抓了刘光义不等于就会抓你，上边要想抓你早就动手了，你跑到哪儿也躲不过。"

　　郭兴贵抬眼看看老婆，你别说，她讲的还真有那么点儿道理，自己是局级领导干部，检察院要想抓他必须得市里点头。市里头头儿会点这个头吗？平时有那么些头头儿可是收过他的好处，也叫他给办过事的，他知道的事儿可不少，真抓了他，那些头头儿能脱掉干系无所顾忌吗？

　　想到这儿，郭兴贵心存侥幸，稍稍稳住了神儿。

六

　　夜深人不静。
　　静不了！
　　只有天气太冷了，把万物冻僵，冻死，冻住，世界才会静。

而今是太热了，一切都在膨胀，在生长，在腐败，在躁动。人更是睡不好，吃不好，腻烦，惑乱，怎么待着都不好受，怎么能静得了？况且炎夏之酷又岂止是一个"热"字所能概括得了的？它还黏黏糊糊，让人老觉得身上挂了一层稀浆，极不舒服，却越擦越黏；闷闷恹恹，天低气沉，压得人喘不上气来；如焖如蒸，其热煮骨，从心里向外热，到哪里都找不到凉快的地方，什么时候都感觉不到凉快。

在这样的时间、这样的气候下，检察院的四个大男人闷坐在一辆甲壳虫般的夏利轿车里，会是一种什么滋味呢？不能开车窗，怕被人看见；不能喝水，怕撒尿。要做得让人相信是一辆空车存放在这儿，车内的四双眼睛只能透过玻璃盯牢对面房子的大门。

检察官们却轮班这样盯了 30 多个小时了。热、黏、闷已经不是主要痛苦了。伸不开腿，挺不直腰，坐不舒坦，全身憋屈得没有一个地方不疼。甚至憋屈也不是主要痛苦，郭兴贵的家里没有丝毫动静才令他们感到难挨。这么长时间过去了，大门口没有人进，也没有人出，这是个什么家庭？莫非他有了觉察，早溜之大吉了？

他的一个同伙，或者说以前是他下面的一个处长被抓了起来，他怎么会没有觉察？他如果心里没有鬼，为什么没有办出院手续，人却不在医院里？不在医院又没有回家，莫非他真的跑了？他跑又能跑到哪里去呢？跑得了和尚跑不了庙。再说，他还能带着全家人一块儿跑吗？

检察官们经常有这样的感叹：城市太大了，要藏起一两个人很容易。此刻他们四个人躲在汽车里不就是一种隐藏吗？焉知郭兴贵有没有躲在暗处正盯着他们，在和他们斗法？

正如这座城市一样，表面上看很安静，其实何曾有过一分一秒的安静。

在外国电影里看人家的警察蹲堵，嚼着口香糖，喝着可口可乐，可比中国的检察官们潇洒、惬意多了。他们要打发沉闷、漫长、难熬的蹲堵时光，就得时不时地小声讲一点儿能提神的事，猜想着有可能发生的各种各样的情况，一旦行动就要迅捷无误。这一组的头儿是陈连群，于是各式各样的建议都提给他：

"大陈，我们不能老在这儿守株待兔，也许郭兴贵从医院溜出来，买足了粮食，买足了菜，就藏在家里闭门不出，不如突进去看看。"大陈又何尝不想突进去，问题是怎么突？砸门不行，会惊动四邻。也许可以借消防队的高梯子试一试，先跳到郭兴贵家的阳台上，再进屋就方便了……

主意不错，可陈连群还是直摇头，登高突击举动更大，同样会惊扰附近的居民，李检肯定不会同意。眼下正是招生季节，李检一再强调这个案子要内紧外松，缓而不漏，既要抓住郭兴贵，又不能干扰了招生工作。案子要办，但也要考虑社会效果，顾及大局；更不能打草惊蛇，防止郭兴贵情急之下跳楼、服毒或采取其他极端方式自杀，不能让这个案子成为死案。

否则，那赃款怎么追回？怎么向市检察院交代？像郭兴贵这样一个"大人物"，这样一件大案，如果不能尽快把他抓捕归案，惊动得市里的头头儿们都知道了，李检身上的压力就太大了，我们这些人的职业责任感、自尊、自信也无法容忍这样的事发生。郭兴贵有什么了不起，我们又不是没有办过局级干部的案子……

话是这么说，但郭兴贵可不是一般的局级干部，他的确是天津市数得着的一位"大人物"。这倒不是单指他的级别大得多么了不起，而是他占据的位置太独特、太重要了，下至平民百姓，上至高官显贵，以及商界大亨，只要家里有孩子，孩子想上好学校，想上大学的，就有可能求到他。在中国的青少年都往考大学一条路上拥挤的时候，掌握着招生大权的人，该是多么显耀！

有人又想出了高招："行啦行啦，别管他以前多么打腰，现在都是我们抓捕的对象。我的主意是化装成查煤气的，或是查卫生的，或是放耗子药的，赚开郭兴贵家的大门；他在家里更好，他不在家里也可以通过家属打听出他在哪儿，总比在这儿守株待兔要强。"

陈连群个子挺大，但心很细，顾虑很多："你们可知道郭兴贵有一些怪毛病，他在家里从来不接电话，都是他的老婆先接，像审贼一样把对方盘问一番，叫什么名字，在什么单位，做什么工作，认识不认识郭主任，找郭主任有什么事，她问完了再去向郭兴贵汇报，决定接不接这个电话。有人上门也一样，防盗铁门关得死死的，通过一个小窗口先把来人盘问个底儿掉，审查一个找上门来的大活人当然要比盘问一个打电话来的人严格得多。据说，除去郭兴贵的亲信，十之八九都会被拒之门外。眼下他是惊弓之鸟，家属会想出各种办法不让生人进门，我们能赚开大门的希望不大。"

"这也不行那也不行，难道就只能在夏利车里憋屈着？连这天气也邪门儿，还没有进伏就能热死人啦！"

"现在什么不邪门儿？不邪门儿我们黑更半夜窝囚在这儿干什么？人邪门儿，天气才会邪门儿。"

七

等李新民到市里汇报案子回来，已经是晚上8点多钟了。他匆匆吃了点儿东西，我们就登车出发，去抓古怀金。不知他是听到了风声,还是凭着一种警觉知道不妙了,当检察官去抓他的时候,他跑了。于京西断定,他十有八九是跑到当初承包饭店装修工程的包工头家里去了。这个包工头住在河北南部一个叫杨家集的村子里。

　　李新民和协助于京西侦破古怀金案子的检察官老刘倒替着开车。周末的夜晚,乡村公路上汽车很少,四野沉沉,只有我们的车前灯在黑暗中劈出一条光亮。我一个人坐在后排座位上,将脑袋向后一靠,尽量把自己的身体放舒服了,享受着轿车有节律的颠簸。李新民的手提电话似乎也有节律,隔一会儿就得响起来,他的电话是任何时候都不能关机的。渐渐地我感到自己的眼皮有点儿发沉,听他们两人说话的声音也越来越轻……

　　当我被一阵剧烈的颠簸摇醒的时候,已经快凌晨2点钟了。轿车好像停在了一片杂草之中,前面还有一辆检察院的吉普车。我们轻轻地下了车,我负责提那个特大号的热水瓶,他们两个拿着方便面、矿泉水、避蚊油,由老刘在头前带路,我们深一脚浅一脚地来到一个村子边上,见到了于京西和另一位检察官。他们躲在一个柴火垛的阴影里,监视着不远处的一座大门楼。

　　李新民小声问:"怎么样?"

　　于京西说:"古怀金还没有露面。"

　　李新民叫他们俩回到车上去吃点儿东西、睡一觉,这儿由他和老刘顶着。于京西不干,听他说话的劲头可断定他是个主意很正并相当执拗的人。他把自己的打算说完,请李检拍了板就走。

　　具体办案的人苦也好,累也好,充其量不过是只钉着自己负责的案子,心里还算单纯。李新民可就不一样了,他心里压着的十几个案子交错在一起,社会上丑恶的那一块都赤裸裸摊开在他的面前,紧张激烈,瞬息万变,什么事情都有可能发生,随时都有新情况汇集到他这儿来，需要他迅速作出正确决策，向每一个侦破小组发出正确的行动指令。

每个案子从立案到破案，都有最紧张的时候和破案后相对比较轻松的时候。检察长就不一样了，他要同时掌握所有大案、要案的侦破工作，哪个案件在最紧张的时候他都得跟着，常常要同时跟好几个案子，怎么能把他缠在远离检察院几百公里以外的一个村子里？于京西总觉得让古怀金跑了有自己的一份责任……

由于不能大动作地驱赶和拍打，只一会儿的工夫，我的小腿上、胳膊上就被饿极了的蚊子叮起了好几个疙瘩，奇痒难挨。在这儿蹲堵一个罪犯，可比坐在夏利轿车里等在郭兴贵的大门外面辛苦多了。自己吃不上喝不上，反倒成了蚊虫、小咬的美食。我理解李新民为什么非要亲自跑这一趟了……

八

连我这个旁观者的脑袋都大了！

我努力想跟踪每一个大案的侦破过程，尽量多地了解案情，以求对检察院的整体面貌能把握得较为准确。谁想到我作为一个旁观者都跟不上，了解不过来，顾了这个案子，就顾不上别的案子。真不知道李新民是怎样安排自己的工作日程的。我跟着李新民连夜从农村赶回来，没有休息，先到自己的单位处理了一点儿事情，再回到检察院就谁也找不到了。我挨个屋子探头，在接待室里看见一位衣着考究、气度不凡的来访者，我向值班的检察官打听李检、王副检或大陈到哪儿去了，那位先生却认出了我，起身主动搭讪：

"您是蒋先生？"

"您是……"

他递上一张名片，上面的头衔是"北方证券公司总经理季荣昌"。原来是金融界的大老板，难怪有如此气派。他问我怎么也到这里来了，我告诉他我是到检察院里来采访的，不是犯了案，也不是来办案。季荣昌非常热情，他告诉我，北方证券的副总经理今天早晨也被抓到检察院来了。

他们的公司是国家设在天津的一个厅级单位，那位副老总也是堂堂副厅级的干部，因贪污受贿被收审，其中 1 000 万元是一个台湾女商人给他的回扣。这个女商人为了不承担行贿的恶名，只承认是借给他的……

季荣昌就是来找李新民，想配合检察院尽快查清副总经理的问题的。我看着他那张保养得很好，此时显得有点儿过分热情的脸，不知该说什么好，谁知道他是来协助破案的，还是来为自己的副手说情的？他为什么要跟我说这么多？我应酬了几句，匆匆离开接待室。

在院子里正巧碰上刚从外面回来的检察院办公室的姚美欣主任，她告诉我李检回家了，他的妻子发高烧，他回去看看，一会儿就回来。这可是了解他家庭生活的好机会，我问明地址，骑上自行车直奔李新民的家。我在一座老式的普通居民楼里找到了他家的门牌号，敲了几下，里面没有人应声，旁边门里的一位老大娘倒被我给敲出来了，问明我找谁，她便告诉我李检察长刚走，他的妻子发烧起不了床，然后非常热情地让我到她的屋里去坐。

大娘姓刘，平时李新民家的大门钥匙都放在她这儿，他家里没有人的时候多，有什么事情一律由刘大娘给照应着。摊上这样一个好邻居是福气，在现代商品社会邻居之间还能保持这样一种关系的也不多了。我索性沉下心，跟刘大娘唠起了闲嗑，话题当然都是围着李新民和他的家庭。

李新民骑自行车从检察院到家，不过是20多分钟的路程。自1989年主持检察院的工作以来，3年中，他回家的次数数得过来。他没有个人的时间，没有个人的生活，不属于父母，不属于妻子和儿子，不属于亲戚朋友，也不属于自己，只属于检察院。检察院是一部强大的机器，他却不是钢筋铁骨，还不到40岁胃就坏了。没法儿不坏，这是检察官的职业病。他们成年累月地饥一顿饱一顿，冷一顿热一顿，在办案的日子里基本上是以吃方便面、啃面包为主，即便有一副铜肠铁胃也得吃坏了！

　　在外面把身体糟蹋出了毛病，就想起家来了。因为在办公室里熬不了药，严重的胃炎已经把李新民折腾得再也不能毫无顾忌地拼命了，倒成了命在拼他。只要有可能，他不论时间多晚都尽力赶回家里吃上一顿妻子做的热汤热饭，更重要的是要煎出两服药，当时喝掉一服，另一服则倒进空罐头瓶里，第二天早晨带回检察院喝。

　　应该说他有个温暖的家，但家里却很难指望得上他的温暖。他的妻子田珩，曾是大家闺秀，长期背着家庭出身成分过高的包袱，再加上在一家大公司里担任办公室主任，历练得既雍容大度，又精明干练。她和李新民结婚后，李新民把整个家撂给了她。这是一个大家，细分是由三个小家组成：要管好自己的家，带好和教育好儿子，还要照应婆家和娘家。田珩的大哥去世后，她每天下班后要先到娘家做好饭，再到婆家做饭。她是学中文的，悟性灵锐，在工作上无可挑剔，照应着三个家似乎还游刃有余，和同岁的丈夫李新民站在一起，显得年轻好多岁。

　　家里谁有了病都是她照顾，前天一场重感冒却把她击倒了，她发着高烧，头晕目眩，没有办法下地为自己烧口水喝，却又被感冒病毒烧得干渴难挨。儿子在学校里，老人不能惊动，也无法去通知老人，只有一条路，给新民打电话，他有许多天没有回家了，根本不知道她生病。电话机就在她旁边，静静地，像个死猫，只有新民一回来它才会响个不停。他不在家，电话也像丢了魂儿。田珩没有力气抬起身拨号，其实是下不了决心，她还从来没有在工作时间因为私事给丈夫打过电话。她盼着新民打电话回来。

李新民的电话没有来。她却不能再熬下去了，她要吃药，快支撑不住了，便打电话叫新民送壶热水来。李新民风风火火地赶回来了，不仅烧了一壶开水，还熬了一锅疙瘩汤。他也只会熬疙瘩汤，他熬的疙瘩汤比白开水还难喝。这又能怪谁呢？还不是叫田珩给惯的。

他把白开水和大碗疙瘩汤都端到妻子眼前，眼睛里露出了焦急的神色。这焦急不光是担心妻子的病，还有别的事：

"我还有点儿急事要处理，今天一下班就赶回来。"

他的事从来都是急的，田珩也从来不问他是什么事。

我可以作证，李新民现在的确是碰上急事了。西方的侦探电影中有一个套子：影片中的主要英雄人物，或是检察官，或是法官，或是警察，都因其优秀，因其热爱自己的职业而顾不了家，造成婚姻破裂，家庭解体。文艺作品中的套子是生活提供的。在这方面，中国的检察官则幸运多了，他们大多顾不了家，可他们却是当今社会上家庭最稳固的一族。这大概跟检察官在人们心目中的地位以及检察官的妻子们的善良贤惠的品格有关……

九

凌晨3点多钟，一辆轿车停在郭兴贵家的大门前，他果然在一个意想不到的时间回来了。说意想不到是他自己认为这个时间最安全，检察官们熬了一夜，老虎还有打盹儿的时候，他想当然地认为早晨正是老虎打盹儿的时候。可是，许多犯罪嫌疑人恰恰都是在这个时候被抓获的。王建设赶紧请示李新民该怎么办。

李新民指示：趁着郭兴贵家的大铁门还没有关上的时候跟进去，先动软的，客客气气地请他到检察院来一趟，如果请不动就强行抓捕归案。

王建设率领着检察官们跳出汽车。郭兴贵的家人簇拥着他进了门，再想回身关门已经来不及了，检察官们涌进了他的大门。他们虽然都是着便装，但郭兴贵的老伴儿也意识到有点儿不对头了，身后跟进来的这些人都是生脸，不是经常跟在郭兴贵身边鞍前马后的那些老面孔。便问：

"你们找谁？"

"郭主任。"

"他不在家。"

"到哪儿去啦？"

"他住院了。"

"他不在医院里。"王建设一边答着话，一边留下大陈把门，其他几个人立刻就进了屋。王建设在一间卧室里找到了郭兴贵，他衣不换，鞋不脱，一进门就躺到了床上。他脸色蜡黄，没有血色，不知是身体真的有病，还是精神虚弱得支撑不住了。

"你是郭兴贵主任？"

"有什么事？"

"请你跟我们去检察院，有件贪污受贿的案子需要你协助调查。"

郭兴贵的眼睛里闪着阴郁的光，黄眼珠想瞪出威风，周围却堆出一圈皱纹。他心知肚明，没有再多问什么，也没有耍官脾气抗拒，神情还算镇定地起了身。他应该是有所准备的，只是没有料到检察院的人来得这么突然。是福不是祸，是祸躲不过，他除去跟着检察院的人走，还能有什么选择？

十

我喜欢旁听夜里的审讯，总觉得最精彩的审讯都是在夜里进行的。这种旁听让我大开眼界，知道被抓进检察院的真是什么人都有。

郭兴贵进了检察院两天来没有开口。前门紧闭，却后门大开，每天要大便七八次，而且便中带血。面呈土灰色，整个人在急剧萎缩。看来他的身体是真有病，而精神也离彻底崩溃不远了。李新民指示办案人员送他到医院里进行全面检查，医生查出他患的是神经性结肠炎，此病又和精神紧张有关。看来他贪得无厌却并未给自己带来多少快乐。

每天，办案人员先陪着郭兴贵到医院输液，输完液回来后，该睡的时候让他睡，到吃饭的时候让他吃，而且检察官们轮流下厨，亲自给他做面汤，里面还要卧上两个鸡蛋。检察官们调侃自己，这不是在办一个大贪污案，而是在喂养一个国宝大熊猫。他们无法不憎恶罪行，却不能因此而抛弃所有的罪人。

同样也是被收审的一位评剧女演员，成天向办案人员喊着要洗面奶，要磨面器，负责审理她案子的人以为她是撒泼耍赖，拿检察官找乐儿，便不予理睬。那位演员非要见李新民检察长。李新民也只知道世上有种叫洗面奶的东西，却不知磨面器为何物。他问我，我说，叫看守给她找块砂轮就行。像她这样的人也很不简单，犯了罪不以为罪，不以为耻，七个不在乎，八个不含糊，仍能像往常一样卖弄风骚也是一种本事，叫郭兴贵学，还学不来。

机械进出口公司的一个业务员，利用为单位收购石墨之便损公肥私，收受贿赂。案情并不复杂，此人却极端顽固，坚不吐实，死不认账，从被传讯到被正式逮捕只说了三句话："相信党，相信政府，相信检察官。"

　　这确实给办案人员出了个难题：敢不敢突破传统的办案程序？按照传统习惯，本人不承认就定不了罪。李新民亲自上阵，取得确凿的犯罪证据之后毅然提起公诉。那个坚信"坦白从严，抗拒也许可以从宽"的家伙最终被人民法院判处无期徒刑。

　　这是天津首例依靠证据来认定犯罪、判处刑罚的案子，被称为和平检察院的一个突破。

　　据说是和平检察院里最年轻的检察官岳彪，特意要我见一个叫褚强的人。多年来，褚强都是农村经济局的先进人物，手中的权力能帮助乡镇企业，也能卡死乡镇企业，他帮你不会白帮，卡你时也不是不可以通融，这一来他可就肥啦。检举信一封接一封地寄到检察院里来，检察院派人到他的单位一了解，褚强还是农村局"反腐倡廉"的标兵。

　　我称岳彪是学者型的检察官，看似书卷气很重，内里却无比精明，没有多久他就查清褚强的标兵称号是怎么得来的：每当人家要打通他这个关节，带着好处费，拉着录像机、电视机、大箱小包地往他家里送的时候，他都叫人家送到单位里来，他大张旗鼓地在办公室里召开"拒腐蚀永不沾"的现场会，把气氛造足，把行贿者大批一通。到最后，把行贿者送下楼的时候，却悄悄地叮嘱人家把所有东西再送到他的家里去！每隔一段时间，或听到又有人告他的状了，就导演这么一出戏。他自以为得计，其实连小孩子都糊弄不了。

　　世上什么样的人都有，用什么手段犯罪的人都有，检察官们天天就是和这些人打交道，见多识广却仍然无法全部了解自己的检察对象——他们是精明还是愚蠢？抑或是一种愚蠢的精明，精明的愚蠢。

这些被审讯者的各种不同的姿态和表演，激起了我的兴趣，我对他们逐个地观察、琢磨，想在这种特殊的情况下揭破一个人的人性之谜。

姚美欣找到我，她说李检在楼道里已经溜达了一个多小时了，问我有没有办法把他劝回家，或者跟他聊聊天，帮助他化解一下烦恼。

我心里一激灵："到底出了什么事？"

姚主任简单地介绍了事情的原委：和平区工商局的局长叶全茂，因收受贿赂，被抓到和平检察院里来了。他有个非常美满的家庭，下面有相当不错的儿孙，上面还有80多岁的老母亲，老人家对李新民很好，李新民每次去叶家都要给老人带点儿东西。叶全茂这一手就算把这个家给毁了，叶老太太还能不能闯得过这一关都很难说。

抓叶全茂又是李新民下的令，他还跟具体办案的检察官交代，叶全茂来了他要亲自谈话。然而，当真的要以执法者的身份面对犯法的老局长时，李新民又犹豫了。

那还是许多年前，李新民刚迈进司法界的门口。他参与侦破了一桩盗窃案，作案者盗窃了1 000元，完全够条件逮捕了。当时犯罪金额达到200元就要立案。但犯罪者的家庭情况非常糟糕，破破烂烂，他和半身瘫痪的老娘相依为命。李新民悄悄对科长说："能不能不抓他，把他逮走了谁来照顾他的瘫娘，还不是要给社会增加负担嘛！"

科长说："他犯了法，就得依法办事。每个人沦为罪犯都有原因，如果光考虑客观原因，那就一个人也逮不了，法律也就失去了作用。我们司法人员不执法，放过他，他就会继续危害社会。他对社会的危害可比他的瘫娘给社会造成的负担要严重得多。"

法律的生命是什么？一般人可能说了，是"公正"。不对。做买卖讲究公正，分配要求公正，领导对部下、家长对儿女需要公正……但是，法律的生命是斗争！

也许就是在那个时候，科长相中了李新民，认为他是当检察官的好材料：他实在，厚道，心地良善。以这样的品格执法才靠得住，人民才对法律信得过。

以后的事实，一桩桩一件件无不验证了科长当时的想法，李新民主持的和平检察院，破案率连续多年居全市之首，而且所破大案、要案以及领导干部犯罪案最多。

现在又是法网碰上了人情网，碰上了老朋友、老熟人之间抹不开的面子。要说李新民不动心、不为难，是假话。叶全茂是他非常熟悉、素来敬重的一位老同志，参加过抗美援朝，曾在板门店谈判中担任书记员，是有过苦劳也有过功劳的人。在反偷税漏税、打击假冒伪劣产品等联合执法活动中，叶全茂也曾和李新民并肩作战，配合默契。他是知法懂法的，为什么也利欲熏心、身陷囹圄？他什么道理都懂，李新民又能跟他讲些什么？

李新民在静静的楼道里徘徊了一个多小时，绝不仅仅是为了这点儿情面上的困难，也许他想得更多，特别是关于执法者犯法的问题，他们的全部时间和精力都用来对付那些因抵御不住诱惑而犯罪的人，目睹了太多的贪婪、窃取、欺诈和疯狂，最后又都淹死在自己的欲望里。工商局和检察院一样，总是无时无刻不处在诱惑之中，却又决不能被诱惑！

自己能楷模天下，方能绳法他人。为了审判别人，千万不能被审判！

　　住什么房子，对于中国人来说是非常重要的事，中国人自古就是活着重视住房，死后重视棺材和坟墓的。李新民是副厅级干部，按惯例像他这个级别的干部，就算住在三室二厅或四室一厅的房子里，也不会有人说三道四，可他却一直住在平民住宅区一个没有暖气、煤气的只有 38 平方米的偏单元里。想给他解决房子问题的人不是没有，而且不用他张口，更不会用不正当的手段给他惹什么麻烦……李新民对这些好意一律谢绝。叶全茂无论是住的、用的，哪一样都比他李新民强得多，为什么快要退休了，却落得这样一个结局？

　　作为一个执法者，首先要能做到不贪。不贪是人格的提升，是灵魂的杠杆，不贪才能有执法者应有的定力。世象纷披，人格是金。一个可敬的叫韦伯斯特的外国佝偻鬼早已经给李新民的生活下了定义："一个优秀的检察官，正直地生活，拼命地工作，贫困地死去。"

　　他们舍弃的又岂止是优裕的住房条件？但他们得到了充盈的正气。正气就是神，气正神旺就能除邪去烦恼。我劝李新民快点儿进去，这时候无论他说什么，或不说什么，对叶全茂都有无可比拟的冲击力。我也知道，于情义，于情感，李新民都不会不见叶全茂的。

　　我跟在他后面一同走进了传讯叶全茂的房间。叶全茂神色一凛，他想不到李新民还会见他，立刻老泪纵横："新民，老哥哥对不起你！"

　　这是对不起他李新民的事吗？

　　稳重宽厚稀释了李新民心中的一部分沉郁，却无法不让他忧愤和深思……

十一

于京西把古怀金押回来了。古怀金却骄横无礼，根本不把于京西放在眼里。他不承认自己想逃跑，更不承认是去串供，列举出饭店装修留下的后遗症，说是去找包工头商量补救的办法。听起来也不是全无道理。

尽管于京西手里掌握了他受贿的证据，古怀金仍旧有恃无恐，或者对于京西的提问不理不睬，或者公开叫阵："如果你们有证据，为什么不立刻逮捕我？"

他似乎认为自己确有骄狂的资格：国民饭店是天津的一家老店、名店，已有73年的历史，位于市中心，规模宏大。20世纪20年代，罗章龙曾在这里主持召开中华全国铁路总工会第三次代表大会；20世纪30年代初，爱国将领吉鸿昌常来此组织抗日活动，并在该饭店38号房间遇刺后罹难。古怀金作为这样一家有着值得骄傲的历史的大饭店总经理，在天津市自然是个吃得开、兜得转的人物，有围绕着他的也有被他围绕的，该有一张多么强有力的关系网啊。谁敢把他怎么样？谁又能把他怎么样！

其实他的这点儿本钱和郭兴贵比差远啦！连郭兴贵进了检察院的大门都采取低姿态，他又能强横多久？敢在检察院里耍横的人还真不多，莫非他真的就是那点儿多吃多占的事？难道是心里没鬼，知道检察院不能把他怎么样，才敢如此强横？

我为此请教李新民，碰上了这种硬茬子，万一查不出大问题怎么"退货"呢？李新民不以为意："这种虚张声势的人我们见得多了，只要你认真观察，就会发现在他们强横、傲慢的外表下，往往掩藏着紧张、虚弱和智短才疏。像古怀金这样的人，要不就是干干净净的,若有问题就不是小打小闹。几万或几十万,对他来说不叫钱,他不会为这点儿钱冒栽大跟头的风险。"

还有更让我吃惊的,北方证券公司的总经理季荣昌也被抓进来了。他对检察院破案工作的关心都有点儿反常了,积极热情得出格了,检察官到什么地方去取证,他也会跟到那个地方去,检察官侦查到哪里,他就配合到哪里。他还主动提供了一些线索,按照他提供的线索越查越乱,绕了许多圈子最后什么结果都没有,白白浪费了时间,甚至还会使侦破工作陷入歧途。

检察官是干什么的,岂能不多个心眼儿?何况负责北方证券案子的正是岳彪,他顺水推舟,将计就计,没费多大劲就掌握了季荣昌犯罪的证据。

季荣昌那张滋润光洁的脸,一夜之间光泽消失,红润褪去,生命像生了锈一样挂上一层青灰色。他在被收审的第一天,就交代自己贪污受贿1 500万元,给国家造成的损失却是这个数的十倍也不止。

十二

同样,和古怀金相比更有资格不可一世的郭兴贵,也像季荣昌一样无论是身体还是精神都在急剧地垮下去。每天光靠输液和吃好东西并不能使他的身体很快复原,他心里的负担太重了,在恐惧和侥幸之间激烈摇摆。

检察官们在对他的身体认真负责的照顾中,却透出冷漠和轻慢,漫不经心地流露出来的一些只言片语,却使他心头凛冽,人似悬空。才几天的工夫,他整个人就显现出一种遭劫般的荒芜。也许正是由于焦虑和懊恼,反而使他难受得像个人了。

愈是像他们这样平时活得体面，吆五喝六，手里有权有钱的人物，心理负担愈重。检察官们并不为他表现出来的痛苦所动，他们见得太多了，这些人朝悔其行，暮又复燃，蝇营狗苟，故技重演。治病救他的身体，不能耽误查清他的犯罪事实，也不能放弃拯救他的灵魂。不可指望靠抚摸把狼变成一只猫。该说的话得说，该敲打的还得敲打。

王建设似乎每天都得搜索在政法大学研究生院所学过的东西：祸福同门，利害为邻。这话说得真好，利和害从来都是紧挨着的。所以，世有无妄之福，更有无妄之祸。古人讲要老而戒得，得到的多，老境不安，必生事端。贪婪贪婪，一贪就烂！

人哪，是所有灵长类动物中唯一能够自掘陷阱，自设香饵，然后自己往下跳的；跳下去之后还要自作聪明，以为陷阱关不住他，还把自己当作一个人物。其实进了这种地方的都是罪人，人物越大，不过臭得越远罢了。

良知被贪欲驾驭，在犯罪的时候总是头脑发胀，怀有侥幸，以为能够逃避惩罚。大家海誓山盟，说得像真事一样，天知地知，你知我知，我们不往外说谁能知道？等到大难临头，事关自己性命，先说能获宽大处理，有几个罪犯还受自己誓言的约束？坏人为办坏事发誓，本来就是不算数的。东汉的杨震，那才叫智商高、品格高。昌邑令王密怀揣着10斤黄金，数目不算小，夜晚送给杨震。杨震问："故人知君，君不知故人，何也？"王密说："暮夜无知者。"杨震呵斥："天知，神知，我知，子知。何谓无知！"王密拿着金子羞愧地出去了。

有的人以为不开口也许能蒙混过关，岂知沉默同样是一种认罪方式，这叫默认。日益强烈的罪恶感和恐惧感正在摧毁郭兴贵仅存的一丝侥幸，当压力大于他所能承受的极限时，想保持沉默就非常困难了，他渴求精神解脱，想跟检察官说话，但并不是想彻底地讲出一切，而是试探性地讲出一部分，验证一下检察官的反应：

"这些天有人出来替我说话吗？"

"有，都说要严办你！"

"严办我？哼……"

"你知道谁有问题，也可以揭发检举嘛。"

"叫我检举？我讲了还能从这儿出去吗？眼下别看我在你们这里押着，你们的孩子上学差几分，我给写张纸条照样办。"

他仍在梦中。

仍在做着梦的郭兴贵不得不交代自己的问题。属于贪污的，有旁证的，他估计检察院已经掌握了证据和线索的，就一笔笔抖搂出来。属于受贿的，他认为没有旁证的，就不谈。令教育界叫苦连天不知动了多少脑筋费了多大周折才积攒起来的教育经费，或者是别的行业支援教育的捐款，都从他家的夹壁墙、冰箱和暖气片的后面，以及他女儿的床底下找出来了。他其实什么都不缺，根本用不着这些钱，把这些也许一辈子都用不着的钱一沓沓地东掖西藏，他获得了一种什么样的感觉呢？

他当了十几年的招生中心的主任，本人却并不是文化人，原是以"工人阶级宣传队"的身份进入教育界，"文化大革命"以后居然留了下来，可见其精明过人、经营有"方"。生活中常有一些没有多少文化的人，却恰恰是玩弄权术的高手，中国古代历史上就出现过不止一个"粗人皇帝""痞子大臣"。郭兴贵也许正因为自己缺少文化，骨子里才怀有一种对文化人的仇恨和轻蔑。他贪污和私分教育经费的胆量和手段，就像他对待招生办公室的知识分子一样，说一不二，带着一种粗粗拉拉的官气。

十三

见到了医院的"病危通知书",检察院的人才知道李新民的父亲已经住院多时了。李新民是长子,也是个大孝子,他可以经常顾不得回自己的小家,但只要能挤出一点儿闲空,就要到父母跟前打个晃,让老人看看他,哪怕进屋后喝上一口水就出来也行。那感觉,那心情,会大不一样。

他知道,在他不去的时候老娘会一直坐在窗台前盯着院子的大门,晚上则听着外面的动静,盼着他来。尽孝不是负担,是一种幸福、甜蜜的事情。有老人在就像有大墙挡护着他,他可以享受孩子似的快乐和轻松。当父亲病重住进医院抢救的时候,李新民急坏了,他感到紧张和恐惧,是那种担心失去大墙而自己将变成大墙的紧张和恐惧。

他的责任是破案,同时又被一件接一件错综复杂的经济案件所追赶,白天不可能全身心地守护在医院里,就主动承担了夜里的守护任务。晚上9点多钟,当他急匆匆从检察院赶到医院的时候,却看到郭兴贵的家属在病房里和负责抢救他父亲的主治医生说话。一种屡试不爽的感觉告诉他,案件当事人的家属出现在自己父亲的病房里绝不是巧合,来者不善,善者不来,他闻出了一股味道。他对这个社会太熟悉了,但他宁愿不熟悉这个社会。

李新民没有马上进病房,他不怕见当事人的家属,但他怕医生为当事人说情。他像所有病人的家属一样,不敢得罪医生,对医生有说不完的好话、感谢的话,只希望医生能治好父亲的病。贪赃枉法者的家属正是冲着这一条才到这里来的,他们居然打听到他的父亲病重,知道他的父亲住在哪个医院哪间病房,还知道他李新民在什么时候到病房里来,也真难为他们了。

李新民在病房外面转悠了半个多小时,他不想见的人还在病房里等他,看样子今天夜里等不到他是不会离开病房的了。他别无选择,只好硬着头皮进了病房,直奔父亲的床前,履行儿子的看护职责。

医生主动过来介绍了他父亲的病情,也把郭兴贵的家属引见给他,然后开始说李新民最不想听到的话。他耐心地等医生把所有想说的话都说完,自己才开口:"那好吧,可以把他放出去。但,我得进去。等我进去以后,他还得被抓起来。因为检察院已经对他提起公诉,铁证如山,任何人说情也救不了他。如果家属帮助司法部门做工作,郭兴贵认罪态度好,退赔好,法院在量刑的时候是会考虑的。"

李新民看着昏迷不醒的父亲,如果因他得罪了医生而使父亲得不到应该得到的治疗,又当如何呢?他默默地请父亲谅解,法受于人,执法者却不能为亲人而枉其法。法有明文,岂是情能所恕?执法就要强制,否则就是灯不通电,火不燃烧。尽管他是检察长,对此也无能为力。

每当他下令侦破一个案子,都会有一大群说情者围上来,上下左右,四面八方,角角落落,总是从自认为是李新民最薄弱的方位向他进攻。因此,身为检察官,就不能有可以被人利用的弱点。肺肝冰雪,胸次山河,才能法必信、令必行。

李新民的儿子如今是一所重点中学的优等生,对所有打问他父亲是干什么的人,一律回答:在环卫局工作。这倒也并不离谱,清除社会渣滓也算得上是在打扫环境卫生,检察院是别有意味的"环卫局"。一个少年,既不想说谎,又不想让人知道自己的父亲是检察官,这需要动多大的心思?

还是在他刚上小学的时候，老师利用他为一个罪犯向父亲求情，遭拒，就迁怒于他，给他稚嫩的心灵以深刻的刺激。从此，他就不想让学校的人知道自己的父亲是检察官了。

十四

我在检察长的办公室里又碰见了于京西，被他的样子吓了一跳。他脸色焦黄，精瘦，佝偻着腰。李新民也感到不安："京西，你是不是老毛病又犯了？我看你不能再这样硬拖下去了，歇几天，到医院里彻底检查一下。"

于京西不愿多谈自己的身体："没事，我心里有数。"

他是来汇报古怀金案子的进展情况的，被关了这七八天之后，古怀金的性子被磨得差不多了，特别是昨天看了于京西试探性地提示的证据之后，古怀金突然态度大变，表演得和一个走投无路决心彻底坦白交代的罪犯所能表现出来的一模一样，痛哭流涕，捶胸顿足，承认借饭店装修的机会也让施工队装修了自己的住宅，并接受了工程队头头儿的金钱馈赠——他不称贿赂。他要求检察官放他回家，收到的钱如数退还。

于京西请示李新民下一步该怎么办。

李新民的指示很干脆："不能放虎归山。古怀金急于回家的表现令人生疑，而且和自己认罪的态度相矛盾。既然想老老实实地认罪，为什么又这么急于回家？先去搜查他的住宅。"

古宅三室一厅，装修得富丽堂皇，古画、古玩、名贵的地毯、壁毯，各式各样的吊灯，进口家具，录像机、摄像机、高级音响……房内的陈设处处透出一种暴发的骄奢之气。和这样一个家庭相称的应该还有一笔数量可观的现金或银行存折。可是于京西在古怀金的家里却只查出一个存折，上面的存款只有 38 元。

这反而泄底了，如果他有数百万或上千万，于京西也许就不会多疑了。他又突击搜查了古怀金的办公室，在古怀金办公桌的抽屉里发现了一枚奇怪的小钥匙，经饭店工作人员证实，这是饭店贵重物品寄存处的钥匙，古怀金也许自己没有觉察，可饭店的人都知道他有个爱跑贵重物品寄存处的习惯，有时一天跑好几趟，往返于总经理办公室和饭店小件寄存处之间。检察官在寄存处找到了古怀金的密码箱，箱里有写着古怀金名字的存单 54 张，还有数目惊人的国库券、股票、港币、美金……在事实面前，古怀金才真正交代了受贿的全过程。

检察院立即提起公诉，古怀金被法院判处死刑，缓期二年执行。

这个案件从李新民发现一封检举信开始立案，直到破案，我目睹了全过程。只要作了案，硬碰也好，软磨也好，谁也斗不过恢恢天网。它不论你精明或愚蠢，一切想往上撞的人都将被一网打尽。

当我跟检察院的人一样为结束古怀金的案子高兴的时候，季荣昌的案子却出现了意想不到的情况。季荣昌只有 54 岁，收审前并无能够致命的大病，却在收审室里突然心脏骤停，送到医院也未能抢救过来。

检察院里，看守所里，一片议论纷纷，各种各样的人作着各种各样的猜测，可谓是案中有案：季荣昌是自然死亡，还是服药自杀？抑或是被杀？

季荣昌的家属不同意对他的尸体进行解剖检验："不管他犯了什么错（从他的家人嘴里不愿说出他'犯了罪'这个字眼），人已经死啦，就让他保留个囫囵尸首吧。"

罪人一死难道就没有罪了吗？罪行难道因为罪人的死亡就能一笔勾销了吗？其案子也可以因其死而一了百了、不再追查了吗？

岳彪还没有碰到过正在侦破中的案件的犯罪嫌疑人突然死亡的情况，案情变得扑朔迷离，进展艰难了。

李新民却有一股奇怪的定力，这个平时随和、感情充沛的人，此时却越发坚定了侦破北方证券公司案的决心。他叮嘱岳彪，该怎么查就怎么查，甚至还要扩大侦查范围，法律不惩罚死人，但不会放过躲在死亡背后或制造死亡的罪行。

法律是一头巨兽。谁一旦触犯了它，惹怒了它，它就会按自己的规律行事，强行参与你的生命，绝不会顾及人的感情。

十五

中秋节的早晨，我一走进检察院的大门，就看到一群检察官围在传达室门前谈论。半个多小时前，有人开车送来20盒高档月饼，自称是和平区检察院洗清了他的冤枉，等于救了他一条命，救了一个企业。他把月饼放在传达室门口，赶紧又跑回车上，没有留下姓名和单位地址，绝尘而去。

现在的高档月饼可不便宜，几百元一盒的挺普通，成千上万元一盒的也不稀奇，这20盒月饼少说也得花费几千元。是谁明目张胆地给检察院送礼呢？

先往坏处猜，你检察院不是天天在办经济案吗？看你们怎么处理这些月饼。这是拿检察院寻开心。

有人不无警惕地调侃道："这月饼可不能往屋里搬哪，也许里边藏着定时炸弹呢，不如把它丢进海河，或者把它扔在院墙边上放几天再说。"

如果里边没有放炸弹，岂不辜负了人家的一片好意？还是不要把人都想得那么坏。

那么往好里猜，这又是谁放的呢？

我也跟着检察官们一块儿猜。首先肯定这是企业里的人送来的，检察长有严令规定：到企业里查案子，先和企业里的保卫部门联系，什么时候找当事人，用什么方式找，要听企业保卫部门的意见。案子一定要破，却不能打乱人家的工作秩序，影响企业的生产。更不能吃企业的饭，花企业的钱，哪怕是盒饭，哪怕就是几元钱的交通费，绝不能办一个案乱一片。每一个牵涉企业的大案侦破以后，李新民都带着会计到企业里回访，检查检察官们是否利用办案的机会在企业里吃请，或在企业里报销各种私人票据。他们帮助过许多企业，哪个企业会想出用这种送月饼的办法来表示感谢呢？

这不像是企业所为，而是带着明显的私人色彩。检察官们又想到了一个人，也许会是他——一位很不错的厂长，电讯器材厂的杨传薪，曾好心好意地帮助一个兄弟单位起死回生。

那个单位的业务员以杨传薪索要好处费为由，找自己的头头儿要了一张 5 000 元的支票，在给他送钱的时候还特意拉上了一个证人。案子传开后，杨传薪百口莫辩，业务员一口咬定把钱交给了他，何况还有第三者作证。检察官在传讯时对业务员的神情感到蹊跷，就再次询问证人是否亲眼看到业务员把 5 000 元钱交到杨传薪的手里。

证人讲并未亲眼看到他们交钱，那天到了交钱的地点，左等右等都不见杨厂长来，证人还有别的事就先走了。检察员又传讯那个业务员，问他是从哪儿把支票换成现金的。

他说是从银行。

检察官又问是几点钟。

他说8点。

一句话露了馅儿,银行从来没有8点钟开过门。继续审问下去,业务员承认是自己贪污了那笔钱。

十有八九是他。办公室给杨传薪打电话询问,他却不承认给检察院送了月饼。

莫不是另一宗冤枉案的当事人送的?金信公司控告自己聘任的一名员工挪用4万元公款,检察院查清情况后认为那名员工并未构成犯罪,因而没有抓他。是他?不像,他是否被抓与一个企业的死活无关。

寒风飒飒,天空还飘洒着小雨,乡村的土路翻浆,泥泞不堪,李新民手里提着不能踏泥的塑料凉鞋,赤脚在冰凉的烂泥里跋涉了两个多小时,当他走进当事人的家取证的时候,身上的衣服全都湿透了。人家为他煮了一大碗挂面汤,里面卧了6个鸡蛋,冒着诱人的热气和香气。任凭主人死说活劝,乃至苦苦央求,他就是不吃,甚至没有看一眼那碗热面汤,仔细核对清楚案件细节后,又回到风雨泥水之中。他必须时刻保持一种职业的清醒,不让别人,尤其是当事人,穿过他心里那道严密的边界。难道是他?不会,他并不是全无错误,不存在洗清冤枉、救了一条人命和一个企业的问题。

有必要就为这20盒月饼浪费这么多的时间和精力吗?怎样处理这好好的一大堆月饼,却成了难题。

李新民忽然有了主意,决定将月饼送给福利院里的孤寡老人。下午,他和检察官们又从自己的口袋里掏出钱买了几兜水果。这些平时常常被人误解为铁面冷心、不近人情的检察官们,提着月饼和水果，像小学生们做好事一样兴致勃勃地来到失去或离开了家庭的老人们中间，帮助他们打扫卫生，跟他们聊天、讲笑话。

这本来是为了处理那20盒月饼而灵机一动想出的主意，一开始检察官们也没有太高的热情，大家都不是小学生了，干这种事也许会有点儿不自然。但是检察长发了话，又是做好事，谁还能有异议呢！

当他们真的置身于孤苦无依的老人中间，身心却获得了一种出乎意外的轻松和愉快，他们大声说笑，尽情释放着自己心里那份健康、正常的善意，从给别人带来快乐和温暖中得到一种满足。我深深地被感动、被启发，检察官们长期和丑恶打交道，天天看到的是人类中的渣滓和人性中最坏的一面，时间长了难免会恶心。做好事，救助弱者，有助于他们保持普通人的善意、善心，老人们的反应，也让他们感受到了人类本性中积极、光明的力量。

李新民悄悄地对我说："我们应该形成一种制度，每到重要的节假日都到福利院里来看望这些老人。老人需要我们雪中送炭，我们自己同样也需要这样做！"

西塞罗曾说："大自然中存在着一种法则，它对所有人是共通的、理性的、永恒的。"

十六

中秋节之后，我有近半个月的时间没有去检察院。有一天晚上，李检察长打来电话，告诉我于京西去世了，问我是否想参加他的遗体告别仪式。

这消息让我半天回不过神来，震惊，惋惜。我当然要去看他最后一眼。于京西只活了34岁，他笃实耐苦，朴静劲韧。长时间的肩膀剧痛并没有让他休息过一天，也没有引起他格外的注意，他老觉得是累的，只要得空休息几天就会好的。可他就是没有得空的时候，心思全在案子上，甚至对人们的劝告，乃至警告也没有往心里去，倒是对人心浇薄、经济犯罪越来越猖獗忧愤日甚。

当他要出发到山西去办一个案子的时候，李新民想阻止，逼他到医院去好好检查一下身体。于京西拒绝了，理由是他负责的案子到了关键的时候，如果换人还要从头熟悉案情，会误事。他到了目的地就发病了，疼得脸上滴着大汗珠子，躺在病床上传讯当事人，录口供取证。回来后先到检察院汇报，汇报完就昏过去了，送到医院也没有再醒过来。

于京西的遗体要从太平间抬上灵车，李新民不让工作人员动手，他和另外三名检察官抬起了于京西，脸上流着长泪，想一直就这样走下去，不愿意放下于京西。

于京西年轻的妻子哭得昏厥过去，还只有三岁的小女儿，尖叫着紧紧抓着母亲的衣襟。在场的人没有不落泪的。

于京西是因为劳累过度，忧愤过度，延误了治疗。检察官的工作又怎能不劳累过度、不忧愤过度呢？

甚至可以说，检察官是一种非常残酷的职业，不是对被检察的人，而是对检察官自己。他们总是面临着危险的考验：国外的检察官中被恶势力刺杀的很多，中国的检察官更多的是累病、累伤，甚至被累死。他们得到的回报是，侦破贪污、受贿等经济案件多少起，查办大案、要案多少件，对多少罪有应得者提起公诉……还有其他一长串的荣誉和奖励。

这些数字和荣誉，说明了李新民和那些检察官的成绩，同时也说明社会上存在着这些犯罪。因为有了这些犯罪，才使李新民们成为优秀的检察官。因为有人民检察院，才使一些人利用职务犯罪的行为受到了遏制和惩治。

但是，连检察官们也不能担保，社会上所有的经济犯罪都能得到应有的查办。故而，李新民并未因获得的成功而快乐，却很少有人能理解这一点。他依然性格刚毅，温和宽厚，每天风尘仆仆，讷言敏行。

基于此，他才是那种能把人民和检察院连接在一起的人。做一个人民和检察院要求他做的那种人，太难了。但他始终如一地去身体力行，敬业尽职，这与所有的荣誉和奖励相比都更为重要。

下篇 红 赤色之魂

伉俪偕行

且看这夫妻俩戏剧般的"你追我赶"的经历:

他先一步当上了全省最大的一家西药制药厂的厂长,她紧跟着出任全省最大的也是全国知名的一家中药制药厂的厂长;几年后他被提拔为省医药局副局长,她则多次获得国家级优秀企业家称号以及许多其他的荣誉和头衔,如全国劳动模范、三八红旗手、人大代表等;他又高升一步到省经委担任副主任,成了全省的生产大调度员,她则被中央一个部门看中,想调她进京担任一个正厅级生产部门的负责人……她所在的省是毛泽东同志没有到过的极少数的几个省份之一,可见其偏远。对一般人来说,能离开边疆到首都工作,还有一个正厅级的职务,不会全无吸引力。但真正让她动心的是一个发达国家向这个部门提供了折合人民币一亿多元的合作资金,她正处于一个企业家的巅峰状态,有不少极有前途的设想,正可以利用这笔钱为国家干点儿事儿。但她最终还是放弃了。省里挽留她,她也舍不得离开自己的工厂。还有一个重要的原因,她不愿丢下自己的家庭,职务会发生变化,但家庭不能变。这时候她被任命为省医药局副局长,正是她丈夫以前担任的职务……

不以每个人事业上的成败论家庭。成功和失败是偶然的、暂时的,家庭则长存。中国人连死后也要认祖归宗,并不太习惯去见上帝。有多少种人就有多少种家庭,有多少种家庭就有多少种不同的味道,即所谓"百姓百家百种味儿"。但是,每家都有一个"当家"的,也就是占据户口簿上第一页的人——"户主"。家庭有各种各样的类型,不同的家庭有不同的"当家人",或"男强女弱",或"女强男弱"。男"强"女就可以"弱"一点儿,男的窝囊女的就必须强,反正每家每户都必须有一个能够当得起家做得了主的人……打住,何为"强"?何为"弱"?

职位高、权势大、有本事、挣钱多、事业成功,难道就是"强"?反之则为"弱"?智慧超群、性格坚韧、敢于决断、有强烈的责任感和领导欲,莫非就是"强"?反之则为"弱"?各家有各家的标准,各人有各人的好恶,柔弱女子的可敬之处往往是她的强韧,"男强人"的弱点也常常更招女人喜爱。而他们这一对儿,算什么类型呢?

如果硬要分类,他们这一对儿只能算是"男强女亦强"。他们从相识相爱就开始相互竞争,相亲、相争又两不疑。在大学里他们是同班同学,她上课不动书,高度集中精力听讲,甚至知道老师下一句要说什么。这种善于集中自己注意力的本事让同学们惊奇而又羡慕。他上课则不听讲,下课后看书,完全靠自学,自制力很强。不知是天才的习惯,还是故意与班上的女才子形成反差。他的总分常常比她高,是班上稳扎稳打的佼佼者。但是,有几门单科她才是真正的尖子。其中尤以高等数学和理论力学最为突出。这是两门公认最难学的功课，特别令女生头疼，唯她却最喜欢这两门功课，对逻辑思维方面有天生的学习优势。

毕业考试，她的高等数学比他高两分，他至今还耿耿于怀，甚至怀疑是老师判分不公正。其根据是，当时大学里的王牌教授认为自己一生只教了两个有前途的学生，其中一个是她，另一个应该是他却不是他，这不明显有偏见吗？

她喜欢一个人读书，温习功课时不愿碰上本班的人，然而不论她躲到哪里，总会有人找到她，紧跟着就会围上来一帮同学。没办法，同学们要找她问功课，何况她长得又是那么可爱，纤巧优雅，鲜亮脱俗，典型的江南美姑，人人都喜欢接近她。毕业那一年的理论力学的十道大题，大家都不会，她却轻而易举地就做出来了。唯他，偏不去请教她，自己查资料，终于也做出来了，考试的成绩还很不错。老师却说："没想到你也会考这么好。"言外之意只有她考得好，才是应该的、正常的、在意料之中的，这当然令他很恼火。英语他考了全年级第一，老师却说："你很会查字典。"她明明考得不如他，大家却认为她的天分比他高。因为她平时很少复习功课，临阵磨枪也不显得很匆忙，似乎只有天才才会有这样的表现。他很用功，决不放弃全班第一的位子，难道是脑瓜很笨的表现吗？

这或隐或显的偏见伤害了他的自尊心。他们在同去井冈山的路上却意外地产生了感情。那个年代作为这种感情的最大胆浪漫的表达，就是交换照片。他回到家把照片拿给父亲看，老人一惊，这样美得让人不敢喘气的姑娘真能成为自己的儿媳妇？他让儿子马上出发，当天就得把她请到家里来，老人非得亲眼看看心里才会踏实。他坐上了从扬州到南通的公共汽车，心急火燎地找了个靠窗的位置，只有借助清凉的风来平息心里的紧张和不安：两个人刚有那么一点儿意思，这样风风火火地闯到她家里去是不是太冒失了？她有主见有个性，万一不随自己来怎么办？父亲会不会怀疑他不知从哪儿捡来一张漂亮姑娘的照片唬人……下车后他临窗的半边脸抽搐扭歪，一张原来清俊的脸，只几个小时的工夫就怪异地变形了，嘴眼歪斜，连说话也吃力了。她吓了一跳，受了感动，还有隐隐的内疚，不管别人怎么说，她心里明白，自己是非他不能嫁了。她陪他回到他的家，拜见了未来的公婆，在以后的日子里安慰他，照顾他，替他挂号，陪他治疗……仅有"一点儿意思"的感情突然成熟了，公开了。

毕业分配的时候，边疆的一个省正好有两个名额，他们很容易争取到了这两个名额，这一对江南的才子才女便来到陌生而闭塞的高原城市，开始他们琴瑟和鸣的生活。现在他的脸上几乎看不出患过神经麻痹的痕迹，那好像是为了撮合他们的一份天意，是为他们的婚姻增加浪漫曲折的色彩……那个年代的大学毕业生还要接受工农兵的"再教育"，他被分配烧锅炉，她被分配烧电焊，都是跟火打交道。这两个化工机械专业的高才生从生活的最底层迈开了第一步……

他上班下班都穿一身工作服，从身内到身外全部按工人阶级的标准武装，没有一点儿自己的东西。身上有油污，脸上挂煤灰，比地道的锅炉工更不怕脏不怕累，比工人更像工人。别人却一眼就能看出他不是工人，气质是煤灰油泥所掩藏不住的。他聪明过人却心无旁骛，干得实在，干得最苦。他喜欢说话，说出的话有味道，因为他的才智除去应付锅炉之外还有很多富余，就变成滔滔不绝的幽默和机智。他无法使自己变成一座只会吃煤的锅炉，说话能使他意识到自己的存在，保持思想的机敏。工人们喜欢他，即使是地道的工人也不会比他的人缘更好,肝胆之交多在草莽。他现在也算是省里不小的干部了,遇上搬家、打家具这类的事情,还得请当年锅炉房的哥们儿帮忙。即便他不在家都没有关系,那些老哥们儿像干自己的事儿一样为他"两肋插刀"。

他们都想消失在工人阶级队伍中,他做得比较成功,她却无法让自己不突出……同样也是电焊工作服,只是由于过肥过大,她稍加改造,再穿到自己身上就变成了"迎宾服"(那个年代对最高级女装的统称),大方可体,婀娜生姿。高原上也有美女,但很少见像她这样的,皮肤娇红欲滴,嫩白透明,仿佛风一吹就会破,再配上洒脱的仪态,剪水的双瞳,惊世的才华,在工厂里自然格外招眼。更何况她还有不少绝活儿:不管从哪一方面看,她都跟焊枪、面罩、烟雾、火烫不协调,可她烧出的焊缝跟她的人一样漂亮。绝活之二,纳鞋底儿,她把机械制图的技巧用到纳鞋底儿上了。她纳的鞋底儿穿在脚上舒服,父母、丈夫都穿她做的鞋,这一手全厂闻名。她干什么都要当冠军,在生活里她的确是许多单项的冠军。

"文化大革命"已进入末期,两年后她调回技术科从事应该从事的设计工作。

他似乎更得风气之先,先她一步当了官。当然,第一个受到官场伤害的也是他。20世纪80年代初,工厂发生了一件轰动一时的事情,他被诬陷干了那种最容易把自己搞臭也最能伤害妻子的事情,传言纷纷,搞得他陷入一种洗不清白、愈描愈黑的尴尬境地。

她没有像事件的设计者所估计的那样也抬不起头来,或者跟丈夫大吵大闹甚至要离要散,却意外地从容和理智,站在丈夫的身边,上班一块儿来,下班一块儿走,连进食堂吃饭也是在一起,说说笑笑，亲亲热热，旁若无人。他们在别人面前从来没有这么亲近过，新婚阶段也没有，成熟以后更不会，她的卓然气度反使想伤害她和她丈夫的人陷于卑微和难堪。

上级机关派人来调查这个案子，不仅知道了他是无辜的，更重要的收获是发现她"有一套"。她是搞技术的，不懂政治，甚至不喜欢政治，但她有一种天生的气质，做了比政治家还高明的事情。这件事为以后上级突然提拔她到另一个制药大厂当副厂长埋下了伏笔。

相互信赖是他们心灵的支柱。

两个极端聪明的人，花钱却没有计划，谁领了工资或发了奖金就放在一个没有锁的抽屉里（他们家一个带锁的抽屉都没有），谁用钱就自己去拿，没有大小，不分主次，当然也不存款。挣多少花多少，那时候想存款也没有能力，两人的工资能够应付生活所需就不错了。

有一个月，距离发工资还有一周，抽屉里竟没钱了，只好凑合。好在每个月发了工资先买粮食，填饱肚子不成问题，其他就一概免了。可钱到底是怎么花光的，谁也说不清楚。过了几天，打扫卫生时，在抽屉缝里发现还压着15元钱。如同得了一笔意外之财，全家人好不高兴。每个人都是复杂的，回到家就简单了，人在自己的家里是真实可爱的。如果人在家里也不再真实可爱，这个家就失去了家的意义，也许该散伙了。

谁说生活是枯燥的？当你走进家庭就丰富多彩了，只有在家里才能够躲避高雅的或无聊的孤独。谁说生活太紧张？当你躲进家里便放松了。

他在外面稳重，有条理，虚心耐心，耳聪目明，呈智慧态；一回到家从里到外都累极了，要休息，要松弛，要自在，呈自然态：高声说话，自得其乐地哼唱扬州小调，不管别人的耳朵是否受得了；不讲分寸地随便批评孩子，比如一家人打牌本是很高兴的事，他会突然因哪个孩子出错一张牌而高声叫嚷，搅得大家不欢而散；或者指责这个没把碗筷洗干净，要不就指责那个桌子没揩净……

他的喊叫是无心的。他有强大的理智，在外面靠理智活着，回到家想靠感情生活，彻底地舒展自己，不再有丝毫约束，不再有种种顾忌，随心所欲。他太喜欢自己的家庭，信任自己的家庭，反而身在福中不知福，回到家就完全回到了他的"自由王国"，因此他一进家，孩子们就说："爸爸广播电台开始播音。"

小儿子知道爸爸妈妈疼他，因此比两个姐姐更敢说。

"反正理永远长在爸爸的嘴上。"

"我怕爸爸，爸爸怕妈妈，妈妈怕我，咱们家的生态环境终究还是平衡的。"

她的确喜欢儿子，不论有多大的烦恼，一想起儿子就什么气都没有了。儿子身高1.78米，体重79公斤，就要高中毕业了，她仍然把他当成个大玩具，给他起了20多个外号，随口乱叫：大熊猫，小呆瓜，瓜宝宝，皮特爷爷，小祖宗，瓜老先生……

儿子今年考大学，晚上她陪着儿子一块儿温习功课，一块儿背书，她认真看一遍就能背出来，儿子倒还背不出。这并不妨碍她一看见儿子就笑。

上边还有两个同年同月同日生的女儿，一个在大学读书，一个在工厂上班。

美满的人总是觉得自己的幸福与一般人的幸福性质不一样，她在家里跟在外边一样，不喜欢高声讲话，习惯于轻声细语，把噪音都让给丈夫一个人。

他晚上要看电视，明知道大多数电视节目俗浅无聊，也许正因为电视节目无聊才要看，不必动脑子，相反地对大脑倒有转移和调节作用，甚至还能帮助睡眠。有时他就靠在沙发上以鼾声陪伴着孤单单的电视机……

她晚上回到家，除去做家务，帮助儿女，喜欢一个人独坐一会儿，想想工厂的事儿，想想今天已经发生的和明天可能发生的事儿，看完白天在工厂里没有时间看的文件，有了诗兴还会立即命笔，记下自己的感受。她外貌秀婉，诗词里的胸襟却相当豪放沉浑，选一首她1988年5月在美国学习时写的《望海潮》，可一隅而三反：

雨肥梧桐，风送残红，夜阑春残美洲。独自凭栏，重洋远隔，心随故国神游。翠竹绿红楼，潇湘飞落红，淑女浓愁。千古绝句，安有绿肥红瘦。

无须泪渍香丘。休效黄花瘦，愁载千舟。一览环球，群雄林立，小龙竞相逐流，光阴不复留。想浩浩十亿，当思沉浮。故国深忧，情思万缕系神州。

他到中央高级党校深造一年。

她当了三年副厂长，五年厂长，使厂子大变样，从外观到内部质量都变了。盖起了四栋厂房大楼，产品连续三届获得了国家金牌奖，可谓"三连冠"。当她要离开工厂的消息传开后，许多干部和工人都哭了……如今的干部调动能有如此效果，无异于群众向她颁发了一个分量更沉重的奖牌。她舍不得工厂，工厂也舍不得她，当厂长当到这个境界，还有何求？

他的官比她大，人们在介绍他或提起他的时候还是习惯于说他是她的爱人。可见当她的爱人比当官更出名、更幸运、更惹人羡慕。

可是，他从来都是自己生活的主心骨，尤其在生活出了麻烦的时候。

人们对他的嫉妒里也有对他的不公正，由他们两个组成的家庭，却拥有一切让人妒忌的幸福。写到此，我还是拿不准要不要讲出他们的名字……

无限航区

老陆退休了。这个有家的老"单身汉",在外面漂泊大半生,终于可以回上海,与家人团聚,安度晚年。

许多年前我就想写出他的故事,现在也可以动笔了。

自15世纪哥伦布讲述海洋的故事,并成就了西班牙帝国后,世界就进入了海洋时代。谁在海上拥有话语权,谁就是世界的王者。我曾在海军服役,自然对海有一种特殊的感情,于是对曾是中国为数不多的"无限航区的船长"陆鸿飞,钦慕不已。他经历丰富,想要全面地介绍这样一个人物,该从哪儿下笔呢?

可以"从头说起"。由头到尾,细细道来,不必为全文的谋篇布局耗费过多的心思。何况陆鸿飞的青少年时代颇具传奇性,其父只身从苏北农村闯进上海滩拉洋车,后来当厨师,成家立户。

不幸陆母早逝,大哥当了新四军,只剩下鸿飞父子,住在食堂后面借助楼梯底下的一点儿空间搭成的小屋里。每当春节,一年到头了，鸿飞才能从父亲手上得到一双新鞋，这双鞋必须穿到转年的春节。有好几年，他那小脑瓜儿没有计划好，没有管好爱动的两只脚，提前把鞋底磨透了。贫困无情，他只好往鞋窝里塞破布、垫草纸，一直又凑合到过春节。面对同学们的嘲笑，他曾暗暗立过志：将来一定要发个财，让你们瞧瞧……

这样开头，话题似乎扯得太远，什么时候才能说到正题呢？正题就是他如何跟海洋打交道。

从1954年当船员算起，陆鸿飞和海洋打交道已有半个多世纪了，其中有30多年是在船上度过的，有近一半的时间是当船长，而且是"无限航区的船长"。凡500马力以上的船他都有能力指挥，世界上所有的海洋，都向他敞开了胸怀，欢迎他，向他致敬，任由他行驶。

那就先从他当船长写起。

"文化大革命"开始以后，没有大学毕业生到船上来了。新船长恰巧不懂英语。当时陆鸿飞是船上的政委，经过几十年自学和实践，他的英语烂熟，无论会话还是读写，都流畅无碍，是船员中的佼佼者，便提前把要接货人看的中文资料译成英文，把应该让船长看的英文资料译成中文。

譬如有一次船到马达加斯加，来接货的是对方外交部的官员，陆鸿飞为船长当翻译，同时恰如其分地帮助船长办好货物交接手续。但马达加斯加接货的官员还是看出，陆鸿飞才是船上的灵魂人物，便打问他的身份。他如实相告，说自己是船上的政委。

"政治委员"译成英语后被对方理解成了"警察总监"。对方又不相信中国的远洋货轮上还会派一位"警察总监"跟着，就理所当然地把陆鸿飞当成了中国外交部的官员，一再表示："因气候不好，没有做好迎接的准备，请转告贵国政府，下次你们再来，我们一定组织盛大的欢迎仪式。"

陆鸿飞上岸，把当地所有报道了中国政府支援马达加斯加这一消息的报纸，都买了一份，回国交给了领导。不久，中国就和马达加斯加正式建立了外交关系。陆鸿飞在船上则改做见习大副，半年后正式当了船长。

海洋并不是永远都有一副好面孔，陆鸿飞曾有几次感到自己就要葬身海底了。在那一个又一个海翻浪滚的长夜，甚至连白天也是漆黑一片，台风抛起巨大的涌浪，一个接一个砸向船板，像一颗颗炸弹轮番爆响。船忽而直立起来，忽而猛跌下去，在浪涛中跳跃。周围是波山浪谷，布满凶险……他的船曾主宰过海洋，海洋也没有忘记寻找报复的机会，随时都可能让他和船一起粉身碎骨。

何况还有战争，世界就从来没有平静过。他既然是"无限航区"的船长，就不能拒绝往战争地区送货，或者穿过燃烧着战火的海域。他曾连续48小时没有离开驾驶台，也曾绕地球一圈，在海上整整飘荡了一年。

当感到孤独、想念亲人的时候，他就在甲板上看夜空，大洋上的星星格外明亮，却比人更孤独。他可以根据星星给自己的船定位，满天繁星的位置却永不会变，相互永不接触，一接触就粉身碎骨，变作流星死亡……

他是孤独的，船员都是孤独的，并不是只有他离乡背井。每个人都在别处，世上有几个人是在他应该在的地方？

但并不无聊。海洋无比丰富，又无比凶险，暴风雨一来，无聊即刻消失。险情过后，可尽情享受祥和的大海，又无比欣慰和自豪。

是谁说的，世界变平了，个人的力量更强大，个人也可以成为世界一体化的主体……他倒觉得是集装箱改变了世界，他这一船的集装箱，装的是成品和半成品，在几大洋的此岸彼岸运来运去，让世界变成大市场和大工厂。

几十年下来，他和海洋成了朋友，是那种过命的朋友。没想到，像他这种在国际远洋运输业花高薪也很难请到的船长，竟接到了上岸的命令。

那是十几年前的盛夏，陆鸿飞接到命令：用最快速度交代工作，然后从坦桑尼亚赶到北京。正巧赶上他的疟疾第五次大发作，这是他多次往返坦桑尼亚并不断上岸留下的"纪念"，因为坦桑尼亚有他们的一个分公司，他要利用船舶停靠的时间，到分公司处理一些事情。当他的身体处于正常状态的时候，疟原虫就躲在他的肺脏里。一旦他的身体过于劳累，对病菌的抵抗力减弱，疟原虫就进入血液，占领全身，使他盗汗、高烧、浑身乏力。

他抱病向坦方的一个个商业伙伴辞行，有些坦桑尼亚的官员对他依依不舍，提出一些他不便回答的问题，比如，中国在坦桑尼亚的企业大都赔钱，唯有陆鸿飞领导的中坦联合海运公司赚钱，这是为什么？有些中国公司从事的是对坦桑尼亚的援助项目，没有商业意识，赔赚不计，所以人家一上任先买奔驰汽车，外事是一个人带嘴（翻译），一个人带腿（司机），一个人办事。陆鸿飞兼任经理的公司是商业机构，中方只有12个人，却要用高薪养着24个坦方职员，不盈利怎么能运转？必须一个人办3个人的事，利用中国远洋运输总公司的影响，在海外找市场。

陆鸿飞昏昏沉沉地飞回北京，等待当时交通部[①]的领导跟他

[①] 2008年，国务院在"大部制"改革中，在原交通部的基础上组建了中华人民共和国交通运输部。

谈话。谈话原定在当天下午一上班就进行，不料分管的副部长被另一件更棘手的事情缠住，到4点半才腾出时间来见他。副部长看上去已经很累了，不比他这个正发着疟疾的人强多少。

见到他以后，副部长渐渐又兴奋起来，询问的话、关切的话一说完，就进入正题："老陆，我认识你是你的麻烦，决不会让你有轻松的工作干。部里决定让你到天津远洋运输公司去做总经理，3天内到任，不准带人去，不准调人……"一连几个不准。陆鸿飞在船上几十年，哪有可带可调的人？

他心里是有所准备的，关于天远公司他也听到了不少议论，去年没有完成任务，被银行从工资总额里扣除了上千万元，差不多等于每个职工每年平均少收入几百元。今年时间已经过半，而完成任务并未过半，闹不好他上任几个月就要面对职工只能拿75%的工资的局面！

他自知没有三头六臂，这个年代，拯救一个经济效益急剧下滑的大企业，谈何容易！

可谓受命于危难之时，然而他自身还有许多无法克服的困难。他的家在上海，从上海调到广远公司，又从广远调到北京，如果他提出要求：回广远或上海远洋运输公司，也在情理之中。倘若答应部里的任命，他又得继续过单身的生活，年已57岁，落下了一身病，一早一晚连个照应的人都没有。本可以把妻子调到天津来，但老岳母在上海，年近90岁，更需要人照顾。何况老岳母有恩于他——1956年，父亲自知不久于人世，为了泉下好向妻子交代，不把鸿飞一个人孤零零地扔在世上，便叫他赶快结婚。

岳母没有嫌弃他一贫如洗和无依无靠，同意把自己的独生女儿许配给他。他办喜事的时候什么大件东西都没有添置，只买了一个玻璃茶杯，给新娘子喝水用。他结婚7天后，父亲去世，是岳母一家人为他借钱买棺材，帮着料理了丧事。

几十年来，他没有管过家，欠家庭、欠妻子儿女的太多了。如果在三天内上任，他连回家看看的时间都没有。陆鸿飞的这些困难是实实在在的、令人同情的，但面对副部长，他却没有勇气提出来。

当年他在广远公司当船长的时候，眼前这位副部长是公司的总经理，每到年节，他就和太太带着鸡鸭鱼肉到公司和陆鸿飞他们这些单身汉一起过。陆鸿飞对这位老领导，有钦敬，也有几分畏惧。副部长可以称他老陆，也可以喊他小陆，闹不好挨顿骂，也还得干。一辈子都服从分配，何必最后落个"晚节不忠"呢！

其实，以几十年做生意的经验看，人的一生也是在跟自己做生意，不要赔本，特别是到晚年，别把老本赔光。他心一横，也不用等三天了，第二天就带着行李到塘沽来了。既然不能回家，干脆就像过去一样，享受在路上的感觉。

当陆鸿飞走进天津远洋运输公司的大院，三栋办公楼的每一间办公室的窗户后面，都有几双眼睛在端详他，观察他，猜度他。他面孔黧黑，这要感谢海上强烈的阳光，使他看上去比实际年龄还要苍老一些，但也帮助他掩盖了满脸的病容和倦容。他身量魁岸，略有一点儿发胖，步履沉稳，神情持重，风度仪表无可挑剔，到底是漂洋过海几十年——见过大世面的人。

他既然敢来上任，想必心里已经有了好主意。

自从答应了老领导，陆鸿飞的脑子里一刻也没有闲着，时差和疟疾造成的昏昏沉沉的睡意突然消失了，高烧不能使他入睡，打了退烧针也不能让他脑子静下来。不能说想出了扭转天远公司局面的好主意，也不能说什么主意都没有。他仍旧是船长，只不过天远公司这条船更大，风险更大，他的责任更大了。前面等待他的也许是一场特大风暴……

不知谁说了这样一句话：走了个 56 岁的，来了个 57 岁的，天远还有希望吗？

这话很快在公司上下传开了。一句话能飞快地散布开来，就说明它代表了一种思潮，反映了群众的一种心态。这心态多半是对来者的失望。

一个开始滑坡的企业必然人心涣散。人心涣散就会出现许多消极的小道消息或顺口溜之类的东西，因为企业本身已经产生不了能振奋人心的新闻了。

陆鸿飞的到来是一个新闻。但人们按照常规，揣测他不过是一个过渡性的人物。天远公司是他的最后一站了，办点儿个人的事情，安排好退路，稳步守堆儿，混两三年就退休了。

想不到他上任后，天远公司接连爆了几则具有轰动效应的新闻，炸得人们顾不得听信小道消息和传播流言了。

陆鸿飞第一次参加惯例召开的处长联席会，有几个处长迟到，还有几个处长自己不来，让手下的科级干部来顶替。远洋公司是管船的，船上的作风则是准军事化的。陆鸿飞像一个严厉的船长，下达了一个个不容打半点折扣的命令：

"请那些自己不是处长，来顶替别人开会的人回去，换那些应该来开会的人来。今天没来的和迟到的，明天来补课。请那些松松垮垮不愿意干、不负责任、不敢抓、不敢管、无原则、无业绩的处级干部自行辞职。

"经济搞不上去，人民就没有理由信任我们，任何一个头头儿都应该下台。请大家想一想，再这样拖拖拉拉混下去，企业管理和经济效益上不去，一旦船员和职工只拿 75% 的工资待业，我们怎样向国家交代？怎样向职工和他们的家属交代？"

陆鸿飞没有大声喊叫，但谁都感受到了他身上因责任和痛苦催发出来的怒气，这怒气还将随着责任和痛苦散发到全公司。他是长圆形脸，没有棱角，却黑红黑红，闪闪发光，仿佛在燃烧。

当时，新官上任不时兴"上马威"或"下马威"，而是要忙不迭地向大家许愿、买好。想不到陆头要动真格的。

这只是开会，算不得真格的。

真格的还在后边——

调整前方，修炼过硬的外功。如果用文字把天津远洋运输公司的生产过程简单化，就是：揽到充足的货物，按照货主的要求，送到世界各地，公司收运费。货源充足，人强船坚，多装快跑，安全及时，收益就高。反之，就没有收益，甚至会亏损。

哪条航线亏损？为什么？是人的原因、货的原因，还是船的原因？

一条航线一条航线地调整，重新安排运力。中日航线不景气，一年亏损400多万元，除保证班轮外，停止派船，把船调往热线。由于国际政治经济形势的变化，开辟货源前景广阔的南非航线。购置四条全集装箱船，加强地中海航线的运力。阵势摆开，雄心勃勃地以全新的姿态进入世界海运市场。

陆鸿飞毕竟是经验丰富的老船长，而且兼管过一个国外的小公司，他一条航线一条航线地整顿，一条船一条船地调整。公司共有100条船，遍布世界各个海域，可以说地球上哪一个角落都有天远公司的人。每一条船都是一片浮动的国土，代表公司的形象，也代表国家的形象。但是过去，这些船因非生产性停泊的时间加起来竟达到了8 000多天，所造成的浪费相当于22条船一年不干活儿光消费了。一条船停两天就等于把一辆中等轿车扔进了大海。

远洋运输是个大风险、大进大出的行业。但如此"大出","进"多少也不够丢的,丢来丢去,丢得能"进"的人也没有积极性了。最后只出不进,企业离垮台就不远了。公司制定出一条又一条的硬指标,一个小时一个小时地算,一天一天地算,扩大船舶自修范围,鼓励节约修船费用,积极疏港,千方百计避免船舶滞航……

扩大公司下属货运部门的经营自主权,开展多种形式的揽货和租船业务。

加强同国内外三十几家船东的劳务协作,增加外派船员的数量。

…………

陆鸿飞一招接一招,前几招一奏效,后面的招越来越多,越来越妙。其实有许多招并不是陆鸿飞一个人想出来的,他的到来使天远公司振作起来,公司上上下下,有了标准,有了职责,也有了危机感。谁不愿意自己的公司变好呢?陆鸿飞似乎正是大家在等待的人,领导班子有了主心骨,群众看到了变革的希望,许多人的智慧通过陆鸿飞释放出来。

不是所有领导都能成为本单位的发射塔:集中领导班子和群众的智慧,发出正确的指令。

天远公司这艘大船,开始信赖自己的信号塔。陆鸿飞上来先抓企业的外功,因为他对自己的外功有信心。远洋运输是技术性很强的行业,陆鸿飞恰恰是技术上的能手,甚至可以说在专业技术方面有特殊的天分。再加上几十年积累的航海运输的管理的经验,想要瞒住他、难倒他,是不容易的。

有人曾问陆鸿飞,对自己最满意的地方是什么?

他不讲自己当船长怎么当得问心无愧,几次在紧要关头因指挥果断而保障了满船的货物,到他下船的时候各种奖旗、奖杯都放不下了；也不讲他当经理怎样尽职尽责，创造了多少好的经济效益……

他最欣赏自己对航海和电子技术的特殊爱好。但他不是学航海和电子技术的，而是学哲学的。1951年，他毕业于"交通部干校"。那时的"干校"不同于后来在"文革"期间兴起的"五·七干校"，是"干部进修学校"的简称，相当于现在的中专或大专。因为他大哥在战场上牺牲了，政府找到他们父子，看看他们在生活上有什么困难。一见这爷儿俩住的地方太不像样子，便给他们调了一间大房子。父亲不知该怎样在大房子里住，空空荡荡，没有东西往里面放。连供他上高中的钱都没有，还有能力买别的东西吗？陆鸿飞希望政府给他找一个能自食其力的工作，以减轻父亲的负担。就这样，他进了北京。他一走父亲就搬回了楼梯底下的小屋。

陆鸿飞过上一种崭新的生活，每月吃8元钱的伙食，相当不错了。还有6角的零用钱，对他来讲还月月有富余，每到星期天，花几分钱坐电车在城里兜一圈儿是一件乐事，或者到雍和宫门口花5分钱买个馅儿饼吃，哎呀那个香啊，至今想起来还满嘴留香。

陆鸿飞讲起那段生活，像孩子一样快乐、忘情。

他刚上船的时候是做机要员，后来改为报务员。中国的报务员都是经专门的学校培养的，唯有他是自学的，而且是出色的报务员。他手指的感觉特殊，极端灵敏到连报务机出了故障也能够自己排除。渐渐地就不单是修报务机了，他将报废的雷达修好，重新装配起来使用。有时为了修好其他无线电设备，可以一连几天不睡觉。几十年来，他痴迷于新设备、新技术。后来当了船长，报务机以及其他无线电设备出了故障，具体负责的船员还要请他帮忙。

他创办坦桑尼亚分公司的时候，只有一部电话，和自己的船队联系极不方便，有时要七天才能接通信息。而船队和公司应该时时刻刻保持联系，以便对随时都可能发生的意外情况做出正确的处理决定。不久，罗马尼亚发生政变，中坦公司的一条船正好在那里，陆鸿飞着急，船上的人也着急，三天以后才联系上……陆鸿飞决定立刻改变通信状况，否则公司的业务难以发展。他买了五台海事卫星设备，每条船上装一台，公司总部装一台。如果请人家安装，要花几万美元，他想省下这笔钱，便自己动手。最困难的是调试，陆鸿飞在海事卫星伦敦总部规定的时间里，接受他们一个又一个复杂的指令，调试自己的设备。如果一次调试不成功，得再等三个月才能向伦敦总部重新递交调度申请。

陆鸿飞从来没有接触过卫星通信设备，心里有点儿紧张，但又不是完全没有把握。他叫一个助手抱着科技英语大辞典，站在身后以备万一。在将近两个小时里，他和伦敦中心站对答如流，口到眼到，眼到手到，未出一点儿差错。虽出了一身大汗，但一次调试成功，身后的大辞典也没用上。从此，中坦公司总部和自己的每条船的联系，一天24小时分分秒秒畅通无阻，公司的经营状况随之也大为改观。

在陆鸿飞尚未创办中坦公司之前，生活在坦桑尼亚的中国人看不到中国电视。陆鸿飞常年在海上漂泊，怎会体味不到这种苦处？人如海，思如潮，思想感情起伏，波动过大，船就会摇晃，甚至会翻船。他给自己的公司装了卫星接收天线，立刻接收到了中央电视台的节目，其他单位的中国人纷纷抱着录相机来录中国的节目。后来大使馆和其他中国单位都请他去给安装天线，装无线电话，甚至连空调机坏了都找他。

他在坦桑尼亚一上岸，就成了中国人的万能工程师，拉上助手争分夺秒地去干活儿。所以他得了疟疾，发作的次数也最多。如果他不得疟疾，那就没有人能得了。

但他从自己的技术成果中，享受到了别人享受不到的快乐。

调试卫星通信站和调试一个庞大的企业相比，又算是极其简单和容易的了。

陆鸿飞对天远公司生产第一线的调整进行到第五个月，也是他上任半年以后，亏损的船开始盈利。公司的营业利润增加了5 000万元，打破了多少年来在2亿元大关徘徊不前的局面。

头一炮算是打响了，在有些人看来陆鸿飞创造了奇迹，该松一口气了。许多人的危机感消除了，公司没有问题了，今后不会亏损，更不会让职工领75%的工资回家待业了……谁能猜得出陆鸿飞心里在想什么？

他总算理顺了思路，公司的长远发展计划刚起步，想要腾飞还任重道远。

通过对生产前方的调整，检验了公司的外功，暴露了公司的内功不行。说得具体点儿就是公司机关组织庞杂，机构臃肿，人浮于事，处室职责不清，遇事互相推诿，造成船和岸脱节，前方和后方脱节。内功不硬就不可能有过硬的外功。龙头不摆，龙身、龙尾就不会动，动也是盲动、乱动。

陆鸿飞准备对机关本部"动手术"了。

这一刀下去可非同小可，立即有不少朋友、好心人，向他高喊：要刀下留情！要三思而行！

他想强化机关的管理职能，提高工作效率，必然要精简机构，定编定员。在中国办事只要牵扯到人事问题，最复杂，最难办。谁上？谁下？谁留？谁走？你知道哪一个人会有多少关系网？每张网有多大？网能伸到哪里？谁能保证是鱼死，还是网破？

天远公司的机构问题是多年来悬而未决的难题，风险太大，谁都不愿意碰它。陆鸿飞又何必呢？闹不好上任半年来所取得的有目共睹的成绩也要付诸东流。

陆鸿飞的夫人张佩苹说他一辈子没说过软话，越遇到事情越没有软话。他在定编定员中明确规定了人员去留的几条硬杠杠，还规定凡涉及人员及编制问题必须经过党政班子联席会决定，任何人不得干扰！

他真的顶住了任何人？！

对干部选拔任用，将原来的1 000多人减为600多人，一下子裁员一少半儿。将原来的41个处级机构减为28个。对天远公司来说这无异于一次强烈的"大地震"。在这次强震中，按照常规最容易被震倒的应该是处于各种矛盾中心的陆鸿飞。

他没有倒，非常强硬。

破坏力从各个角度钉准了他，却奈何他不得。不论喜欢他的人还是不喜欢他的人，都对他产生了兴趣，了解了结果后，都不能不对他敬畏三分，不能不承认他自身的内功已修炼得境界相当高了。

以他的身份，他的年龄，他身上的责任和压力，居然过着一个彻头彻尾的单身汉生活。他曾经是方便面的长期而忠实的用户，结果，现在一见到方便面就反胃，只好每天下班后自己做给自己吃。他下班没有钟点，饭也就没有钟点，有时太晚了，累了，没有情绪了，吃不吃只有他自己知道。

领导班子的其他成员看着不公、不忍，由党委副书记王金祥提出来，让餐厅给他和另外两个单身副经理开小灶，钱由他们自己出。

陆鸿飞坚决拒绝："我吃小灶谁都看得见，我交钱谁看得见？

账怎样算？不惹那麻烦。我当单身汉大半辈子了，越老越有经验。"

王金祥无奈，只好自己多留心，有一次在下班的路上看见有小贩在卖香椿，立刻买了四把，给副经理刘国元两把，给陆鸿飞两把。陆鸿飞喜形于色，他爱吃香椿，用豆腐一拌，或者用鸡蛋一炒，就是一顿好菜。

有一回开了半天会，散会后他的身子不能动了。他就怕生病，病却还是要找他，到夜里喝水、吃药，一伸手旁边连个伴儿都没有，那滋味可真不好受，会格外想家，格外想老伴儿。他分析自己的这种感觉：难道真的老了？以前在船上为什么没有这种强烈的孤独感？

张佩苹得到消息从上海来看他，顺便把家里用不着的电器给他带来几件，使陆鸿飞的单身宿舍里有了几分现代人间烟火的味道。人生伴侣要彼此深知对方的价值，但夫人也心疼他，老夫老妻很容易把这种心疼变为抱怨："你呀，不懂顾家，也不会顾自己，这一辈子嫁给你算白嫁了。"

陆鸿飞掩藏起病态和对妻子的依恋，装出一副轻松样。妻子年纪也大了，身体也不是一点儿毛病没有，不能让她太为自己焦心，就说："谁说我不顾家？当年在船上哪一次发饼干、奶粉我舍得吃？还不都捎回家里。那个年代这可是非常宝贵的东西。不就是家务事做得少点儿吗？等我退休后什么事儿也不干，留在家专管做饭伺候你。"

老伴儿表示不相信："我说白嫁给你，你就想到要伺候我，说明你心里还是有鬼。你怎不想想，我想多伺候伺候你都没有条件，不也算白嫁给你了？"夫人说是说，做是做，她性格贤淑、开朗，每一次来公司都要到船员家属中去串门，去聊天，了解许多情况，无形中帮助了丈夫。她也了解丈夫的"无限"和"有限"。

陆鸿飞每到需要的时候总能从妻子身上获得一种强大的温暖和理解。所以他嘴上老跟家人讲欠家里的,一遇到事情,该怎样做还是怎样做。

他在广远运输公司当人事副经理的时候,大女儿在纺织厂当纺纱工人,三班倒,极为辛苦,又赶上怀孕,犹豫再三才求他给调换个工作,哪怕是暂时的也行。他倒毫不犹豫,不是答应,而是拒绝。本来对他来说办这种事情并不困难。

二儿子大学毕业后,自作主张进入一家香港人在内地开办的货运公司,老板知道他的父亲出任天远公司总经理的消息后,就想让他担任天津办事处主任。他知道事情不妙,不敢不通报父亲。陆鸿飞对二儿子说:"这个任命是冲着我来的,你到这个部门喊声叔叔,到那个部门叫声老兄,买卖就做成了。我告诉你,你要敢来,我叫你一年也找不到一个客户。我说到做到,你信吗?"

儿子怎敢不信?他太清楚自己老爸的脾气了。赶紧如实向老板汇报,或者让他辞职,或者给他派别的工作。老板肃然起敬:"大陆还有这样的总经理?"

是啊,现在居然还真的有陆鸿飞这样的总经理。

有一年,他将关系单位给的几万元兼职酬金交给海员学校做人才奖励基金,那时候的几万元还是一笔大钱。南方一位银行经理,在业务往来中见陆鸿飞分文不取,临别时突然想塞给他一个鼓鼓囊囊的小塑料包,他双手一背:"阁下要想和我们继续保持业务关系,就请把包收回。"

这种事情他见过,在兼任中坦公司总经理时,香港一家银行劝他把公司的钱以他个人的名义存入银行,不露声色,一年净得10万美元利息。他未加思索就断然拒绝。

大钱不拿，小钱也不要：有人送过美元，有人给过金币，他随手就交给了公司。他能成为"无限航区"的船长，是因为他知道大海里有太多太多的限制，冰山、暗礁、洋流、涌浪……他按照规定的航线航行，便"无限"；偏离航线，非但"有限"，甚至"有险"！

正是因为多年在大洋上行船，让他对生活、对人生看得透彻，想得明白，清清楚楚，清清醒醒。如果说那些人用金钱和礼物表达了对他的敬重，毋宁说是对他手里的权力更感兴趣。当权力失去理智、失去监督，腐败就会产生。管好自己，才能管好下级。

正因为陆鸿飞是这样一个人，他在对天远公司的整顿中，才没有碰上比他本人更强硬的阻力。

经过一番变革，精兵强将各司其位，各担其责，天远公司这艘大船开足马力，全速闯入"无限航区"。

第二年，陆鸿飞又买了7条新船，加大了生产成本，到年底营业利润却比上一年增加了近亿元。前方非生产停泊时间由8 000多天降到4 400天，等于又增加了12条船的运力。转过年来，船队的非生产停泊时间又降为2 000天，营业利润比上一年增加了3.12亿元！

疯了。

天远公司疯了。

陆鸿飞疯了。

或者叫疯长，一年一变，变得使外人和自己人都有点儿发愣。

陆鸿飞的脑袋可没有发愣，他一只手在紧抓船队结构改造，另一只手在全力发展航运生产的前提下，抓住了同国内厂家的合营合作项目：北洋集装厂、天昌公司、津神公司、天怡储运公司、天惠公司……家家盈利，东方亮，西方也亮。其中有天津市最佳外商投资企业，有地方航运企业中经营规模最大的企业。有了这满天繁星，即便在航运低谷时期，天远公司也有自己稳定的经济效益。

那么，在机关人事改革中被裁掉的人员怎么办？

陆鸿飞自我惕厉，却待人极厚。他如果只是一味地"严"，在天远公司就待不长。他对公司员工的"大厚"，是成立了天津远洋实业总公司，对机关定编定员后的富余人员进行分流和安置，面向社会发展第三产业，相继建立了汽车运输、船舶工程、货运代理、房地产开发、房屋维修、广告影视公司、现代印刷制品、酒楼等十几个经济实体。这些单位运行一年后，和天远公司在工资待遇上脱钩，实行独立核算，自负盈亏。

现在的天远公司家大业大，谁也没有注意到在公司总部的马路对面，不知什么时候建起了一座豪华酒楼。

陆鸿飞可早就留神了，对他的副手们说："看到了吧？这个酒楼是专为我们盖的，相中了天远的钱袋。给不给就看咱们的干部了。公款消费是无底洞，由俭到奢易，由奢到俭难。"

他的话悄悄地在公司传开了，谁也不愿意进那座酒楼。

当然，别人也在看着他。他在地球上游荡了大半生，令人惊异的是他除了喜欢玩电脑，其他玩的东西一样不会，从不涉足高级娱乐场所。每天忙忙碌碌地过着单身生活，中午吃公司的盒饭，晚上自得其乐或者自甘寂寞地自己给自己开小灶。

对面那座酒楼可惨了，天天门可罗雀，熬了半年多就熬不下去了，只好拍卖。天远实业总公司把它买了下来，既为公司的职工提供盒饭，又对外营业，公司招待客户也可控制标准，肥水不流外人田。真应了陆鸿飞那句话，这酒楼好像就是为天远公司建的。

公司的经济效益大幅度增长，但陆鸿飞抓管理的手并未放松，倒似乎是一环紧似一环——规定机关干部不得到船上吃、拿、要。陆鸿飞节假日上船工作，都尽量赶回来吃饭。实在回不来，就和船员一块儿在船上餐厅就餐，绝不让加酒加菜。一位处长在盛情难却的情况下到船上大吃了一顿，回来后受到通报批评，到船上向船员赔礼道歉，如数付清了饭费。

管理无情！

陆鸿飞领导制定了《船舶综合管理承包考核办法》，对船队实行星级管理，具体提出三星级、四星级和五星级船舶的管理标准。哪条船达到了哪个星级，就发哪个星级的证书，船员就穿哪个星级的制服，在世界各地亮相，证实自己的水平，同时也得接受人家的监督。

陆鸿飞把上级部门发给他个人的奖金与下属分享，把在业务往来中迫不得已或在自己不知道的情况下收到的礼物和酬金全部上交。于是，在天远公司似乎形成了这样一项不成文的制度：无论哪级干部，在业务活动中得到的礼品、礼金，一律自愿上交。在两年多的时间里，有几十个人上交了贵重礼品51件，礼金30笔。其中有数目可观的人民币、美元还有金币、金链、手表等五花八门的物件。

礼品礼金如此之多，说明了一种社会风气。在这样的社会风气中，仍然有天远这样的公司、这样一群干部，又是社会之大幸！

最先受感动的，还是天远公司的群众。

说来也怪，陆鸿飞给有些干部的印象是硬，强硬、铁硬、六亲不认，但是给船员和群众的印象是软，心软、面软、为船员想得周到。

船员在海上得了急病，他连夜守在电话旁指挥，不惜重金请附近的海军出动快艇和直升机救援。因浪大雾大，海军救援没有成功,他又指示船长改变航向,驶进离得最近的港口。船长说耽误航期,责任重大,要扔掉一大笔钱。陆鸿飞斩钉截铁:"不要考虑钱,不惜一切代价,救人要紧!"

人就这样得救了。这种事情不会经常发生,但也不会只发生一两次,他立下了一个社会主义企业的社会主义规矩。

谁说他是只许进不许出的全公司最大的老保险柜?

他甚至心细到看见船员上岸后报销排队,就指示财务部门轮流吃饭,多设窗口,分两班,一切为了方便船员。

服务有情!

他指示给单身职工的宿舍里配上电视机、洗衣机和电风扇,扩建船员休息室,把外商送给他的按摩床送给职工门诊部。当他了解到船舶政委对职务工资和航海津贴有些意见,就建议按照上级规定解决这些问题,反复强调政工干部与业务干部都是党的干部,同是公司的财富,应一视同仁;他知道职工住房紧张,房子是大问题,就想方设法增加建房投资。

要说心疼,看到身为局级干部的纪检委书记的住房还和延安的窑洞差不多,他也心疼。3位公司领导的住房还是处级干部的标准,30多位处级干部的住房还是科级干部的标准。没办法,分房子必须优先考虑一线的船员。

他有硬也有软,是个具体的、复杂的人。

但他首先是个老船员,在船员的潜意识里,船往往就是家,就是整体。心胸豁达、同舟共济的思想根深蒂固。因此对家里的事常常粗心,对船上的事想得细致周到,对家人往往不如对同事更有耐心。10个船员中有9个会被家里人指责家庭观念不强。

在年终的总结大会上,船员和岸上职工提议给公司的头头儿们发重奖。坐在大会主席台上的陆鸿飞和身边主持党委工作的王金祥商量了一下，然后建议全体领导成员起立，向全体船员职工深鞠一躬：

"你们的心意我们领了，这心意就是最重的奖，比多少金钱都珍贵。目前取得的这些成绩，有我们一份辛苦，但主要是大家干出来的。现在离职工所期望的，离我们的目标，还远着哪。我们还得加劲儿。"

不久，矗立在天津市中心广场的天津海运交易中心落成开业。这座如船满帆的建筑，是陆鸿飞为天远公司设计未来做出的重要决策。

船长都有望远镜，走一步看两步，知道今后的航程中可能会遇到哪些问题。陆鸿飞让天远公司迈出这一步，是为了在国内外航运企业林立的情况下，保持自己原有的优势，进而控制北方海运市场，增强公司的整体竞争力，为企业发展拓展新的空间。

站在海运大厦的顶楼看四周，的确空间无限，海域无限，前程无限。老船长陆鸿飞，正率领着自己的远洋船队，乘风破浪，一往无前。